CLASH

Passion brûlante

JAY CROWNOVER

CLASH
Passion brûlante

roman

Traduit de l'anglais (États-Unis) par
KARINE XARAGAI

Titre original : BUILT

Ce livre est publié avec l'aimable autorisation de HarperCollins Publishers, LLC, New York, U.S.A.

HARPERCOLLINS FRANCE

83-85, boulevard Vincent-Auriol, 75646 PARIS CEDEX 13.
Service Lectrices — Tél. : 01 45 82 47 47

www.harlequin.fr

ISBN 978-2-2803-8966-2

Dédié au meilleur papa dont une fille puisse rêver. Mon père a toujours été un être à part… un homme solide comme un roc. C'est pour ça qu'il sera à jamais mon héros et un vrai badass. Comme la vie est loin d'être un long fleuve tranquille, on ne voit pas toujours les choses du même œil, lui et moi. Mais je sais qu'il sera toujours là pour m'aider. C'est un mec authentique, et je connais peu de gens qui aient réussi à se hisser à la hauteur de sa légende.

Celui-ci est pour toi, DadVo.

Introduction

Vous êtes prêtes, les filles ? Parce que moi, oui !

Une toute nouvelle aventure ! De nouveaux personnages ! Une ambiance complètement différente, mais dans laquelle on se glisse avec délice, comme dans un bon vieux jean bien usé.

J'avoue ! Dès que ces deux-là se sont croisés, j'ai tout de suite su qu'ils devaient avoir leur histoire : un truc géant, unique, hors norme, à l'image de Zeb Fuller. Oui, il me fallait rendre justice à mon phénomène à barbe ! Parce que si Zeb et Sayer n'avaient pas flashé l'un sur l'autre, la série *Clash* n'aurait jamais vu le jour. (D'ailleurs, à peine s'étaient-ils rencontrés que je vous promettais sur Facebook qu'eux aussi auraient droit à leur roman — à l'époque, j'étais en plein dans l'écriture de *Rowdy*.) Oui, durant cette fraction de seconde, leur alchimie m'est apparue si évidente, si électrique, si addictive, que ça a fait tilt dans ma tête. J'ai tout de suite senti que ces deux-là allaient faire des étincelles ensemble et que, bien sûr, je ne pourrais pas résister au défi de les rapprocher.

Je me suis vraiment éclatée à écrire ce livre. Ce qui m'a plu, c'est de redécouvrir certains endroits en les décrivant d'un tout autre point de vue. Et puis je sais que ça fera plaisir à mes lectrices de retrouver des visages connus (c'est toujours sympa de savoir ce que deviennent les vieux amis). Mais, surtout, j'espère qu'au fil des pages mes nouveaux héros sauront conquérir votre cœur. Je suis prête à parier que oui !

Si vous ne connaissez pas encore mes romans et que vous venez tout juste d'aborder mon univers, bienvenue à bord ! Je vous embarque avec joie. Attachez votre ceinture, c'est parti pour une aventure drôle, sexy et la plupart du temps complètement déjantée !

Si vous êtes une lectrice de longue date, une habituée de *Marked Men*, la série à l'origine de cette épopée, vous vous demandez sans doute à quel moment de l'histoire s'insère cette nouvelle série. En fait, il se peut que je n'aie pas respecté la chronologie à la lettre… Dans mon esprit, le début de *Clash* se situe dans le créneau de six mois entre la fin d'*Asa* et l'épilogue du dernier tome — soit l'automne/hiver précédant le mariage de Rome et de Cora. C'est à ce moment-là que commence mon histoire pleine de délires et de passages coquins.

Comme toujours, merci à mes lectrices de m'être fidèles. Vous déchirez grave, les filles ! Je vous serai toujours reconnaissante de m'avoir permis d'en arriver là : pour rien au monde je ne voudrais passer à autre chose !

Le fait que je continue à écrire, que j'en aie fait mon métier et que je puisse en vivre, ne cesse de m'émerveiller ! Néanmoins, je n'oublie pas que c'est grâce à vous que j'ai pu inventer toutes ces histoires, grâce à vous que j'ai pu créer ces personnages de papier, tous plus passionnants et estimables les uns que les autres ! Oui, mon rêve s'est réalisé, et je sais très bien que sans vous jamais je n'aurais pu saisir toutes ces opportunités ni vivre toutes ces escapades imaginaires.

Vous êtes TOUT POUR MOI !!!

« Je n'ai pas échoué. J'ai simplement trouvé dix mille solutions qui ne fonctionnent pas. »

THOMAS A. EDISON

Prologue

La première fois que je la vis, c'était dans un bar.

Elle avait une bouteille de bière à la main, alors que c'est plutôt le genre de fille que tu t'attends à voir déguster du champagne dans une flûte en cristal, et bizarrement c'est ce petit détail qui m'accrocha. Elle était belle et semblait complètement décalée dans ce bouge, assise en face de l'un de mes plus vieux potes — son frère. Un frère dont elle n'avait appris l'existence que depuis peu. C'est pour lui qu'elle était venue ici. Mais à la seconde où mes yeux se posèrent sur elle, je voulus qu'elle y reste pour moi.

Comme cette fille avait déboulé sans préavis dans la vie de mon pote, ces deux-là avaient besoin d'apprendre à se connaître, et si j'avais été un véritable ami, je leur aurais foutu la paix. Au lieu de ça, j'allai interrompre leur tête-à-tête en m'imposant grossièrement à leur table pour deux. La belle blonde ne broncha pas lorsque je m'assis à un centimètre d'elle. Pourtant, après ma journée de travail, j'étais couvert de sciure et j'avais les cheveux et la barbe collés de poussière de plâtre.

Mon pote, Rowdy St James, fit les présentations, l'air carrément surpris. Il faut dire que je matais sa sœur avec insistance. Sayer Cole… Même son nom avait une résonance élégante, sophistiquée. Décidément, cette fille était une énigme… Que faisait une princesse comme elle avec deux mecs comme nous dans ce bar minable ? D'un autre côté, lorsqu'elle avait débarqué de nulle part, deux mois plus tôt, elle y était allée franco. Dès qu'elle avait appris qu'ils avaient le même père, elle avait décidé de retrouver Rowdy, histoire de se reconstituer un semblant de famille. C'est pour ça qu'elle avait tout quitté du jour au lendemain, pour se rapprocher de lui. Le genre de décision qui exigeait une sacrée dose de courage, et cette fille avait l'air bien trop délicate, bien trop convenable pour « tout foutre en l'air », refaire sa vie ailleurs, dans une ville inconnue, sans savoir l'accueil qu'on lui réserverait. Sous ses manières raffinées, elle cachait sans doute une volonté de fer, du moins c'était l'impression qu'elle me faisait à première vue.

Par chance, Rowdy était un mec bien. Passé le premier choc — finalement, il n'était pas seul au monde, il existait quelqu'un du même sang que lui —, il avait été plutôt content de se découvrir une sœur, en particulier une sœur comme Sayer.

Personnellement, j'aimais beaucoup Rowdy. C'était un gars sur qui tu pouvais compter, un véritable ami, mais mon petit doigt me disait que j'allais encore plus aimer sa grande sœur.

Sans regarder directement la blonde canon, je m'adressai à mon pote avec ma délicatesse habituelle :

— Alors comme ça, tu as une frangine ? Une frangine classieuse et sexy, en plus ?

Plutôt lourd le mec… Car Sayer était avant tout une brillante avocate, très belle et très intelligente. Je m'attendais à ce qu'elle rigole ou fasse la moue, mais je n'obtins qu'une expression d'incrédulité totale. Ses yeux d'un bleu extraterrestre hésitaient entre moi et son frère. On aurait dit qu'elle se demandait comment gérer mon intérêt non dissimulé.

OK, j'y étais peut-être allé un peu fort, et la belle inconnue s'était sentie agressée. En plus, avec ma carrure d'homme des bois, je faisais nettement plus brut de décoffrage que je ne l'étais en réalité. Pour une femme déjà hors de son élément, ça faisait probablement un peu beaucoup.

Enfin, c'est ce que je me dis sur le coup. Mais, en fin de compte, Sayer me bluffa. Et elle bluffa aussi son frère, vu la façon dont je le vis se crisper.

Au début, elle était plus que réservée à mon égard — normal, après mon entrée en matière plutôt cash —, mais, quand Rowdy lui expliqua que j'étais entrepreneur dans le bâtiment et que c'était moi qui avais entièrement refait sa boutique de tatoueur, elle commença à m'interroger sur mon chantier en cours. Elle semblait sincèrement intéressée par mon job, et lorsque je lui appris que ma spécialité c'était de rénover les maisons anciennes, de leur donner une nouvelle jeunesse, ses yeux se mirent à briller. Moi, je n'avais qu'une envie : la caresser pour voir si elle était aussi lisse et douce qu'elle en avait l'air. Je voulais laisser des traces de saleté sur ce visage parfait, pour marquer mon passage, montrer qu'elle m'avait permis de la toucher. C'était une réaction primaire, viscérale, que je n'aurais pas pu expliquer et c'était justement ça qui me plaisait. J'aimais cette excitation qui me fouettait le sang, même s'il y avait peu de chances que le sentiment soit réciproque.

Elle me décrivit en détail la splendide ruine victorienne qu'elle s'était achetée et dont le plafond menaçait de lui tomber sur la tête. Puis elle me demanda ma carte. En face de nous, Rowdy était tendu comme une arbalète. Je fourrageai dans ma tignasse en pétard, tandis que Sayer suivait des yeux le léger nuage de poussière blanche qui s'en envolait. J'étais mal à l'aise parce que... OK, j'étais doué de mes mains, j'adorais mon job, mais je ne pouvais rien faire pour cette femme — ni sur un chantier ni dans un lit — sans jouer franc jeu avec elle dès le départ. D'autant que Rowdy me fixait d'un air meurtrier.

Je sortis ma carte de mon portefeuille et la tendis à Sayer. Nos doigts se frôlèrent, et sa réaction fut immédiate : ses beaux yeux s'agrandirent et ses lèvres s'entrouvrirent — à peine. Je lui souris ; elle semblait un peu dépassée par les événements.

— Prenez ma carte, lui dis-je, mais je vous préviens : son proprio a un passé.

Elle marqua un mouvement de surprise et s'éclaircit la voix.

— Comment ça ?

Bon, ce n'était pas le genre d'exploit dont j'aimais me vanter quand je rencontrais une belle femme. Au contraire, je préférais amener le truc petit à petit : l'important, c'était de bien faire piger aux gens que toute cette période était derrière moi. Sauf que cette fille ne me laissait pas le temps de préparer le terrain.

— Ecoutez, quelle que soit la nature des travaux, petit ou gros chantier, je préviens toujours mes clients : j'ai un casier. J'ai fait quelques années de taule. Je n'en suis pas fier, mais c'est comme ça. Plus jeune, j'étais une vraie tête brûlée, et ça m'a apporté pas mal d'ennuis. Mais dans ma partie c'est moi le meilleur, alors j'espère que cette erreur de parcours ne vous empêchera pas de faire appel à moi.

Pour des travaux... et plus, si affinités.

D'habitude, mon client potentiel fronçait les sourcils d'un air soucieux, puis il se mettait à me bombarder de questions sur ce qui m'avait valu une peine de prison.

Mais pas la belle blonde. Elle inclina la tête sur le côté et me considéra pensivement avant de glisser ma carte dans son sac. J'aurais juré qu'il y avait de la compassion dans ses yeux lorsqu'elle me dit d'une voix douce :

— Vous savez, je vois ça tous les jours dans mon métier, et de l'intérieur. Des fois, le système se plante…

Ses lèvres se retroussèrent en un petit sourire, et j'eus soudain envie de l'embrasser.

— Faire une bêtise, ça arrive, ajouta-t-elle. L'essentiel, c'est d'en tirer des leçons.

Fallait-il réellement parler de « plantage » dans mon cas ? « Erreur d'appréciation » aurait été plus juste. N'empêche, une telle absence de jugement me donnait une furieuse envie de la prendre dans mes bras et de ne plus jamais la lâcher. Oui, j'avais fait une bêtise, une énorme bêtise. Une bêtise que je me coltinerais toute ma vie. Mais j'en avais tiré des leçons, comme elle disait. Et je continuais, d'ailleurs. Le problème, c'était qu'en général, quand je racontais mon histoire, les gens se focalisaient sur cet épisode peu glorieux de mon CV. D'où mon étonnement face à la réaction de Sayer. Une telle ouverture d'esprit, c'était rare de la part d'une parfaite inconnue, d'autant qu'elle bossait dans le juridique. Je n'avais pas l'habitude qu'on s'intéresse à moi au-delà de mon passé d'ex-taulard. Pour le coup, je trouvais cette impartialité rafraîchissante, séduisante, même si je n'en comprenais pas trop les raisons. Pas grave, je ne demandais qu'à ce qu'elle m'éclaire sur le sujet… Cette femme était l'image même de la perfection, et c'était ce côté nickel et irréprochable qui me donnait envie de la bousculer avec mes mains calleuses et mes mauvaises manières. Et puis cette façon qu'elle avait de me regarder, de se tourner vers moi… On aurait dit que je l'attirais comme un aimant. Tout compte fait, je n'étais peut-être pas le seul à éprouver cette fascination inexplicable ?

Rowdy finit par partir, mais Sayer resta.

On but encore une bière en discutant un peu plus en détail des travaux qu'elle souhaitait faire sur sa maison. Elle avait déjà engagé quelqu'un, mais elle avait l'impression que le mec l'arnaquait. Personnellement, ça ne m'aurait surpris qu'à moitié : les malhonnêtes, ce n'est pas ça qui manque dans la profession.

Je me sentais bien avec elle : sa conversation était agréable et son physique encore plus. A la fin de la soirée, j'avais très envie de m'occuper de sa vieille baraque — et d'elle aussi, par la même occasion. Coup de bol, j'avais l'impression qu'elle s'orientait plus ou moins dans la même direction que moi. Bref, ça se présentait plutôt pas mal quand je me mis à l'interroger sur son passé.

J'aurais mieux fait de la boucler.

Ma question n'avait pourtant rien d'extraordinaire : je lui demandai juste où elle vivait avant de venir s'installer à Denver. Ce qui m'intriguait, c'était le genre de vie qu'elle menait là-bas pour avoir pu tout plaquer du jour au lendemain. Cette femme était donc libre comme l'air ? En fait, je voulais savoir si elle avait un copain ou un mari qui l'attendait quelque part, mais de toute évidence c'était la question à ne surtout pas poser : en une fraction de seconde, ma blonde vive et passionnée se retransforma en glaçon. Et, avant que j'aie eu le temps de dire ouf, elle avait payé l'addition pour nous deux et disparu dans la nuit.

OK… J'avais dû y aller un peu trop cash, comme toujours. Une fille aussi canon devait avoir quelqu'un dans sa vie, et si elle s'était montrée aimable et polie avec moi, c'était parce que j'étais un bon copain de son frère, point barre.

C'était mort, je n'allais sûrement plus jamais entendre parler d'elle… Bizarrement, cette idée me plombait le moral.

C'est pour ça que quand elle m'appela, une semaine après, je crus rêver. Elle avait décidé de me confier le chantier de sa maison. Comme ça ! Sans devis, sans contrat, sans même savoir si j'étais aussi bon que je le prétendais.

Evidemment, je ne me fis pas prier. Pourtant, dès que je mis un pied dans la baraque, je compris qu'il ne me suffirait pas d'abattre quelques cloisons et de réorganiser l'espace pour obtenir quelque chose de beau et de durable.

« L'amour, c'est de l'amitié qui s'est enflammée. Il prend le visage de la compréhension tranquille, de la confiance, du partage et du pardon. L'amour reste fidèle par beau temps ou mauvais temps. Il accepte ce qui n'est pas parfait et se montre indulgent envers la faiblesse humaine. »

ANN LANDERS

1

Sayer

Six mois plus tard

— Tu ne peux pas dormir ?

La question était posée gentiment, mais, sous le coup de la surprise, je lâchai le verre d'excellent blanc que j'étais en train de siffler comme si c'était de la bibine. Il se fracassa en mille éclats à mes pieds sur le beau parquet vitrifié, dans une explosion de liquide et de verre.

Une main sur le cœur, je fixai par-dessus mon épaule Poppy Cruz, le frêle petit fantôme avec qui je partageais mon espace de vie fraîchement remis à neuf. Avec ses yeux d'ambre agrandis d'inquiétude, elle me faisait toujours penser à un faon prêt à détaler au moindre bruit ou geste trop vif de ma part.

J'inspirai profondément, histoire de me ressaisir, et traversai avec précaution le champ d'éclats de verre pour aller chercher une serpillière et un balai.

— Et toi, pourquoi tu ne dors pas, Poppy ?

La réponse, je la connaissais. La vieille maison victorienne que j'avais achetée quelques semaines à peine après mon arrivée à Denver était immense : bâtie sur deux étages, toute sa structure était en bois massif et une lourde porte isolait chacune de ses pièces. Pourtant, rien de tout ça n'empêchait les cris de terreur de Poppy de parvenir à mes oreilles chaque fois qu'elle faisait un cauchemar. Elle en avait un peu moins qu'au moment où elle avait emménagé chez moi et ses hurlements ne me tiraient plus de mon propre sommeil agité, mais, quand sa voix traversait les cloisons et que ses sanglots déchirants résonnaient le long des poutres, mon cœur se serrait douloureusement pour elle.

Elle repoussa une mèche de ses longs cheveux caramel, l'air résigné.

— Cauchemar… Et toi, Sayer ? Comment ça se fait que tu sois encore debout ?

Mal à l'aise, je me baissai pour ramasser les bouts de verre. Il était tard.

J'étais claquée.

J'avais une grosse journée le lendemain et je devais me lever de bonne heure pour pouvoir passer à la salle de sport avant de filer au bureau.

Et puis j'avais accepté d'aller boire un pot avec un confrère, après ma dernière audience. C'était un rendez-vous plus ou moins galant, et comme je l'avais déjà reporté deux fois, je ne pouvais raisonnablement pas me défiler à nouveau sans passer pour une girouette. Mener à bien un seul de ces projets en n'ayant dormi que quelques heures, c'était carrément limite, alors venir à bout de la journée… mais je commençais à avoir l'habitude de fonctionner en pilotage automatique. Moi aussi, je faisais des rêves qui me réveillaient la nuit, des rêves qui me laissaient sens dessus dessous et trop excitée pour rester au lit.

Sauf que mes rêves à moi n'avaient rien de terrifiant — ils étaient agréables. Très agréables ! Le pied, même. D'ailleurs, ils surpassaient largement toutes les aventures sexuelles que j'avais eues dans la réalité. Mes rêves étaient tellement torrides que je me réveillais en sursaut, haletante et en nage, en train de me caresser dans mes draps entortillés parce que l'homme qui en était le seul et unique héros n'était pas dans mon lit.

Alors que dans ma vie j'étais une véritable obsédée du contrôle, Zeb Fuller me donnait envie de lâcher prise, même lorsqu'il dormait tranquillement chez lui, à l'autre bout de Denver.

Je l'avais payé une petite fortune pour transformer ce tas de planches pourries en fière et majestueuse demeure, aussi sa présence imprégnait-elle encore les murs et pas seulement mes rêves érotiques. Depuis qu'il avait achevé les derniers travaux quinze jours plus tôt, je me languissais des coups de marteau, des bruits de perceuse et du grondement de sa voix grave. Hantée par mes fantasmes jusque dans mon sommeil, je collectionnais les matins comateux et les cernes qui ressortaient beaucoup trop sur mon teint très clair. En résumé, j'aurais eu du mal à cacher l'effet que me faisait Zébulon Fuller.

En fait, mon problème était simple : j'avais ce mec dans la peau et mes sentiments me terrifiaient.

Tout ça me déroutait, sapait ma confiance en moi. Et puis j'étais tellement frustrée sexuellement que j'aurais pu tuer quelqu'un, rien que pour pouvoir penser à autre chose.

Munie d'une pelle et d'une balayette, je finissais de tout ramasser quand un bout de verre se planta dans mon pouce. Avec un juron étouffé, je portai mon doigt ensanglanté à ma bouche, furieuse contre moi-même. Avant même de savoir marcher, j'avais appris que trahir une quelconque émotion est une faiblesse, une tare qui te met fatalement à la merci de ton adversaire. Pas question pour moi d'être une victime. Bon Dieu, qu'est-ce qui m'avait pris de sursauter comme ça à l'arrivée de Poppy ! J'étais censée être d'une autre trempe. Un véritable iceberg. Rester impassible en toutes circonstances, c'était pour moi un principe de survie.

Sous le regard intrigué de Poppy, j'essuyai mon doigt blessé sur le pantalon de yoga qui me servait de pyjama.

— J'ai fait un drôle de rêve, moi aussi. Alors, j'ai pensé qu'un verre de vin m'aiderait peut-être à me rendormir.

Aussitôt, je m'en voulus d'avoir répliqué d'un ton aussi glacial — les vieilles habitudes ont la peau dure ! Chez moi, la froideur, c'était un réflexe, mais également une armure.

Poppy recula d'un pas et à nouveau elle me fit penser à une biche effarouchée. Elle était bien trop jolie et bien trop délicate pour avoir déjà autant souffert. Du haut de mes vingt-huit ans, j'étais son aînée de quelques années, mais à cet instant je me sentais percée à jour par son regard couleur d'ambre. Les épreuves lui avaient conféré une maturité et une sagesse bien supérieure à la mienne, même si moi aussi, j'en avais bavé dans ma vie. Elevée par un père tyrannique, j'avais passé ma jeunesse à essayer en vain de me conformer à ses attentes démesurées. Quant à ma mère, trop tôt disparue, je l'avais autant adorée que haïe : aveuglément amoureuse de son mari, elle lui avait été soumise jusqu'à son dernier souffle.

— Tu as beaucoup d'insomnies depuis la fin des travaux, me fit remarquer Poppy. Tu as l'air… perturbée.

Exaspérée contre moi-même, je me retins néanmoins de lever les yeux au ciel : ne rien laisser paraître ! Mes failles commençaient à se voir et ça, ça me dérangeait au plus haut point.

« Perturbée », était-ce une autre façon de dire « excitée

comme une chienne en chaleur » ? Parce que si c'était le cas, alors oui, j'étais carrément perturbée.

A ma grande honte.

Jamais je n'aurais imaginé qu'un homme puisse à ce point monopoliser mes pensées et me coûter autant de nuits sans sommeil. J'étais censée savoir me contrôler mieux que ça !

Je mis les morceaux de verre dans un sac en plastique et jetai le tout à la poubelle, mais il me fallut encore quelques minutes pour essuyer le vin qui avait aussi éclaboussé les placards et le bas du frigo.

— Oui, bah… Je m'étais sûrement habituée à vivre dans le chaos d'une baraque en chantier. Tout me semble tellement nickel, maintenant… Tellement neuf ! Je vais m'y faire, forcément. Après tout, c'est la maison de mes rêves, celle que j'ai toujours voulue. C'est peut-être le fait de l'avoir enfin qui me *perturbe* un peu.

Ayant grandi dans un foyer où mes aspirations avaient toujours été volontairement bafouées, je n'en revenais pas de posséder quelque chose en mon nom, quelque chose de tangible, de solide, de réel et surtout qui n'était pas souillé par le passé.

Voilà, j'avais fini de tout nettoyer : la cuisine était redevenue impeccable. Satisfaite, je prenais une bouteille d'eau dans le frigo, quand la voix douce de Poppy s'éleva à nouveau.

— Je me disais que c'était peut-être Zeb qui te manquait… Il a une présence assez difficile à ignorer.

Carrément difficile, même !

Zeb avait tout du dieu Thor avec ses épaules de déménageur et son aisance à manier le marteau. Grand, couvert de tatouages, il en jetait avec ses muscles durs, sa ceinture porte-outils qui ballottait à sa taille, et ce côté gentiment dragueur qui semblait une seconde nature chez lui. Mais c'était son regard qui faisait sa force, ses yeux vert foncé qui contemplaient le monde et ses habitants avec une assurance inébranlable. Lorsqu'il te dévisageait avec cet air-là, tu ne pouvais que lui faire confiance : ce mec était droit dans ses bottes, sûr de lui et de ses compétences. Bon sang, qu'est-ce qu'il était excitant quand il caressait sa barbe bien taillée ! Surtout lorsqu'il me décochait en même temps son petit sourire entendu…

Pourtant, le poil ne m'avait jamais attirée. Honnêtement ! Jusque-là, j'avais toujours cru préférer les hommes élégants, à l'apparence soignée : ceux qui savent porter le costume-cravate et connaissent le bon usage du parfum et des produits coiffants.

Et finalement, ce qui électrisait ma libido habituellement capricieuse, c'était une espèce de bûcheron aux mains comme des battoirs et dont la tignasse brune ne semblait pas connaître les vertus du peigne et encore moins celles du gel. Sur lui, un jean déchiré et un T-shirt mouillé de sueur me paraissaient le comble de la séduction masculine, et je passais mes nuits à rêver de ses larges mains calleuses sur ma peau.

Comment Zeb Fuller s'y était-il pris pour anéantir ma raison ? Mystère… Le fait est qu'il m'empêchait de dormir. Et puis à cause de lui, je culpabilisais à mort ! De me transformer en Reine des neiges dès qu'il flirtait avec moi, de ne pas pouvoir être naturelle avec lui. Car, en réalité, tout ce que je voulais, c'était me jeter à son cou. Le problème, c'est que je n'avais pas l'habitude de ce genre d'émotions. Du coup, je les refoulais. Ma manière à moi de me protéger.

Ma lamentable maladresse face à la virilité affichée de Zeb limitait ma conversation aux vannes polies, aux clichés et aux platitudes. Il devait me prendre pour une affreuse snobinarde… Je n'avais jamais eu l'intention de le traiter comme mon employé, mais en définitive c'était exactement ce que j'avais fait. Les travaux terminés, il était parti, et moi, je continuais d'avoir des orgasmes en rêve, seule dans mon grand lit, rien qu'à l'idée de ses mains et de sa bouche sur moi.

Alors, oui ! Zeb me manquait. Son corps, sa voix et même ce parfum unique que dégagent les hommes qui gagnent leur vie à la sueur de leur front. Une odeur d'effort physique et de travail accompli, mêlée à quelque chose d'animal : l'essence même de la sensualité masculine.

Je repoussai mes cheveux et décidai qu'il était temps de changer de conversation. Je rendis à Poppy son regard interrogateur.

— Ça n'avait pas l'air de trop te déranger qu'il se balade dans toute la baraque durant les travaux.

Poppy avait vécu l'enfer de la violence conjugale avec son ex-mari. Résultat, cette belle jeune femme fuyait tout contact physique avec les hommes. Même mon frère, avec qui elle avait pourtant grandi, n'échappait pas à la règle. C'était tellement handicapant au quotidien qu'au début des travaux je m'étais demandé avec inquiétude comment Poppy allait réagir aux allées et venues de tous ces inconnus. Cette maison était pour elle le sanctuaire où elle se remettait petit à petit de son enlèvement.

Les premiers temps, elle était restée claquemurée dans sa chambre, pour éviter Zeb et ses ouvriers qui faisaient un raffut d'enfer. Une commode poussée devant sa porte, elle passait toutes ses journées enfermée à double tour. Et puis un soir le miracle s'était produit. J'avais été retenue au bureau, alors que j'étais censée rentrer de bonne heure pour choisir la couleur de la cuisine avec Zeb. A mon arrivée, j'avais halluciné : le géant barbu et la fleur fragile étudiaient côte à côte des nuanciers de peinture dans ma cuisine entièrement démantelée. J'étais tellement abasourdie que quand Zeb m'avait montré le rouge orangé qui plaisait à Poppy, une couleur assez inhabituelle pour ce genre de pièce, j'avais acquiescé sans faire d'histoires, alors que mes propres goûts me portaient plutôt vers des teintes neutres et apaisantes.

Néanmoins, passé le premier choc, mon mur pétard m'avait enchantée. Il m'avait encore fallu quelques jours pour me rendre compte que le rouge de ma cuisine rappelait celui d'un champ de coquelicots, détail qui m'avait fait chaud au cœur : poppy, n'est-ce pas la traduction de « coquelicot » ? Après le départ de Zeb, je l'avais gentiment questionnée. Comment ce grizzly de Zébulon s'y était-il pris pour la convaincre de sortir de sa forteresse ?

Le plus simplement du monde, en fait : en sollicitant son avis féminin. Feignant de ne pas être le mieux placé en matière de déco, il s'en était remis à elle pour choisir la couleur des murs. Rien que pour ça, je l'aurais embrassé — de toute façon, j'en crevais d'envie. Il avait compris que Poppy avait besoin d'être responsabilisée pour pouvoir se reconstruire.

Zeb Fuller était un mec bien. Hum… un mec bien qui m'obsédait et que j'imaginais sans arrêt à poil. Il avait un tatouage de chaque côté du cou et d'autres qui émergeaient du col de son T-shirt. Ses mains aussi étaient ornées à l'encre, de même que ses bras, entièrement recouverts de volutes et de motifs sauvages. Je brûlais de voir le reste de ses décorations corporelles pour les dessiner une à une du bout de ma langue.

Poppy se racla la gorge, comme pour me laisser le temps de retoucher terre après mes divagations, et alla prendre une bouteille d'eau dans le frigo avant de venir s'accouder à côté de moi sur le plateau en faux marbre de l'îlot central. Là, elle poussa un petit soupir. Même dans ses expressions, elle gardait la discrétion d'une fleur fragile luttant pour rester droite face au vent.

— Je l'aime bien, Zeb... Au début, ça m'a étonnée, mais c'est comme ça. Il me rappelle Rowdy et puis il ne m'a jamais traitée en victime. Jamais. Je sais bien qu'un jour je vais devoir partir de cette maison, reprendre un travail, et pour ça il va falloir que je cesse de voir un danger derrière chaque homme. Zeb est... géant. Tu comprends ce que je veux dire, il est tellement BARAQUÉ... Et pourtant, quand tu le connais mieux, il n'a rien d'inquiétant ni d'effrayant. Finalement, sa présence m'aura été utile : ç'a été un bon exercice. Et la nouvelle cuisine, je l'adore. Heureusement, d'ailleurs ! Si le résultat avait été horrible, j'en aurais été malade. Ça faisait tellement longtemps que je n'avais pas pris une décision toute seule...

Rowdy avait grandi avec Poppy et sa sœur aînée, Salem, dans des conditions totalement différentes des miennes. Au bout de pas mal d'années et de tragédies, lui et Salem avaient fini par se rendre compte qu'ils étaient faits l'un pour l'autre. Voilà pourquoi mon frère se montrait toujours très attentionné envers Poppy, plus vulnérable que jamais en ce moment. Il la considérait comme une sœur, au même titre que moi, depuis que j'avais tout plaqué pour me rapprocher de lui. J'avais découvert l'existence de mon frère un an plus tôt, à la mort de mon père, quand celui-ci avait jugé bon de me révéler ses noirs secrets par testament. Lui qui croyait me manipuler une dernière fois du fond de sa tombe, il m'avait en fait rendu un immense service : son ultime coup bas s'était révélé être un cadeau inestimable. Le seul qu'il m'ait jamais fait, d'ailleurs.

Passant un bras autour des frêles épaules de Poppy, je la serrai tendrement contre moi. Contrairement à sa sœur, elle était dépourvue de courbes et de rondeurs. C'était un fétu de paille que je craignais parfois de voir s'envoler sous mes yeux. Elle se dégagea rapidement de mon étreinte. Pas étonnant : Poppy n'était pas fan de contacts physiques, même de la part d'une amie.

— Si tu veux, dis-je, je peux rappeler Zeb pour... je ne sais pas, moi. Je pourrais lui demander de me construire... une terrasse, une clôture ou autre chose, si tu veux encore « t'entraîner. »

Je ne plaisantais qu'à moitié : j'aurais donné n'importe quoi pour pouvoir le mater à nouveau.

Poppy se mit à rire. C'était si rare que ça me serra le cœur. C'était la première fois que j'hébergeais quelqu'un, la première fois que je partageais aussi intimement mon espace de vie et que je consacrais du temps à d'autres personnes qu'à mes clients. Les moments que je passais avec Poppy étaient si précieux pour moi que je me demandais souvent si, en se reconstruisant, elle ne soignait pas également mes propres blessures. Bon, en temps normal, je me serais fait couper un bras plutôt que d'admettre que l'éducation perverse de mon père m'avait profondément traumatisée et qu'elle continuait de miner mes rapports aux autres. Mais lorsqu'une parole, un geste de Poppy ou un appel bienveillant de mon frère suffisait à déclencher mes anciens mécanismes de défense, je me retrouvais directement confrontée à ma fragilité émotionnelle. Impossible dans ces conditions de persister dans mon déni...

Poppy déclina ma proposition.

— Non, ce ne sera pas la peine, Sayer. Mais merci quand même. Tu sais, tous les jeudis soir, Salem sort avec ses copines, et Rowdy en profite pour m'inviter au resto. Je dis toujours non, parce que je panique à l'idée d'être seule avec lui et de me retrouver au milieu de tas de gens dans un lieu public, mais je crois que la prochaine fois j'accepterai. Je m'en sens capable, maintenant.

Je me contentai de hocher la tête. Je ne voulais surtout pas lui mettre la pression en montrant trop d'enthousiasme.

— C'est bien. Ça fera très plaisir à Rowdy, et je pense que ce sera une bonne chose pour vous deux.

Je lui donnai un petit coup de coude complice.

— Et si tu veux que je t'accompagne parce que c'est trop pour toi, tu n'as qu'à me le dire. Je me débrouillerai pour finir plus tôt.

Rowdy comprendrait qu'elle ait besoin de moi pour faire tampon. Mon petit frère comprenait tout.

Poppy esquissa un pâle sourire : elle ressemblait à un oisillon au bord du nid, tout hésitant à l'idée de voler de ses propres ailes.

— Merci.

Elle contourna le gigantesque îlot central et repartit vers la chambre qu'elle s'était appropriée, au fin fond de la maison. C'était aussi la plus éloignée de ma suite aménagée sous les combles. Consciente que ses cris de terreur risquaient de me réveiller, Poppy l'avait choisie exprès, soucieuse de me déranger le moins possible le temps de sa convalescence.

— Bonne nuit, Sayer. Fais de beaux rêves.

N'y avait-il pas un soupçon d'ironie dans sa voix ? Je n'avais peut-être pas été suffisamment évasive sur ce qui — ou plutôt sur celui qui — m'empêchait de dormir… Bon, il était l'heure de remonter me coucher.

Zeb avait transformé les combles décrépits en cocon de rêve. Bien que moderne, la déco respectait le charme vintage des maisons anciennes. Ma chambre se déclinait en une palette de gris pâles et de bleus reposants. C'était un refuge où je pouvais m'isoler du reste du monde après une dure journée au tribunal ou lorsque je n'arrivais pas à débrancher de mon travail. Zeb avait créé de ses mains un véritable petit coin de paradis dans ma maison. Si seulement il avait pu me rejoindre à poil dans l'imposant lit à baldaquin, mon bonheur aurait été complet.

Je considérai le spectacle navrant de mes draps entortillés et des oreillers dispersés aux quatre coins de la pièce. Quelle idiote ! Mon Zeb imaginaire me faisait encore plus d'effet que mon ex-fiancé, pourtant bien réel, lui. Alors que dans mes rêves mon corps frémissant s'arc-boutait de plaisir, au bord d'une jouissance inouïe, j'étais restée des années avec Nathan sans que jamais ses caresses ne provoquent en moi un tel déchaînement physique. C'était d'ailleurs pour ça que j'avais vécu si longtemps avec lui. Parce que entre nous il n'y avait pas de passion, pas de désir irrépressible, bref toutes ces choses pour lesquelles je n'étais pas équipée. Nathan était inoffensif, facile à vivre, et avec lui je n'avais aucun mal à garder mes distances puisque, de toute façon, il n'éveillait rien d'autre en moi qu'un fade sentiment de sécurité.

A côté de ça, il avait tout juste. Il était gentil, il avait une bonne situation, il portait bien le costume et il avait les mêmes goûts que moi… enfin, les goûts que je croyais être les miens avant que la mort de mon père ne vienne tout chambouler. En plus, il m'aimait vraiment, j'en étais sûre, malgré ma froideur et mon job plus qu'envahissant. Oui, Nathan tenait beaucoup à moi. Pourtant, on savait tous les deux qu'au lit je n'étais pas un bon coup et que je le ferais toujours passer après mon travail. Il avait fallu que je perde mon père et me découvre un frère pour prendre conscience que notre relation ne me satisfaisait pas vraiment, et ce en dépit de tous ses efforts. Si j'avais été prête à faire ma vie avec lui, c'était pour plaire à mon père et surtout pour qu'il me lâche un peu. En résumé, j'avais choisi Nathan parce que c'était ce qu'on attendait de moi.

Au fond de moi, je savais qu'il méritait mieux qu'une femme froide qui se limitait au strict minimum dans l'intimité. C'est pour ça que malgré toutes ses protestations et ses serments d'amour j'avais rompu nos fiançailles. J'étais partie pour le Colorado avec armes et bagages, en quête d'une nouvelle vie, d'une nouvelle famille, et sur ces deux plans j'avais décroché le jackpot. Mais j'avais également pris une sacrée claque le soir où le beau Zeb Fuller, rugueux, sale et décomplexé, s'était assis à côté de moi à la minuscule table de bar où j'étais en train de bavarder avec Rowdy.

C'était justement à cause de mon obsession pour Zeb que je refusais d'annuler mon rendez-vous du lendemain avec Quaid Jackson. Brillant pénaliste, Quaid était le genre d'homme qui semblait aimer les blondes réservées, plus à l'aise au tribunal que dans un lit. Et le fait qu'il soit excessivement séduisant et affable n'était pas pour me déplaire. Le terme de « tombeur » paraissait avoir été inventé pour ce mec avec qui, au fond, je me retrouvais en terrain connu : à l'aise, mais pas plus concernée que ça. Quaid ne me faisait pas paniquer, il ne me rendait pas folle de désir, il ne me donnait pas envie de me jeter à son cou. En un mot, je n'avais rien à craindre de lui.

On se connaissait depuis que mon cabinet s'était occupé du divorce de ce ténor du barreau. Une affaire particulièrement houleuse qui avait fini en règlement de comptes sur la place publique. J'espérais vraiment que pour lui il ne s'agissait que d'un verre entre amis… Je ne voyais pas comment cet homme aurait pu s'engager dans une histoire sérieuse après le récent fiasco de son mariage. En fait, j'attendais surtout de ce beau blond qu'il me change les idées. A force de patience et de prévenances, il arriverait peut-être à calmer mes hormones en folie et à me faire oublier Zeb ? Vu la façon dont commençait la nuit, je n'y croyais pas trop, mais il fallait à tout prix que je dorme. J'étais au bout du rouleau.

J'arrangeai les draps, remis les oreillers en place et éteignis la lumière. Puis, les yeux rivés au plafond, je priai pour que Zeb me laisse tranquille, au moins jusqu'au matin. Mes paupières se firent de plus en plus lourdes ; le sommeil commença à me gagner…

Ça faisait quoi d'embrasser une bouche enfouie dans les poils d'une barbe ?

Cette question me conduisit tout naturellement à imaginer le frottement de cette barbe sur d'autres parties de mon anatomie. J'ouvris les yeux d'un coup. Rien à faire ! A ce stade, c'était soit la douche froide, soit le sex-toy. Ni l'un ni l'autre ne me semblait aussi agréable que les fantasmes qui m'empêchaient de dormir, mais il faut ce qu'il faut et, hélas, je ne m'étais que trop souvent satisfaite moi-même ces derniers temps.

Mon attirance pour Zeb était stupide, absurde ! Une véritable torture ! Ma seule consolation, c'était de me dire que par le passé, ma froideur et mon détachement m'avaient toujours protégée de tels sentiments. Oui, c'était mon premier coup de foudre, et je sentais qu'il allait m'être fatal.

2

Zeb

Un de mes gars m'appela. C'était Julio, un de mes plus jeunes ouvriers. Je tournai la tête et regrettai immédiatement cette seconde d'inattention. Derrière le masque qui protégeait mes poumons des poussières toxiques contenues dans les murs de ces vieilles baraques, je lâchai un torrent de grossièretés. Je venais de m'écrabouiller salement le pouce avec mon marteau. Ce genre d'accident bête, ça arrive sur un chantier, mais ces derniers temps je les multipliais, tellement j'étais à côté de mes pompes. Mon précédent chantier, ou plutôt la blonde canon qui m'avait embauché, continuait de me prendre la tête.

Furieux, je secouai mes doigts pour chasser la douleur, tout en jetant à Julio un regard assassin. Le gamin leva les deux mains en geste de reddition avant même que j'aie ouvert la bouche. Depuis quelque temps, j'avais tendance à péter les plombs pour un rien, encore plus que d'habitude, et mes gars s'en étaient visiblement aperçus. Dans ces moments-là, je me sentais vraiment très con, mais c'était plus fort que moi. J'avais beau faire, Sayer Cole, ses jambes interminables et son attitude glaciale me bouffaient la tête.

J'ôtai mon masque et me forçai à répondre à Julio avec calme au lieu de lui gueuler dessus comme j'en avais envie.

— Quoi ?

Tandis que je secouais ma main, mon index vint frapper mon pouce palpitant de douleur. Putain, ce que ça faisait mal ! Je me l'étais bien niqué. Quand j'ôterais mes gants de travail, mon doigt aurait une jolie couleur noire et bleue. J'aurais du bol si mon ongle ne tombait pas…

— Il y a une dame dehors qui te cherche, me dit Julio avec son fort accent.

Ses mots mirent une seconde avant de pénétrer mon cerveau. Surpris, je haussai un sourcil et glissai mon marteau dans ma ceinture porte-outils.

— Qu'est-ce qu'elle me veut ? Elle est de la municipalité ou c'est une voisine ?

Les gens de l'urbanisme venaient sans cesse vérifier que j'étais dans les clous quand je m'attaquais à ces bâtisses anciennes, que ce soit pour leur rendre leur splendeur d'antan ou les transformer en quelque chose de totalement innovant. J'avais beau être doué dans les deux domaines, je ne pouvais pas me passer des permis et autres autorisations requises par ce genre de chantiers.

Julio se gratta la nuque en rougissant légèrement.

— Je ne lui ai pas demandé. Mais elle est canon.

C'était un gamin, pas encore sorti de l'adolescence, mais il bossait dur et il était vraiment habile de ses mains. Alors je savais que même s'il n'était pas encore tout à fait au top, il avait tout le temps d'apprendre. Il avait juste besoin qu'on lui fasse confiance.

Un nuage de poussière de plâtre s'échappa de mes cheveux quand j'y passai les mains. J'étais toujours couvert de saletés… Quoi que je fasse.

— Les inspecteurs de l'urbanisme peuvent aussi être de jolies inspectrices, Julio.

Le gamin se dandina d'un air gêné et baissa les yeux sur le parquet qu'on avait passé toute la journée de la veille à rénover dans le style cottage traditionnel de 1870.

— Je sais. Elle a juste demandé si Zébulon Fuller était là. Je lui ai dit que oui, et là, elle est partie vers la maison sans casque, sans masque ni rien ! Je lui ai dit que le chantier n'était pas sécurisé, mais je ne crois pas que ce soit une pro. Elle a l'air un peu…

Le gamin se frappa la tempe de l'index. OK, elle lui paraissait un peu à l'ouest.

Je poussai un soupir. Si elle n'était pas de l'urbanisme, c'était sûrement une voisine venue se plaindre des nuisances du chantier, bruit ou encombrements — la routine, quoi. En tant que patron d'une entreprise en pleine expansion, j'avais développé des talents de diplomate. Ça faisait partie de ma réputation.

— C'est bon, je m'en occupe… Tu peux finir de faire sauter le plâtre pour qu'on puisse monter le placo ? Et mets un masque. Ces vieilles peintures, c'est super toxique.

Il y avait tellement de peintures au plomb dans ces vieilles baraques qu'il m'avait fallu obtenir un statut de professionnel certifié. Mon job n'était pas facile, il y avait toujours des tas de mauvaises surprises à gérer, mais ce qui me motivait, c'était la satisfaction du travail bien fait, savoir que j'avais sauvé des bâtisses croulantes du bulldozer. Mon kif, c'était de donner une seconde chance à quelque chose dont plus personne ne voulait.

Je secouai ma tignasse et passai les mains dans ma barbe pour en faire tomber d'éventuels débris. Je devais être blanc comme un meunier, mais qu'est-ce que je pouvais y faire ? Quand je bossais sur mon chantier, je n'avais pas le temps de recevoir des invitées-surprises — qu'elles soient en chair et en os ou fantasmées. Ma belle avocate me prenait déjà beaucoup trop la tête. Mon doigt endolori en était la preuve.

J'émergeai du trou où s'était un jour trouvée la porte d'entrée avant d'être défoncée par des squatteurs. Une jeune femme brune — très agréable à regarder, en effet — arpentait ce qui avait été une pelouse. Les bras croisés sur la poitrine, elle semblait très agitée. OK, quel que soit le motif de sa visite, ça allait être ma fête… Je jetai un regard torve au panneau planté dans le jardin et sur lequel s'étalait la raison sociale de mon entreprise, FULLER CONSTRUCTION, avec mon nom et mon numéro de téléphone. La fille n'aurait pas trop de mal à savoir qui était le responsable du chantier si je l'envoyais balader. Il allait falloir que je refrène mon humeur de chien… Je plaquai sur mon visage un sourire que j'espérais aimable et professionnel.

— Il paraît que vous me cherchez. Je suis Zeb Fuller, que puis-je faire pour vous ?

A ma vue, la femme se figea, comme statufiée, et me regarda avec de grands yeux. Jusque-là, tout était normal. J'avais l'habitude de ce genre de réaction de la part des hommes comme des femmes. J'étais plutôt balèze comme mec — carrément balèze, même — et, avec mes mains et mon cou entièrement tatoués, je passais souvent pour encore plus costaud et plus patibulaire que je ne l'étais en réalité. En tout cas, la fille semblait franchement troublée par mon allure de bulldozer.

Elle décroisa les bras et porta une main tremblante à sa bouche. A mon tour de tomber des nues : la femme s'était mise à pleurer. Pas des larmes silencieuses, mais de gros sanglots bien bruyants qui secouaient sa silhouette toute menue des pieds à la tête. D'instinct, j'avançai d'un pas, ce qui la fit reculer aussitôt. Je battis en retraite, les mains levées : il fallait qu'elle comprenne que je ne lui voulais aucun mal.

— Hé, c'est vous qui me cherchiez… Vous êtes sur mon chantier. Moi, je suis juste venu voir ce que je pouvais faire pour vous.

J'avais horreur de voir une femme pleurer, ça me rendait malade.

J'avais grandi entre ma mère et ma sœur aînée. Mon père, je ne me souvenais pas de lui, j'étais trop jeune à l'époque où il était parti. Du coup, j'avais toujours été l'homme de la famille et je n'avais jamais laissé personne faire pleurer les deux femmes que j'aimais. Alors, quand celle-là s'est retrouvée toute larmoyante devant moi, mon instinct protecteur s'est ramené au galop.

— Je suis vraiment désolé si je vous ai fait peur.

Elle se pencha en avant, les mains en appui sur les genoux, comme pour reprendre son souffle. Ses cheveux bouclés lui retombaient sur le visage et ses épaules continuaient de tressauter. Je commençais à m'inquiéter sérieusement quand elle leva la main et bredouilla :

— Une petite minute… Vous lui ressemblez tellement que ça m'a fait un choc.

Sa respiration était toujours laborieuse, et je ne comprenais rien à ce qu'elle me racontait. A mon tour, je croisai les bras sur ma poitrine et attendis qu'elle se reprenne. Comme ça ne semblait pas être pour tout de suite, j'insistai :

— Excusez-moi, mais je ne vous suis pas. Je ressemble à qui ?

Elle se redressa et passa les mains dans ses boucles. Puis elle me regarda attentivement, depuis le sommet de mon crâne jusqu'à la pointe de mes chaussures de sécurité pourries. Son inspection terminée, elle secoua la tête. Pas vraiment la réaction que je produisais sur les femmes, d'habitude, mais si ça devait stopper ses larmes, j'étais prêt à faire avec.

— Vous devez me prendre pour une cinglée, pourtant je vous jure que ce n'est pas le cas. J'ai mis deux jours pour vous retrouver : je n'avais aucun nom, aucun indice pour me guider. Et quand je vous ai vu… ça m'a vraiment fait un choc. Pardon d'avoir craqué comme ça. Moi qui voulais faire bonne impression, c'est raté.

J'étais déjà de mauvais poil et à bout de patience. Je n'avais ni le temps ni l'envie de décoder le charabia de cette fille.

— Ecoutez, ma jolie, je ne sais pas de quoi vous me parlez et j'ai pas mal de boulot qui m'attend. Cette baraque ne va pas se retaper toute seule. Alors, dites-moi en quoi je peux vous aider, sinon j'y retourne.

La fille se racla la gorge, s'avança vers moi et, après avoir longuement pesé ses mots, elle se lança.

— Je suis Echo Hemsley. Et ma meilleure amie s'appelait Halloran Bishop.

Elle marqua une pause comme si l'un de ces deux noms aurait dû me dire quelque chose. Face à mon silence, elle poursuivit. Sa lèvre inférieure tremblait, tout comme ses mains.

— Halloran n'a pas eu une vie facile. Elle a fait beaucoup de bêtises… elle choisissait très mal ses mecs et elle prenait des tas de saloperies pour affronter ses problèmes.

Elle inspira profondément, ses yeux étaient à nouveau pleins de larmes.

— C'était aussi la fille la plus douce et la plus gentille

que j'aie jamais connue. Et jusqu'au bout j'ai cru qu'elle arriverait un jour à se reprendre en main.

Je fronçai les sourcils.

— C'est très bien tout ça, mais je ne vois toujours pas en quoi ça me regarde. Je ne vous connais pas, ni vous ni votre amie.

D'accord, des femmes j'en avais croisé beaucoup… VRAIMENT BEAUCOUP… mais je me souvenais de chacune d'elles et je n'étais pas du genre à coucher avec quelqu'un dont je ne connaissais même pas le prénom. J'aimais ma vie de célibataire qui me permettait d'avoir des copines à droite à gauche, mais je n'étais pas non plus un bourrin. Franchement, mon lit était très vide et mes nuits très calmes depuis qu'une certaine avocate aux jambes interminables était devenue l'objet de tous mes fantasmes de jour comme de nuit. Je la voulais, cette fille. Elle et rien qu'elle. Le problème, c'est que j'avais beau lui montrer qu'elle me plaisait, elle ne captait que dalle. Elle semblait absolument imperméable à tout ça.

A moins que, se sachant d'un milieu social très supérieur au mien, elle veuille limiter nos rapports au simple domaine professionnel. Certes, mon entreprise marchait du tonnerre et je gagnais bien ma vie, mais, même si ma réussite avait été fulgurante, je restais un travailleur manuel doublé d'un ex-taulard. La seule chose que j'avais de bleu, c'était le col, pas le sang.

J'avoue, j'avais été impressionné, limite fasciné, que mon passé ne l'ait pas refroidie — mais ça, c'était avant que je lui fasse piger qu'elle me plaisait. Ce qui me décevait, c'est qu'elle me tienne à distance après avoir pris ma révélation avec tant de calme. Oui, je l'avais crue différente des autres, sans a priori, mais au final Sayer était comme tout le monde : elle se focalisait sur mon passé de taulard.

Elle feignait de ne pas voir que je passais mon temps à la mater, qu'entre nous l'air était chargé d'électricité. Mes compliments, elle ne les prenait pas au sérieux, et mes allusions sexuelles tombaient à plat. J'avais fini par comprendre : si elle voulait bien que je bosse pour elle, elle n'envisageait pas une seconde de sortir et encore moins de coucher avec moi. Entre nous, l'attirance était à sens unique, et j'avais beau la draguer, elle restait de marbre. D'où mon humeur de chien depuis quelques semaines.

— Oui, je comprends, dit la fille. Vous ne me connaissez pas, et il est très possible que vous ne vous souveniez pas de Halloran. Après tout, vous n'avez passé qu'une seule nuit ensemble… Le Jack and Jill's, ça vous dit quelque chose ? C'est un bar.

Face à mon absence de réaction, elle réfléchit, perplexe.

— C'est le jour où vous êtes sorti de prison, essayez de vous rappeler.

A ces mots, je fis un effort de concentration et remontai dans le temps. C'était plus de cinq ans plus tôt. Je venais d'être libéré au bout de trente mois de détention — violences aggravées. J'avais refusé que ma mère ou ma sœur Béryl vienne m'attendre devant la prison. Ou, plutôt, je ne leur avais même pas donné la date de ma sortie.

A l'époque, j'étais furieux, amer. Je n'avais toujours pas digéré mon arrestation ni les conséquences qu'elle avait eues sur ma vie. J'avais besoin de lâcher un peu de vapeur, de me remettre la tête à l'endroit avant de revoir ma famille. Il me fallait quelques jours pour redevenir moi-même et laisser derrière moi le mec bousillé par la prison.

Le pénitencier de Canon City était à moins de deux cents bornes de Denver, et pourtant le trajet m'avait paru interminable. Le Jack and Jill's, ce nom-là ne me disait rien, en revanche je me souvenais très bien d'être descendu du bus au premier arrêt, puis d'avoir marché sans but le long de quelques pâtés de maisons.

— Ecoutez, il se peut que je sois entré dans un bar ce jour-là, mais je ne connais aucune Halloran.

N'empêche, j'avais un mauvais pressentiment. Je ne cherchais pas à dissimuler mon passé, mais ça n'était pas non plus mon sujet favori de conversation. Ça me mettait mal à l'aise que cette inconnue en sache aussi long sur mon compte.

Il faut dire que j'avais connu des jours plus glorieux que celui de ma sortie de prison. Evidemment, j'étais libre et c'était bon d'être enfin dehors, mais ma copine, elle, ne m'avait pas attendu. Elle m'avait quitté moins de six mois après mon incarcération. Entre-temps, le salaud que j'avais failli tuer à mains nues continuait de se balader sans être inquiété, même quand il lui prenait l'envie de cogner sur des femmes sans défense. C'était cette injustice qui me rongeait de l'intérieur. J'étais devenu une bombe à retardement. Une étincelle aurait suffi à me faire exploser. Il fallait que j'apaise cette rage accumulée — bon, et aussi la frustration qui me tordait le ventre après plus de deux années passées sans alcool et sans femme. Et pourquoi pas dans le premier bouge venu ? Ça me ressemblerait assez d'avoir fait ça. Un bar, c'était l'endroit tout indiqué pour assouvir mes deux besoins : ma dose de whisky et de femmes faciles. Il me fallait au moins ça pour redevenir moi-même ce soir-là. Avant de pouvoir affronter le regard de Béryl et de ma mère.

— Elle était à peu près de cette taille-là…

La fille plaça sa main à quelques centimètres au-dessus de sa tête.

— Blonde, les yeux bleus, très jolie et, comme je vous l'ai dit, super gentille.

« Etait. » C'était la deuxième fois qu'elle parlait de son amie au passé.

— « Etait » ?

A nouveau, ses yeux se mouillèrent de larmes, et elle serra les bras comme pour se réconforter.

— Je vous l'ai dit, Halloran se droguait et choisissait mal ses mecs. Les deux l'ont rattrapée ce week-end. Elle a été abattue sur East Colfax — une transaction qui a mal tourné. Son dernier copain en date était dealer. Il s'est imaginé qu'il pouvait prendre Halloran avec lui pour aller récupérer un gros paquet de came. Elle aurait dû se méfier, mais elle ne réfléchissait jamais à ce genre de choses. Ils se sont fait braquer par un dealer concurrent et sa bande. Halloran a reçu onze balles, son copain plus de vingt.

Elle arrivait à peine à articuler entre deux sanglots. Bon, je ne pouvais pas rester planté là pendant qu'elle arrosait mon chantier de larmes. Alors, aussi bizarre que ça puisse paraître, je la serrai dans mes bras. Cette fille était pour moi une parfaite inconnue, mais elle avait besoin d'être consolée et j'étais là.

— Je suis vraiment désolé pour votre amie…

Collée contre mon torse, elle se contenta de hocher la tête, sans me rendre mon étreinte. Elle inspira profondément et s'écarta de moi en s'essuyant les joues du revers de la main.

— Vous ne vous souvenez peut-être pas d'elle. Elle m'avait bien dit que ce soir-là vous étiez complètement bourré, furieux et déprimé, aussi. Elle était entrée dans ce bar parce que son copain de l'époque venait de la jeter à la rue après l'avoir tabassée. Elle n'avait nulle part où aller. D'après elle, vous vous êtes raconté vos malheurs, tous les deux : vous lui avez dit que vous aviez fait de la taule pour avoir défendu votre sœur contre le type qui la frappait. Halloran a flashé sur vous. Vous étiez courageux, vous défendiez les femmes vulnérables, et d'ailleurs… (elle me désigna d'un geste vague) il n'y a qu'à vous regarder.

Des bribes de souvenirs me revenaient en rafales.

J'avais toujours eu un faible pour les blondes. Et dans ce contexte plutôt sombre, il y avait toutes les chances pour que j'aie forcé sur le sexe et le whisky au point d'avoir tout oublié. Je me rappelais vaguement être assis au bar. Quelqu'un qui sentait bon m'avait regardé avec des yeux bleus remplis de tristesse et s'était perché sur le tabouret voisin du mien. La suite… Des paroles profondes et des baisers solennels. De douces caresses et des décisions prises dans les brumes de l'alcool. Je me souvenais même du couvre-lit qui grattait. Je m'étais réveillé dans un motel de passe, couché sur le ventre avec une gueule de bois d'enfer. La fille, je ne m'en souvenais pas, ni de son nom ni de son visage, mais je savais que l'espace d'une nuit elle m'avait fait du bien et que sur le moment j'avais eu envie de m'occuper du mec qui l'avait rendue aussi triste.

— Vous voulez dire que j'aurais couché avec votre amie, c'est ça ?

C'était plus que probable, je le savais, et le fait que cette femme ait voulu me retrouver après tout ce temps me filait des sueurs froides. Pas besoin de me faire un dessin, je voyais très bien où elle voulait en venir. Mais tout ça me semblait juste impossible.

— C'est ça, oui. Vous avez passé la nuit ensemble, mais comme toujours Halloran a misé sur le mauvais cheval. Elle est retournée vers le mec qui la battait. Elle m'a dit qu'elle s'était tirée en douce le lendemain matin sans même vous avoir dit son nom.

La dénommée Echo ramena ses cheveux bouclés derrière ses oreilles et me fixa de ses yeux noisette fatigués.

— Halloran vous a vu aux infos quand ils ont fait ce reportage sur la boutique de tatoueur que vous avez rénovée en ville. A mon avis, elle ne voulait pas lâcher le morceau, mais ça lui a échappé… Elle vous a reconnu à la télé et elle a dit : « C'est le papa de Hyde. »

Voilà, c'est ce que j'attendais, ce que j'avais pressenti dès qu'elle m'avait annoncé que j'avais passé une nuit avec sa meilleure amie. La rage, le whisky, une jolie fille triste… c'était un cocktail qui ne me réussissait pas. Je couchais depuis l'âge de quinze ans et j'aurais pu compter sur les doigts d'une seule main le nombre de fois où j'avais mis une capote. Malheureusement, le soir de ma sortie de prison n'avait pas dû faire exception.

— Vous êtes en train de me dire que j'ai eu un enfant avec votre amie qui s'est fait buter ?

Dit comme ça, c'était plutôt brutal, mais j'avais la tête qui tournait et soudain je me mis à chercher l'air. Sous mes pieds, le sol s'était transformé en sables mouvants, et tout au fond de moi je crevais d'envie de la traiter de menteuse et de la virer de mon chantier.

Elle opina.

— Oui. Enfin, sur le moment, ça ne m'a pas paru important. Halloran avait des tas de copains et Hyde avait déjà eu des tas de « tontons ». Je ne serais jamais venue vous embêter, je n'aurais jamais essayé de vous retrouver s'il n'y avait pas urgence. Vu les conditions de la mort de Halloran et son passé de toxico, Hyde a été pris en charge par les services sociaux. Si vous ne faites rien, il va être placé en famille d'accueil, puis proposé à l'adoption et on perdra définitivement sa trace.

J'accusai le coup.

— Si moi je ne fais rien ? Sérieusement, ma jolie, je ne sais même pas si ce que vous me racontez est vrai.

Elle hocha la tête et tira un téléphone portable de sa poche arrière.

— Je sais que c'est soudain, je sais que c'est dur à avaler. Mais Halloran n'avait pas beaucoup de famille, et les seuls parents qui lui restent n'en avaient rien à foutre d'elle et de Hyde. Ce ne sont certainement pas eux qui vont pouvoir ou vouloir le prendre. Je me suis proposée, mais je me déplace tellement pour mon boulot qu'ils se sont dépêchés d'écarter ma candidature. Et puis mon casier n'est pas tout à fait vierge… Moi aussi, quand j'étais jeune, j'ai pris des saloperies et je n'avais pas beaucoup de jugeote en matière de mecs. Heureusement, je m'en suis sortie avant qu'il ne soit trop tard.

Elle déglutit péniblement.

— J'aurais très bien pu finir comme Halloran.

Elle me fixa en ravalant ses larmes.

— Ça peut vous sembler difficile à croire, ça peut vous paraître fou, mais vous avez un fils et, si vous ne faites rien, il ne sera bientôt plus qu'un numéro de dossier entre les mains d'une assistante sociale.

Je secouai la tête. J'avais envie de lui dire de partir, de lui dire qu'elle était folle et qu'elle racontait n'importe quoi, mais je n'étais pas le genre de mec à me défiler. J'assumais mes responsabilités et mes conneries. Alors, quand elle me mit son Smartphone sous le nez, je m'en saisis comme si c'était une grenade dégoupillée.

Le petit appareil dans la main, je fixai, dans un état second, la photo d'une très jolie blonde entourant de ses bras un petit garçon en jean déchiré et T-shirt Transformers. Il avait des boucles brunes, de grands yeux vert foncé, calmes et limpides, et un sourire auquel il manquait quelques dents. Sa petite joue ronde était creusée d'une fossette que je connaissais bien. Il était grand pour son âge. C'était dingue ! J'avais vraiment l'impression de regarder une vieille photo de moi. Le téléphone m'échappa des mains.

Echo ramassa son portable et le brandit devant mes yeux.

— Il y en a des centaines d'autres si ça vous intéresse. La ressemblance est frappante, non ? C'est pour ça que j'ai flippé quand je vous ai vu sortir de la maison. J'ai cru voir Hyde adulte : c'est votre portrait craché. Il vient d'avoir cinq ans. Faites le calcul si vous doutez encore qu'il soit de vous.

Mon portrait craché, en effet. Bordel !

Je fourrageai dans ma barbe, j'avais besoin de réfléchir.

— Et votre amie ? Pourquoi est-ce qu'elle n'a pas cherché à me retrouver ? Pourquoi est-ce qu'elle ne m'a pas demandé de l'aider ?

L'idée que ce petit garçon dont j'étais le père, ma chair et mon sang, ait vécu depuis tout ce temps sans que je le sache, ça réactivait d'un coup toute la colère et la rancœur que j'avais tant de mal à refouler depuis ma sortie de prison.

— Je vous l'ai dit, elle est retournée avec le mec avec qui elle était. Au début, je ne pense pas qu'elle ait su qui était le père de Hyde. Mais à la naissance tout le monde a vu que le petit n'était pas de son copain : il était mexicain, et Hyde n'a rien de latino.

La fille rengaina son Smartphone.

— Quand Halloran est sortie de la maternité, son mec l'a tellement tabassée qu'elle a failli y rester. Pendant un moment, elle a compris qu'il valait mieux qu'elle se tienne à carreau. Elle ne voulait pas que son petit bébé perde sa mère si tôt. Mais Hyde a grandi, et peu à peu Halloran a replongé. Elle aurait sûrement pu vous retrouver, vous présenter votre fils, mais tout ce qui l'intéressait, c'était de dégoter son prochain fix et de garder son dernier mec. Alors, faire quelque chose de bien pour Hyde… Encore une fois, Halloran était une fille adorable, mais ce n'était pas une très bonne mère. Enfin, elle faisait des efforts, mais elle n'avait pas le mode d'emploi. Hyde n'a que cinq ans, mais il en a déjà pas mal bavé. Vous pourriez tout changer pour lui, monsieur Fuller. C'est un gamin adorable, sociable et marrant. Vous n'imaginez pas tout ce qu'il a déjà vécu. Il mérite un vrai foyer. Il mérite un papa qui l'aime et prenne soin de lui.

Ma main se crispa sur la tête de mon marteau, et je poussai un gros soupir. C'était comme si la Terre s'était mise à tourner à l'envers.

— J'ai un fils ?

Ma voix résonna bizarrement à mes propres oreilles. On aurait dit que je parlais une langue étrangère. J'avais du mal à articuler ces mots.

La fille plongea son regard dans le mien. Sur son visage je ne lisais plus que compassion et compréhension.

— Ecoutez, je comprends que ça vous fasse un choc. Je sais que vous pouvez retourner à votre chantier sans rien faire en vous disant que je suis une folle ou une menteuse, mais il fallait que je tente le coup. C'est trop injuste que ce petit garçon continue de souffrir des conneries de sa mère. Quand je pense à Hyde, je regrette de ne pas avoir eu dès le début une vie irréprochable. J'aurais pu l'aider.

— Vous savez, ce n'est pas avec mon parcours que je vais remporter la médaille du père idéal.

Les erreurs du passé finissent toujours par te rattraper, j'étais bien placé pour le savoir.

— Peut-être. Mais vous pourriez au moins essayer, non ? Si jamais il y a une infime possibilité que vous soyez le père de Hyde et que vous le laissiez entre les mains de parfaits inconnus, est-ce que vous pourrez continuer à vous regarder dans une glace ? Les foyers, je connais. Ce n'est pas terrible, et la plupart des gamins qui en sortent finissent en taule ou encore plus bousillés que lorsqu'ils y sont arrivés. Tandis que vous, vous avez les moyens d'éviter ça à votre fils. Alors, pourquoi hésiter ?

Elle avait raison, je le savais. Rowdy avait grandi dans un foyer et il avait passé son adolescence en famille d'accueil. Il n'était pas vraiment bousillé, il n'avait jamais fait de prison, mais quand il évoquait son passé il n'y avait pas beaucoup de souvenirs heureux, de rayons de soleil ou d'arcs-en-ciel.

Je me massai la nuque en soupirant.

— OK, ma jolie… je veux dire, Echo. Je ne peux rien vous promettre, mais il se trouve que je suis plus ou moins ami avec une cliente qui bosse dans le droit de la famille. Je vais la contacter et voir ce qu'elle me conseille de faire. J'imagine que la première étape, c'est de prouver légalement que c'est bien moi, le père. Votre amie n'a pas indiqué mon nom sur l'extrait de naissance, je suppose ?

La brune eut l'air gênée.

— Il y a un blanc à la place du père. J'ai pu mettre la main sur une copie juste après l'enterrement, quand les services sociaux sont venus chercher Hyde. J'espérais tomber sur un nom, mais, comme je vous l'ai dit, je ne pense pas que Halloran ait su qui était le père le jour où elle a déclaré l'enfant. Et puis elle avait tellement peur de son homme à l'époque qu'elle ne pouvait absolument pas mettre le nom d'un autre. Tout ce que j'avais comme indice, c'était ce qu'elle m'avait dit quand elle vous avait vu à la télé. Je suis allée à la boutique et j'ai demandé le nom de la personne qui avait fait les travaux à la fille au comptoir, une petite blonde tatouée de partout. Je lui ai raconté que je cherchais quelqu'un pour rénover mon appart, mais je ne pense pas qu'elle m'ait crue. En tout cas, elle n'a pas voulu me renseigner. Heureusement, l'un des ouvriers qui travaillaient là m'a dit où vous trouver.

Je savais très bien comment pouvait se comporter la blondinette tatouée et j'étais content qu'un de mes gars soit intervenu. Il fallait que je sache si ce petit garçon était bien de moi. Même si cette bonne femme n'était pas réglo, je me le devais à moi-même ainsi qu'à ce gamin. Et aussi, hélas ! à la fille qui m'avait aidé à noyer mon chagrin dans l'alcool et le sexe cette fameuse nuit où je m'étais senti seul au monde et complètement largué.

— Encore une fois, je ne vous promets rien, mais je parlerai à cette avocate et je verrai ce qu'elle me conseille de faire. Ça marche ?

Elle acquiesça, et un éclair de soulagement traversa son regard.

— Ça va au-delà de ce que j'espérais au départ. C'est vrai, vous auriez pu me virer de votre chantier sans m'écouter, alors je considère comme une victoire que vous m'ayez accordé tout ce temps, et ce, quoi qu'il se passe ensuite.

Elle m'adressa un sourire tremblotant.

— Merci.

Elle tourna les talons et se dirigea vers la petite hybride que j'avais repérée dans l'allée, garée derrière ma jeep. Elle était à la moitié du chemin quand je l'appelai :

— Echo !

Elle pila net et me jeta un regard surpris par-dessus son épaule.

— Si je vous donne mon numéro de portable, vous pourrez m'envoyer une photo du gamin ? Ça pourrait m'aider à expliquer un peu mieux la situation à l'avocate… Je ne suis pas très doué pour les mots, ajoutai-je un peu embarrassé.

Elle inclina la tête sur le côté et me regarda avec défi.

— D'accord, mais à une condition.

— Laquelle ?

— Que vous l'appeliez par son prénom, monsieur Fuller. Il s'appelle Hyde.

Je jurai dans ma barbe. Jusque-là, j'avais fait exprès de ne pas prononcer le nom du petit. Ça le rendait trop réel. Beaucoup trop réel.

— Vous pourrez m'envoyer une photo de Hyde, alors ?

— Avec plaisir.

Je lui donnai mon numéro de portable. Elle ressortit son téléphone pour l'ajouter à son répertoire et repartit sans un mot vers sa voiture. Mon portable se mit à sonner avant même que je n'aie trouvé la force de me secouer pour rentrer dans la maison. Plusieurs messages à la suite.

Hors de question de les regarder maintenant, ça n'était pas pressé, j'attendrais d'avoir fini le boulot. Pourtant, malgré moi, je m'assis sur le perron délabré du cottage et je commençai à faire défiler les photos.

Elles montraient toutes un petit garçon en train de rire et de jouer. Sur chaque image, il avait l'air heureux, insouciant, ce qui m'étonnait vu tout ce qu'il avait déjà traversé, à en croire Echo. Ce gosse était trop jeune et trop innocent pour affronter la disparition brutale de sa mère, mais aussi pour se retrouver confié à des gens qu'il ne connaissait pas. Je ne savais pas encore si j'étais son père, même si la ressemblance entre nous était troublante, mais une chose était sûre : en demandant à Sayer Cole de m'aider à éclaircir ce point, j'allais forcément flinguer mes chances avec elle.

Déjà qu'elle me trouvait limite à cause de mon passé de taulard, elle allait carrément me fuir quand elle apprendrait que, selon toute probabilité, j'avais fait un gosse à une femme dont je n'avais aucun souvenir, lors d'une nuit de baise et de picole.

Pas grave, puisque de toute façon elle ne semblait pas s'intéresser à moi. L'essentiel, c'était qu'elle m'apporte son conseil pour régler au mieux cette affaire de paternité.

Oui, pour le moment, ma priorité, c'était de venir en aide à ce petit Hyde, pas de convaincre la belle avocate de coucher avec moi… Et ça, même si dans ma tête je n'avais pas encore totalement renoncé à ce rêve-là.

3

Sayer

J'essayai de me masser discrètement les tempes tout en sirotant un cocktail lemon drop. Depuis midi, je souffrais d'un mal de tête tenace.

— Dure journée ? commenta Quaid.

Je me sentis rougir. Mes nuits sans sommeil me donnaient-elles si mauvaise mine que ça ? Comme toujours en sortant du boulot, je portais une tenue très sobre, limite sévère. Dans ma vie professionnelle, j'évitais toute fantaisie : être une jolie femme quand tu bosses dans la justice, ce n'est jamais un avantage. Du coup, pour être prise au sérieux, je veillais à afficher un air calme et efficace en toutes circonstances.

— Dures semaines ! Je ne dors pas bien et en ce moment je suis sur deux — deux ! — dossiers d'attribution de garde qui me prennent tout mon temps. Un jour, j'aimerais bien défendre un client qui fasse passer l'intérêt de son enfant avant le sien !

Je ponctuai ma remarque d'un petit sourire forcé, tandis que Quaid desserrait son nœud de cravate. Bon sang, ce n'était pas permis d'être aussi beau ! Plusieurs des femmes assises au bar n'arrêtaient pas de jeter des coups d'œil dans sa direction. Quant à la serveuse, elle avait carrément failli lui lâcher sur les genoux le scotch on the rocks qu'il avait commandé, tout ça parce qu'il lui avait souri. Avec sa coupe moderne et son look pointu, il semblait sorti tout droit des pages d'un magazine de luxe. Quaid n'aimait que les grandes marques et il ne s'en cachait pas. Ses yeux, d'un bleu inhabituel, oscillaient entre le gris et le jean délavé. Son regard était attentif et calculateur. Rien de relâché ou de naturel chez lui. Cependant, il avait beau en imposer et ruisseler de confiance en lui, il y avait dans toute son attitude une arrogance qui tranchait avec la force tranquille de Zeb.

Bon sang, je me serais donné des baffes ! J'avais accepté de sortir avec Quaid pour ne plus penser à Zeb et j'avais toutes les peines du monde à me focaliser sur le concentré de sexitude qui me faisait face, bien emballé dans son costard de luxe !

Il haussa un sourcil blond doré, puis me décocha un sourire enjôleur avant de porter nonchalamment son verre à ses lèvres. A cet instant, j'aurais bien aimé avoir une petite conversation avec ma libido qui restait désespérément indifférente à tout ce déploiement de charme.

— Personnellement, dit-il, je ne pourrais pas m'occuper de droit de la famille. Les enfants, c'est trop dur, le côté affectif de ces dossiers doit être épuisant. J'ai déjà assez à faire avec tous ces adultes qui ne pensent qu'à contourner la loi et profiter du système. Alors, les voir en plus se livrer à ce genre de manipulations avec leurs propres enfants, comme si c'étaient de simples pions…

Il secoua la tête d'un air accablé, et je crus entendre une des femmes au bar pousser un soupir rêveur.

— Je trouve ça vraiment trop dégueulasse, conclut-il.

— Et moi, jamais je ne pourrais défendre des clients

que je sais coupables pour qu'ils s'en tirent impunément ! Je ne fais pas assez confiance à la justice. Comme si une assemblée de jurés tirés au sort allait forcément prendre la bonne décision ! Les gens se laissent beaucoup trop facilement impressionner par le charisme et les belles paroles.

Quaid eut l'air surpris.

— Tu ne fais pas confiance à la justice ?

Ce n'était pas une attitude très répandue parmi mes pairs, mais j'avais vu trop de choses et subi trop longtemps les conséquences des ratés de la justice, pour placer toute ma confiance dans ce système imparfait. Je finis mon verre avant de répondre :

— C'est justement parce que je ne crois pas à une justice infaillible que je fais ce métier. Certains de ces gamins ont besoin que quelqu'un se batte pour eux, envers et contre tout. Le système peut se planter, mais moi, je suis là pour limiter la casse.

Quaid sourit et se renversa contre le dossier de sa chaise en me considérant d'un air pensif. Il avait un regard exercé. Un regard perçant, résolu, pénétrant, un regard qui devait être d'une efficacité redoutable lorsqu'il s'agissait de démolir un témoin à la barre. Mais il en fallait plus pour m'impressionner. Je connaissais toutes les ficelles du métier, moi aussi je savais m'en servir. Je lui renvoyai son sourire et d'un signe je commandai un autre verre à la serveuse.

— Et quand tu défends quelqu'un de malheureux qui cherche juste à se venger ? me demanda-t-il. Quelqu'un qui n'a d'autre but que de faire souffrir l'autre partie ? C'est quoi ton rôle, dans ce genre de situation ? Là aussi, tu te bats pour la justice, tu crois ?

Il parlait de son ex-femme, c'était clair. A Denver, tout le monde était au courant, dans le petit cercle de la magistrature. Son ex l'avait bien manipulé, à tel point qu'il pouvait s'estimer heureux de ne pas avoir fini sur la paille. C'était son amour de lycée, une belle histoire sur le papier, mais quand leur couple était parti en vrille ça avait vraiment été violent. Des rumeurs d'infidélité avaient circulé d'un côté comme de l'autre, mais rien n'avait jamais pu être prouvé et, vu que mon cabinet était le meilleur, Quaid avait conservé sa fortune et sa réputation intactes. Bien sûr, il devait banquer chaque mois, dans le cadre de la prestation compensatoire, mais en gros on considérait tous l'issue du divorce comme une victoire pour notre client. Apparemment, ce dernier n'était pas du même avis.

— Tout le monde a le droit d'être défendu, Quaid. C'est même sur ce principe que repose notre merveilleux système, non ? C'est bien pour ça que j'évite au maximum de m'occuper de divorces, je sais combien ça peut être moche. Les gens heureux ne se séparent pas. Quand on en arrive à envisager le divorce, les deux parties en sont déjà à rejeter la faute de cet échec sur l'autre et à chercher un exutoire à leur souffrance.

Il émit un petit rire sans joie.

— Tu as déjà été mariée, Sayer ?

Je secouai la tête.

— Non. Seulement fiancée, et on s'est séparés en bons termes. Mais je vois ça tous les jours, au cabinet. C'est le même amour qui est censé rapprocher les couples et les rendre heureux, qui au final les rend tristes à crever.

— Ne m'en parle pas !

Sa voix vibrait d'amertume.

Il grommela quelque chose d'indistinct, puis retrouva son sourire ravageur juste à temps pour la serveuse. Résultat, elle renversa la moitié de mon verre en le posant sur la table.

Je levai les yeux au ciel.

— Franchement, Quaid…

Il gloussa.

— Qu'est-ce que j'y peux ? Je plais aux femmes.

— Tu m'étonnes !

Et comment aurait-il pu ne pas leur plaire ? Il était beau, super intelligent, il s'exprimait bien, il avait du charme et transpirait le fric et la confiance en soi. Et puis ce sourire qu'il avait… mortel ! Quelle conne j'étais de ne pas craquer pour lui ! Je me serais filé des coups de pied…

— Mais pas à toi, Sayer. Tu m'aimes bien, c'est clair, mais je ne te plais pas. Ce n'est pas souvent qu'une femme annule plusieurs rendez-vous avec moi.

Heureusement que j'avais enroulé ma tresse en chignon aujourd'hui, parce que si j'avais eu les cheveux libres j'aurais entortillé nerveusement une mèche autour de mon doigt. Un tic qui horripilait mon père. J'avais passé ma jeunesse à tout faire pour éviter ses regards réprobateurs et ses remarques cinglantes, mais son mépris n'était pas parvenu à me débarrasser de toutes mes manies.

— Je suis désolée, Quaid, mais je ne touche pas terre en ce moment. Je croule sous les dossiers, ma maison était en travaux, et puis j'essaie de passer le maximum de temps avec mon frère.

J'avais souvent du mal à expliquer mon intérêt passionné pour Rowdy. Du coup, quand on m'interrogeait sur mon acharnement à faire partie de sa vie, je m'en tirais en servant à tout le monde une demi-vérité.

— On ne s'est pas beaucoup vus durant notre enfance, alors depuis la mort de notre père j'ai l'impression de rattraper le temps perdu.

La pensée d'avoir quelqu'un du même sang que moi, un parent sur lequel je pourrais me reposer, la promesse de ne plus être seule au monde, tout ça renforçait mon désir de me faire une place à Denver et dans la vie de mon petit frère. Heureusement pour moi, Rowdy était un homme bien et affectueux, et après des débuts difficiles il m'avait accueillie à bras ouverts. Ce petit frère dont j'avais si longtemps ignoré l'existence était la plus belle chose qui me soit jamais arrivée.

— Dans ce cas, merci d'avoir trouvé du temps à me consacrer ce soir, Sayer, bien que ce rendez-vous n'ait de toute évidence pas la même signification pour toi que pour moi.

Un peu crispée, je m'agrippai à mon verre de cocktail pour me donner une contenance tandis qu'il poursuivait :

— Tu es vraiment une femme charmante, Sayer. Tu es volontaire, intelligente et passionnée par ton travail. Toi et moi, on a beaucoup de choses en commun, il me semble, et j'espérais que nos rapports n'étaient pas que professionnels… A mon avis, ça pourrait évoluer, mais tu n'as pas l'air de vouloir aller plus loin.

Gênée, je vidai le fond de mon verre avec tant d'énergie que je fus prise d'une quinte de toux. Mes yeux se remplirent de larmes. J'étais mortifiée de me donner en spectacle, mais Quaid continuait de me fixer sans broncher.

Suffoquant, je portai une main à ma poitrine, et lorsque la serveuse s'arrêta à notre table, bouche bée, pour me demander si j'allais bien, je parvins à articuler que j'aimerais beaucoup boire un peu d'eau.

— Quaid…

Une quinte de toux m'empêcha de poursuivre. J'aurais voulu disparaître sous terre. Il me fallut un grand verre d'eau et trois bonnes minutes avant de retrouver ma voix.

— Ton divorce vient juste d'être prononcé. Tu ne peux

tout de même pas envisager de te lancer dans une histoire d'amour à peine quelques mois après !

Un sourire narquois se dessina sur sa bouche, et il me coula un regard carrément coquin.

— Qui a parlé d'amour ? Tu es séduisante, ton job t'occupe à plein temps et tu es indépendante. Tu n'as donc besoin de moi que pour le sexe. Coup de chance, on est tous les deux célibataires et on s'entend bien : ce serait un arrangement plus que satisfaisant, le temps que tu passes à autre chose. Car tu as beau être très discrète, j'ai l'impression qu'il y a quelqu'un d'autre dans ta vie. Et je ne parle pas de ton frère.

Bon Dieu, je ne savais plus où me mettre ! Bien sûr, il y avait quelqu'un d'autre dans ma vie, sauf que ce quelqu'un ignorait que j'étais raide dingue de lui et que j'en étais réduite à user et abuser de mon sex-toy. Mais ça, Quaid n'avait vraiment pas besoin de le savoir.

— Non, il n'y a personne d'autre… Et de toute façon je ne me sentirais pas à l'aise dans ce genre de plan.

Je triturai nerveusement mon col — dans ma tête, la voix de mon père me réprimanda sèchement — avant de poursuivre :

— Tu sais, Quaid, je suis assez classique, voire vieux jeu, en ce qui concerne les hommes : les amis/amants, ce n'est pas mon truc.

En plus, si jamais il arrivait à me mettre dans son lit et que le sexe avec moi l'ennuyait à crever, je ne voulais surtout pas que ce genre de ragots circule entre les murs du palais de justice. Je ne m'en remettrais pas.

— Je vois, dit-il. Tu sais, j'avais compris le message quand tu as annulé notre rendez-vous pour la deuxième fois.

Je lui souris.

— Mais je t'aime beaucoup, Quaid, c'est vrai… comme

j'aime beaucoup sortir avec toi. C'est agréable de pouvoir discuter de droit et de justice avec un pro de ta pointure.

Il leva les yeux au ciel d'un air comique.

— Evidemment que tu m'aimes bien, même si ce n'est pas à poil dans ton lit... Je te l'ai dit, Sayer, je plais aux femmes — d'une manière ou d'une autre.

On éclata tous les deux d'un rire pas très naturel.

J'étais infernale avec les hommes, c'était hélas un des nombreux défauts que je pouvais imputer à mon cher père. Malgré ma déplorable tentative avec Nathan, je n'avais jamais vraiment trouvé le moyen de concilier une relation sérieuse avec mon refus maladif de l'intimité. Personne n'a envie de sortir ou de faire l'amour avec un glaçon et, au fond, c'est ce que j'étais. La froideur, c'était la seule parade que j'avais trouvée contre le regard critique de mon père. Quand on te fait comprendre que tu es la dernière des connes et la pire des nullités à la moindre manifestation d'émotion de ta part — y compris pleurer à l'enterrement de ta mère —, tu apprends vite à te blinder contre tout sentiment si tu ne veux pas te laisser complètement détruire. La réprobation muette et le dédain infini, ça peut aussi bien te démolir qu'un coup de poing dans la gueule, surtout quand c'est l'unique principe d'éducation de tes parents.

Voilà pourquoi Zeb Fuller était une menace pour moi. Non seulement il me donnait l'impression de pouvoir faire fondre mon armure de glace s'il le décidait, mais il m'empêchait de me réfugier dans l'indifférence. J'étais constamment assaillie de pensées érotiques, torrides et addictives. Pas étonnant que ce mec m'effraie et m'obsède à parts égales...

La fin de la soirée se déroula dans une ambiance de camaraderie ponctuée de vannes sans conséquence sur la justice. J'étais sincère lorsque j'avais affirmé à Quaid que je l'aimais beaucoup. J'appréciais la vivacité de son esprit et son côté dragueur, même si avec moi il en était pour ses frais.

Je franchissais le seuil de la maison quand mon portable se mit à vibrer — un texto. Un coup d'œil à mon téléphone, et l'excitation sexuelle que j'aurais tant voulu ressentir pour Quaid m'embrasa comme une allumette : Zeb.

Son message demandait si je serais chez moi samedi. J'étais tellement crevée que l'espace d'une seconde je faillis me laisser aller à répondre : OUI ! En gros, en gras et en majuscules. Néanmoins, une fois mon euphorie un peu retombée, je lui expliquai que ce week-end j'avais du boulot, mais qu'il pourrait quand même passer à l'heure du déjeuner.

Sur le moment, je ne pensai même pas à lui demander la raison de sa venue et, de son côté, il resta très évasif, se contentant d'un bref :

A plus, alors.

La veille du jour où Zeb devait passer, je renonçai à trouver le sommeil. 3 heures du matin… Autant abandonner l'idée de dormir : je me levai et allai dans mon bureau. Je pourrais peut-être profiter de mon agitation pour avancer dans mon travail ? Mais, une fois devant mon ordinateur, je me mis à traîner sur Netflix. Sans vraiment y penser, je sélectionnai un épisode de *Buffy contre les vampires*, puis un autre, et encore un autre. Dans ma tête, une seule question tournait en boucle : pour quelle raison Zeb souhaitait-il me voir ? Il me fallut quelques épisodes avant de décider que j'étais à fond pour Spike. C'est vrai, ce bad boy était trop sexy avec son look british ! Comment ne pas rêver que Buffy et lui surmontent leurs différences pour vivre un amour éternel ?

Je n'avais plus grand espoir de grappiller quelques heures de sommeil, mais, après m'être fait sévèrement rappeler à l'ordre par Poppy, je finis par me recoucher vers 5 heures. Dès que ma tête toucha l'oreiller, mon corps céda enfin et mon esprit parvint à débrancher. Envolées, les visions d'un barbu sexy, envolés, les fantasmes de tout ce que j'avais envie qu'il me fasse… et de tout ce que j'avais envie de lui faire. Il n'y avait plus que l'obscurité et, enfin, le sommeil — profond, divin, envahissant. Mon corps et mon esprit étaient à court de carburant.

Lorsque je sentis une main se poser doucement sur mon épaule, j'aurais juré que je venais tout juste de fermer les yeux. Je fis un bond dans le lit et fixai Poppy avec stupeur, complètement désorientée. La pièce était inondée de soleil et Poppy déjà habillée. Le plus surprenant dans tout ça, c'était qu'elle était entrée dans ma chambre et s'était risquée à me toucher !

Je repoussai une mèche de mon visage et m'étirai les bras en gémissant — chacune de mes cervicales craqua sous l'effort.

— Il est quelle heure ?

Poppy tripotait nerveusement l'extrémité de sa longue tresse.

— Midi cinq. Zeb est en bas, ça fait dix minutes qu'il attend. Quand je lui ai dit que tu avais passé une mauvaise nuit, il a proposé de revenir un autre jour, mais j'ai pensé que ça t'ennuierait peut-être. Alors, je suis venue te réveiller.

Pendant un instant, je la fixai sans comprendre, c'était comme si elle me parlait chinois. Et soudain tout me revint, je rejetai les draps et bondis du lit.

— C'est une blague ou quoi ? Après des mois d'insomnie,

j'arrive enfin à m'endormir, et tu me dis que j'ai failli louper la visite du mec qui m'empêche de fermer l'œil ? Non, mais j'hallucine !

En temps normal, jamais je n'aurais avoué aussi directement que Zeb était la raison de mes nuits blanches. Mais là, je n'étais plus moi-même. Encore un coup de ma foutue émotivité !

Je me figeai en apercevant mon reflet dans le miroir de la penderie. J'avais les cheveux complètement en pétard, comme si toute une famille d'écureuils y avait fait son nid durant la nuit. Un teint de déterrée et des cernes jusqu'au milieu du visage. Le tout me donnait l'air hagard, limite apeuré. Je portais ma tenue préférée pour dormir — un débardeur moulant et un pantalon de yoga confortable —, mais pour rien au monde je n'aurais voulu que Zeb me voie comme ça. D'un autre côté, il était hors de question que je le fasse poireauter plus longtemps. Tant pis ! Il faudrait qu'il me prenne en l'état, même si l'idée de me présenter à lui autrement qu'au top de l'élégance me rendait littéralement malade. J'avais l'impression de partir au combat sans armure.

J'enfilai à toute vitesse un T-shirt ample et me précipitai comme une folle à la salle de bains. Là, armée d'une brosse, j'entrepris de démêler ma tignasse pour me faire une queue-de-cheval à peu près correcte. Je m'appliquai ensuite un peu de blush à la va-vite, histoire de moins ressembler à un zombie de *The Walking Dead*. Puis je repartis comme une tornade vers la chambre.

Poppy observait ce branle-bas de combat, un sourire aux lèvres.

— Désolée. Je serais venue te réveiller plus tôt si j'avais su, mais je n'ai pas vu le temps passer. Tu comprends, j'étais au téléphone avec ma sœur… C'est quand j'ai entendu qu'on sonnait à la porte que je me suis rendu compte de l'heure. Au début, j'ai paniqué, j'ai cru que j'allais devoir ouvrir à un inconnu et lui faire la conversation, et puis je me suis souvenue que Zeb devait passer. D'ailleurs, si ça peut te rassurer, il a l'air tout aussi stressé que toi.

Je pilai net sur le seuil de ma chambre. Zeb, stressé ? Je tournai un regard interrogateur en direction de Poppy qui s'était perchée comme un moineau au bord du lit.

— Ah bon ? Mais il t'a dit pourquoi il venait ?

Elle secoua la tête.

— Non, il est entré comme ça, en disant juste qu'il était content de me voir et que j'étais jolie comme un cœur… mais tout ça sans un sourire. Et quand je lui ai demandé de patienter une minute, le temps que j'aille te chercher, il a marmonné qu'il allait t'attendre dans ton bureau.

Bizarre… Zeb était toujours charmant et décontracté. Le sourire facile, le rire jamais bien loin. Un rire franc et contagieux. D'habitude, il mettait un point d'honneur à ne pas effrayer Poppy et affichait une humeur toujours égale. S'il s'était montré brusque et distant avec elle, c'est qu'il y avait un problème et que sa visite n'était pas du tout amicale.

Je pris une profonde inspiration et essuyai mes mains moites d'émotion sur mon fin pantalon de yoga.

— OK. Bon, eh bien… Je vais voir ce qui lui arrive. En tout cas, merci de m'avoir réveillée, Poppy.

— De rien. Tu as meilleure mine, tu sais. Tu avais vraiment besoin de repos.

Non, j'avais besoin que l'homme qui attendait en bas me baise à mort pour que je cesse de passer mes nuits à fantasmer sur lui ! Mais ça, je me serais tranché la langue avec les dents plutôt que de l'avouer.

Je dévalai l'escalier et traversai le séjour en trombe

avant d'entrer dans la pièce que Zeb avait transformée en bureau. Dans mon élan, j'envoyai claquer la porte contre le mur. Le fracas fit faire volte-face à Zeb qui se tenait posté devant l'une des grandes fenêtres, derrière ma table de travail.

OK, Poppy avait raison : il était à cran. Du calme, Sayer, du calme… Je plaquai ce que j'espérais être un sourire avenant sur mes lèvres et ralentis le pas sous son regard vert foncé. Mais le désir avait déjà embrasé tout mon corps.

— Salut, Zeb. Comment ça va ?

Mon enthousiasme me parut forcé, et je vis que lui non plus n'y croyait pas. Il se rembrunit.

— Disons que j'ai connu des jours meilleurs…

Son regard me parcourut de haut en bas, du sommet de mon crâne jusqu'à mes pieds nus dont l'extrémité vernie sembla retenir tout spécialement son attention. Instinctivement, je remuai les orteils. Comme toutes mes tenues se déclinaient dans la palette des noirs, taupe et autres gris — parfois soulignés d'une touche de couleur neutre —, j'aimais bien arborer une pédicure aussi pétante que possible. Pas de doute, on ne pouvait pas les louper, mes orteils, mais voir Zeb esquisser une moue amusée dans sa barbe me mit le cœur en révolution. Même son sourire était brut et sauvage !

— Poppy m'a dit que tu étais un peu à cran quand tu es arrivé. J'imagine donc qu'il ne s'agit pas d'une visite de courtoisie. Qu'est-ce que je peux faire pour toi ?

Je m'appliquais à m'exprimer d'un ton égal, aussi pro que possible. Le côté professionnel, ça allait, je pouvais gérer. Mais l'état d'excitation intense dans lequel me mettait Zeb par sa seule présence, cette envie de me frotter à lui en ronronnant comme une chatte, c'était une chose qui me dépassait complètement.

Il poussa un profond soupir et alla s'adosser à mon bureau, bras croisés sur son large torse, biceps saillants sous le T-shirt tendu à craquer. C'était un régal pour les yeux. Un régal que j'aurais savouré encore plus pleinement s'il n'y avait pas eu cette veine qui battait à sa tempe et cette émotion qui assombrissait son regard.

La situation était grave.

Après avoir fermé la porte, je pris place dans l'un des fauteuils crème que j'avais choisis dans le même esprit zen que le reste de la déco. Zeb était tellement grand qu'une fois assise je dus lever la tête pour le regarder dans les yeux. Le combat intérieur qui l'avait conduit chez moi s'affichait clairement sur ses traits. On se dévisagea longuement jusqu'à ce qu'il rompe le silence.

— Je ne voulais pas faire peur à Poppy… Je sais qu'elle est très sensible —, et ça se comprend, après ce qu'elle a vécu. Je pensais pouvoir donner le change, mais l'idée de m'entendre prononcer à voix haute ce que je suis sur le point de te dire me fait flipper, c'est clair.

Il planta son regard dans le mien.

— J'ai merdé, Sayer. Sacrément merdé, même. Et tu es la seule à pouvoir m'aider à réparer mes conneries.

Surprise, à la fois par sa grossièreté et sa franchise, je me renfonçai dans mon siège, attentive.

— C'est l'avocate que tu es venu voir ?

Le conseil juridique, c'était mon quotidien, alors si mes compétences en droit pouvaient le tirer d'embarras, j'étais ravie. Soulagée, même. Car les situations de crise, les lois, les faits froids et objectifs, c'était un domaine dans lequel je me sentais comme un poisson dans l'eau. Contrairement à tout ce qui nécessitait de s'impliquer sur un plan personnel… quand la vie t'a appris à refouler toutes tes émotions, il ne suffit pas d'appuyer sur un bouton pour que ça revienne, même quand c'est pour aider quelqu'un que tu aimes.

Zeb eut un petit rire sans joie.

— Oui, c'est ça. C'est l'avocate que je suis venu voir… et peut-être aussi l'amie. Vu que tu sais ce que c'est, toi, de te découvrir un parent dont personne n'avait pris la peine de te signaler l'existence. Je me suis dit que tu savais ce que c'était de voir ton monde s'écrouler en l'espace de quelques secondes.

Je me raidis légèrement et pris le temps de remettre un peu d'ordre dans mes idées avant de demander :

— Pourquoi ? Tu t'es découvert un frère caché ?

Le fait me semblait hautement improbable, mais il me manquait la pièce principale du puzzle, et Zeb n'avait pas l'air très pressé de me la fournir. N'empêche, j'avais du mal à croire qu'il se retrouve dans une situation semblable à la mienne. C'était par testament que mon père m'avait révélé l'existence de mon frère. Ce salaud n'avait même pas jugé bon de me l'annoncer de vive voix ! Manipulateur maladif, cet homme avait passé sa vie à jouer avec ceux qu'il était censé aimer, comme s'il s'agissait de pions uniquement conçus pour son amusement personnel. Tous ses jeux pervers et ses stratagèmes m'avaient usée, mais son ultime manigance avait échoué. Et heureusement ! J'avais tellement souffert de grandir dans la solitude et l'isolement que lorsque j'avais appris l'existence de Rowdy, j'avais tout plaqué à Seattle et filé au Colorado. Je n'avais écouté que mon cœur, je m'étais laissée aller à éprouver des sentiments. Pour la première et la dernière fois de ma vie, croyais-je… et puis j'avais rencontré Zeb.

Rowdy était la plus belle chose qui me soit jamais arrivée, je ne m'en cachais pas. Alors si c'était ça, le « problème » de Zeb, j'étais bien placée pour lui servir de guide dans cette période de montagnes russes émotionnelles. Il se mit à arpenter le bureau devant moi, la mine sombre. Qu'est-ce qui pouvait bien lui arriver ? Je commençais à être inquiète et, en même temps, je ne pouvais pas m'empêcher de mater les muscles de son dos et de ses épaules qui jouaient sous son T-shirt chaque fois que, parvenu au bout du tapis, il faisait demi-tour pour repartir dans l'autre sens. Ce mec était sexy même lorsqu'il avait des ennuis ! Vu les circonstances, je me sentais un peu perverse de ne pas pouvoir mieux maîtriser la fascination qu'il m'inspirait.

— Pas un frère, non… un fils.

Il s'arrêta devant moi, comme s'il avait lâché un sac de briques entre nous.

— Il se peut que j'aie fait un enfant à une fille, le jour où je suis sorti de prison. Et au moment où je te parle, j'ai peut-être un fils de cinq ans quelque part.

Je restai sans voix. Heureusement que j'avais pris le temps de me mettre un peu de blush, parce que même la rougeur de l'excitation devait s'être retirée de mon visage.

— « Peut-être », autrement dit, tu n'en es pas sûr ?

C'était la question que j'aurais posée à n'importe lequel de mes clients dans la même situation.

— On te réclame une pension alimentaire ?

Il secoua la tête et se remit à faire les cent pas.

— Non, c'était l'aventure d'un soir… Même la fille n'a fait le rapprochement avec moi qu'à la naissance de l'enfant. Elle vient de mourir, et le petit a été confié aux services de la protection de l'enfance. C'est une amie de sa mère qui m'a retrouvé. Elle prétend que je suis le père du gosse et elle me supplie de le sortir de son foyer d'accueil. Je ne me souviens pas vraiment, Sayer… ni de la fille ni d'avoir couché avec elle. Mais je me souviens du jour, parce que c'était le jour de ma sortie de taule. Et les dates concordent : le petit vient d'avoir cinq ans.

Je fronçai les sourcils et réprimai l'envie impérieuse de le faire asseoir pour pouvoir discuter avec lui sans avoir à me dévisser le cou.

— Bon, si je récapitule : une inconnue qui n'est même pas la mère de l'enfant est venue te raconter une histoire triste et toi, tu as tout gobé sans te poser de questions ?

Il n'était pas naïf à ce point, tout de même !

Mon scepticisme dut trouver un écho en lui, car il planta son regard dans le mien. Je réprimai un mouvement de surprise lorsqu'il se pencha pour me mettre son téléphone sous le nez.

— Non. J'ai pensé que j'avais affaire à une tarée et je l'ai menacée de la virer de mon chantier. Et c'est là qu'elle m'a montré une photo du petit.

Stupéfaite, je fixai le mini-Zeb qui s'affichait sur son portable.

— Tu comprends qu'en voyant ça j'ai tout de suite changé de discours.

Instinctivement, je lui arrachai le téléphone et du doigt j'effleurai l'adorable petite bouille qui me regardait depuis l'écran.

— C'est ton portrait craché…

— Merci, j'ai remarqué ! C'est bien pour ça que je suis ici.

Incapable de détacher mon regard de ce petit garçon, j'interrogeai Zeb sans lever la tête.

— Et il n'a pas d'autre famille ? Pas de grands-parents, de tantes ou d'oncles qui pourraient l'accueillir, le temps qu'on vérifie tous les deux si tu es bien le père ?

Je me mordis la langue. J'avais dit « tous les deux », comme s'il s'agissait d'un problème qu'on allait résoudre ensemble. Mais, à ma connaissance, Zeb n'était venu que pour solliciter un conseil, peut-être même juste me demander le nom d'un confrère compétent. L'idée que quelqu'un d'autre que moi puisse l'aider à naviguer dans les méandres du droit de la famille me hérissait littéralement.

— Toujours d'après cette amie, la mère vivait plutôt dangereusement et ça faisait des années qu'elle avait coupé les ponts avec ses parents. Ce petit bonhomme n'a personne au monde. Alors si je suis son père, je dois assumer mes responsabilités, et le plus vite possible.

Il tendit sa main calleuse pour récupérer son téléphone. Bouleversée, je le lui rendis et tentai de reprendre mes esprits. Mon cœur battait si fort que je craignais que Zeb ne le voie palpiter, même sous mon T-shirt XXL.

— C'est tout à ton honneur, Zeb.

— Non, Sayer, vraiment pas. Parce que si cet enfant est le mien, j'aurais dû m'en occuper depuis le début. Ce gosse n'aurait jamais dû se retrouver dans ce genre de situation. Tout ça parce que le jour où je suis sorti de taule, j'étais tellement écœuré de la vie que je me suis bourré la gueule ! Et que j'ai oublié de mettre une capote ! Ce n'est pas la faute du petit si sa mère était une camée qui a foutu sa vie en l'air. Aucun enfant ne devrait souffrir des conneries de ses parents. Ce gosse mérite mieux que ça.

J'étais bien d'accord, mais je le trouvais quand même un peu sévère envers lui-même. Je connaissais des tas de mecs qui, dans la même situation, auraient fermé les yeux et continué leur vie comme si de rien n'était.

Cette conversation était devenue trop grave pour que je puisse rester assise dans mon fauteuil, dominée par la haute silhouette de Zeb. Je me levai et allai m'adosser à mon bureau. Machinalement, je me mis à pianoter du bout des ongles sur le plateau en verre. C'était un geste que je faisais sans m'en rendre compte, une espèce de tic que mon père ne supportait pas. Un souvenir cuisant me submergea. J'avais quatorze ans, et mon père avait organisé une soirée à la maison pour fêter une grosse affaire remportée par sa boîte. Furieux que j'aie pianoté sur la table au dîner, il m'avait sermonnée devant tous ses collègues et leur famille. J'avais été renvoyée dans ma chambre, rouge de honte, mortifiée d'avoir été exclue pour un détail de nature aussi insignifiante. Mon père m'avait ensuite ignorée durant des jours, à part pour me fusiller du regard quand il me croisait, ou m'accabler de reproches. Je ne savais pas me tenir en société, je n'avais aucune éducation ! Ce n'était pourtant pas ainsi qu'il m'avait élevée ! Sa désapprobation me transperçait chaque fois que je commettais une faute à ses yeux. C'est à partir de ce jour-là que j'avais appris à me protéger du jugement de mon père en me retranchant derrière une armure d'indifférence.

Je pouvais encore voir son rictus méprisant et son regard mauvais. Avec un frémissement, je cessai aussitôt de pianoter, je posai mes mains bien à plat sur mon bureau.

— Bon, qu'est-ce que tu attends de moi, Zeb ? Tu veux avoir la certitude que tu es bien le père ? Et si c'est le cas tu veux essayer d'obtenir la garde de l'enfant ? C'est quoi, ton plan ?

On se dévisagea longuement sans rien dire. Puis, il s'approcha tout près de moi — ses Red Wing usées touchaient presque le bout de mes orteils vernis. Il inclina la tête, de manière à pouvoir me regarder bien dans les yeux, et posa ses mains sur les miennes. Je ne respirais plus. Il me dominait de toute sa hauteur, il était si près que mes seins frôlaient son torse, ce corps dont je rêvais la nuit se pressait contre moi. Une veine palpitait à son cou. C'était la première fois que j'étais si proche de lui et ce n'était pas cette expérience qui allait arranger mes insomnies. Je le sentais tout près et en même temps, si lointain…

— Mon plan, c'est toi, Sayer.

J'ouvris la bouche pour répliquer, mais rien ne me vint à l'esprit. J'étais comme frappée de stupeur. Une bouffée de chaleur m'envahit. Les yeux de Zeb étaient devenus si sombres qu'on ne distinguait presque plus leur pupille. Je respirais son haleine. La tension qui émanait de lui était palpable et se mêlait à la mienne. Chacune avait sa propre saveur, son propre piment.

— Qu'est-ce que ça veut dire, exactement ? demandai-je enfin d'une toute petite voix.

Impossible de cacher plus longtemps l'effet qu'il me faisait. Si seulement j'avais pu dissimuler mon trouble sous la carapace glacée de ma tenue professionnelle ! Le fin tissu de mon pyjama ne cachait rien de l'excitation qui embrasait ma peau et durcissait la pointe de mes seins.

Zeb s'en était aperçu, c'était sûr.

Il se rapprocha encore ; il fit glisser ses mains calleuses le long de mes bras et les referma sur mes épaules.

— Je veux que tu m'aides, Sayer. J'ai besoin de toi pour me guider. Il faut qu'on vienne en aide à ce petit garçon, même si on découvre qu'il n'est pas de moi.

Ses yeux sondèrent les miens. J'avais l'impression d'être clouée sur place par la seule force de son regard. Je hochai légèrement la tête.

— Bien sûr que je vais t'aider, Zeb. Lundi, je commencerai par me procurer les documents à remplir pour le test de paternité. Il va falloir que tu fasses un test ADN. Ensuite, on devra déposer une requête officielle auprès de la protection de l'enfance pour obtenir l'autorisation d'en faire un sur le petit.

Zeb avait les moyens de s'offrir mes services, pourtant

je me réjouissais de m'occuper de cette affaire à titre gracieux — pour être honnête, ça ne serait pas une première, je le faisais souvent pour les familles du quartier. Il soupira et, à ma grande surprise, il appuya son front contre le mien. Sa barbe frôlait mon visage avec une douceur inattendue. Je retins le gémissement qui me montait dans la gorge.

— Non, Sayer, je ne pense pas que tu aies pigé ce que j'attends de toi. Je veux que tu acceptes pour *moi*. Pas parce que c'est ton job. Je ne veux pas être qu'un client pour toi.

Sa voix grave me râpait la peau comme du papier de verre, j'avais l'impression d'avoir été subitement projetée dans un univers alternatif uniquement fait de sensations. Timidement, je plaçai ma main sur son large torse : incroyable, son cœur cognait aussi fort et aussi vite que le mien !

— Le fait qu'il s'agisse de toi et qu'on se connaisse rend la situation plus compliquée sur un plan personnel, c'est clair. Mais pourquoi est-ce que je te considérerais comme un simple client, Zeb ?

J'avais un mal de chien à me concentrer. Zeb s'était collé à moi et il avait pris mon visage en coupe. J'avais envie de m'abandonner entre ses mains chaudes et rugueuses.

— Peut-être parce que ça fait trois mois que tu me files entre les doigts chaque fois que j'essaie de te toucher. Peut-être parce que tu prends mes compliments à la légère quand tu ne les ignores pas carrément. Tout le temps des travaux, tu t'es donné beaucoup de mal pour que nos relations se limitent strictement au boulot, mais tu ne peux pas nier que ce qui se passe entre nous n'a rien de professionnel. Je veux ton aide, Sayer, mais je te veux toi aussi.

Instinctivement, je lui pris les poignets. Mes doigts arrivaient à peine à en faire le tour… Pas étonnant, tout en lui était énorme et solide. Zeb était la virilité incarnée. Mais ça ne m'aidait pas du tout à me concentrer, et encore moins à savoir comment réagir à cette déroutante déclaration. Apparemment je n'étais pas la seule à souffrir de ce qui semblait être un cas de désir fatal…

— Je pensais que ton attitude était purement amicale… Tu flirtes avec toutes les filles. Je croyais que c'était une habitude, chez toi, et vu la durée du chantier je ne voulais pas rendre la situation gênante pour nous deux.

Sans compter que je ne tenais pas à m'étendre sur mon passé ni sur ma tendance chronique à me prendre la tête. Zeb était un type bien, jamais il ne coucherait avec moi sans chercher à me connaître. Mon estomac se tordait à l'idée qu'il puisse découvrir toutes les facettes de mon véritable moi, celui de la fille qui avançait dans la vie comme dans un champ de mines, s'attendait toujours à un retour de bâton et passait son temps à espérer avoir atteint le niveau d'exigence fixé par l'homme même qu'elle haïssait le plus. Cette fille-là, Zeb ne l'aimerait pas beaucoup. Personne ne l'aimait.

Zeb inclina la tête en arrière, et son visage prit une expression féroce : sourcils froncés, bouche réduite à un trait, mâchoire contractée sous la barbe.

— Par habitude ? Tu crois que j'essaie de te mettre dans mon lit par habitude ? Que je perds la boule dès que je vois une jolie fille, que je saute sur tout ce qui bouge ? Putain, Sayer, tu me prends pour qui ? Un de ces minables dragueurs à la con ?

Je crispai les doigts sur ses poignets et sentis son pouls s'accélérer.

— Je ne te prends ni pour un dragueur ni pour un

minable, Zeb, mais je n'ai aucune expérience des hommes comme toi.

— Des hommes comme moi ? Qu'est-ce que ça veut dire ? Parce que je suis quel genre d'homme, moi ?

Il commençait à s'énerver pour de bon. Et moi, toujours si maîtresse de moi, je n'étais pas loin de me sentir désemparée. Comment aurais-je pu lui expliquer qu'à mes yeux il était à la fois hautement désirable et à jamais inaccessible ? Nous avions des personnalités totalement opposées : un homme aussi passionné et extraverti ne pourrait jamais s'intéresser à une fille aussi réservée et cadenassée que moi. En matière de sentiments, j'étais la glace de la toundra, et Zeb la fournaise du désert. Mais pour l'instant il attendait mes explications, l'air mauvais.

Je me lançai d'une voix mal assurée :

— Tu es sûr de toi. Tu as l'habitude d'avoir toutes les femmes à tes pieds. Tu es sexy, intéressant… Regarde-toi, tu es couvert de tatouages, tu conduis un superbe pick-up vintage, tu fais un métier de passion, tu crées de tes mains des œuvres concrètes. Tout ça, c'est aux antipodes de ce que je suis, Zeb.

Sur sa figure, le mécontentement laissa place à la stupéfaction la plus totale. Sa bouche se fendit d'un sourire carrément coquin, et je sentis ses mains se resserrer autour de mon visage.

— Je croyais que tu allais dire « un homme avec ton passé ». Que c'était ça, mon genre, et que tu ne voulais rien avoir à faire avec un ex-taulard.

Si je n'avais pas été moi, je l'aurais giflé. Comment pouvait-il se planter à ce point ?

— Tes erreurs de parcours ne définissent pas la personne que tu es, Zeb. Quand on s'est rencontrés, il me semble pourtant avoir été claire sur la question.

Il approcha son visage du mien.

— Et moi qui me pointe chez toi pour te demander de réparer une autre de mes erreurs passées… Tu veux vraiment que je t'explique comment ça fonctionne, un mec comme moi ? Je ne suis pas bien difficile à décrypter.

Ça, je n'y croyais pas une seule seconde : la passion, ça n'est jamais simple. J'allais le lui dire mais avant que j'aie pu émettre un son, il se mit à me dévorer la bouche. Moi qui me demandais l'effet que ça faisait d'être embrassée par un mec à barbe, j'avais désormais la réponse.

Et c'était phénoménal.

Ses lèvres douces et chaudes épousaient les miennes, et la caresse de sa barbe était juste assez râpeuse pour me faire frissonner tout entière. Il m'inclina la tête en arrière. J'avais encore du mal à y croire quand je sentis sa langue prendre possession de ma bouche. C'était bon. C'était délicieux. Je faillis m'évanouir sous cette déferlante de plaisir.

Je n'en étais pourtant pas à mon premier baiser. D'ailleurs, j'aimais bien être embrassée, cette pression de deux bouches soudées l'une à l'autre. En plus, à travers un simple baiser, tu peux déjà te faire une idée du mec — doué ou nul. Sans compter que ça en dit long sur ce qu'éprouve l'homme qui t'embrasse. Un rapide bisou sur la joue ou un effleurement de lèvres : aucune étincelle. Un baiser sur la bouche sans la taquinerie de la langue : le mec te trouve attirante et « embrassable », mais il ne va sans doute pas te sortir le grand jeu. Les dents qui te grignotent alliées à une langue sensuelle : promesse pleine de potentiel.

Et puis il y avait le baiser façon Zeb. C'était une conquête. Une victoire. Une bataille remportée. On aurait dit qu'il cherchait à ce que je ne puisse plus jamais embrasser un autre homme sans le comparer à lui, à la dureté de sa bouche qui tranchait avec la douceur râpeuse de sa barbe. C'était plus qu'un simple baiser, c'était un festival de sensations qui ébranlait toutes mes défenses.

Ses lèvres étaient fermes, autoritaires. Ses dents agaçaient délicieusement ma lèvre inférieure tandis que sa langue jouait avec la mienne. Vaincue, je me laissai dévorer, cramponnée à lui, gémissante, le corps traversé de plaisir. Je crois lui avoir rendu son baiser. C'était mon intention en tout cas, mais j'étais tellement perdue dans mes sensations que je n'aurais pas juré que je ne restais pas juste plantée là comme une bûche. Mon rêve se réalisait enfin, et il surpassait largement tous mes fantasmes !

Quand Zeb s'écarta enfin, ma bouche n'avait plus aucun secret pour lui ; il respirait fort et ses yeux vert foncé brillaient de désir, mais aussi de quelque chose de plus indéfinissable.

— Les mecs comme moi sont plus dans l'action que dans le discours, tu sais.

Il lâcha mon visage et recula d'un pas.

— Sayer, je te désire depuis la première fois où je t'ai vue dans ce bar, avec Rowdy.

Je me raclai la gorge. Après cet assaut de sensations, je ne savais plus où j'en étais, d'autant que ma libido essayait de prendre le dessus sur ma raison.

— Zeb…

Ma voix se brisa sur son prénom, malgré tous mes efforts pour paraître calme et posée.

— Je t'apprécie et je te trouve incroyablement attirant, mais tu ne me connais pas. A mon avis, tu t'intéresserais beaucoup moins à moi si tu savais qui je suis vraiment. Il se passe quelque chose entre nous, c'est clair, mais je ne peux pas coucher avec toi juste parce que j'ai du désir pour toi. Je ne suis pas ce genre de femme.

Même si, parfois, j'aurais préféré.

— Ça ne m'empêchera pas de t'aider en ce qui concerne cette histoire. On va trouver une solution ensemble. Nos rapports ont un peu dérapé, mais ce n'est pas grave : on n'a qu'à oublier ce baiser et se concentrer sur l'essentiel.

Oublier ce baiser. Qu'est-ce que je racontais ? Jamais je ne pourrais oublier ce baiser… jamais.

Zeb émit un grondement de frustration et me défia du regard.

— Sayer, ça te dirait de sortir avec moi, un soir ?

J'allais répondre : « Oui, bien sûr ! », mais je me ravisai au dernier moment. Tout bien réfléchi, ça n'était pas une bonne idée avec tout ce qui était en train de lui tomber dessus. En plus, je redoutais qu'il s'ennuie à mort avec moi dès qu'il aurait découvert mon côté tue-l'amour. Mais avant que j'aie pu ouvrir la bouche, il pointa sur moi un doigt menaçant.

— Et je ne veux pas de baratin d'avocate ni de formules de politesse. Dis-moi juste oui ou non. Alors je te repose la question : tu veux sortir avec moi ?

Sa brusquerie me mettait au pied du mur : les yeux dans les yeux, il m'était impossible de lui mentir.

— Oui.

Même si on allait droit au désastre.

Il me fit un grand sourire, et je me sentis chanceler.

— Alors ça marche. On va se faire un rencard, un de ces soirs, et tu verras que tu es tout à fait capable de gérer un mec comme moi… Je pense même que c'est ce qui m'excitera le plus.

Il m'enlaça d'un bras. Instinctivement, je lui rendis son étreinte.

— Merci, Sayer. Je savais qu'en venant te voir je serais sauvé.

Bonjour la pression ! Je savais que j'étais une bonne

avocate, mais j'eus néanmoins un moment de panique. Que se passerait-il si je le décevais au tribunal ou pendant notre rendez-vous ?

— Ne t'inquiète pas, Zeb, on va y arriver. Je suis hyper compétente dans mon job et si j'ai choisi de me spécialiser dans le droit de la famille, c'est que je voulais venir en aide aux enfants.

Parce qu'il n'y avait eu personne pour m'aider, moi, quand j'étais petite.

— Au fait, comment il s'appelle ?

— Hyde. Il s'appelle Hyde.

Evidemment. Un mini-Zeb devait forcément porter un nom cool et original.

— Je m'occuperai de vous, de vous deux, murmurai-je contre son torse, la voix assourdie par son T-shirt.

Il dut m'entendre quand même parce qu'il resserra un peu plus son bras autour de mes épaules.

Ça allait trop vite pour moi. J'avais mis un doigt dans l'engrenage des émotions et déjà je m'entendais faire des promesses que je ne pourrais pas tenir. Voilà ce qui arrive quand tu baisses la garde : tu te laisses déborder par tes sentiments.

4

Zeb

J'avais carrément déconné, bordel !

J'étais censé venir lui demander son aide. J'étais censé faire les choses bien. Assumer humblement les conséquences de mes actes. Au lieu de quoi, j'avais cédé au violent désir qui m'incendiait les veines chaque fois que j'étais en sa présence. Ça n'était pas prévu au départ, mais c'était plus fort que moi.

Il faut dire aussi que pour une fois elle ne portait pas l'un de ses sévères tailleurs-pantalons dans le genre sans tache et sans défaut. Cette fille était toujours stricte et impeccable — raide comme la justice. Chez elle, la perfection, c'était maladif. A tel point que parfois j'avais l'impression qu'elle n'était pas réelle, comme une sorte de poupée grandeur nature : coiffure nickel et maquillage discret, en toutes circonstances. A force, tant de classe immaculée m'intimidait.

Alors, quand je l'avais vue avec ses cheveux vaguement démêlés et son espèce de pyjama tout chiffonné, tout le reste avait disparu. Mes ruminations au sujet de mon éventuelle paternité ? Envolées ! Remplacées par une multitude de fantasmes coquins dans lesquels je la décoiffais bien plus encore. J'avais envie de la toucher, de la goûter ! De découvrir ce qui se cachait sous cette froideur apparente. Que faudrait-il pour faire fondre son armure, dégeler ce masque, transformer ce glaçon en une femme de chair et de sang ?

Ce baiser, c'était un bon début.

L'enthousiasme avec lequel elle me l'avait rendu ! Dès que mes lèvres avaient touché les siennes, elle s'était cambrée contre moi, docile et ronronnante, comme pour me faire comprendre qu'elle était plus que partante pour tout ce que je voulais lui faire. Bon, elle n'avait pas encore tout à fait baissé la garde, mais maintenant je savais que cette façade lisse et froide se fissurait au moindre contact un peu chaud. Au fond, son armure était bien plus mince et fragile qu'elle se l'imaginait. Et je comptais bien explorer cette découverte… Mais pour l'instant j'avais d'autres problèmes à gérer.

Maintenant que j'avais avoué la vérité à Sayer — avec l'horrible sensation de sauter dans le vide —, il me restait quelques personnes à informer de ma situation peu glorieuse. Quel que soit le résultat du test de paternité, je savais que je pourrais compter sur le soutien de ma sœur et de ma mère, mais je redoutais de lire la déception dans leurs yeux. Elles seraient furieuses, exaspérées que j'aie encore pris une mauvaise décision sur un coup de tête. Une décision qui allait m'engager à vie.

J'avais déjà vu le cœur de ma mère se briser à l'énoncé de ma peine de prison et je n'étais pas pressé de revivre ça. Ce jour-là, j'avais renoncé à contester les faits qui m'étaient reprochés : violences aggravées et mise en danger de mineur de moins de quinze ans. Jamais je ne l'avais vue pleurer comme ça, pas même la nuit où mon père nous avait définitivement abandonnés. Pour rien au monde je ne voulais lui faire revivre une telle épreuve. Depuis ma sortie de prison, je n'avais qu'un but : que ma mère soit fière de moi. C'est pour ça que je bossais six jours sur sept, que je me tenais à carreau et que j'essayais de tempérer mon côté impulsif.

L'idée que le résultat du test puisse lui infliger une nouvelle déception me rendait malade...

Ma sœur, c'était encore une autre histoire. Béryl s'était battue comme une lionne pour m'éviter la taule. Elle n'avait pas hésité à se présenter devant le juge avec le nez cassé, les deux yeux au beurre noir et un bras en écharpe, à peine remise d'un traumatisme crânien qui lui avait valu huit jours d'hosto. Prête à clamer au monde entier que si je me retrouvais sur le banc des accusés, c'était parce que le père de sa fille avait failli la tabasser à mort. Quand j'avais vu dans quel état cette ordure avait mis ma sœur, j'avais pété les plombs. Sans réfléchir une seule seconde aux conséquences de mes actes, j'avais dérouillé ce minable devant ma sœur, mais aussi en présence de Joss, ma nièce, âgée d'environ trois ans à l'époque. Béryl n'arrivait pas à admettre que ce soit moi qui risque la prison alors que son ex était libre comme l'air. Comme elle ne digérait pas que je sois accusé, *moi*, de maltraitance sur enfant. Tout ça parce que Joss avait été témoin de la raclée que j'avais mise à son père. Une telle injustice l'écœurait, néanmoins elle n'avait rien pu faire pour moi — je m'étais condamné tout seul. Bien sûr, j'aurais pu essayer de me défendre, mais pour ça il aurait fallu que j'inflige à ma sœur et à ma nièce l'épreuve d'un long et douloureux procès. Du coup, j'avais décidé de ne pas me battre. Puisque de toute manière je ne pouvais pas couper à la prison, autant en finir le plus vite possible et avec le minimum de souffrances pour mes proches. Encore aujourd'hui, impossible de dire ce qui m'avait poussé à agir de façon aussi impulsive au moment de ce procès. Remords d'avoir pété les plombs devant ma nièce ? Rage de ne pas avoir compris plus tôt l'enfer que vivait ma sœur ? Quoi qu'il en soit, j'étais déterminé à purger ma peine. Cette décision avait été la plus difficile de toute ma vie. Mais ça, c'était avant qu'une fille se pointe sur mon chantier pour m'annoncer que j'avais un fils…

Une fois au courant pour Hyde, Béryl me serrerait très fort dans ses bras, j'en étais sûr, elle me dirait que tout allait s'arranger. Oui, elle serait à fond derrière moi et m'aiderait à me battre pour régulariser la situation si ce gamin était bien mon fils. Cependant, au-delà de ses paroles de soutien et d'encouragement, j'entendrais ses réprimandes muettes, son avis peu flatteur sur mon inconséquence…

Evidemment, Béryl m'était reconnaissante d'être venu à son secours. Elle me disait souvent qu'elle culpabilisait à mort de ne pas avoir quitté plus tôt son abruti de mec. Ça m'aurait évité de gâcher plus de deux ans de ma vie en taule… Mais elle n'oubliait jamais de me rappeler qu'on aurait pu régler la situation par d'autres moyens que la violence et qu'au final mon pétage de plombs nous avait coûté très cher à tous. Et elle avait raison bien sûr. Dans ma rage, j'avais failli le tuer à mains nues, ce salaud. Il avait démoli ma sœur ! Mais, une fois ma colère un peu retombée, j'avais tout de suite compris que j'avais franchi la ligne jaune et que je méritais d'être sanctionné. J'avais toujours eu du mal à canaliser mon tempérament bouillant. Je pouvais même devenir dangereux si on me poussait à bout. Je n'en étais pas fier, surtout quand je voyais ma sœur me regarder avec de la crainte dans les yeux. Depuis ce jour-là, je m'efforçais de me racheter en faisant profil bas. Je ne voulais plus jamais redevenir ce mec-là. Je ne voulais pas que mes proches me considèrent comme une bombe sur le point d'exploser. Mais là, une fois de plus, j'avais merdé.

J'engageai mon pick-up International 1950 entièrement restauré dans l'allée de ma mère et le garai derrière la petite hybride de ma sœur — qui prenait déjà la moitié de la place. J'avais grandi à Lakewood, en banlieue de Denver, et ma mère vivait toujours dans la maison en brique style ranch où elle nous avait élevés, Béryl et moi. Elle s'était installée dans ce quartier familial et tranquille peu après le départ de mon père. Entre-temps, il s'était passé pas mal de choses, et pourtant, chaque fois que je m'engageais dans l'allée en ciment craquelé qui menait au garage, j'avais l'impression de rentrer à la maison. J'avais bien proposé à ma mère d'emménager dans une des propriétés que j'avais rénovées ou de moderniser le pavillon, mais rien à faire, elle ne voulait pas en entendre parler. Béryl s'était même installée à quelques kilomètres de là. C'était pratique pour elle : ma mère allait chercher ma nièce à la sortie de l'école et la gardait jusqu'à ce que ma sœur rentre de la banque où elle était employée. Ma mère refusait absolument de déménager, soutenant mordicus que sa maison était très bien comme ça. Et quand bien même j'aurais voulu la voir mieux installée, au fond, j'étais content. C'était bon d'avoir une base stable, un endroit que je retrouvais tel qu'il avait toujours été, accueillant et douillet. Ma mère avait veillé à ce qu'on ait un vrai foyer, et c'était une des raisons qui m'avaient donné envie de créer ce genre de lieu pour les autres.

J'adorais travailler de mes mains tout en étant mon propre patron. Mais remettre les clés d'une maison à une famille en sachant que j'avais tout mis en œuvre pour leur bâtir ce qui allait devenir leur foyer, leur refuge, ça me comblait au-delà des mots. De mon point de vue, mon job ne se résumait pas à clouer des planches ou à peindre des murs. C'est pour ça que mon équipe se composait de gars à qui je donnais une deuxième chance. Mon but, c'était de leur apprendre un métier pour qu'ils puissent faire profiter le monde de l'opportunité qui leur avait été offerte.

Chacun de mes gars avait fait de la taule ou risquait d'en faire. J'étais le capitaine d'un équipage de repêchés de la vie, et rien n'aurait pu me rendre plus heureux. Ce que je voulais faire comprendre aux mecs que je prenais sous mon aile, c'est qu'il y a toujours de l'espoir, même quand tu as fait une énorme connerie, et que saisir la perche qu'on te tend, c'est le meilleur moyen d'aller de l'avant. En plus, je voulais que tous prennent conscience de l'importance d'avoir quelque chose à soi qui ressemble à un foyer. Intégrer mon équipe, c'était pour ces gars la possibilité d'acquérir des compétences tangibles qu'on leur aurait peut-être refusées ailleurs et qui leur seraient toujours utiles, quel que soit le chemin qu'ils prendraient ensuite. Depuis que je m'étais mis à recruter des « inemployables », j'avais bien connu un ou deux échecs, mais en majorité les gars m'étaient surtout reconnaissants de pouvoir gagner leur vie honnêtement, sans être jugés sur leurs erreurs passées.

Je ne pris pas la peine de frapper : la porte d'entrée était ouverte et des rires d'enfants me parvenaient depuis l'autre côté de la maison. C'était le week-end, un moment sacré dans notre famille. En règle générale, on se retrouvait tous les dimanches, soit pour le brunch soit pour le repas du soir, ça dépendait de mon emploi du temps. Béryl, elle, venait également le samedi pour papoter avec notre mère, pendant que Joss s'amusait avec tous les gamins du quartier.

J'entrai dans la maison déserte, me guidant aux rires contagieux et aux cris suraigus. Par la baie vitrée, je vis ma mère et ma sœur en train de bavarder tranquillement sur la terrasse, penchées l'une vers l'autre, tandis que les enfants jouaient dans le jardin. Je traversai sur la pointe des pieds la cuisine et la salle à manger.

Joss m'aperçut et me fit coucou de la main. Je portai un doigt à mes lèvres pour lui intimer de se taire et continuai d'avancer sans bruit dans le dos de sa mère et de sa grand-mère. Mes grosses chaussures couinèrent sur les lattes en stratifié, pas trop fort, heureusement. S'il n'avait tenu qu'à moi, j'aurais tout arraché et refait le sol à neuf, mais ma mère s'y opposait obstinément. Joss pouffa en silence quand, arrivé à la baie vitrée, je tirai brusquement sur la poignée métallique en criant : « HOU ! »

Béryl en lâcha son verre, et ma mère se leva d'un bond, comme s'il y avait le feu. Je fus pris d'un fou rire quand ma mère fit volte-face et me donna une tape sur le torse. Par jeu, je me frictionnai en faisant semblant d'avoir mal.

Elle me fit les gros yeux.

— Zébulon Fuller ! Tu veux faire mourir ta vieille mère ?

N'importe quoi ! Ma mère avait le cœur en parfaite santé et elle était loin d'être âgée. En fait, elle faisait plutôt jeune. Si l'on exceptait quelques rides autour de ses yeux, on aurait très bien pu la prendre pour ma sœur aînée. Plutôt que de répliquer, je soulevai ma nièce qui s'était précipitée sur moi. Une fois dans mes bras, elle se mit à me tirer sur la barbe. Je souris : c'était un rituel entre nous. Je lui claquai un gros bisou sur la joue en veillant à bien frotter ma moustache contre sa petite bouille. Elle pouffa.

— Arrête, oncle Zeb !

Elle gigota jusqu'à ce que je la pose par terre, puis fila rejoindre ses amis.

Je poussai un soupir exagéré et allai m'asseoir dans un fauteuil de jardin, à côté de ma sœur.

— Et voilà, elle m'a déjà oublié !

Béryl essuyait ses mains humides à son jean, le regard mauvais.

— Elle a presque onze ans. Attends un peu qu'elle soit ado ! Elle n'en aura plus que pour les garçons de son âge !

Je grommelai amèrement avant de sursauter. Quelque chose de froid et de mouillé venait de me glisser dans le dos ! Penché en avant, je dus pratiquement ôter mon T-shirt pour attraper le glaçon que Béryl avait lâché à l'intérieur de mon col.

— T'es chiante…

— C'est toi qui m'as fait renverser mon verre !

On se mesura du regard jusqu'à ce que ma mère intervienne :

— J'attends le jour où vous cesserez enfin de vous disputer comme si vous aviez dix ans. Mais ça m'étonnerait que je puisse voir ça de mon vivant. Zeb, c'est samedi : comment ça se fait que tu ne travailles pas ?

J'allais lancer le glaçon à moitié fondu sur ma sœur, mais la question de ma mère m'interrompit dans mon élan. Je le lâchai par terre et les regardai toutes les deux, soudain grave. Après m'être caressé pensivement la barbe, je me jetai à l'eau.

— Eh bien, euh… Je me retrouve dans une situation assez délicate. Du coup, j'ai pris ma journée pour demander de l'aide à une amie. D'ailleurs, je dois vous parler, c'est pour ça que je suis venu. C'est le genre de conversation qu'on ne peut pas avoir au téléphone.

Ma mère porta une main tremblante à sa bouche. Béryl braqua sur moi un regard aigu et serra mon épaule crispée.

— Ça ne va pas ? Tu as un problème ?

Je tressaillis et posai le regard sur les enfants qui jouaient dans le jardin.

— Je ne sais pas si on peut appeler ça un problème.

— Qu'est-ce qui se passe ? murmura ma sœur.

Ma mère me fixait avec angoisse. Ses yeux étaient du même vert que les miens, et je savais à la façon dont ils s'étaient assombris qu'elle s'attendait au pire. Le cœur serré, je me forçai à soutenir son regard. C'était exactement la réaction que je redoutais. A nouveau, ma mère ne voyait plus en moi que la tête brûlée capable de toutes les bêtises possibles et imaginables. Etre jugé, c'était mon quotidien, mais ça fait toujours un peu plus mal quand il s'agit d'une personne à qui tu voues un amour inconditionnel.

— Cette semaine, une fille s'est pointée sur mon chantier… et ce qu'elle m'a annoncé m'a complètement foutu en l'air.

Les doigts de ma sœur s'enfoncèrent dans mon épaule.

— Et avec cette avocate qui te plaisait tellement, tu en es où ? Celle à qui tu voulais construire la maison de tes rêves ? Tu t'étais défoncé comme jamais pour l'impressionner.

Je baissai les yeux et, les coudes en appui sur les genoux, je me pris la tête entre les mains. Ma sœur me connaissait par cœur. Evidemment, c'était Sayer qui avait conçu l'agencement de sa maison victorienne mais, avec le boulot de dingue que j'avais fait dessus et tous les efforts que m'avait coûtés la rénovation de chaque pièce, j'avais forcément mis beaucoup de moi-même dans ce projet. Ma sœur avait raison : cette baraque, c'était la maison de mes rêves, même si Sayer était loin de s'en douter…

— Ça n'a rien à voir avec ça, Béryl… enfin, si, mais pas comme tu penses. En fait, Sayer, c'est l'amie à qui j'ai demandé de l'aide. Elle est spécialisée dans le droit de la famille… et je vais peut-être avoir besoin de ses services… Parce que… il y a de fortes chances pour que j'aie un enfant.

— Hein ?

L'exclamation étouffée avait jailli des lèvres de ma mère. Ma sœur la compléta aussitôt par une bordée de jurons.

Je pressai mes doigts sur mes tempes avec un soupir.

— Cette fille a déboulé sur mon chantier dans tous ses états pour me balancer que son amie m'avait formellement identifié comme étant le père de son enfant. Si elle a débarqué comme ça, c'est qu'il y a urgence : son amie vient de mourir et le gosse a été placé en foyer.

— Oh ! Zeb…, souffla ma mère.

Je n'osais pas la regarder dans les yeux.

— Tu ne vas quand même pas croire sur parole une fille que tu ne connais pas, Zeb ! Quelle preuve tu as ? C'est du délire !

J'avais prévu que Béryl monterait immédiatement au créneau. Ça me réconfortait, bien sûr, mais s'agissant de preuve, celle que j'avais était plus que convaincante : bon sang, le gamin était mon portrait craché.

Sans un mot, j'affichai la photo sur mon portable et le posai au centre de la table, attendant la réaction de ma famille. Les larmes se mirent à briller dans les yeux de ma mère et, chose rare, ma sœur se tut, à court d'arguments.

— La preuve, la voilà. Je n'ai pas cru cette fille sur parole, Béryl. Mais dans son histoire il y a certains détails qui collent et qui me font penser que je peux être le père de ce gosse. Quand je suis sorti de prison, j'étais au trente-sixième dessous. Rentrer à la maison, c'était presque aussi dur pour moi que de partir en taule. Après plus de deux ans passés à l'ombre, j'avais besoin d'un peu de temps, de me remettre la tête à l'endroit avant de vous revoir.

Durant ces quelques heures, j'ai fait un peu n'importe quoi… et, entre autres, peut-être un enfant.

D'une main tremblante, ma mère s'empara de mon téléphone.

— On dirait toi sur la photo de ton premier jour de maternelle, sauf que tu avais un T-shirt *Star Wars*.

— Je sais, maman.

Je levai enfin les yeux sur ma sœur. Dans son regard, il y avait un mélange de compassion et d'exaspération, mais par-dessus tout une profonde compréhension. « On est toutes les deux avec toi, Zeb », voilà ce que je lisais dans ses yeux.

— Et ton avocate, alors ? Qu'est-ce qu'elle t'a dit ?

Un gloussement narquois m'échappa tandis que je m'appuyais contre le dossier de mon fauteuil, les mains croisées sur la nuque.

— Avant que je l'aie embrassée ou après ?

— Zeb !

Ma mère me fit les gros yeux, tandis que ma sœur secouait la tête d'un air accablé.

— Non, mais j'hallucine ! C'est ta nouvelle technique de drague ? Balancer à une fille : « Au fait, j'ai peut-être semé un gamin quelque part dans la nature ! » J'espère qu'elle t'a filé un coup de pied dans les couilles !

— Sayer m'a d'abord dit qu'elle allait déposer une requête auprès des services sociaux dès lundi. Il faut faire un test pour voir si l'ADN du petit correspond au mien, même s'il n'y a pas vraiment de suspense, on est bien d'accord. En tout cas dans ma tête c'est très clair : ce gamin est de moi.

Je me ménageai une petite pause dramatique avant de poursuivre :

— Et après elle m'a rendu mon baiser.

— OK. Et une fois que ta paternité aura été officiellement établie, c'est quoi la suite ? Tu as bien réfléchi, Zeb ? Tu te sens prêt à être père en solo ? Et ton entreprise ? Tu passes ta vie sur tes chantiers…

Si j'y avais réfléchi ! Ces questions-là tournaient en boucle dans mon esprit depuis qu'Echo m'avait lâché sa bombe, et quel que soit l'angle ma réponse était toujours la même.

— Bien sûr que non, je ne suis pas prêt. Je n'ai aucune idée de ce qu'impliquent le rôle de père et l'éducation d'un enfant, mais ce n'est pas ça qui compte. Ce qui compte, c'est que ce gosse a besoin de moi. Il n'y a aucune raison pour qu'il soit placé en famille d'accueil alors que je peux m'occuper de lui. C'est ma responsabilité de père.

Et, s'il y avait deux personnes au monde qui connaissaient mon sens des responsabilités, c'était bien ma mère et ma sœur.

— Bon, d'accord. En tout cas, si tu as besoin de moi, fais-moi signe. Tu sais que je serai toujours là pour toi.

Sur ces mots, Béryl m'ébouriffa les cheveux, comme elle le faisait quand on était petits.

— Et, pour ce que ça vaut, je pense que tu feras un excellent père, même si tout ça est un peu précipité. Personne n'est capable d'aimer avec autant de force que toi, frérot.

Ma mère reposa mon téléphone sur la table.

Elle continuait de se taire, toujours au bord des larmes. Son silence s'éternisait. J'attendais qu'elle dise quelque chose, n'importe quoi et, juste au moment où j'allais bafouiller quelques mots d'excuse, elle se leva et, contournant la table, elle vint se placer pile devant moi. Je déglutis, la gorge nouée par l'émotion. Il n'y avait ni réprobation ni déception dans son regard, et surtout pas ce jugement que je redoutais. Uniquement l'amour d'une mère, un amour sincère et inconditionnel.

Elle se pencha pour m'envelopper de ses bras. Je ne m'en étais pas aperçu, mais c'était exactement ce dont j'avais besoin depuis que j'avais appris la nouvelle, quelques jours plus tôt.

Elle déposa un baiser au sommet de mon crâne.

— Comment s'appelle-t-il, Zeb ? Comment s'appelle mon petit-fils ?

Submergé par l'émotion, il me fallut une minute pour retrouver la force de lui répondre et de la serrer à mon tour dans mes bras.

— Il s'appelle Hyde.

Fallait vraiment que je commence par là, au lieu de toujours dire « le gamin » ou « le gosse ». Cet enfant devait devenir concret. Il ne pouvait plus rester à l'état d'idée floue, alors qu'il allait changer le cours de mon existence à jamais. Bien sûr, c'était une petite, une toute petite personne. Mais c'était ma toute petite personne à moi, et elle allait devoir faire sa place dans ma tête ainsi que dans mon cœur.

— Qu'est-ce qui se passe ? Pourquoi Grandma pleure et embrasse oncle Zeb ? s'inquiéta Joss.

Ma mère s'écarta de moi pour la rassurer d'un sourire plein de larmes.

— Ton oncle vient de me dire un secret qui m'a rendue très heureuse, c'est tout. Je pleure de joie.

Joss fronça son petit nez délicat et considéra l'assemblée d'adultes d'un air grondeur.

— Ce n'est pas beau de faire des secrets.

Béryl tira sur la queue-de-cheval de sa fille.

— Il y en a qui sont beaux. Pour certains, tu dois attendre le bon moment pour les dire, ça s'appelle une surprise.

Joss fit la moue et croisa les bras sur sa poitrine. Elle avait hérité l'entêtement et la combativité de sa mère.

— C'est un secret pour mon anniversaire ? Je vais avoir le chiot que j'ai demandé ?

Son ton grognon me fit rire tandis que ma sœur soupirait.

— Tout ne tourne pas autour de ton anniversaire, Joss… Il reste encore trois mois, et je t'ai dit que pour le moment on ne passait pas assez de temps à la maison pour pouvoir s'occuper d'un chiot.

Ma nièce haussa ses sourcils bruns, répliques miniatures de ceux de Béryl, et une étincelle de malice brilla dans ses yeux bleus.

— Alors, si c'est pas pour mon anniversaire, c'est un secret à propos de Wes ? Le monsieur qui vient tous les soirs manger à la maison ? Tu l'as dit à oncle Zeb et il en a parlé à Grandma. Je parie que c'est ça qui la fait pleurer de joie. Elle dit toujours que tu as besoin d'un homme.

Mon éclat de rire couvrit le glapissement indigné de Béryl. Je tendis la main à Joss qui m'envoya son minipoing dans la paume avant de repartir comme une flèche.

Ma mère couina sur le même ton que ma sœur :

— Tu as un petit ami ?

Elle semblait aussi incrédule que ravie. Béryl était mignonne et intelligente, mais, refroidie par ses expériences avec les hommes, elle avait tendance à privilégier le duo qu'elle formait avec sa fille. Elle avait bien eu quelques aventures, mais personne qui ait vraiment compté. Alors ce Wes… Pour que Béryl l'ait invité chez elle et présenté à Joss, il devait forcément valoir mille fois mieux que son dernier mec.

Rouge comme une tomate, elle entortilla nerveusement une mèche de ses longs cheveux.

— C'est un ami, oui, un ami qui pourrait bien devenir plus.

— Mais pourquoi tu n'as rien dit ? Pourquoi tu ne nous l'as pas présenté ? s'indigna ma mère.

Bon, elle était partie en mode mère poule… je n'avais plus qu'à me renfoncer dans mon siège et me régaler du spectacle. Soulagé de ne plus être sur la sellette, je fis un grand sourire à Béryl qui me fusilla du regard. Je ne pus m'empêcher de la taquiner :

— Oui, c'est vrai ça, pourquoi tu ne nous l'as pas présenté ?

— Hum ! Parce que je ne sais pas trop où j'en suis avec lui… Je l'ai rencontré à la banque, c'est un client. Un jour, il m'a invitée à boire un café. J'ai refusé. Mais à chaque fois il revenait à la charge, et j'ai fini par accepter. Il est persévérant et drôle. Très sympa. Il est très à l'aise avec Joss. Bref, c'est presque trop beau pour être vrai, du coup j'attends que mon prince charmant se retransforme en crapaud ou qu'il se montre sous son véritable jour. Si je vous le présentais, ça reviendrait à admettre que c'est sérieux avec lui. Et justement j'essaie à tout prix de ne pas m'attacher.

A mon tour de la réconforter :

— Il n'y a aucun mal à accrocher ton wagon à une locomotive solide, sœurette.

Visiblement, ce n'était pas ce qu'il fallait dire, car elle se pencha en avant et enfouit sa tête entre ses mains.

— Oh ! non… ne me dis surtout pas des trucs comme ça ! Sinon, ça sera encore plus dur quand tout va partir en vrille…

On n'avait jamais été très heureux en amour, ma sœur et moi. Le premier homme qu'elle avait aimé la battait, et la première fille qui avait compté pour moi s'était défilée au moment critique, à savoir quand je m'étais retrouvé en taule. Néanmoins, je me sentais tenu de lui remonter le moral.

— Certaines choses sont bâties pour durer et elles ne s'écrouleront pas, quelles que soient la force ou la pression que tu exerces dessus. Regarde ces vénérables demeures que je retape jour après jour. Il y a plus d'un siècle qu'elles ont été construites, et pourtant elles sont toujours debout, malgré le froid, le vent et la pluie.

Ma sœur se leva, la mine sceptique.

— Peut-être, mais je ne sais pas si je suis bâtie comme ça, moi. Et puis je dois penser à mon enfant.

Elle pointa son doigt sur moi.

— Et toi aussi. D'ailleurs, si tu crois que ton avocate peut t'aider à obtenir la garde de Hyde, il faudra peut-être que tu arrêtes de lui courir après. Je sais qu'elle te plaît, Zeb, mais à partir de maintenant, ta priorité, c'est ce petit garçon, tout le reste doit passer après. Pour une fois, tu vas devoir réfléchir avant d'agir. Penser aux conséquences. Imagine que tu te lances dans une histoire avec cette fille et que finalement ça ne marche pas entre vous : qu'est-ce qui se passera pour ton fils et toi ? Pour une fois, sers-toi de ça…, conclut-elle en tapotant mon front du doigt. Et non de ça.

Et elle enfonça son doigt à l'endroit où mon cœur impulsif battait à coups sourds et réguliers.

Agacé, je repoussai sa main et me levai à mon tour. Debout, je la dominais largement.

— Il faut que j'apprenne à écouter les deux. Laisser l'un ou l'autre gouverner tous mes actes, ce n'est pas une vie.

Pour m'en convaincre, je n'avais qu'à regarder la jolie petite avocate qui m'obsédait. Sayer était une femme bien, mais elle calculait toujours tout, à l'opposé de moi qui fonçais toujours dans le tas sans réfléchir. Chez elle, tout passait par le cerveau.

Enfin ça, c'était avant que je la touche…

Quand je la touchais, son cœur n'était peut-être pas aux commandes, mais je sentais bien que tous ses sens avaient envie de court-circuiter son cerveau, pour une fois. Si je jouais correctement ma partie, je pourrais peut-être la forcer à écouter son cœur plutôt que sa raison… En même temps, l'avertissement de ma sœur était fondé. Je savais que ce n'était pas le moment d'entamer une relation qui risquait de tourner court avec Sayer, alors que j'avais besoin d'elle pour régulariser la situation avec mon fils. Je ne me voyais pas affronter tout ce processus sans ses conseils et pourtant j'avais besoin de bien plus que son aide juridique. J'avais besoin d'elle, du calme et de la confiance qu'elle dégageait lorsqu'elle m'affirmait que j'allais pouvoir récupérer mon fils.

Mon métier, c'était de construire et de rénover. Et cette femme, je l'avais dans la peau, j'avais décidé de l'avoir, d'en faire la poutre maîtresse de mon existence, et rien ni personne ne m'empêcherait de bâtir avec elle une relation absolument indestructible. Même si pour ça il fallait que je me retrousse les manches, que j'abatte des murs et que je retape l'existant. Oui, Sayer Cole était un projet auquel j'avais terriblement hâte de m'attaquer.

5

Sayer

Assise à mon bureau, je triais sans conviction un océan de paperasse et de dossiers lorsqu'on frappa doucement à ma porte. Agacée, je repoussai le document rempli de petits caractères que mes yeux fatigués ne parvenaient plus à déchiffrer et priai la personne d'entrer.

Carla Dragon était une assistante juridique hors pair, la seule employée du cabinet à ne pas m'avoir tapé sur les nerfs ces dernières semaines. Depuis que le juge avait donné son feu vert pour qu'on procède à une analyse ADN sur Hyde, j'étais tendue comme une corde de piano, et mes capacités de concentration étaient plus que réduites. J'avais l'impression de vivre avec une épée de Damoclès au-dessus de la tête. Je n'aurais jamais dû prendre cette affaire autant à cœur, mais c'était comme si l'issue de ce test comptait autant pour moi que pour Zeb.

Zeb m'appelait pratiquement un jour sur deux pour avoir des nouvelles, sans s'apercevoir que son impatience ne faisait qu'alimenter ma propre angoisse. Je lui avais pourtant dit que je le préviendrais dès que les résultats arriveraient sur mon bureau, mais je sentais bien qu'il rongeait son frein. Il avait envie de prendre le taureau par les cornes, de faire avancer les choses pour rencontrer l'enfant le plus vite possible. J'admirais l'homme, j'admirais son attitude, toutefois un détail continuait de me tourmenter. J'avais beau m'entretenir quotidiennement au téléphone avec mon bel entrepreneur, plus jamais il n'avait évoqué le sujet de notre rendez-vous.

Bien sûr, ça n'était plus vraiment à l'ordre du jour — on avait tous les deux d'autres priorités, autrement plus pressantes. Néanmoins, ce genre d'incertitude ravivait mon éternel complexe d'infériorité. Quand toute ta vie on t'a martelé que tu n'étais ni à la hauteur ni digne d'intérêt, tu as un peu de mal à croire en toi. Zeb ne m'ignorait pas, il ne se désintéressait pas de moi, mais je ne pouvais m'empêcher d'associer son comportement à d'autres rejets dont le souvenir me mortifiait encore.

— Alors, tu t'en sors ? me lança Carla. C'est la troisième fois cette semaine que tu restes après que tout le monde est parti.

Elle entra et s'assit de l'autre côté de mon bureau inhabituellement encombré de dossiers en cours. Mon regard se posa sur l'enveloppe en papier kraft qu'elle avait à la main. Carla était une ravissante jeune femme à l'esprit vif et à l'ambition affirmée. Je n'étais pas surprise outre mesure de la voir travailler à une heure aussi tardive. Jusqu'ici, elle se satisfaisait de son poste d'assistante juridique au sein d'un des plus prestigieux cabinets d'avocats du Colorado, mais elle ne cachait pas son désir de traiter un jour des affaires derrière un gros bureau comme le mien. Non contente de travailler pour nous à temps complet, elle avait également des enfants. Je me demandais comment elle allait pouvoir poursuivre ses études de droit en plus de tout ça, mais je l'admirais d'arriver à tout mener de front. Si seulement elle avait pu me donner un peu de sa confiance en elle…

A Seattle, j'avais une vie structurée, sans fantaisie et tristement prévisible. Mais, depuis que j'avais tout plaqué sur un coup de tête pour m'installer au Colorado, j'évoluais sur un terrain qui m'était totalement étranger. Tout était tellement nouveau pour moi que je naviguais à vue dans quasiment tous les domaines, à l'exception de mon travail. D'un côté, j'avais un frère qui ne marchandait pas son affection, quelqu'un pour qui l'amour n'était pas un instrument de manipulation. De l'autre, j'étais dépassée par mes sentiments envers un homme qui comptait sur mes compétences pour récupérer son fils. Zeb voulait que je l'aide à panser ses blessures, moi qui n'étais qu'une plaie à vif. Un comble !

J'avais l'impression que je n'arriverais jamais à tout gérer de manière correcte, mais au moins je faisais tout mon possible.

— J'essaie juste de rattraper mon retard, dis-je. Je ne sais pas comment j'ai fait pour me laisser déborder à ce point…

La tête inclinée sur le côté, Carla considéra d'un air faussement naïf la chemise cartonnée ouverte devant moi, au-dessus d'une pile de dossiers en désordre.

— Serait-ce parce que depuis quinze jours cette affaire-là monopolise toute ton attention ? Chaque fois que j'entre dans ton bureau, je te trouve le nez dedans.

On pouvait difficilement ignorer la fiche anthropométrique de Zeb et sa bouche crispée de colère. C'était bien avant que la moitié inférieure de son visage ait disparu sous la broussaille. Il paraissait si jeune et si rageur sur ce cliché en noir et blanc de l'identité judiciaire… Ça n'était pas le Zeb Fuller que je connaissais et qui hantait mes nuits, pourtant c'était une des facettes de sa personnalité. Une facette qui pourrait se révéler très difficile à gérer lorsqu'il faudrait se battre pour obtenir la garde de l'enfant. L'idée que la passion puisse se traduire par un tel déchaînement de violence m'accablait.

Je savais qu'il avait choisi de plaider coupable à l'époque, décision qui lui avait valu une peine d'emprisonnement. Ce qui m'avait fait tiquer, en revanche, c'était la qualification de violences *aggravées*. Le rapport de police était vague, de même que les notes de l'avocat commis d'office. Mais, d'après ce que j'avais pu reconstituer, Zeb avait démoli le copain de sa sœur au point de l'envoyer à l'hôpital pour plusieurs semaines. L'agression s'était déroulée dans l'appartement du couple et en présence de leur petite fille, alors âgée d'environ trois ans. Le policier qui avait procédé à son arrestation avait déclaré que la petite était terrifiée et qu'elle pleurait. Qu'elle refusait de le regarder et avait continué de hurler malgré son intervention. C'était ce qui l'avait incité à adjoindre la mise en danger d'enfant de moins de quinze ans aux violences volontaires. Il arrivait souvent que la police retienne cette accusation dans le cas de parents qui se cognaient dessus sans se demander l'effet que ça risquait d'avoir sur l'équilibre psychologique de leur progéniture. Il était un peu moins courant que ce chef d'inculpation concerne un parent éloigné, surtout si le parent en question n'habitait pas sous le même toit que le reste de la famille. Et, dans le cas de Zeb, ça n'allait pas faciliter notre requête auprès du juge…

Je me justifiai tant bien que mal :

— Il s'agit d'un ami, du coup c'est un dossier qui me tient davantage à cœur. Mais c'est vrai que je m'implique sûrement un peu trop sur un plan personnel.

Carla me décocha un sourire entendu et se pencha vers moi d'un air complice.

— Plutôt mignon, ton ami. Je comprends que tu aies envie de t'impliquer *personnellement* avec lui…

Je levai les yeux au ciel et tendis le bras au-dessus de l'océan de dossiers pour attraper l'enveloppe qu'elle tenait toujours à la main. Je reconnus immédiatement le logo imprimé. C'était celui du labo qui avait effectué les tests ! Mon cœur cessa brusquement de battre avant de se lancer dans une sarabande effrénée.

Amusée, Carla émit un petit rire en se levant de son siège.

— Je rentrais chez moi. J'allais mettre au courrier une modification de divorce qui doit partir demain quand, à l'accueil, je suis tombée sur le livreur qui déposait ça. Je me suis dit que tu serais contente de l'avoir tout de suite.

— Oh ! merci.

Je tenais l'enveloppe avec précaution comme si elle renfermait un objet précieux et fragile. Et dans un sens c'était le cas : son contenu avait le pouvoir de bouleverser au moins deux existences. Ces résultats auraient presque mérité un emballage plus solide que du papier kraft.

Avant de repartir, Carla s'arrêta sur le seuil.

— Tu ne l'ouvres pas ? J'aurais cru que tu te serais jetée dessus comme un pitbull. Accro comme tu es à ce dossier… ça fait des semaines que tu ne penses qu'à ça.

Je levai les yeux sur Carla et fis lentement non de la tête. Pourtant, elle n'avait pas tort. En règle générale, c'est l'avocat qui a demandé le test de paternité qui prend connaissance des résultats en premier. Ensuite, il lui appartient de trouver les mots justes pour annoncer la nouvelle, bonne ou mauvaise, à son client. Néanmoins, dans ce cas précis, il fallait que ce soit Zeb qui décachette l'enveloppe. Il avait besoin d'être le premier à savoir si le petit Hyde était bien de lui, j'en étais intimement convaincue. Oui, je devais lui apporter les résultats et le laisser découvrir tout seul la réalité de la situation, c'était la meilleure façon d'agir.

— Non, dis-je. Dans cette affaire, le client doit être le premier à prendre connaissance des résultats.

— Ce n'est pas comme ça que tu procèdes d'habitude, pour ce type de dossiers.

Je cherchai mon téléphone portable, perdu dans la pagaille de mon bureau.

— Je viens de te le dire, ce client est un ami. Du coup, rien n'est orthodoxe dans le traitement de ce dossier.

Et le moins orthodoxe de tout ça, c'était bien l'excitation qui s'était emparée de moi dès l'instant où j'avais posé les yeux sur Zeb, comme si mon corps n'était plus qu'une immense zone érogène.

— J'ai compris, Sayer. C'est personnel. Mais fais gaffe quand même. Justice et sentiments ne font pas bon ménage. Pour un avocat, c'est même la garantie d'aller droit dans le mur. Pense au nombre de clients que tu as dû empêcher de sauter par la fenêtre parce que l'amour ne pouvait rien contre la procédure ou les ordonnances d'un juge ? Tu es une excellente avocate. Et j'ai l'impression que ton ami a surtout besoin de tes compétences de juriste.

Elle me souhaita bonne nuit et sortit sans refermer la porte. J'étais à présent seule dans ce luxueux immeuble de Lower Downtown Denver.

Le téléphone à la main, j'hésitai quelques secondes devant le dossier ouvert. Un Zeb juvénile me fixait depuis le cliché en noir et blanc de l'identité judiciaire. Même cette photo austère réussissait à m'affoler le cœur. Et pourtant la mise en garde de Carla n'était pas à négliger… loin de là !

Si le contenu de cette enveloppe établissait la paternité de Zeb, il aurait besoin d'une avocate capable de le représenter efficacement, pas d'une idiote raide dingue de lui. Mes compétences juridiques lui seraient plus utiles que mes qualités personnelles. Cette pensée me mettait le moral à zéro, mais j'avais pris ma décision : c'était sur des bases professionnelles que j'allais dorénavant mener nos entretiens. Il me fallait renfiler ma panoplie de Reine des neiges — comme durant les travaux sur la maison —, ignorer mes désirs intempestifs et me souvenir qu'en réalité, Zeb et moi avions fort peu de points communs et pas la moindre chance de vivre une histoire d'amour réussie.

Je refermai le dossier sur ce visage qui m'obsédait, décrochai mon téléphone et composai le numéro de Zeb. Ça sonnait dans le vide. Etrange. Il était tellement impatient d'avoir les résultats… Lorsque sa boîte vocale prit le relais, je me rembrunis, dépitée. Quand c'était lui qui cherchait à me joindre, je me précipitais toujours pour répondre ou le rappeler dans la foulée… A quoi — et avec qui — était-il occupé pour ne pas pouvoir décrocher ? Voilà la question qui tournait en boucle dans ma tête. Frustrée et vaguement en colère contre moi-même, je jetai l'enveloppe sur le dossier que je venais de refermer. J'allais laisser Zeb ici, à sa place, avec les centaines d'autres affaires qui s'entassaient sur mon bureau et remplissaient mes armoires.

J'ôtai une à une les épingles de mon chignon, retirai mes collants, puis troquai mes talons hauts contre une paire de Vans rose fluo, souvenir d'une virée shopping avec Salem, la copine ultra-stylée de mon frère. Avant mon arrivée au Colorado, jamais je n'aurais osé porter ce genre de tennis à la fois originales et décontractées, même à l'époque où j'étais étudiante. Il avait fallu que je plaque mon ancienne vie pour peu à peu cesser d'appréhender avec angoisse les conséquences du moindre de mes actes sur mon existence. Il n'y avait que mon père pour juger et condamner quelqu'un sur une simple paire de chaussures.

Je rangeais mon ordinateur dans sa sacoche quand la sonnerie stridente de mon portable rompit le silence de mon bureau. Je baissai les yeux sur l'écran : Zeb !

Ebouriffant mes cheveux défaits d'un geste nerveux, je portai le téléphone à mon oreille. Aussitôt me parvint une respiration oppressée sur fond de vacarme.

— Allô ?

La voix grave de Zeb lança un ordre qui de toute évidence ne m'était pas destiné.

— Dis à un des gars d'aller récupérer tous les clous dans la rigole avec un aimant ! Je n'ai pas envie d'avoir les voisins sur le dos à cause d'un pneu à plat ! Déjà que depuis deux jours ils sont furax que je vous fasse bosser tard… Allô ? Sayer, c'est toi ? Tu m'as appelé ? Tu as du nouveau ?

OK, il était aussi à cran et impatient que d'habitude. J'eus soudain envie de disparaître sous terre. Dire que je l'avais immédiatement soupçonné du pire, alors qu'il était juste débordé… Morte de honte, je laissai tomber ma tête en avant, faisant cogner mon front sur le bureau.

— Sayer ? Ça va ? me demanda Zeb, sans doute surpris par ce bruit sourd. Qu'est-ce qui se passe ?

De mieux en mieux ! Maintenant, il s'inquiétait pour moi alors que je me conduisais comme une idiote.

J'inspirai à fond. Du calme, du calme…

— Tout va bien, je t'appelle du bureau. On vient de me livrer un courrier qui devrait t'intéresser. Du coup, je voulais savoir si je pouvais passer chez toi pour te le remettre… Mais je vois que toi aussi tu es encore au boulot. Si tu veux, tu pourras faire un saut à mon bureau, demain matin.

A l'autre bout du fil, grand silence. Derrière la respiration régulière de Zeb, j'entendais des voix d'ouvriers et le bruit de la circulation.

— Zeb ?

Inutile de lui demander si ça allait. Ça ne pouvait pas aller. Quels que soient les résultats du test, sa vie allait connaître un virage à 180°. Car, même si l'adorable bambin de la photo n'était pas son fils — malgré leur incroyable ressemblance —, quelque chose me disait que Zeb ne supporterait pas qu'il entame un long et pénible parcours de placement. Zeb était un réparateur dans l'âme, je le savais, et ce petit garçon, orphelin et seul au monde, figurait désormais à la première place de ses priorités.

Il se racla la gorge. Je l'imaginais faisant les cent pas et ramenant en arrière ses cheveux trop longs. Qui aurait cru que le laisser-aller puisse rendre un mec aussi follement sexy ?

— Tu les as ? Les résultats, je veux dire… Alors, je suis… papa ?

Sa voix se brisa sur ce dernier mot. Bouleversée, je sentis mon cœur se serrer. Moi qui voulais rester sur un plan strictement professionnel, c'était réussi !

— Non, je n'ai pas ouvert l'enveloppe. Il m'a semblé que c'était à toi de le faire. Je sais à quel point tu es inquiet.

Il lâcha un rire si agressif que j'en eus la chair de poule.

— Inquiet ? Tu te fous de moi, Sayer ! J'ai l'impression que la Terre s'est arrêtée de tourner ! J'ai la tête à l'envers, je n'arrive pas à penser à autre chose qu'à ce gosse ! Ça fait des semaines maintenant qu'il est en foyer, seul, et sûrement terrifié. Il faut qu'il sache qu'il a une famille. Il faut qu'il sache qu'il m'a, moi !

Il poussa un juron et soupira.

— J'ai eu un problème avec l'installation électrique sur ce chantier. Et puis Asa, un pote à moi, m'a demandé d'aller voir une maison qu'il compte acheter. Bref, j'ai pris une semaine de retard. J'ai dit à mes gars d'en mettre un coup, mais il me reste encore des trucs à finir. Ça te dérangerait de m'apporter les résultats en rentrant chez toi ? Ça m'ennuie de te demander ça, parce qu'on dirait qu'une tornade est passée sur la baraque… Sinon, je peux venir les chercher chez toi, dans la soirée. Je n'aurai jamais la patience d'attendre jusqu'à demain.

Je fourrai l'enveloppe dans mon sac.

— J'arrive. Dis-moi où se trouve ton chantier.

Il poussa un soupir de soulagement et entreprit de m'indiquer une adresse dans les Highlands, un quartier de Denver que je connaissais plutôt mal. Je notai ses explications et lui promis d'être là dans quelques minutes. Mais avant je devais reprendre mon rôle d'avocate.

— Zeb, tu ne veux pas appeler un ami ou quelqu'un de ta famille ? Bien sûr, tu meurs d'impatience de connaître les résultats, mais, confronté à la réalité, tu seras peut-être content de ne pas gérer ça tout seul.

J'avais l'habitude que ce genre d'annonce plonge son destinataire dans un tourbillon d'émotions. Je voulais m'assurer que Zeb disposait du soutien nécessaire pour atténuer la violence du choc.

— Mais tu seras là, toi ?

Sa voix grave, plus rauque que jamais, me fit frissonner.

— Oui, je serai là avec toi.

— Alors, je n'ai besoin de personne d'autre. Si les résultats sont négatifs, c'est ma mère qui va tomber de haut. Elle parle déjà de Hyde comme si c'était son petit-fils. Ça me ferait mal de la décevoir.

L'angoisse perçait dans cette dernière phrase.

Bien qu'il ne puisse pas me voir, j'opinai et repoussai

mes cheveux en désordre. Ils étaient tout ondulés d'avoir été attachés en chignon toute la journée.

— Bon, très bien. A tout de suite, alors.

Il grommela un rapide au revoir. A peine avais-je raccroché que j'eus un bref moment de panique. Devais-je remettre mon collant et mes escarpins ? En tailleur, je pourrais au moins avoir *l'air* professionnel... Mais non, Zeb avait déjà trop attendu ce document. Tant pis pour mes complexes et mon allure de clown !

Les indications de Zeb me conduisirent au sud du centre, de l'autre côté de l'autoroute. Des devantures flambant neuves alternaient avec des façades abandonnées et décrépites : visiblement, le quartier était en voie d'embourgeoisement. Le genre d'endroit « à fort potentiel », dans le jargon des agents immobiliers. Bref, un quartier qui pouvait rapporter gros à un investisseur avisé. Mon impression se confirma lorsque j'arrivai à l'adresse que m'avait donnée Zeb. De toute évidence, ce mec savait ce qu'il faisait.

Son cottage était la maison la plus moche de la rue, laideur accentuée par les charmantes habitations qui l'entouraient, visiblement entretenues avec amour, elles. A côté, le pauvre cottage était dans un état de délabrement lamentable, un taudis sur le point de s'effondrer. Dans les jardins qui s'étendaient de part et d'autre de cette ruine, des enfants interrompirent leurs jeux pour me dévisager avec curiosité tandis que je me garais derrière une jeep pleine de boue. Les pneus de ce véhicule ostensiblement masculin m'arrivaient presque à la taille. La voiture de Zeb à tous les coups. N'importe qui d'autre aurait eu l'air complètement ridicule en ville, au volant d'un tout-terrain de l'armée. Il fallait avoir la carrure et la virilité de Zeb pour dompter un tel monstre.

Je venais de poser le bout de ma tennis rose fluo sur la dernière marche du perron quand la double porte en verre et fer forgé s'ouvrit brusquement. Avant de comprendre ce qui m'arrivait, je me retrouvai tirée à l'intérieur et pressée contre le large torse de Zeb. Je lui rendis son étreinte de grizzly, brièvement, et lui tapotai maladroitement le dos. Un dos tout en muscles durs et noueux sous son fin T-shirt mouillé de transpiration. Un dos que j'aurais volontiers exploré plus longuement, même si, vu les circonstances, c'était complètement déplacé.

— Ça va aller, Zeb. Promis.

Mes paroles se perdirent quelque part entre ses pectoraux d'acier, mais il devait m'avoir entendue, car il s'écarta de moi.

Son regard d'un vert profond me parcourut de haut en bas. Mes cheveux étaient tout décoiffés, mais ce furent mes tennis rose fluo qui amenèrent un grand sourire sur ses lèvres.

— Elles ne sont pas du tout raccord avec le reste de ta tenue, Sayer…

Je tentai de me concentrer sur ce qu'il disait plutôt que sur la vision hautement érogène qu'il me présentait en cet instant. Sa ceinture porte-outils tirait sur ses hanches étroites, révélant une zone de peau ferme, bronzée et parsemée de poils sombres entre le haut de son jean et son T-shirt. J'avais envie de tomber à genoux et d'y promener ma langue. Ce mec dégageait trop de testostérone pour moi, je n'étais pas équipée pour faire face à un tel assaut de sensualité. Bon sang, il y avait chez les hommes qui travaillent de leurs mains quelque chose d'incroyablement érotique ! Quelque chose qui affolait ma libido.

Peut-être la pensée que cette force brute pouvait aussi bien tout casser que tout réparer.

— Je rentrais chez moi, dis-je enfin. Et après avoir plaidé toute la journée en talons hauts, j'ai les pieds en compote. Je ne suis pas comme Salem, moi ! J'ai besoin de me reposer les pieds. D'ailleurs, c'est elle qui a choisi ces chaussures. Merci quand même de l'avoir remarqué...

Il gloussa et me précéda dans le cottage délabré. Certains murs avaient été abattus, des parties entières du plancher avaient été arrachées et des ampoules nues pendouillaient tristement du plafond. Zeb avait raison : on aurait dit qu'un cyclone avait ravagé la baraque.

— Non, elles sont jolies, tes chaussures... De toute façon, tu porterais des pantoufles Bob l'Eponge que tu en jetterais quand même comme personne, Say. J'essayais juste de détendre l'atmosphère, c'est tout. Je flippe à mort, t'es au courant ?

Il me jeta un regard par-dessus son épaule et me rattrapa au moment où je trébuchais sur une latte à moitié arrachée. Heureusement que j'avais ôté mes talons hauts ! Sinon, je me serais étalée de tout mon long...

— Désolé pour le chantier. J'ai acheté la baraque aux enchères. La ville allait la raser, du coup je l'ai eue pour des clopinettes. Bien sûr, le prix reflète l'état dans lequel elle est. C'est une vraie ruine. Mais quand j'aurai fini ce sera la plus belle maison de la rue et, vu la façon dont les gens s'excitent sur ce quartier, je vais multiplier mon investissement par dix.

Je trébuchai encore. Il m'attira contre lui et se mit à rire, le nez dans mes cheveux, tout en enjambant les vestiges de ce qui devait avoir été le mur de la cuisine.

— Viens, c'est la seule pièce qui n'est pas cradingue, on n'a pas encore commencé à bosser dessus. Et puis ici on peut s'asseoir.

En effet, il y avait là ce qui ressemblait à une vieille table rustique, recouverte d'une bâche pleine de taches de peinture, et quelques chaises pliantes en métal, complètement pourries. Zeb défit son épaisse ceinture en cuir et posa tout son attirail dans un fracas d'outils. Je frémis. Même ce son était excitant. Il fourragea dans ses cheveux, faisant s'envoler de la sciure et des fragments de plâtre.

— Je suis sûre qu'une fois terminé, ton cottage sera magnifique. Je suis bien placée pour savoir ce que tu es capable de faire.

Je m'assis avec précaution sur la chaise qu'il venait de tirer vers moi et eus un léger hoquet lorsqu'il se pencha à mon niveau pour me contempler avec un sourire carnassier. Je mourais d'envie de lui dire qu'il pouvait me dévorer toute crue quand il voulait et où il voulait. Les sentiments inconnus qu'il éveillait en moi me terrifiaient par leur violence.

— Oh ! mais Sayer, je ne t'ai pas montré toute l'étendue de mes talents… du moins, pas encore.

Je le dévisageai comme une idiote, tandis qu'il s'appuyait d'une hanche à la table.

— Mais ça, ce sera pour une autre fois.

Il agita la main dans ma direction.

— Allez, finissons-en…

Je sortis la longue enveloppe de mon sac et la lui tendis. Son large torse se gonfla sous l'effet d'une profonde inspiration, et il se caressa la barbe, geste que j'avais appris à identifier comme le signe, chez lui, d'une réflexion intense.

— Elle a l'air tellement inoffensive, hein ? Comme si ce n'était qu'une lettre banale et pas quelque chose qui va chambouler ma vie à tout jamais.

Exactement ce que j'avais pensé quand Carla m'avait remis l'enveloppe. Je glissai une mèche de cheveux derrière mon oreille.

— Tu n'imagines pas l'importance que peuvent prendre certains bouts de papier. Tu bûches comme un malade pour avoir un diplôme à accrocher au mur. Tu choisis la personne qui va gouverner le monde libre en mettant un bulletin dans l'urne. D'autres passent leur vie à chercher l'âme sœur pour pouvoir enfin signer un contrat de mariage. Et je ne te parle pas des papiers que laissent les gens après leur mort…

Les yeux de Zeb devinrent verts comme une forêt profonde. Je poursuivis :

— Tout a changé pour moi le jour où j'ai pris connaissance du testament de mon père. Ce bout de papier là, c'est tout pour moi, alors je peux très bien comprendre que celui-ci compte autant pour toi.

Lorsque j'avais obtenu mon premier document officiel d'importance — mon diplôme de fin d'études secondaires —, mon père avait assisté à la cérémonie de remise, raide comme un piquet et les lèvres pincées. La cause de son mécontentement ? J'avais été reçue major ex aequo avec un autre élève. Pour lui, j'aurais dû être la meilleure, et s'il ne s'était pas levé pour partir c'était pour ne pas perdre la face devant les autres parents rassemblés dans l'auditorium. Quand j'avais échoué la première fois à mon certificat d'aptitude à la profession d'avocat, j'avais bien cru qu'il allait me renier. Carrément. J'aurais bien aimé qu'il me serre dans ses bras, qu'il me manifeste une forme de réconfort, mais je n'avais eu droit qu'à son mépris. De toute façon, depuis ma naissance, je n'avais été pour lui qu'une source de déceptions.

Et pourtant c'était son testament qui avait bouleversé ma vie à jamais. Il m'y révélait l'existence de son autre enfant, avec lequel il voulait que je partage mon héritage. Un enfant dont il ne s'était jamais occupé. Un enfant qu'il avait abandonné, livré à lui-même. Un enfant qui s'était aussitôt mis à m'obséder : je n'étais donc plus seule au monde ! Oui, c'était ce simple bout de papier qui m'avait enfin donné une famille. Malgré lui, il avait fait entrer dans ma vie une personne qui m'aimait, s'intéressait à moi et me traitait avec gentillesse, moi qui en avais tant besoin. Voilà pourquoi je ne sous-estimais pas le pouvoir d'une chose aussi insignifiante en apparence qu'une simple enveloppe. Je connaissais la puissance qu'elle pouvait revêtir.

On se regarda longuement, Zeb et moi, dans une communion silencieuse, puis il inspira un grand coup et déchira le rabat.

— Je croyais m'être préparé à n'importe quel résultat… positif ou négatif, mais maintenant j'ai l'impression de ne pouvoir accepter qu'une seule réponse.

Je posai ma main sur son avant-bras, tandis qu'il tirait une liasse de papiers de l'enveloppe. Ses grandes mains tremblaient, et ses prunelles avaient viré au noir.

— Ça va aller, Zeb. Quelle que soit l'issue du test. On fera tout pour ça. Il y a toujours des solutions, tu sais.

Il opina d'un air absent. Ses yeux parcouraient intensément les documents. Ses lèvres se pincèrent dans sa barbe, la couleur se retira de son visage, puis ses pommettes devinrent écarlates. Il me regarda et, sans un mot, me tendit une des feuilles de papier.

Je la saisis, mais sans la lire. J'hésitai sur le comportement à adopter. Devais-je le serrer dans mes bras ? Le gifler ? Sa réaction ne me donnait aucun indice.

— Qu'est-ce que ça dit ? Tu es le père de Hyde ?

Il me fixa en silence. Je n'entendais plus que le bruit de sa respiration. Je baissais les yeux vers les résultats quand il murmura :

— Je suis papa. J'ai un fils.

Sa voix étranglée de joie me serra le cœur. Moi qui m'étais exercée à bannir toute émotion de ma vie, ou du moins à être forte et à tout garder à l'intérieur, j'avais devant moi un colosse qui se laissait submerger par ses sentiments. C'était la première fois que je voyais quelqu'un assommé de bonheur.

— Zeb ?

J'étais partagée entre curiosité et inquiétude.

— Je suis papa. C'est bien mon petit garçon.

— Toutes mes félicitations. J'ai hâte de te présenter à ton fils.

Une profonde émotion illumina son regard, et il esquissa un sourire qui ne tarda pas à gagner tout son visage.

Alors, toutes mes bonnes résolutions volèrent en éclats.

Je me levai, jetai les résultats sur la table en désordre et lui pris les joues à deux mains. Puis, je fis quelque chose que je n'avais encore jamais fait.

J'embrassai un garçon.

Je veux dire par là que, pour la première fois de ma vie, c'était moi qui prenais l'initiative. C'était si peu dans mon caractère, si contraire à mon comportement habituel, qu'à nouveau j'eus l'impression d'être possédée par une entité inconnue agissant à ma place. C'était comme si la Sayer d'avant Denver n'avait jamais existé.

J'attirai Zeb à moi, plaquai ma bouche sur la sienne et l'embrassai à lui couper le souffle.

Je ne regrettai pas ce geste d'audace. Après ma décision de quitter Seattle, ce fut l'un des moments les plus exaltants de toute ma vie. Et, à en juger par sa réaction, Zeb était plus que partant pour que je laisse le champ libre à l'inconnue que je découvrais en moi.

6

Zeb

J'étais sous le choc.

Partagé entre euphorie et angoisse.

K-O.

Dans ma tête, je flippais à mort, et en même temps plus rien n'existait que la bouche gourmande de Sayer sur la mienne. M'abandonner au désir qui m'incendiait les veines était bien plus agréable, bien plus reposant, que me pencher sur les autres émotions, nettement plus intimidantes, qui tournoyaient quelque part ailleurs dans mon esprit.

J'avais un fils, ma vie allait connaître un bouleversement radical, mais pour l'instant je ne pouvais que m'oublier dans ce baiser et toucher enfin Sayer comme je crevais d'envie de le faire depuis une éternité. Face à l'inconnu, elle était mon seul repère stable, mon seul point fixe, ma seule balise. J'avais envie de me cramponner à elle, au réconfort que me procurait son pragmatisme de juriste. Mais, plus que tout, j'avais envie de mêler ma langue à la sienne et de parcourir cette peau satinée. Par mes baisers et mes caresses, je voulais la remercier de ne pas me juger. Dans ses yeux, je ne me voyais pas comme un minable qui a fait sa énième connerie. J'avais commis une faute, mais j'allais faire tout ce qui était en mon pouvoir pour la réparer et ça, Sayer le comprenait. Du moins, c'était l'impression que j'avais, vu la façon dont on se ravageait la bouche, elle et moi.

Je n'étais pas un salaud, mais un mec amoché par la vie. Et la manière qu'elle avait de m'accepter tel quel en soudant son corps au mien me donnait envie de la dévorer.

J'accentuai la pression de mes lèvres sur les siennes et, enlaçant sa taille de guêpe, je la plaquai contre la table.

Après ma journée de travail, j'étais franchement crade, et mes mains calleuses laissaient des traces de saleté sur le haut en soie que j'essayais de sortir de sa jupe. Pourtant, ça n'avait pas l'air de trop la déranger… Ses doigts agrippaient ma tignasse poussiéreuse, et elle me rendait mon baiser avec ferveur, sa langue épousant la mienne. Ses dents s'enfoncèrent une fraction de seconde dans le renflement de ma lèvre, comme pour me retenir, quand je m'écartai pour m'assurer que ma barbe n'irritait pas sa peau délicate.

Elle était belle avec ses yeux bleus, immenses et tout embrumés de désir. Lorsqu'elle se mit à promener sa langue sur l'arc humide de sa lèvre supérieure, ce fut trop pour moi. Passant brutalement mes mains sous ses fringues de luxe, je remontai le long de ses côtes. Enfin, je sentis sous mes doigts une bordure de dentelle et de satin. Bingo. J'aurais parié mon compte en banque que cette femme portait des dessous plus coûteux que le budget mensuel de ma jeep, et ma queue se raidit à l'idée de la voir en soutien-gorge et petite culotte. Le seul fait de l'avoir tout près de moi me faisait bander. Sentir sa peau veloutée contre la mienne suffisait à rendre la situation carrément inconfortable derrière ma braguette.

Sans protester, elle laissa mon pouce suivre le contour de son soutien-gorge. Etait-elle d'accord pour aller plus loin ? Au fond de ses yeux couleur d'océan, la passion luttait avec l'incertitude. Elle ne me disait pas clairement d'arrêter, sa poitrine se soulevait au même rythme que la mienne, mais dans la crispation de ses doigts je sentais un peu de désespoir. Quand je me détachai de sa bouche, elle ne fit pas le geste d'esquisser une autre caresse ni un autre baiser.

Avec un large sourire, je glissai mon pouce sous la barrière de dentelle qui me séparait de la douce rondeur de son sein. Sayer était grande, ce qui rendait notre face-à-face encore plus agréable. Sans la quitter du regard, je laissai mes doigts se frayer un passage vers cette chair chaude et moelleuse. Ce soutien-gorge, sans doute aussi chicos que le reste de ses fringues, cachait une poitrine délicieusement généreuse.

— Tu ne vas pas me dire d'arrêter ?

Ma voix était rauque de désir contenu.

Sayer laissa échapper un soupir et posa avec légèreté les mains sur mes épaules.

— Je vais finir par le faire. Alors, embrasse-moi vite avant que je me souvienne que je suis ton avocate et que tout ça est contraire à la déontologie.

Elle n'eut pas besoin de me le dire deux fois. Sans délaisser ses seins, je la plaquai contre moi et la renversai en arrière. J'avais maintenant accès à sa bouche, chaude et accueillante, mais aussi à la courbure de son cou de cygne et au délicat coquillage de son oreille, le tout sous une rivière de cheveux blonds. Mais très vite ces petits jeux ne me suffirent plus. D'un geste vif, je remontai son soutien-gorge par-dessus sa poitrine pour caresser son téton durci. Je bus avec délice le petit gémissement qui s'échappa de ses lèvres.

Je la sentais fondre sous mes caresses, offerte et malléable. Je n'avais plus qu'une obsession : profiter de ce moment d'abandon total pour modeler ce corps, le façonner. Faire jaillir le feu sous la glace et, si possible, le plaisir.

Je refermai la main sur un de ses seins. Je le voulais tellement dans ma bouche que j'en sentais déjà la douceur sur ma langue. Mais ce n'était pas le moment.

Le souffle court, je m'écartai de ses lèvres avides et brûlantes. Je devais calmer le jeu. Même si j'en mourais d'envie, ce n'était pas encore ce soir que je pourrais passer les mains — et la bouche — sous sa jupe. Il y avait de l'électricité entre nous, une sorte de magnétisme qui nous attirait irrésistiblement l'un vers l'autre, mais Sayer n'était pas du genre à se lâcher sur une vieille table de cuisine cradingue. Du moins, c'est ce que je pensais. Parce que, le temps que je fasse ce raisonnement, elle avait fait glisser sa main le long de mon épaule et filait droit vers ma ceinture, là où toutes sortes d'ennuis l'attendaient.

Jamais aucune femme ne m'avait mis dans un tel état. Même à travers mon T-shirt, ses caresses me faisaient un effet torride. Cette fille était capable de me rendre fou sans rien faire… c'était plutôt déconcertant vu à quel point je dépendais d'elle dans de bien nombreux domaines de ma vie.

Je frottai ma barbe contre sa joue et ne pus m'empêcher de sourire lorsqu'elle laissa échapper un petit gloussement. Ce son léger et joyeux était si inhabituel chez elle que je recommençai, rien que pour l'entendre à nouveau. Quand ses doigts s'arrêtèrent sur la lourde boucle de ma ceinture, je me forçai à inspirer profondément pour reprendre mes esprits. Puis, je tirai une dernière fois sur le téton avec lequel j'étais en train de jouer avant de sortir ma main de son soutien-gorge et de m'écarter légèrement.

Du bout de la langue, je suivis le contour de son oreille. Son corps fut secoué d'un frisson. J'avais visiblement trouvé une de ses zones érogènes, il faudrait que je m'en souvienne. Je murmurai :

— Je ne sais pas jusqu'où tu as prévu d'aller, mais je te préviens : si tu t'aventures du côté de ma braguette, ça ne va pas en rester là. Moi, ça ne me dérange pas, mais quelque chose me dit que tu n'es peut-être pas du même avis. J'ai envie de te baiser, Sayer, mais on peut faire ça ailleurs que sur une table de cuisine. En plus, elle risque de s'effondrer sous notre poids, vu tout ce que j'ai envie de te faire. Je t'avais dit que je te filerais un rencard un de ces quatre ; laisse-moi d'abord fixer une date avant de me sauter dessus.

Sayer émit un son à mi-chemin entre le cri de souris et le gémissement de détresse. Elle posa les mains sur mes abdos et me repoussa en douceur. Je reculai d'un pas, tandis qu'elle me tournait le dos pour rajuster son soutien-gorge et son chemisier.

Elle tordit sa masse de cheveux et la rejeta derrière ses épaules. Quand elle me fit de nouveau face, ses pommettes étaient à peine rosées et une légère rougeur subsistait au niveau de son menton et de son cou, là où ma barbe avait irrité sa peau. J'aurais dû m'en vouloir, mais c'était le contraire. Ces traces-là me mettaient en joie : j'avais envie de bomber le torse et de proclamer au monde entier que cette femme était à moi. J'avais laissé ma marque sur elle. Avis aux autres mecs, chasse gardée.

— Désolée. J'ai un peu perdu la tête. C'est toi qui me fais cet effet-là, murmura-t-elle.

Elle était gênée, c'était clair. Comme si admettre que

partager mon désir incontrôlable était quelque chose de honteux.

Quand elle se pencha pour ramasser son sac, je la retins par le bras. Elle leva les yeux sur moi, et mon ventre se noua. Un nuage sombre venait de traverser le ciel bleu de son regard. Si j'avais été la cause de ce brusque changement d'humeur, j'aurais fait n'importe quoi pour la rassurer, mais de toute évidence je n'y étais pour rien, tout se jouait entre elle et elle.

— Toi aussi, tu me fais cet effet-là, Sayer. Tu le sais bien, non ? Ma vie est devenue carrément plus compliquée ces derniers temps, et tu es la seule qui m'aide à y voir un peu clair. J'ai besoin de toi.

Elle hocha sèchement la tête.

— Tu as besoin de moi, oui… pour mes compétences d'avocate, et je ne te laisserai pas tomber. Je t'ai dit qu'on allait régler cette affaire, et c'est ce qui va se passer. Je ne te décevrai pas.

Qu'est-ce qu'elle racontait ? On aurait dit un discours appris par cœur.

— Ce n'est pas d'une avocate que j'ai besoin, Sayer, c'est de toi, à tous les niveaux.

Elle se contenta de secouer la tête et tapota ma main qui serrait son bras — sans doute un peu trop fort.

— Ne t'en fais pas, Zeb. Je vais me surpasser.

Elle se dégagea et se dirigea vers la porte d'entrée.

— Je vais déposer une demande pour que tu puisses voir Hyde dès cette semaine. La visite se déroulera sûrement en présence d'un tiers et dans un lieu choisi par le juge aux affaires familiales, un espace de rencontre du CASA, par exemple.

Quelle blague ! Elle avait rendossé sa panoplie d'avocate et s'adressait à moi comme si j'étais un client dans son bureau, alors que je l'avais quasiment culbutée sur cette table de cuisine bancale.

— Le CASA ? C'est quoi, ça ?

Je croisai les bras sur la poitrine et m'adossai à la table, agacé et frustré — je n'aurais jamais dû laisser cette fille s'amuser avec ma braguette.

— Le CASA, c'est une association pour la protection de l'enfance agréée par la justice. Ils mettent à disposition des espaces de rencontre neutres afin de rendre les visites plus confortables pour les enfants et souvent aussi pour les parents.

— Moi, du moment que je peux voir mon petit bonhomme avant que la procédure soit mise en branle, je me fous pas mal de l'endroit et de la personne qui sera là.

L'idée que j'allais me retrouver face à face avec mon fils, avec ce petit être que j'avais engendré, ça me rendait toute ma joie, mais aussi toutes mes inquiétudes.

— Je vais organiser ça. Toutes mes félicitations, Zeb, sincèrement. Ce petit garçon a bien de la chance de t'avoir à ses côtés.

Je la fixai intensément tandis qu'elle promenait ses doigts d'un air perplexe sur la peau irritée de son cou.

— C'est moi qui ai de la chance de t'avoir à mes côtés, Sayer.

Elle opina distraitement, toujours occupée à caresser les petites marques rouges sur sa peau. Je laissai échapper un petit rire.

Sayer me regarda avec étonnement.

— Imagine un peu ce que ça te fera quand je passerai ma tête entre tes jambes, dis-je avec un clin d'œil. Ce n'est que le début, Sayer…

Elle rougit, mais ne protesta pas, se contentant de reprendre la conversation là où elle l'avait laissée.

— Je te contacterai dès que j'aurai des nouvelles du juge. Les choses vont aller vite maintenant que ta paternité est établie. Enfin, vite selon les critères de la justice. A bientôt, Zeb.

Elle partit. Une fois seul, je ramassai avec un soupir la ceinture porte-outils que j'avais posée sur la table. Putain, j'allais devoir m'arracher… pour cette baraque et pour cette femme.

Pour le reste aussi, maintenant que j'avais un fils que j'étais bien décidé à élever.

Je passai la semaine à ronger mon frein : quand Sayer allait-elle me recontacter ? Depuis la confirmation de ma paternité, ma mère et Béryl étaient sur un petit nuage, même si, à mon avis, elles n'en avaient jamais douté. Elles attendaient ma rencontre avec Hyde avec presque autant d'impatience que moi.

Sayer m'appela juste avant le week-end : c'était OK pour le juge. Je pourrais voir Hyde, mais la visite se déroulerait en présence d'un tiers, dans un espace de rencontre agréé, et tout serait enregistré. La gorge nouée d'émotion, je fus incapable d'articuler un mot. Je parvins juste à pousser un grognement, genre homme des cavernes.

Sayer me dit qu'elle allait tout organiser, du moment que je pouvais me libérer un après-midi de la semaine prochaine. Bien sûr, elle était censée assister à la visite, ça faisait partie de son rôle d'avocate, mais elle me rassura tout de suite : elle et la représentante du CASA se feraient aussi discrètes que des petites souris pour ne pas gêner ma prise de contact avec Hyde. Pour elle, c'était la routine.

Quand je retrouvai enfin l'usage de la parole, je balbutiai un « merci » et lui demandai d'une voix étranglée si j'avais le droit d'offrir quelque chose à mon fils. Je ne connaissais pas grand-chose aux enfants, et encore moins aux petits garçons de cinq ans — ma seule référence, c'étaient mes propres souvenirs. Mais ce serait peut-être une bonne idée d'apporter une bricole, histoire de rompre la glace. Moi, à son âge, j'adorais tout ce qui avait des roues et faisait du bruit… En fait, je n'avais pas beaucoup changé. Sayer me promit de se renseigner auprès de l'avocate du CASA. La date de la visite fut fixée au mercredi suivant. Dans l'intervalle, j'alternai les phases d'euphorie et de panique totale. Je devais rendre ma sœur complètement dingue à force de l'appeler toutes les cinq minutes pour la bombarder de questions. Qu'est-ce qu'il faudrait que je fasse ? Qu'est-ce qu'il faudrait que je dise ?

Incroyable ! Je m'angoissais à mort à l'idée qu'un gosse de cinq ans puisse ne pas m'aimer.

Enfin, au bout de mon trentième appel, Béryl me passa Joss qui me conseilla d'arrêter de me faire du souci pour rien : tous les enfants m'adoraient. Quand je lui demandai en riant ce qu'elle en savait, sa réponse fusa : j'étais si grand et si costaud que je ressemblais à un super-héros. La preuve, j'étais toujours capable de la porter, même si en grandissant elle devenait de plus en plus lourde. Je la faisais tout le temps rigoler. J'étais le roi des câlins, et ma barbe la chatouillait quand je lui donnais des bisous. Elle m'acheva en me disant que j'avais sauvé sa maman le jour où son papa avait été méchant. D'après elle, tous les enfants avaient besoin de quelqu'un qui les protège. Alors Hyde allait m'aimer, forcément. Son raisonnement était à la fois si simple et si candide que toutes mes craintes s'apaisèrent. Lorsqu'elle repassa le téléphone à sa mère, j'entendis que ma sœur pleurait et de mon côté je n'étais pas très loin des larmes.

La veille du jour de la rencontre, Sayer me rappela. La

représentante du CASA et la tutrice provisoire de Hyde étaient d'accord pour que je lui apporte un petit quelque chose. Mais attention, il ne fallait pas non plus que j'en fasse trop. La visite finie, Hyde devrait retourner dans sa famille d'accueil, et les autres enfants risquaient d'être jaloux s'il revenait avec un cadeau trop cher.

Résultat : une demi-heure avant la fermeture, je me retrouvai au rayon jouets du Target, complètement paumé. Qu'est-ce qui pourrait bien convenir à l'occasion ? Qu'est-ce qui pourrait bien faire plaisir à Hyde ? Je m'arrachais les cheveux devant les interminables rangées d'emballages bariolés, quand mon regard se posa enfin sur une boîte de Lego. Ça fit tilt immédiatement.

Il aimait peut-être construire des trucs, comme moi ? En plus il semblait y avoir suffisamment de briques et de pièces diverses là-dedans pour que les autres gamins de son foyer d'accueil puissent jouer avec lui. Parfait ! Je m'emparai de deux modèles différents et rentrai chez moi, bien que sans grand espoir de fermer l'œil.

En effet, je passai la nuit à fixer le plafond, songeant tour à tour à Hyde et à Sayer, cette femme qui avait le pouvoir de nous réunir définitivement, mon fils et moi. Je ne pouvais pas penser à l'un sans penser à l'autre. Ils étaient tous deux trop importants et trop imbriqués dans ma vie pour que je puisse les séparer dans ma tête. D'ailleurs, je n'étais pas sûr de le vouloir. Si j'obtenais la garde exclusive de Hyde, il allait faire partie intégrante du deal : Sayer ne pourrait pas avoir le père sans avoir aussi le fils. Etait-ce pour ça qu'elle se retranchait désormais derrière son masque d'avocate chaque fois qu'on se parlait ?

Elle était toujours polie, toujours rassurante, mais il n'y avait plus trace de notre ancienne complicité coquine dans son intonation. Au contraire, elle veillait à ce que nos conversations restent brèves et professionnelles. Cette fille me rendait dingue, mais qu'est-ce que je pouvais y faire ? En plus, ma priorité du moment c'était mon fils, pas ma bite.

Le jour de la visite, je pris ma matinée. Azzy, mon contremaître, me remplacerait sur le chantier. C'était un jeune bien, qui avait réussi à surmonter des débuts dans la vie plus que difficiles. Son adolescence, il l'avait passée en centre éducatif fermé et à sa majorité il s'était retrouvé direct derrière les barreaux. On s'était rencontrés à Canyon, et à sa sortie il était venu me voir. Il ne connaissait rien au métier, mais j'estimais de mon devoir de lui donner une chance. Personnellement, je ne supportais pas qu'on me juge sur mes erreurs passées — et j'étais loin d'être le plus à plaindre. Trouver du taf, c'est dur pour tout le monde, mais c'est encore plus galère quand tu es noir et que tu as un casier. Azzy, lui, était fermement décidé à ne plus jamais retourner en taule. C'était un mec qui voulait faire quelque chose de sa vie et qui en plus apprenait vite, il me l'avait prouvé. Au fil des ans, je m'étais mis à lui donner de plus en plus de responsabilités. J'envisageais même de lui confier la totalité de mon prochain chantier — la maison d'Asa — dès que j'aurais les plans définitifs et une offre ferme. Mon protégé était désormais capable de mener à bien un projet de construction.

Après avoir enfilé un jean noir et une chemise à carreaux à boutons nacrés, je troquai mes Red Wing contre une paire de boots noires et m'efforçai de dompter ma tignasse rebelle à l'aide d'un peigne et d'une bonne dose de gel, même si je me faisais peu d'illusions sur le résultat : jamais on ne remettrait les clés de la ville à un mec comme moi. Même en m'arrangeant au maximum, je ne pouvais pas effacer les tatouages qui me recouvraient le cou et les mains. On allait me regarder de travers, comme d'habitude... J'avais beau avoir un job respectable, un compte en banque bien garni et une belle bagnole, aux yeux des gens j'étais et je serais toujours un ex-taulard au look patibulaire.

Eh bien, faudrait faire avec ! Ma cargaison de Lego sous le bras, je grimpai dans ma jeep, direction l'adresse que m'avait donnée Sayer. A première vue, rien ne distinguait le bâtiment du CASA des autres locaux de la petite rue où il était situé. Ce n'est qu'une fois à l'intérieur, après avoir essuyé des contrôles de sécurité et un nombre incalculable de regards soupçonneux, que je compris où j'avais mis les pieds. Autour de moi dans la petite salle d'attente, il n'y avait là que des hommes à l'air vaincu et des femmes visiblement apeurées. Pour toutes ces personnes, venir ici était sans doute ce qui pouvait leur arriver de pire. Et ça me fendait le cœur.

Je ne voulais pas être le pire qui puisse arriver à Hyde. Au contraire, je voulais être son meilleur atout dans le jeu pourri qui lui avait été distribué à la naissance. Alors que je tournais tout ça dans ma tête, une porte s'ouvrit à côté du bureau d'accueil.

Et je restai scotché.

J'avais déjà vu Sayer dans son impeccable tenue de *working girl* quand je bossais sur sa maison, mais savoir qu'elle s'était habillée comme ça pour moi, ça me faisait de l'effet. Ses beaux cheveux blond doré étaient tirés en chignon. Je crevais d'envie d'y enfouir les mains pour les libérer. Elle me jaugea d'un rapide coup d'œil, et un petit sourire retroussa sa bouche légèrement maquillée.

— Tu présentes bien, dis donc... Bon, tu te sens prêt à y aller ? Voici Maria, c'est notre contact au CASA. Elle restera avec vous pendant toute l'heure. Ne t'en fais pas si tu la vois prendre des notes. Il faut que tu saches que toutes tes visites ici seront enregistrées et filmées. Pour l'instant, on a simplement dit à Hyde que tu étais un vieil ami de sa mère. De l'avis général, il est encore trop tôt pour lui expliquer que tu es son père. On veut d'abord qu'il se familiarise avec toi. Est-ce que tout ça te convient ?

Je me contentai d'opiner avec raideur. De toute façon, qu'est-ce que j'aurais pu faire d'autre ?

— Je ferai tout ce qu'on me demandera de faire.

Le grand sourire de Sayer apaisa la tempête sous mon crâne. Et, quand elle posa sa main sur mon coude, je pus enfin respirer normalement.

— Le temps de remplir quelques formulaires et, on y va. Hyde est déjà dans cette pièce, là-bas, il joue avec une bénévole.

Je hochai encore la tête. Apparemment, c'était tout ce dont j'étais capable.

Sayer dut sentir ma panique. Alors qu'elle me tendait tout un tas de papiers, elle se pencha vers moi pour me murmurer :

— C'est un petit garçon très joyeux, Zeb. Il a l'air mignon et il n'était ni effrayé ni intrigué quand sa tutrice l'a déposé ici. Tout ce qu'il veut, c'est jouer. Il sera content de te voir. Pour lui, c'est toute une aventure.

Soulagé, je vidai tout l'air que j'avais l'impression de retenir depuis la veille au soir dans mes poumons.

— Merci.

Elle me fit un petit clin d'œil et me tapota le bras.

— Quand on le voit en vrai, la ressemblance est encore plus flagrante.

Elle pointa le doigt sur ma joue.

— Il a même ta fossette.

Je la dévisageai, stupéfait.

— Comment tu sais que j'ai une fossette ?

J'avais commencé à me laisser pousser la barbe en prison — obtenir des rasoirs en taule, c'était la croix et la bannière, et je n'avais pas envie de me prendre la tête avec ça. A ma sortie, j'avais une longue barbe en broussaille. Mais taillée et bien entretenue, elle en jetait. Du coup, j'avais décidé de la garder. Depuis, aucune fille ne m'avait jamais vu rasé de près, Sayer pas plus qu'une autre.

L'air gêné, Sayer détourna la tête.

— Sur la photo de l'identité judiciaire, tu n'as pas de barbe. J'ai remarqué ta fossette quand j'ai étudié ton dossier, avant de déposer ma requête auprès du juge.

La photo de l'identité judiciaire. Merde, elle avait vu mon casier ! Je serrai les dents à me les briser. Pas étonnant qu'elle ait pris ses distances avec moi… La vérité était là : j'avais fait de la taule pour un acte d'une violence injustifiable. A partir de là, comment imaginer que je puisse être autre chose pour elle qu'un simple client ? Elle avait accepté avec un calme olympien le lourd bagage que je me coltinais, mais elle ne pouvait pas faire comme s'il n'existait pas alors qu'il s'étalait sous ses yeux.

— Tu te sens prêt à y aller ?

Elle tendit les documents que je venais de remplir — nom, profession, date de naissance — à la dénommée Maria, et je relevai le menton en un semblant de hochement de tête.

— Fin prêt. Allons-y.

Sauf qu'intérieurement j'étais nettement moins sûr de moi…

— Très bien, dit Sayer. Dans ce cas, suis-moi.

On s'engagea tous les trois dans un long couloir avant d'entrer dans une pièce qui ressemblait à une salle de classe avec des petites tables et un tapis de jeux en mousse. Couché sur le ventre, les pieds en l'air, un petit garçon brun faisait rouler un gros camion-poubelle en imitant un bruit de moteur.

Le temps s'arrêta.

La Terre cessa de tourner.

Je ne respirai plus.

A la seconde où je posai les yeux sur ce petit être, ma chair et mon sang, toutes les choses que je croyais jusque-là importantes m'apparurent soudain vides de sens et d'intérêt. Il leva sur moi ses yeux verts — si semblables à ceux qui me regardaient le matin dans la glace — et me fit un grand sourire laissant apparaître ses dents manquantes. Puis il se mit debout et fonça sur moi. J'étais cloué sur place, le cœur dans la gorge.

— Salut. Moi, c'est Hyde. Toi, tu es un géant. C'est des Lego ? J'adore les Lego ! Tu veux jouer avec moi ?

Je fixai la minuscule copie carbone de mon visage, bouleversé. Il fallait que je me ressaisisse d'urgence ! Je n'aurais pas d'autre occasion de faire une bonne impression sur ce petit bonhomme qui, au premier coup d'œil, était devenu tout pour moi.

Je m'accroupis pour me mettre à sa hauteur et lui tendis la boîte de Lego.

— Salut, Hyde. Je m'appelle Zeb. Je ne suis pas un géant, mais c'est vrai que je suis plutôt grand. Et les Lego, c'est pour toi. Ça me ferait très plaisir qu'on y joue tous les deux.

Les yeux verts me dévisageaient calmement maintenant que j'étais à son niveau. Hyde pencha la tête sur le côté, l'air pensif.

— Tu connaissais ma maman ?

Sa petite voix s'était mise à trembler — ça me flinguait le cœur.

— Oui, je la connaissais. Je ne l'ai rencontrée qu'une

seule fois, mais c'était une bonne amie. Elle a été très gentille avec moi à un moment où j'étais très triste.

Hyde opina gravement. Il tendit les mains vers les Lego que je tenais toujours et posa les deux boîtes par terre. Ses pieds étaient chaussés de minuscules baskets.

— Elle était gentille des fois, mais pas toujours. Tu as laissé quelqu'un te dessiner dessus ?

Il pointait le doigt sur mon cou où s'étalait le tatouage d'une montre gousset à l'ancienne. Je lui présentai mes mains pour qu'il puisse voir les spirales d'encre qui les recouvraient. Immobile comme une statue, j'attendis qu'il ait effleuré le motif pour répondre :

— Oui. Mais ce sont des dessins qui ne s'effacent pas. Je vais les garder toute ma vie.

Ses lèvres se retroussèrent en un grand sourire qui creusa la fossette que nous avions en commun.

— Ah, d'accord. Je peux toucher ta figure ?

Je ne pus retenir un rire. Apparemment, Joss avait raison à propos de ma barbe. Elle plaisait aux gamins !

— Bien sûr. Ma nièce dit que ça lui fait des guilis quand je lui donne des bisous.

Un bruit étranglé me fit jeter un regard par-dessus mon épaule. Sayer, écarlate, toussa dans sa main. A l'évidence, Joss n'était pas la seule à trouver ma barbe… intéressante pendant les baisers. Je retournai la tête vers Hyde quand ses petites menottes s'emparèrent de mes joues et me lissèrent la barbe.

Je plongeai dans ses yeux si semblables aux miens et luttai contre l'envie impérieuse de prendre mon fils dans mes bras et de ne plus jamais le lâcher. Je devais lui laisser le temps de venir à moi de lui-même. Son sourire à fossette m'éblouit une seconde fois.

— J'aime bien.

Derrière moi, Sayer et Maria soupirèrent en chœur, mais cette fois je gardai les yeux fixés sur Hyde.

— Tant mieux.

Il hocha la tête, comme si d'une certaine manière il comprenait lui aussi l'enjeu de cette visite.

— Bon, on joue ?

Il regarda les deux femmes qui se tenaient derrière moi.

— Vous voulez jouer avec nous ?

Bon Dieu, c'était un amour, ce gosse ! Exactement comme Sayer me l'avait dit. Il était mignon, attentionné et tellement sociable ! Comment sa mère avait-elle pu lui préférer la drogue et les mecs violents ? Cet enfant n'était que lumière.

La douce voix de Sayer lui répondit tandis que j'ouvrais les boîtes remplies de briques colorées.

— C'est gentil, Hyde, mais tu devrais plutôt jouer avec Zeb. Il est venu exprès pour te voir. Ça fait très longtemps qu'il attend de s'amuser avec toi.

— C'est vrai ? fit-il d'une petite voix étonnée.

Je serrai les poings. Comment un enfant aussi merveilleux pouvait-il douter de sa propre valeur ? J'avais envie de casser quelque chose. De tout casser.

— Mais oui, c'est vrai, mon bonhomme. Aujourd'hui, c'est rien que toi et moi. Alors, on va faire un truc énorme !

— Cool !

Son enthousiasme était contagieux. Il se remit à plat ventre sur le tapis. De mon côté, je pliai ma grande carcasse pour m'accroupir devant lui et jetai un coup d'œil à Sayer.

Une main sur la bouche, elle ne nous quittait pas du regard. Dans le bleu profond de ses yeux brillait une résolution sans doute identique à la mienne.

Hyde était mon fils. J'allais l'emmener chez moi, chez nous, et pour ça j'étais prêt à tout.

Plus jamais je ne laisserais ce petit garçon douter de sa place dans le monde des adultes. Il avait un père qui ne demandait qu'à s'occuper de lui, et plus vite je pourrais le lui dire, mieux ce serait.

7

Sayer

Poppy sortit de la maison au bras de Rowdy sous mon regard ému. J'avais l'impression d'être une maman poule à la remise de diplôme de sa fille ou à tout autre rituel du même genre. Poppy ne vivait pas en recluse, mais presque. Elle allait bien faire trois courses à l'épicerie de temps en temps, mais jamais elle ne sortait pour se distraire. Elle ne recherchait aucun contact avec ses semblables, et encore moins avec ceux du sexe opposé. Alors le fait qu'elle ait accepté de dîner en tête à tête avec mon frère et que cette perspective l'enthousiasme était un véritable événement. Quand je lui avais proposé de l'accompagner, au cas où, elle m'avait affirmé qu'elle s'en sortirait très bien toute seule. J'avoue, à ce moment-là, il se peut que j'aie eu la larme à l'œil. C'était comme si elle avait fait la moitié du chemin vers la guérison. Et puis, en dehors de ses progrès, je me réjouissais qu'elle soit soutenue par autant de monde. Rien que pour ça, j'avais envie d'embrasser mon frère, ce garçon merveilleux qui refusait de laisser tomber son amie d'enfance.

A peine Rowdy et Poppy avaient-ils disparu de l'allée que mon téléphone se mit à sonner. Je n'avais même pas besoin de regarder qui c'était. Comme tous les jeudis soir, Salem sortait avec sa bande de copines et elle allait me proposer de me joindre à leur petit groupe. Je faisais toujours en sorte de réserver ma soirée tellement j'aimais les fréquenter. Ces jeunes femmes étaient ultra-soudées, hautes en couleur, drôles, intelligentes, et, qualité peut-être la plus admirable chez elles, toutes farouchement amoureuses des mecs qui composaient la famille de cœur de mon petit frère. C'étaient aussi des filles chaleureuses et d'une grande gentillesse : avec elles, je ne me sentais jamais exclue, même si je détonnais un peu au sein du groupe.

J'adorais être avec elles, j'admirais les authentiques œuvres d'art qui recouvraient une bonne partie de leur épiderme, j'écoutais sans jamais me lasser leurs petites anecdotes, le récit de leurs épreuves et de leurs tribulations amoureuses, mais je ne pouvais pas m'identifier à elles. Adolescente, l'idée de me faire tatouer ne m'aurait jamais traversé l'esprit, par crainte de la réaction de mon père, et aujourd'hui je ne voyais pas comment j'aurais pu concilier l'art corporel et ma carrière d'avocate. Quant aux colorations dont elles paraient leurs cheveux, il n'en était pas question — ces teintes étaient bien trop effrayantes pour une fille dont la seule audace se limitait à se peinturlurer les orteils… pour ensuite les cacher dans des escarpins nude !

Mener de front enfants, boulot et études me semblait également infaisable, de même que me dévouer à mon homme tout en essayant de réussir ma vie et ma carrière. Voilà pourquoi à mes yeux Salem et ses amies étaient toutes des superwomen. Et je mesurais ma chance qu'elles m'acceptent dans leur groupe et semblent réellement apprécier ma compagnie. J'étais aussi très touchée qu'elles se soient mobilisées pour Poppy à qui elles tentaient de réapprendre à vivre avec douceur, mais fermeté. Pas parce que c'était la sœur de Salem, mais parce que c'étaient des femmes formidables qui souhaitaient voir l'une des leurs guérir de ses blessures et retrouver santé et joie de vivre.

Et que dire de leur attitude envers leur mec ! Toutes, y compris Salem, étaient tombées amoureuses d'hommes au caractère bien trempé, difficiles et compliqués. Toutes avaient un mari ou un amant qui leur donnait du fil à retordre et pourtant jamais elles ne se plaignaient, jamais elles ne rêvaient d'un compagnon plus facile à vivre. C'était ce côté-là, je pense, qui me fascinait le plus chez elles. J'aurais pu rester des heures à les écouter parler des joies et des déboires que leur apportaient de tels mecs. C'était beau. C'était particulier. Pour moi, c'était également un crève-cœur : inspirerais-je un jour à un homme assez d'amour et de passion pour qu'il s'attaque aux remparts de glace que j'avais érigés entre moi et le monde ?

Ce soir, cependant, je déclinai l'invitation de Salem. Pour être honnête, j'avais la flemme de me coiffer et de m'habiller pour sortir. Je me contentai de papoter quelques minutes au téléphone avec elle. Comme moi, elle était émue que Poppy ait pris seule l'initiative d'aller au restaurant, et avec un homme, en plus : à partir de là, tous les espoirs étaient permis. On finit par s'attendrir toutes les deux sur Rowdy — c'était vraiment un mec en or. Mon frère ferait un père merveilleux, glissai-je en conclusion. Si Salem ne me voyait pas venir avec mes gros sabots… Elle éclata de rire, mais sa voix s'était mise à vibrer d'une excitation très particulière. OK ! A tous les coups, j'allais avoir une jolie petite nièce ou un joli petit neveu à chouchouter très bientôt.

Quand je raccrochai, la maison me sembla soudain bien trop silencieuse, et mes pensées bien trop envahissantes.

L'idée qu'un homme ait en lui assez de passion et d'amour pour se battre pour moi me fit songer à Zeb. Depuis sa rencontre si émouvante avec son fils, mon attirance pour lui s'était irrésistiblement enrichie d'un sentiment plus profond, plus puissant, plus complexe. La tendresse et la douceur dont il était capable avec son petit garçon me bouleversaient complètement : corps et âme.

Hélas, j'étais bien placée pour savoir que ça ne suffisait pas. Que Zeb soit effectivement le père biologique de Hyde, que son fils soit dingue de lui, tout ça ne comptait pas aux yeux de la justice. La procédure suivait son cours, et le casier judiciaire de Zeb commençait à susciter des questions. Notre première audience était prévue pour lundi, et je sentais que Zeb en était malade. Une fois de plus, je ne pouvais m'empêcher de me poser des questions sur notre système judiciaire : Zeb ne pouvait pas revenir sur ses erreurs de jeunesse, pour autant, était-il juste que son passé continue à peser aussi lourd sur son avenir ? Il fallait vraiment que je me défonce, que je fourbisse toutes les armes juridiques à ma disposition pour gagner la bataille qui s'annonçait. L'idée que Zeb puisse être privé de Hyde par mon incompétence m'était insupportable. A présent, ce n'étaient plus mes rêves torrides qui m'empêchaient de dormir la nuit, mais la déception que je craignais de lire dans les yeux verts du père et du fils.

Et je culpabilisais d'autant plus que je n'avais pas été professionnelle. La déontologie exigeait que je garde une certaine distance avec mes clients, et avec Zeb j'aurais dû fixer la limite dès le départ. Si seulement la situation avait été différente ! Malgré tous mes efforts, je continuais de penser au fameux rencard qu'il m'avait fait miroiter... Du vent, tout ça !

Il ne m'en avait jamais reparlé, et pourtant une part de

moi ne pouvait s'empêcher de penser que c'était la preuve que mon père avait raison. Toute sa vie, il n'avait cessé de me seriner que tous mes efforts devaient tendre vers un seul but : la perfection. Je devais atteindre la perfection dans mes études, puis dans mon métier. Je ne trouvais grâce à ses yeux que dans les signes extérieurs de ma réussite. Vouloir quelque chose ou quelqu'un pour mon seul plaisir, c'était faire preuve de frivolité et d'égoïsme, voilà pourquoi je m'étais toujours refusé ce luxe. C'était une des raisons pour lesquelles j'étais aussi nulle avec les hommes : mon désir ne me semblait pas légitime.

Toute ma vie, j'avais cherché des garçons que j'aurais pu ramener à la maison sans craindre de les exposer au regard impitoyable de mon père. Leur apparence physique, leur comportement, leur milieu, tout devait être « convenable ». Quand j'étais avec un homme, mon père ne se demandait jamais s'il me rendait heureuse, si nous étions complices. Seules comptaient les apparences, le reste était secondaire. Evidemment, dans ces conditions, je n'avais jamais connu l'amour véritable — Nathan en était l'illustration parfaite. La seule fois où mon père avait paru m'approuver, c'était quand je m'étais fiancée avec lui. On crevait d'ennui ensemble, il n'y avait ni passion ni érotisme entre nous, mais ça n'avait pas d'importance, puisque j'avais une belle bague…

Je déambulais dans la maison vide, tout occupée à m'apitoyer sur mon sort, quand mon téléphone se mit à vibrer dans ma main. Un texto de Zeb. Comme si à force de penser à lui, je l'avais poussé à se manifester.

Je frémis d'excitation. Du calme, bon sang ! Je ne pouvais pas perdre tous mes moyens chaque fois que son nom s'affichait sur l'écran de mon téléphone ! Son message était plus que bref, mais me sembla étrangement chargé de sens et d'émotion.

Tu peux parler ?

J'hésitai. Que répondre à ça ? En temps normal, je n'avais aucun contact avec mes clients en dehors des heures de bureau. En plus, depuis que je m'occupais du dossier de Zeb, j'avais déjà suffisamment de mal à cloisonner vie professionnelle et vie privée. Mais ce fut plus fort que moi, je soupirai et répondis :

Oui. Tu veux que je t'appelle ?

Après tout, j'avais accepté de le défendre pour rendre service à un ami, je ne pouvais pas lui retirer cette amitié maintenant qu'il était mon client. Il devait angoisser à l'idée de ce qui l'attendait la semaine prochaine, et j'étais la seule à pouvoir apaiser certaines de ses craintes.

Deux longues minutes s'étaient écoulées, et je n'avais toujours pas de réponse. Que se passait-il ? Les yeux rivés à mon téléphone, je faisais les cent pas. N'importe quoi ! Je me conduisais vraiment comme une collégienne ! Avec une exclamation de dégoût contre mon propre comportement, je me dirigeai vers la cuisine : j'avais besoin d'un verre de vin. Evidemment, c'est à cet instant que la sonnerie de mon téléphone retentit. Je ne m'y attendais plus ! Que faire, maintenant ? Vite, d'abord, se ressaisir ! Je fis glisser mon doigt sur l'écran.

— Bonsoir. Ça va ?

J'entendis une voiture klaxonner, et Zeb marmonner quelque chose qui ne m'était pas destiné. Enfin, il me répondit :

— Non, ça ne va pas, bordel ! Je flippe à mort à cause de l'audience de lundi. Je suis complètement à côté de mes pompes et j'aligne les conneries. Et quand tu passes ta journée à manier une scie circulaire, ce n'est pas recommandé.

Il soupira. Je brûlais d'envie de le serrer dans mes bras.

— Je me suis planté en commandant la couleur du salon ! Les peintres viennent de terminer et c'est bleu… mais un putain de bleu ! Maintenant, je dois arranger ça moi-même, sinon mes gars vont me tuer. Je dois repasser une sous-couche ce soir pour que les peintres puissent tout recommencer demain avec la bonne couleur. Déjà que je fais bosser mes gars comme des malades pour rattraper mes absences, ça, c'est la goutte d'eau. Je vais devoir y passer la nuit ! Dis-moi que tout ça va s'arranger, Sayer, je pète les plombs, là !

Refusant de trop m'avancer, je restai dans le vague.

— Cette affaire comporte certains points délicats, Zeb, on en a déjà parlé. Mais Maria a bien vu que tu t'en sortais comme un chef avec Hyde. Il est clair pour tout le monde que la place de cet enfant est auprès de toi. Il ne reste plus qu'à convaincre le juge et là, tu dois t'en remettre à moi. C'est pour ça que tu es venu me trouver, d'ailleurs. Rappelle-toi ce que tu m'as dit ce jour-là : ton plan, c'est moi.

Il jura. Je l'entendis ouvrir violemment une portière.

— Oui, mais quand je me demande pourquoi on me refuserait la garde de Hyde, mon casier me saute chaque fois à la gueule ! Si seulement…

Je fermai les yeux. Chacun de ses mots vibrait de remords.

— Tout ce que tu peux faire, Zeb, c'est t'estimer heureux que cet accident de parcours ait fait de toi un père. Même si c'est par des chemins détournés. Je vois bien la façon dont tu regardes Hyde. Dans tes yeux, il n'y a aucun regret, même si la route qui t'a mené à lui n'a pas été une ligne droite.

Il soupira.

— Tu es vraiment douée pour ton boulot... Je ne sais pas si je te l'ai assez dit, mais encore merci. Je ne sais pas ce que je ferais sans toi.

De ma main libre, je me massai les tempes. Les paroles de Zeb remuaient tant de choses en moi ! Tous ces sentiments verrouillés à double tour depuis longtemps et qui se rappelaient soudain à mon bon souvenir.

— Ça me fait plaisir de te rendre service, Zeb. Ce que je sais, en tout cas, c'est que donner gain de cause à des parents qui se battent avec autant d'acharnement que toi, c'est agir dans le meilleur intérêt de l'enfant. Ton dossier suit son cours, on fait tout ce qu'il faut. A partir de là, tu dois faire confiance au juge et aux instances juridiques. Un combat après l'autre. On ne peut pas s'attaquer à tous les adversaires d'un coup, OK ?

Il laissa passer un long silence — je n'entendais que le bruit de sa respiration. Enfin, il émit un petit grognement résigné.

— Je vois. Donc, mon prochain combat, c'est de repeindre ces putains de murs... Merci de m'avoir remonté le moral. Quand je te parle, je reprends tout de suite espoir.

Qu'est-ce qui me prit à ce moment-là ? Mystère. Etait-ce à cause du silence assourdissant de ma maison ? De la mélancolie qui imprégnait sa voix ? Plus probablement une manifestation de mon envie irrépressible de franchir dès que je le pouvais la distance que je m'évertuais pourtant à maintenir entre nous.

J'étais vraiment la dernière des connes !

M'accablant intérieurement de toutes les insultes à mon répertoire, je m'entendis proposer :

— Je ne fais rien, ce soir. Et Poppy est sortie avec Rowdy. Alors si tu as besoin d'une paire de bras supplémentaire pour tout repeindre, je peux venir…

Je me serais mis des baffes. C'était quoi ce délire, j'avais toujours eu deux mains gauches ! Je savais à peine ce qu'était un pinceau ! Mais l'idée de me retrouver seule avec Zeb était trop tentante pour que je m'arrête à ce genre de détails. Restait à espérer qu'il ne relèverait pas…

Il émit un petit gloussement.

— Tu es sérieuse, là ?

Je haussai les épaules comme s'il pouvait me voir.

— Mais oui. Pourquoi pas ?

— Bon, je ne vais pas refuser un coup de main si gentiment proposé, surtout s'il s'agit de tes mains… Mais est-ce que tu as seulement des vieilles fringues que tu peux bousiller, Say ? Parce que avec moi on a tendance à se salir.

Sa voix avait baissé d'un ton, elle était devenue si rauque qu'un frisson courut sur ma peau.

Je sentis mes joues s'enflammer. Le sous-entendu était on ne peut plus clair… En plus, personne ne m'avait jamais donné de diminutif. Les petits noms gentils, ce n'était pas moi. Ça avait toujours été Sayer. Le « Say » de Zeb avait un petit côté intime. Un peu trop familier même, entre un client et son avocate. Pourtant, je ne protestai pas, me contentant de répliquer :

— Oh ! je trouverai bien quelque chose à me mettre… Bon, je me change et j'arrive.

Par chance, personne n'était là pour me voir grimper les marches quatre à quatre, au risque de m'étaler, ni retourner toute ma penderie comme une hystérique. Les vêtements glissaient des cintres et des étagères, formant sur le sol des tas dans lesquels je me prenais les pieds. Evidemment, je ne possédais pas de vieilles fringues. En désespoir de cause, je décidai de mettre ma tenue de gym : pantalon de yoga en tissu extensible, débardeur à brassière intégrée — les deux d'un gris sage — et chaussures de running noires à rayures rose vif. Au final, une tenue aussi banale et passe-partout que mon uniforme d'avocate, mais au moins je pourrais la tacher de peinture sans que ce soit un drame. Ça partirait à la poubelle et basta !

J'attachai mes cheveux en une tresse approximative et sortis de la maison comme une folle. Je passai tout le trajet à m'exhorter au calme. Montrer un tel empressement à l'idée de le revoir en dehors de mon bureau ou des locaux du CASA, c'était lui envoyer un message erroné. Je pouvais très bien être à la fois son avocate et son amie. J'étais suffisamment forte et mon cœur suffisamment glacé pour mettre de côté mes sentiments les plus profonds et prendre simplement plaisir à sa compagnie tout en lui rendant service. J'étais juste une amie qui donnait un coup de main à un ami.

Mais bien sûr… Je n'y croyais pas une seule seconde, ce qui voulait dire que de son côté Zeb ne serait pas dupe non plus.

Déterminée à ignorer ma libido déchaînée, je passai devant la jeep garée dans l'allée la tête haute et les poumons gonflés à bloc. La porte d'entrée était ouverte. Quelque part à l'intérieur, il y avait de la musique et de la lumière.

Je me frayai un chemin avec précaution sur le sol encombré. Je n'y voyais pas grand-chose, la seule source de lumière provenant de la pièce où travaillait Zeb. Tout était encore en chantier, mais en quelques semaines à peine ils avaient déjà fait un énorme boulot sur la maison. Dans les murs, les trous béants étaient devenus de véritables portes et les travaux avaient commencé dans la cuisine.

Tous les vieux éléments avaient été déposés, laissant la pièce nue. A partir de cet espace vierge, Zeb allait pouvoir tout reconfigurer à sa manière.

Le son nasillard de la musique bluesy me guida jusqu'à ce qui devait être le salon. Franchement, il n'était pas si moche que ça, ce « putain de bleu ». Moi, j'aimais bien son côté gai et lumineux. Je m'attendais à trouver Zeb un rouleau à la main, mais il était assis sur un bidon de peinture blanche, totalement concentré sur son téléphone. Un léger sourire flottait sur ses lèvres. L'espace d'une seconde, je fus tentée de faire demi-tour, de courir jusqu'à ma voiture et de rentrer chez moi. Je ne voulais pas être indiscrète, mais j'hésitai une seconde de trop. Zeb releva brusquement la tête, me clouant sur place de son regard. L'indécision devait se lire sur mon visage, car il brandit son téléphone.

— Ma nièce n'arrête pas de m'envoyer des textos depuis le portable de ma sœur. Béryl a un nouveau copain, mais elle ne se sent pas encore prête à nous le présenter. Alors j'ai chargé Joss d'espionner sa mère et de me faire son rapport.

Je m'éclaircis la voix.

— Ce n'est pas vraiment de l'espionnage si elle t'envoie ses messages depuis le téléphone de sa mère. Ta sœur va les voir.

Il gloussa.

— Mais je veux qu'elle les voie ! Ma sœur n'a pas eu beaucoup de mecs depuis le père de Joss. Elle a droit au bonheur, et si ce mec peut la rendre heureuse, je veux le rencontrer. C'est mon devoir de frère, déclara-t-il en se levant.

Je m'avançai dans la pièce.

— Zébulon et Béryl ? Votre mère vous a donné des noms d'explorateurs célèbres[1] ?

Il haussa un sourcil surpris, et son sourire s'élargit sous sa barbe.

— C'est rare que les gens fassent le rapprochement… Ma mère devait rêver pour nous d'un destin exceptionnel. Dommage qu'elle se soit retrouvée avec deux gamins tout à fait normaux. Et toi ? Sayer, ça vient d'où ? Ce n'est pas très courant comme prénom, dit-il en s'approchant de moi.

Je le fixai, déstabilisée. Sa question innocente m'avait projetée brutalement dans un passé que je ne visitais que très peu depuis la mort de mon père. Troublée, je me ménageai une pause avant de répondre :

— En fait, c'était le nom de jeune fille de ma mère : Abigail Sayer. Me le transmettre, c'était sa façon à elle de continuer à vivre un peu à travers moi, je pense. Elle était totalement sous la coupe de mon père.

Je ne parlais jamais de ma mère, c'était trop douloureux. Avec en plus la certitude d'être submergée par toutes ces émotions que je passais ma vie à combattre.

Zeb me considéra, les yeux mi-clos.

— Je sais que ton père est mort il n'y a pas très longtemps, mais tu ne fais jamais allusion à ta mère. Elle est toujours de ce monde ?

C'était bien la dernière chose dont je voulais parler, mais, vu que je savais tout de lui et de son passé, je pouvais bien lever un peu le voile sur mes propres blessures. Je laissai mon regard errer sur le plancher abîmé et, m'armant de courage, je finis par lâcher :

— Ma mère est morte quand j'étais adolescente. Elle s'est suicidée.

1. Zebulon Pike, militaire et explorateur (1779-1813) et Beryl Markham, pionnière de l'aviation (1902-1986). (NdT)

Elle avait fui. Elle m'avait abandonnée en sachant pertinemment à quel genre de monstre elle me livrait. Un tyran qu'elle avait aimé jusqu'à son dernier souffle. Un salaud dont elle avait quémandé l'amour et l'affection jusqu'à en crever, littéralement. Aujourd'hui encore, ces souvenirs continuaient de me hanter et l'image de son corps — bleu, inerte — dans le bain où je l'avais découverte était à jamais gravée dans ma mémoire. Ce souvenir-là, rien ne pouvait l'effacer. Pas plus que celui de mon père me reprochant d'avoir pleuré toutes les larmes de mon corps à l'enterrement. Pour lui, je me donnais en spectacle, quel manque de dignité ! Déjà qu'il vivait le suicide de sa femme comme un déshonneur personnel, il n'allait pas en plus tolérer que sa fille aggrave son humiliation. Il m'avait ordonné d'arrêter de pleurer, alors j'avais arrêté — définitivement. Je gardais un souvenir très net des obsèques. Au lieu de s'étonner de la dureté de mon père, toutes les personnes qui avaient assisté à l'enterrement, amis et parents, avaient loué son stoïcisme dans le malheur et l'avaient félicité d'avoir une fille aussi bien élevée. Il faut dire que j'étais conditionnée pour me comporter à la perfection en toutes circonstances.

— Merde… Je suis vraiment désolé, Say, dit-il en se rapprochant de moi.

Relevant la tête, j'affrontai son regard intense.

— Ça va. Enfin, non, bien sûr, ça ne peut pas aller… Mais disons que je gère. Et puis maintenant j'ai Rowdy et Salem, sans oublier Poppy ! Ça compense tout ce que j'ai perdu, à l'époque.

C'était à la fois vrai et faux, mais je ne pouvais pas approfondir le sujet avec lui. Ç'aurait été me mettre en position de faiblesse face à un homme à qui j'avais déjà révélé beaucoup de moi-même.

Zeb accueillit ma déclaration d'un air sceptique, mais il n'insista pas. Il alla chercher un sachet en papier, posé sur le rebord de la fenêtre. Je n'avais rien remarqué à mon arrivée, mais à présent je ne pouvais plus louper la divine odeur de gras, forcément mauvaise pour la santé, qui s'en échappait.

— J'étais tellement à la bourre aujourd'hui que je n'ai pas pris le temps de manger à midi, expliqua Zeb. Alors, en allant chercher le primaire d'accrochage à Home Depot, j'en ai profité pour rapporter quelques sandwichs à la saucisse. Je t'en ai pris un au cas où tu aurais faim. Si tu n'as rien contre la bouffe à emporter, bien sûr. Il y a aussi de la bière et des sodas dans la glacière, à la cuisine.

Comment aurais-je pu savoir si j'étais pour ou contre la nourriture à emporter, je n'en avais jamais mangé ! Encore une chose qui n'existait pas dans le monde de la Sayer d'avant Denver. Cependant, l'odeur qui émanait de ce sachet me faisait bien plus saliver que tout ce que j'avais pu déguster dans des restaurants étoilés… Je tendis la main. Zeb y déposa sans façon un paquet chaud, emballé dans du papier alu. Puis, il m'indiqua un bidon sur lequel je m'assis avec précaution tout en déballant mon repas. Immédiatement, de la choucroute et de la moutarde me dégoulinèrent sur les genoux. Je poussai un juron, pour le plus grand plaisir de Zeb. Je lui lançai un regard noir, mais bizarrement je n'étais pas vraiment vexée. La bouche pleine, je lui demandai :

— Comment ça se fait que tu ne conduises pas ton pick-up stylé durant la semaine ?

La stupéfaction se peignit sur son visage, et il finit de mastiquer avant de me répondre :

— Mon pick-up ? Stylé ? Quoi, l'International ? Je connais

une bonne centaine d'ados qui te diraient que c'est ma jeep qui est d'enfer ! Surtout ici, au Colorado.

Je marquai mon désaccord par un léger haussement d'épaules. Bon, inutile d'insister, jamais je n'arriverais à manger proprement ce sandwich dégoulinant de moutarde… Je devais être toute barbouillée de jaune, mais curieusement je m'en fichais. Cette saucisse grillée était un régal ! La Sayer de Seattle n'aurait jamais imaginé que les baraques à frites recélaient de telles délices…

— Moi, je l'aime bien, ton vieux pick-up. Il est joli, et puis c'est sympa de voir un ancien modèle si bien restauré. On voit tout de suite que tu dois l'aimer pour le bichonner comme ça.

— Je l'adore, tu veux dire ! C'est bien pour ça que je ne la prends pas sur les chantiers. Trop de clous et de saletés qui traînent. Je la chouchoute.

Je fis la grimace.

— Parce que pour toi c'est une fille ?

Il se remit à rire et finit son sandwich d'une grosse bouchée. Comment faisait-il pour ne pas s'en mettre plein la barbe ? Décidément, il avait tous les talents, tandis que moi, je m'y prenais vraiment comme un pied.

— Bien sûr que c'est une fille. Elle est classieuse, élégante, robuste, horriblement chère à entretenir et à chouchouter. Elle n'est gentille avec moi que si je suis gentil avec elle, conclusion : c'est une fille.

Je levai les yeux au ciel, puis, mon repas fini, je m'essuyai les mains sur mon pantalon. Mon père aurait été horrifié de me voir faire ça… Aussitôt, je chassai cette idée de mon esprit et reportai toute mon attention sur Zeb. Uniquement sur Zeb.

— Ça t'a pris combien de temps pour la restaurer ?

Il haussa les épaules, se leva du gros bidon d'apprêt qui lui servait de siège et l'ouvrit avec un tournevis.

— A ma sortie de prison, mon pote Wheeler m'a vendu la carrosserie pour trois fois rien — on était au lycée ensemble. Il a dû piger que j'avais besoin de m'occuper les mains… A l'époque, on ne me filait que des boulots merdiques, avec paye à l'avenant. Chaque semaine, contre quelques dollars, il me dégotait une pièce détachée ou une partie du moteur, et lentement, mais sûrement, on l'a entièrement reconstituée. C'est pour cette bagnole, entre autres, que j'ai cherché le moyen d'avoir un boulot stable et correctement payé. Et puis, ce n'est pas parce que tu as un casier que tu n'es pas fiable ou bosseur ! J'en avais marre d'être traité comme un citoyen de seconde zone à cause d'une erreur de parcours.

Je ne pouvais qu'opiner avec compassion. Zeb entreprit de verser l'apprêt dans plusieurs bacs à peinture et sortit deux rouleaux d'un sac en plastique.

— En fait, c'est par Wheeler que j'ai connu ton frère. C'est Rowdy qui lui avait fait une grande partie de ses tatouages et, quand j'ai dit à Wheeler que moi aussi j'en voulais un, il m'a conseillé d'aller le voir, à sa boutique, Marked. Je voulais un symbole sur ma peau, quelque chose qui me rappelle en permanence que la vie est trop courte pour la gâcher par des conneries. Ensuite, c'est Rowdy qui a parlé de moi à ses proprios pour la rénovation du nouveau local en centre-ville. Et puis tout s'est enchaîné, un peu comme si c'était écrit depuis le début, tu vois ce que je veux dire ?

Je voyais très bien. On est tous reliés par les fils invisibles du destin. Il suffit que l'un d'eux se distende ou se resserre un peu pour que ça ait un impact énorme sur ta vie. La preuve : ma présence ici ce soir. Avec Zeb.

Il me fit signe de m'approcher et me montra comment passer la sous-couche : décrire un large W sur le mur, puis revenir en arrière pour combler les manques. La confusion devait se lire sur mon visage, car il me répéta patiemment ses consignes. Quand j'eus l'impression de maîtriser la technique, je lui demandai :

— Et quel tatouage t'a fait Rowdy, pour te rappeler de réfléchir avant d'agir ?

Il tendit le bras et, du bout du rouleau, me désigna un sablier brisé qui s'étalait à l'intérieur de son avant-bras. Le sable qui s'en échappait se déversait sur des briques composant un mur qui encerclait son poignet. Zeb me montra ensuite la cage à oiseaux renversée qui ornait le dos de sa main et la nuée de corbeaux perchée sur un arbre sans feuilles sur son autre main, le tout à l'encre noire.

— Tout ça, c'est là pour me rappeler que c'est dur d'être derrière des barreaux pendant que dehors la vie continue, sans toi. Rowdy a fait du beau boulot.

J'opinai et reportai mon attention sur le mur.

— Oui, il a beaucoup de talent. Je suis fière de lui. C'est génial qu'il puisse vivre de sa passion. J'adore la façon dont il embellit la vie des gens en laissant sa marque sur eux.

Zeb acquiesça d'un petit hochement de tête.

— Ça doit être de famille…

C'était l'une des choses les plus gentilles qu'il m'ait dites. S'il continuait, j'allais lâcher mon rouleau et lui sauter dessus. Je marmonnai un « merci » limite inaudible — il était hors de question que je laisse ma libido me détourner de ma tâche. Déjà que ma résolution était mince comme du papier…

On passa l'heure suivante à travailler en silence, progressant régulièrement d'un mur à l'autre. Les gestes répétitifs et le chuintement du rouleau avaient un côté étrangement hypnotique, apaisant, de même que la musique qui sortait du téléphone de Zeb. Pas tout à fait de la country, pas tout à fait du rock — entre les deux. Quelque chose qui me plaisait énormément, en tout cas. On ne s'interrompait que pour marmonner une question, jusqu'au moment où Zeb me demanda si je voyais un inconvénient à ce qu'il ôte son T-shirt. On était à la fin de l'automne, mais cette vieille baraque était une étuve et la clim ne fonctionnait pas. Naturellement, je lui répondis que non.

Mensonge.

J'y voyais un énorme inconvénient… pour ma concentration.

Les bras croisés au-dessus de sa tête, il ôta son T-shirt, dévoilant une masse impressionnante de pectoraux et d'abdos en mouvement. Je le regardai, la bouche sèche. J'avais l'impression qu'il se mouvait au ralenti, révélant toujours plus de peau, centimètre par centimètre, comme s'il cherchait à m'allumer avec un aperçu de son corps d'athlète. Tout son corps était dur et tatoué. J'avais le plus grand mal à détourner les yeux de ces muscles rehaussés de couleurs vives. Et puis à quoi bon essayer, c'était impossible ! Je continuai donc à le mater en douce chaque fois qu'il regardait ailleurs.

J'admirai les ailes du grand oiseau de feu qui se déployaient sur sa cage thoracique quand il levait le bras pour peindre la partie haute du mur. Et la pin-up aguicheuse, assise sur un marteau de fête foraine, qui me lançait « Tape fort ! » chaque fois que Zeb contractait ses biceps. J'avais envie de m'imprégner de l'encre sombre et des couleurs éclatantes qui recouvraient chaque centimètre carré de sa peau. Abîmée dans ma contemplation, je ne vis pas le stupide bac à peinture qui se dressait entre moi et la prochaine portion de mur et me pris les pieds dedans. Evidemment, tout son contenu se répandit à la fois sur moi et sur le sol. La cata ! Pour couronner le tout, j'avais sursauté si fort que mon rouleau était allé s'écraser comme un missile sur la pin-up qui me narguait depuis le bras droit de Zeb.

— Oh ! non, ce n'est pas vrai ! Oh ! Zeb, je suis désolée !

Je me jetai à genoux pour empêcher le liquide de déborder de la bâche censée protéger le sol.

— Quelle conne ! Au lieu de t'aider, je te cause encore plus de travail !

— Sayer…

— Non, mais c'est vrai, pourquoi ça n'arrive qu'à moi ce genre de choses ? Pff… Je ne suis pas aussi empotée, d'habitude !

Zeb chercha encore à m'interrompre, mais j'étais incapable de l'écouter. Mes mains étaient blanches et poisseuses, de même que mes vêtements. Il y en avait partout, de cette saleté ! Et en m'agitant, je ne faisais qu'aggraver la situation. Tout ça, c'était à cause de lui ! Il était tellement… troublant, sexy, viril… Tellement parfait dans sa beauté brute ! Dans ces conditions, comment aurais-je pu me concentrer sur ce que je faisais ?

Je sentis la main de Zeb s'abattre lourdement sur mon épaule. Exaspérée, je levai les yeux : il souriait de toutes ses dents. Il me caressa le nez avec tant d'espièglerie que j'en oubliais ma colère.

— Tu es couverte de peinture.

Je poussai un gémissement de consternation et, me relevant, constatai à mon tour l'étendue des dégâts.

— Je sais. Je suis désolée…

— T'en fais pas. La pièce est presque finie et puis ça arrive, les accidents. Les parquets n'ont pas encore été posés, alors même si tu avais renversé de l'apprêt sur le plancher, ça n'aurait pas été bien terrible. D'accord ?

Je ne le croyais qu'à moitié, mais que pouvais-je faire ? Je haussai les épaules, vaincue.

— D'accord.

Il se rapprocha de moi et, du doigt, me releva le menton, ne me laissant d'autre choix que de plonger dans son regard.

— Tu sais ce qui est vraiment terrible ?

Instinctivement, je posai ma main poisseuse sur son torse, laissant l'empreinte de ma paume là où son cœur battait à coups forts et réguliers. Ce mec était tellement vivant, tellement vrai ! A croire que les hommes que j'avais touchés avant lui n'étaient que du vent.

— Quoi ? demandai-je dans un souffle.

— On a passé la soirée ensemble, je t'ai offert un repas, on s'est parlé, de notre famille et de tout le reste… On a échangé des tas de choses… Finalement, c'était un rencard, Sayer. Peut-être pas le plus réussi qui soit, mais c'était un rencard quand même. Et tu sais ce que ça veut dire…

Qui, moi ? J'en étais encore à assimiler que c'était effectivement une sorte de rendez-vous quand sa barbe se mit à me chatouiller les lèvres.

— Ça veut dire qu'on est sortis ensemble et que maintenant tu devrais enfin me toucher. Beaucoup. Et partout. Il y a une limite à mon côté gentleman, et avec toi je viens de l'atteindre.

— Oh…

Voilà qui laissait entrevoir toutes sortes de choses délicieusement troublantes… Je ne lui avais jamais demandé de se conduire en gentleman : en fait, ce qui m'attirait le plus chez lui, c'était son côté brut et sauvage, libéré de toutes ces convenances qui m'ennuyaient à mourir.

— Oui, « oh… ». C'est bien ce que j'ai l'intention de te faire crier quand je serai enfoncé en toi.

Quand il prit possession de ma bouche, une vague d'inquiétude me serra le cœur. Est-ce que je ne courais pas tout droit au désastre ? Un désastre bien plus important que celui dans lequel je pataugeais en ce moment. Quand cet homme en aurait fini avec moi, je resterais seule, le corps et le cœur à jamais dévastés, et ça, c'était bien pire qu'un peu de peinture renversée. Néanmoins, je n'avais aucun moyen de l'éviter. C'était un ravage que je comptais vivre pleinement et sans complexes, même si cette attitude allait à l'encontre de toutes mes valeurs.

8

Zeb

L'apprêt répandu sur la bâche, c'était de la gnognote à côté du combat qui faisait rage dans les yeux de Sayer. Je ne devais surtout pas lui laisser le temps de réfléchir à ce que j'allais faire, à ce qu'on allait faire tous les deux.

Dans ma tête, une petite voix insistante me disait de traiter cette femme avec délicatesse, comme une poupée de porcelaine, mais j'étais incapable de l'écouter : il n'était pas question de laisser la raison contrarier le désir qui me brûlait la peau.

Je plaquai Sayer contre le mur encore humide et là, je compris pourquoi je m'étais planté en achetant la peinture. Ce bleu lumineux était parfaitement assorti à ses yeux couleur d'océan dans lesquels se bousculaient en ce moment dix mille questions.

Je pensais tout le temps à elle. Bien sûr, j'étais sous pression — ma priorité, c'était récupérer mon fils le plus vite possible —, mais Sayer squattait mon esprit nuit et jour. Cette femme d'une froide perfection que je sentais se réchauffer sous mes doigts à la moindre de mes caresses me rendait fou. Prisonnier de son royaume de glace, je n'avais aucune envie de m'enfuir.

Depuis ma première rencontre avec Hyde, elle était redevenue très pro dans son attitude et, aussi frustrant que ça puisse être, je ne voyais pas comment me rapprocher d'elle sans passer pour un irresponsable à ses yeux. Plus que tout au monde, je voulais obtenir la garde de mon fils. J'avais besoin de vivre avec lui, de veiller à son bien-être ; mon instinct paternel virait à l'obsession, mais ça ne diminuait en rien mon désir pour Sayer. En fait, je voulais avoir les deux : l'enfant et la femme. Mais comment lui expliquer ça sans paraître trop gourmand ? Du coup, je la laissais s'éloigner comme un nuage de neige. Je la laissais revêtir son armure d'avocate, derrière laquelle elle se croyait inaccessible, en me disant que je pourrais toujours explorer ce qu'il y avait entre nous une fois que j'aurais accueilli mon fils chez moi — chez nous. Ce n'était pas l'idéal mais, vu qu'on se tournait autour depuis des mois, je pouvais bien patienter encore un peu. Du moins c'est ce que je croyais... Jusqu'à cette seconde.

On était tous les deux couverts d'apprêt, mais Sayer ne protesta pas quand je me plaquai contre elle. Au contraire, elle me rendit mon baiser et enfouit ses doigts dans ma tignasse. Je devais avoir la nuque blanche et collante, mais je m'en foutais. Tout ce que je voulais, c'était dévorer sa bouche et écraser mon torse nu contre sa poitrine. Je sentais la pointe de ses seins à travers son petit débardeur. Cette fille était faite pour un lit *king size* et des draps de soie, mais elle allait connaître l'amour à la sauvage contre un mur. Je lui avais dit qu'elle méritait mieux que ça, mais à présent je n'en étais plus si sûr. Aucune image n'aurait pu être plus belle ou sexy que celle qu'elle me présentait en cet instant. Je glissai une main sous son débardeur, et cette première caresse, la façon dont elle gémit tout contre ma bouche, me bouleversèrent. Je n'avais jamais rien connu d'aussi fort. Jamais.

J'étais loin d'être aussi sale qu'elle, et il fallait que ça reste comme ça si je voulais la caresser *partout*. Je lui ôtai donc son débardeur avec d'infinies précautions pour ne pas me salir davantage.

Je m'écartai de sa bouche avide pour laisser sa tête blonde émerger de son petit haut moulant. Nos regards se rencontrèrent, et je restai le souffle coupé. Sa beauté était d'une telle perfection qu'elle ne semblait pas réelle. Ce genre de filles avec leurs yeux bleus, leur teint de porcelaine, leur peau veloutée et leurs seins couronnés d'adorables petits tétons roses… ça n'était pas pour les mecs comme moi. Pas en temps normal, du moins. Elle était encore plus parfaite à moitié nue, rouge et les cheveux ébouriffés, que dans sa tenue de *working girl*.

Dans mon job, j'avais la technique pour manipuler les objets précieux. Je faisais toujours très attention à ne pas les briser — autrement, ça te coûte un bras à réparer. Et de toute évidence ma technique marchait aussi avec Sayer, à en juger par ses gémissements de plaisir et sa façon de m'attirer à elle avec impatience.

Elle crispa les doigts dans mes cheveux. Je lui souris et, du bout des dents, me mis à parcourir la courbe de sa mâchoire. Puis, je promenai mes pouces sur ses tétons dressés.

— Depuis la dernière fois, je crève d'envie de les goûter, tu ne peux pas savoir… Je parie qu'ils sont aussi doux qu'ils en ont l'air.

Le rouge aux joues, elle se mordit la lèvre inférieure. Je la sentis frissonner sous mes mains, et l'indécision qui la freinait si souvent envahit son regard. Sa poitrine frôlait la mienne au rythme de sa respiration, et ma queue se mit à cogner douloureusement contre ma braguette. Pas question de laisser ses doutes parasiter l'inéluctable. Sans lui laisser le temps de changer d'avis, je baissai la tête vers la pointe d'un sein. Putain, c'était bon.

Sayer était grande, même en chaussures de running… Nos deux corps s'emboîtaient à la perfection. OK, je devais quand même me pencher vers elle pour l'embrasser, mais dans cette position je pouvais me plaquer à son bas-ventre tout en passant ma main sous l'élastique de son pantalon de yoga.

Elle gémit faiblement, et sa tête alla heurter le mur, tandis que je pressais mon érection contre son entrejambe et agrippais ses fesses à pleines mains. Il n'y avait rien, pas la moindre dentelle, entre mes doigts inquisiteurs et sa peau de bébé.

Ravi, je passai doucement ma barbe sur sa poitrine et grignotai le téton velouté que je tenais piégé entre mes lèvres.

— Pas de culotte ?

Dire que j'étais surpris, c'était encore en dessous de la vérité ! Sayer me semblait bien trop convenable et bien trop coincée pour ça. Je laissai mes doigts glisser sur ses fesses fermes et rondes, puis m'aventurai entre nos deux corps, toujours sous le tissu élastique. Lorsqu'elle écarta une jambe pour m'accueillir, je retins un petit cri de victoire. Elle savait très bien ce que j'avais en tête et elle m'invitait à continuer, à aller jusqu'au bout.

Je lui embrassai l'autre sein et sentis ses ongles s'enfoncer dans mes épaules. Elle haleta.

— Je ne pensais pas que quelqu'un pourrait s'en apercevoir… Sur le moment, je n'ai rien trouvé à me mettre. Je ne garde pas mes vieux vêtements… Tu sais, je ne me salis jamais vraiment.

Sur ce point-là, elle se trompait. Avec moi, elle allait se salir — et pas seulement avec de la peinture.

— Ça fait parfois du bien de se salir, Sayer…

Je posai mes lèvres sur la veine qui palpitait à son cou comme un oiseau apeuré. J'enfonçai mes dents dans la chair tendre de sa gorge à l'instant où mes doigts atteignaient le point chaud et humide entre ses cuisses. Un spasme la secoua tout entière quand je m'introduisis doucement en elle. Cette femme était aussi parfaite à l'extérieur qu'à l'intérieur : satinée, torride, lisse. Un délice que je mourais d'envie d'explorer autrement qu'avec mes doigts.

Elle balbutia mon nom, comme une question. Mais qu'est-ce que je pouvais lui répondre, à part qu'on n'avait jamais vraiment eu le choix, que ça devait finir par arriver ? Alors je recommençai simplement à l'embrasser en enfonçant mes doigts tout au fond de son corps désirant. C'était un piège dont je ne voulais pas m'échapper.

Je ravageai sa bouche, heureux de savoir que ma barbe allait à nouveau laisser sa marque sur elle. Je calai sa jambe plus haut sur ma hanche pour aller plus profond, pour mieux la sentir palpiter au rythme de notre excitation. Je frottai mon torse sur ses seins et poussai un soupir de satisfaction dans sa bouche tandis qu'elle entamait, du bout des doigts, sa propre exploration de mon corps.

Ses caresses étaient légères comme des plumes. Elle effleura à peine les tatouages de mes pectoraux, descendit le long de mes côtes, s'attarda une seconde sur mes abdos, puis atteignit timidement la boucle de ma ceinture. Ma queue forçait contre le jean et le métal de la braguette, mais, vu que j'avais les mains occupées ailleurs, c'était à Sayer de la libérer, histoire de passer du sale au carrément indécent.

Pour l'encourager, j'appuyai fermement sur son clito.

Elle hoqueta dans ma bouche et tout son corps se tendit. Je souris, satisfait, tandis qu'elle mettait une ardeur toute nouvelle à défaire ma ceinture. Elle frémissait sous mes doigts, brûlante comme de la lave. Me fiant à sa respiration de plus en plus saccadée, j'accentuai ma pression, le temps qu'elle ait entièrement ouvert ma braguette et un peu baissé mon jean. Elle mouillait de plus en plus, parfaitement malléable sous mes doigts, et se mit à haleter dans mon cou. Je la sentais au bord de l'orgasme, mais je voulais être en elle quand elle allait jouir. Je voulais me perdre dans la moiteur accueillante de ce corps trop parfait.

Elle cherchait ma queue mais, abandonnant à regret mes taquineries intimes, je préférai m'en emparer moi-même. J'aimais sentir sa main pleine de peinture glisser sur mon torse, mais si elle m'en mettait sur la bite, j'allais devoir déclarer forfait. Et ça, il n'en était pas question, l'occasion était trop belle. Une fois que je serais en elle, je connaîtrais la véritable Sayer, douce, tendre et passionnée, toutes ces qualités qu'elle tentait de cacher derrière son foutu masque de juriste. C'était peut-être égoïste de vouloir la femme avec autant de force que l'avocate, mais, vu comme Sayer me désirait, j'allais lui montrer que j'avais moi aussi des talents autres que professionnels.

— Ce n'est pas ce genre de saleté que je veux, ma poupée.

Je me plaquai à elle, collant ma queue contre son ventre doux et satiné. Je sentis une goutte perler au bout. Sayer ouvrit de grands yeux — elle aussi devait l'avoir sentie. Je lui immobilisai les mains au-dessus de la tête, contre le mur, et me penchai pour chuchoter à son oreille :

— Dans une minute, je vire ton pantalon, je sors ma queue, j'enfile une capote et je vais te pénétrer tellement fort qu'il n'y aura plus de place en toi pour la peur et les hésitations. Il n'y aura plus que toi et moi, ensemble.

Elle planta son regard dans le mien, et la couleur reflua un peu de ses joues rougies d'excitation. Dans sa tête, ça s'était remis à calculer à toute vitesse, à trouver des prétextes que je ne voulais pas entendre. On savait tous les deux qu'elle méritait mieux que de se faire baiser brutalement contre un mur. Mais l'instinct et la raison, ce sont deux choses bien différentes, et il était temps que je laisse parler mes pulsions avec cette femme aussi tourmentée qu'irrésistible.

— Ça n'était pas une menace, Sayer. C'est une promesse.

Comme elle allait protester, je la fis taire d'un baiser et, de ma main libre, je sortis mon portefeuille où une capote se languissait depuis le jour où pour la première fois j'avais posé les yeux sur cette femme. Encore un peu de patience… D'un coup de dents, je déchirai l'emballage et j'enfilai la capote d'une seule main. J'allais aussi vite que possible tout en maintenant Sayer plaquée au mur. Surtout ne pas lui laisser le temps de réfléchir, sinon elle allait me filer entre les doigts.

Je la retournai gentiment, ses mains à plat contre le mur, et me plaçai derrière elle. Elle me lança un regard intrigué par-dessus son épaule. Ses yeux reflétaient plus d'excitation que de peur. Je lui souris en malaxant ses fesses en forme de cœur. Son cul était à la fois doux et ferme. Je suivis la délicate cambrure de sa colonne vertébrale, l'embrassai sur l'épaule et, enroulant sa tresse autour de mon poignet, je lui tirai légèrement la tête en arrière pour prendre sa bouche. Je l'attirai enfin à moi et pressai le bout de mon érection de plus en plus douloureuse devant son sexe chaud et glissant.

D'un léger coup de reins, je frottai ma bite dure comme

l'acier tout contre elle. On gémit tous les deux. Ses jambes se mirent à trembler, et je sentis mon bas-ventre se contracter.

— Tu es prête pour moi ?

Elle ferma les yeux et se retourna vers le mur. Le front sur ses mains, elle murmura :

— Je ne pense pas que je puisse un jour être prête pour toi, Zeb.

Je savais qu'elle ne parlait pas que d'accueillir mon sexe dans le sien. Son souffle court traduisait autant son indécision que notre parfaite alchimie. Tandis que je la remplissais tout entière, son corps se contracta autour de ma queue comme un étau. Dans un long soupir, je m'enfonçai en elle jusqu'à ce que mon ventre épouse la douce cambrure de son dos zébré de peinture blanche. Je nichai mon visage dans son cou, m'emparai de ses seins ronds et lourds, et me mis à aller et venir en elle.

Il n'y avait qu'elle que je pouvais prendre comme ça. Aucune autre fille ne me correspondait aussi bien, n'épousait aussi parfaitement mon corps. On aurait dit qu'elle était faite pour moi. Elle ne se contentait pas de suivre mon rythme, elle le *comprenait*. Notre va-et-vient était une délicieuse brûlure. Le long de ma queue, je sentais chaque centimètre de son sexe velouté, mais aussi chacun des battements de son cœur, chacun de ses gémissements de plaisir.

Je me forçai à m'arrêter, à reprendre ma respiration, à apprécier pleinement cet instant privilégié. Des moments vraiment magiques, je n'en avais pas connu des masses, c'est bien pour ça que je les chérissais, et Sayer entrait clairement dans cette catégorie. Elle était le plus beau cadeau que la vie m'ait jamais fait, et j'avais bien l'intention de ne pas passer à côté de ce trésor.

Elle prononça mon nom et me regarda par-dessus son

épaule. Ses yeux bleus irradiaient. La sentant se contracter autour de moi, je gémis de ravissement et lui pinçai les tétons, sans doute un peu trop fort, car elle se mordit la lèvre inférieure… ce qui me donna aussitôt l'envie de la mordre à mon tour. J'étais en elle, on n'allait pas pouvoir se retenir encore très longtemps.

Cette fois, ce fut moi qui prononçai son nom d'une voix étranglée. Je fis glisser ma main sur son ventre pour aller droit entre ses jambes. Elle était trempée et s'ouvrait en grand pour m'accueillir encore plus profondément. J'avais repris mon va-et-vient, plus vite, plus fort. Je me mis à caresser de l'index son clito gonflé. Tout son corps se raidit dans la plus excitante des caresses. Son sexe tout contracté de plaisir me rendait fou ; j'avais les couilles en feu. Je l'embrassai sur la nuque, m'enfonçant plus loin en elle à chaque mouvement, et fis courir mes lèvres jusqu'au délicat coquillage de son oreille pour lui murmurer :

— J'ai changé d'avis. C'est le meilleur rencard de toute ma vie.

Elle laissa échapper un cri étouffé qui aurait pu être un rire si au même instant elle ne s'était pas liquéfiée autour de ma queue. Elle se cabra si violemment que je dus m'écarter pour ne pas écoper d'un nez cassé et elle m'agrippa le poignet, tandis qu'elle continuait à jouir. La voir si belle dans l'orgasme suffit à me faire lâcher prise, et je glissai à mon tour dans le plaisir absolu. Tout ce que j'éprouvais pour cette femme jaillissait enfin de moi. Quand tout fut fini, je ne tenais plus sur mes jambes.

On resta haletants, collés l'un à l'autre, couverts de sueur et de peinture. Dans quel état on s'était mis ! Mais cette saleté-là, je n'avais aucune envie de la nettoyer.

Dès que je me retirai, elle remonta son pantalon et s'adossa au mur. Sa poitrine était pleine de traînées blanches et son visage cramoisi décoré de quelques éclaboussures de peinture. Ses yeux balayèrent la pièce de droite à gauche, sans s'arrêter sur moi, visiblement à la recherche du débardeur dont je l'avais débarrassée depuis longtemps. Ne le voyant pas, elle poussa un gros soupir et se laissa glisser jusqu'au sol. Derrière elle, la forme d'un corps féminin se dessinait sur la peinture fraîche — tu pouvais même repérer l'empreinte de ses mains, là où elle s'était appuyée. Dire qu'il allait falloir que je recouvre tout ça avant l'arrivée de mes gars, le lendemain matin… Ça me faisait mal au cœur. Parce que c'était la preuve que tout ce qu'on venait de vivre s'était vraiment produit, que ça n'était pas un rêve, le plus beau que j'aie jamais fait.

Je me retournai pour retirer ma capote et refermer mon pantalon. Je récupérai mon T-shirt et aussi son minidébardeur que j'avais expédié à l'autre bout de la pièce. Enfin, je m'écroulai à côté d'elle, contre le mur, pile dans une grosse flaque d'apprêt qui fut immédiatement absorbée par mon jean.

Je la regardai du coin de l'œil : ça carburait à toute vitesse dans son cerveau. Elle avait déjà recommencé à se prendre la tête…

Je lui donnai une petite bourrade avec mon épaule.

— Sayer, c'était couru depuis le début.

Sans me regarder, elle se mit à jouer avec sa tresse.

— Peut-être, mais d'habitude j'essaie d'éviter les catastrophes annoncées, Zeb. Mon métier, c'est de résoudre les problèmes, pas d'en créer. Mon but, c'est de te rapprocher du bonheur, de te permettre d'obtenir ce que tu veux. Pas de rendre ta situation plus compliquée.

Je soupirai.

— Toi et moi, ce n'est pas un problème et ça ne complique rien du tout. Tu ne vois pas qu'être ensemble, ça nous rapproche du bonheur ? Ne me dis pas que tu as déjà pris un pied pareil ?

Elle laissa sa tête partir en arrière.

— Le problème, ce n'est pas *nous*, c'est moi ! Bon, il faut que je rentre.

Elle se remit debout et grimaça en entendant le bruit spongieux de ses chaussures.

— Je te verrai à mon bureau, avant l'audience de lundi.

Je serrai les dents. Elle faisait exprès de ne pas me répondre ! Elle ne voulait peut-être pas admettre à voix haute qu'entre nous ça avait été génial, mais les preuves étaient là : les rougeurs sur sa peau, les traces de morsures sur son cou et les marques d'ongles sur mes épaules.

Sans me lever, je lui attrapai la main pour l'empêcher de s'éloigner.

— Tu peux toujours te planquer derrière ton masque d'avocate, Sayer, je sais ce qu'il y a dessous ! Et même si je ne le savais pas, je t'aurais quand même prise contre ce mur. Tu es plus que mon avocate pour moi, et je te veux tout entière.

Elle baissa les yeux sur ma main : c'était celle qui portait une tête de mort avec des tournevis en guise de tibias croisés. Son regard bleu rencontra le mien, et je vis très clairement que des nuages d'orage s'étaient accumulés au-dessus de l'océan. Je ne voulais pas la laisser partir — il fallait qu'on parle de ce qui venait de se passer, de ce qui nous arrivait —, mais si je la bousculais, elle allait craquer, et ça, je ne le voulais pas. Elle était forte, résiliente, et je commençais tout juste à entrevoir les raisons de son attitude. Plus elle se livrait sur son passé, et mieux je comprenais pourquoi elle ne voulait pas en parler. Je ne voulais pas être celui qui la briserait. Sa spécialité, c'était peut-être la résolution de problèmes, mais moi, j'étais le Grand Réparateur : je ne cassais rien, j'arrangeais tout.

D'une voix presque inaudible, elle répéta :

— Je te verrai avant l'audience.

Elle se dégagea brusquement et, le temps que je me relève, elle était partie.

Une fois debout, je me tournai et contemplai longuement l'empreinte que son corps avait laissée sur mon mur.

Décidément, cette femme faisait forte impression partout où elle passait ! J'avais même son prénom tatoué sur mon cœur. Et, vu le chaos actuel de ma vie, je n'étais pas sûr que ça soit une bonne chose…

9

Sayer

Je ne m'étais jamais autant lâchée qu'avec Zeb. Dès qu'il m'avait touchée, je m'étais abandonnée à lui sans crainte des conséquences. Je m'étais laissée aller au plaisir sans retenue, submergée par le torrent de sensations qu'il suscitait en moi. C'était assez pour que je perde pied, que j'oublie tout bon sens et toute prudence. Moi qui toute ma vie m'étais gardée de ce genre d'attachement !

Quand Zeb me bousculait, me bouleversait, envahissait mon corps et mon esprit, il n'y avait plus de place pour le doute, la peur ou quoi que ce soit d'autre. Ce mec accaparait tout l'espace, et le plaisir qu'il me donnait, le plaisir qu'on prenait ensemble, surpassait en force et en intensité toutes les émotions négatives qui m'animaient d'habitude. Comment aurais-je pu m'inquiéter pour l'avenir, alors que je me livrais à lui sans inhibition, lui révélant chacun de mes défauts ? Zeb était partout, sa présence prenait toute la place dans mon corps, dans ma tête et dans mon cœur. Tout ce que je pouvais faire, c'était répondre à son ardeur et fondre sous ses caresses.

Le sexe avait toujours été une corvée pour moi, un passage obligé pour satisfaire mon partenaire. C'était ce qu'on attendait de moi, alors je m'exécutais. D'instinct, j'avais su dès le début qu'avec Zeb ça serait différent. Avec lui, même mes rêves érotiques étaient passionnés, explosifs, inoubliables… Pourtant, rien n'aurait pu me préparer à ce que j'avais connu ce soir. Avec lui, le sexe était une expérience à la fois effrayante et bouleversante. Sous ses caresses, je me métamorphosais en une autre femme. Une femme désirable, une femme fascinante, une femme excitante, avec bien plus de choses à offrir que mes seuls talents de juriste. Ça me donnait envie de lâcher la bride à tout ce que je refoulais avec tant de force.

D'un autre côté, je ne supportais pas de perdre le contrôle de mes émotions, de dépendre des sensations inouïes que Zeb suscitait en moi. Il suffisait qu'il m'effleure de ses doigts calleux, de ses lèvres douces et de sa barbe un peu rêche pour que la passion me submerge. C'était mon propre désir qui me terrifiait, et devant cet embrasement je m'étais enfuie comme une lâche.

A présent, tout ce que je voulais, c'était rentrer chez moi et m'effondrer sous ma douche à l'italienne. J'étais couverte d'apprêt, et les larges empreintes de mains qui marquaient ma peau me rappelaient douloureusement mon erreur : j'avais déconné avec Zeb, et en beauté. Il me fallait d'urgence remettre de l'ordre dans la situation ! Manque de chance, à peine avais-je poussé la porte d'entrée que Poppy me tomba dessus. Elle avait hâte de me raconter sa grande aventure. Apparemment, tout s'était si bien passé qu'elle avait accepté d'accompagner Rowdy et Salem le temps d'un week-end de ski dans la station très hype de Breckenridge.

Je me forçai à sourire et la félicitai. J'étais fière de la voir prendre autant d'initiatives. En même temps, j'avoue, je ne l'écoutais que d'une oreille… J'étais ailleurs — plaquée contre un mur par un colosse. Je dus, sans m'en rendre compte, accepter de les accompagner au ski, car Poppy se jeta soudain à mon cou. Ça faisait maintenant des mois qu'on vivait sous le même toit, et pourtant j'aurais pu compter sur les doigts d'une seule main le nombre de fois où elle m'avait manifesté son affection par un contact physique. Je n'avais ni le temps ni l'envie de passer le week-end à la montagne, mais si ça lui faisait plaisir je pouvais bien m'associer à cette escapade de dernière minute.

Encore une chose que je n'aurais jamais faite avant de venir à Denver… Partir sur un coup de tête, même avec des proches, était un concept qui m'était totalement étranger. Presque aussi étranger que de baiser contre un mur avec un mec recouvert de tatouages et de peinture, et d'adorer ça. Ma nouvelle vie s'accompagnait de changements à tous les niveaux. Je ne me reconnaissais plus, et ça me rendait nerveuse. Je m'étais transformée en une femme impulsive et incontrôlable qui aimait prendre des risques au mépris du danger. Quelle inconscience ! Comme si je ne savais pas depuis toujours que chaque acte a des conséquences.

Il me fallut plus d'une heure pour convaincre Poppy de me laisser aller prendre ma douche. Mais même l'eau brûlante ne parvint à effacer cette soirée de mon corps. J'avais beau frotter, Zeb continuait de me coller à la peau. Ses doigts et sa barbe avaient laissé des marques et de minuscules irritations sur ma poitrine, mes épaules et mon cou. Je le sentais encore sur moi et en moi. Mon sexe était encore douloureux et pourtant déjà en manque du sien. Je connaissais bien cette sensation de vide, c'était celle du désir qui me taraudait quand je pensais à Zeb. Mais ce qui me rendait à moitié folle, tandis que j'essayais de faire partir au savon les traces de cet homme sur mon corps, c'était cette pulsation sourde et insistante, au niveau de mon cœur.

Désirer Zeb, sa séduction virile et sauvage, je pouvais me l'autoriser. De toute façon, entre nous, l'attirance physique était irrépressible, même si dans notre situation ça n'était pas recommandé. Non, ce qui me donnait envie de repartir en courant vers Seattle, c'était cette sensation étrange au niveau du cœur : je voulais aller plus loin. Et c'était ça que je refusais. Je ne voulais pas m'attendrir chaque fois que je voyais Zeb avec Hyde. Je ne voulais pas perdre tous mes moyens chaque fois qu'il m'appelait ou que j'étais dans la même pièce que lui. Je ne voulais pas passer le reste de ma vie à comparer tous les hommes que je croisais avec Zébulon Fuller. Sérieusement, quel mec aurait pu lui arriver à la cheville ?

Zeb était trop bouillonnant, trop passionné, trop entier pour m'accepter telle que j'étais. Quand il se rendrait compte que j'étais morte à l'intérieur, complètement anesthésiée, il s'éloignerait forcément de moi, et il serait injuste de ma part de vouloir l'en empêcher : il méritait une femme capable de se livrer *entièrement* à lui et plus encore. Sauf que mon pauvre cœur n'avait pas l'habitude de ce genre d'émotions fortes — il se briserait en mille morceaux, c'était clair… Et ça, non, jamais ! Grâce à Rowdy, je venais tout juste de relancer son mécanisme grippé après des années d'inactivité. Ce n'était pas pour tout gâcher maintenant.

Après les événements de la soirée, je me tapai évidemment une nouvelle nuit d'insomnie. Du coup, Rowdy et Salem écopèrent d'un accueil assez tiède lorsqu'ils débarquèrent le lendemain matin. Ça ne me ressemblait tellement pas que mon frère saisit la première occasion, alors qu'on chargeait tous les deux mes affaires dans le coffre de son SUV, pour me cuisiner.

— Ça va, Sayer ? Je te trouve bien silencieuse, ce matin.

Je l'aidai à fermer le hayon et m'appuyai d'une fesse sur le pare-chocs. D'habitude, je lui racontais tout mais, vu que mes prises de tête concernaient l'un de ses meilleurs amis, je ne savais pas trop jusqu'où me confier. Mes craintes habituelles en profitaient pour resurgir : s'il me jugeait ou méprisait ma conduite ? Pourtant, passé la première gêne du début, Rowdy s'était toujours montré compréhensif et affectueux envers moi… Mais l'idée qu'il puisse critiquer mon comportement me paralysait.

— C'est juste que je m'inquiète pour l'audience de lundi. Je m'investis à fond pour tous mes clients, mais c'est forcément un peu différent quand il s'agit de quelqu'un que tu connais sur un plan perso.

Comme toujours quand la conversation devenait un peu trop intime, je me cachais derrière mon masque professionnel.

Rowdy me tapa sur l'épaule avec un petit sourire.

— Ne t'en fais pas… Tu es la meilleure, tout va bien se passer.

Mon frère était d'un naturel optimiste, toujours à prendre les choses comme elles venaient. C'était une différence fondamentale entre nous. Même si son enfance n'avait pas été rose non plus, je ne pouvais m'empêcher de l'envier un peu d'avoir échappé à l'éducation oppressante de notre père.

— Je l'espère. Je ne peux même pas supporter l'idée de décevoir les attentes de Zeb. Tu devrais le voir avec Hyde… Ils s'entendent tellement bien !

Mon frère me jeta un regard par-dessus son épaule, l'air assuré.

— Alors, tu t'arrangeras pour qu'ils soient réunis, Sayer. Point barre.

Si seulement ça pouvait être aussi simple ! Je laissai tomber le sujet et montai à l'arrière, avec Poppy. Comme elle était en grande conversation avec Salem, je tirai machinalement mon téléphone de mon sac. Pas d'appels manqués ni de messages d'un certain entrepreneur barbu. J'hésitais entre soulagement et déception.

J'éteignis le portable et le remis dans mon sac d'un geste rageur. En relevant la tête, je vis les yeux de Rowdy, du même bleu que les miens, qui me fixaient intensément dans le rétro. Salem aussi s'était tournée vers moi et me dévisageait d'un air intrigué. Comme si ça ne suffisait pas, Poppy me regardait également, ses yeux couleur d'ambre remplis de curiosité.

— Quoi ?

Je devais avoir l'air de mauvais poil, mais c'était plus fort que moi, je me sentais humiliée.

— Pourquoi tu ne nous dis pas ce qui ne va pas ? me demanda mon frère avec humour.

Alors, je fis la seule chose adulte et mature qui me vint à l'esprit : je donnai un coup de pied dans le dossier de son siège. Il poussa un grognement, et les sœurs Cruz se moquèrent de nous.

— Problème de boulot, grommelai-je.

Poppy se mit à rire doucement.

— Bien sûr... Comme hier soir, quand tu es rentrée couverte de peinture. Ça aussi, c'était pour le boulot.

Je lui lançai un regard mauvais et me rencognai sur la banquette.

— C'était pour un boulot. Pas tout à fait le mien, mais ça restait du boulot.

Du moins, jusqu'à ce que je me fasse baiser contre

un mur. Je poussai un petit soupir. Je ne m'étais jamais vraiment fait *baiser* avant Zeb. La Sayer de Seattle ne sortait pas avec des mecs qui étaient du genre à baiser. Je lui aurais filé des baffes à celle-là, pour tout ce qu'elle m'avait fait louper !

Je voulais ne plus rien ressentir. Je voulais mettre tout ça sur le compte d'une libido anormalement stimulée par ma rencontre avec Zeb. J'attendais d'avoir retrouvé mon calme et mon détachement habituel pour lui dire que c'était une erreur à ne pas renouveler. Le problème, c'est que je n'étais ni calme ni détachée !

Loin de là, même… J'avais beau m'efforcer de réprimer mes sentiments pour Zeb Fuller sous une chape de glace, ils profitaient du moindre défaut de vigilance pour jaillir au grand jour, aussi brûlants que de la lave en fusion.

Rien que d'y penser, je me sentais rougir d'excitation. C'était agaçant ! Zeb… il avait pu savourer le spectacle de ma nudité, alors que moi, je n'avais eu droit qu'à un aperçu de son large torse tatoué, de ses hanches étroites et de la ligne de poils noirs qui courait sur son bas-ventre. Il y avait autre chose que j'avais envie de voir. Je l'avais sentie en moi, mais maintenant je brûlais de la toucher, de la prendre avec mes mains et ma bouche, histoire de vérifier si toutes les délicieuses sensations de la veille étaient dues à son anatomie ou à la position dans laquelle il m'avait pénétrée. Moi aussi, je voulais le connaître à fond. Tous les mecs que j'avais eus avant lui étaient prudents, réfléchis… bref, barbants comme la pluie. Comme moi. Ils ne *baisaient* pas et moi non plus… enfin, jusqu'à Zeb.

Je me retins d'éventer mes joues en feu. Il fallait que j'oublie cette maudite soirée, au lieu de revivre chaque caresse, de me repasser en boucle le moindre soupir de satisfaction ! Mais j'avais comme l'impression que me libérer de ce souvenir se révélerait particulièrement difficile, et ça me mettait à cran. Moi qui avais passé ma vie à maîtriser mes états d'âme, voilà que je me transformais en paquet de nerfs à cause d'un mec ! Si mon père avait pu me voir à cet instant, il m'aurait crucifiée de son mépris.

Rowdy s'était-il rendu compte de quelque chose ? Après avoir échangé un regard entendu avec sa ravissante copine, il avait légèrement opiné du menton en réponse à sa question muette. Mon cœur se serra douloureusement dans ma poitrine ; ce genre de complicité m'effrayait. Rowdy et Salem pouvaient si facilement se faire du mal…

— Pas de boulot, ce week-end ! On a voulu se réunir pour fêter ça, dit Salem, la voix rauque d'émotion.

J'adressai un regard interrogateur à Poppy.

— Fêter quoi ?

Sans doute le fait que Poppy ait remis le nez dehors, qu'elle ait repris les rênes de son existence. Pourtant, les yeux brillants de Salem et la tendresse avec laquelle Rowdy posa la main sur sa cuisse indiquaient quelque chose de bien plus important. Lorsque les mots « On va avoir un enfant » sortirent de la bouche de Salem, je tapai dans mes mains avec excitation.

— Je le savais !

Je voulus embrasser Salem mais, gênée par la ceinture, je me contentai de donner une petite claque sur l'épaule de Rowdy. Je n'avais pas envie qu'il nous envoie dans le décor si jamais je l'étranglais dans mon enthousiasme…

— Je le sentais venir ! Je suis si heureuse pour vous deux !

Je me retournai joyeusement vers Poppy pour l'embrasser, mais mon sourire se figea. Recroquevillée dans son coin, elle était toute pâle, visiblement très angoissée. Je tendis la main vers elle, mais elle recula brusquement.

— C'est une super nouvelle, non, Poppy ? On va être taties !

J'adorais les enfants. Leur joie, leur innocence. Le fait qu'ils n'aient pas encore été contaminés par toutes les horreurs de ce monde — du moins pour la plupart. C'est pour ça que je m'étais spécialisée dans le droit de la famille. Quand des parents pervers ou fracassés te privent de ton innocence, tu as peu de chances de réussir ta vie. Ces gosses-là avaient besoin que quelqu'un les défende, ils avaient besoin d'un avocat… Tout comme il m'en aurait fallu un dans mon enfance… Sauf que personne ne m'avait tendu la main. Voilà pourquoi j'avais décidé de devenir l'avocate qui m'avait manqué, afin de venir en aide à tous les enfants en détresse.

Poppy hocha la tête, très raide, et je vis la tristesse chasser toute la joie des yeux bleus de Salem.

— Poppy…

Poppy sursauta, ravala ses larmes et inspira profondément. Puis, posant une main tremblante sur sa poitrine, elle se tourna vers moi.

— Ça va. Ça va aller. Il me faut juste une minute.

Un sourire contraint flotta sur sa bouche pincée.

— Ça me fait très plaisir pour vous, vraiment. C'est juste que c'est un grand événement et que ça me…

Salem opina.

— Je savais que ça serait un peu dur pour toi. C'est pour ça qu'avec Rowdy on voulait fêter ça juste en famille, dans un endroit qui ne soit pas lié à de mauvais moments. Je sais que tu es sincèrement heureuse pour nous, Poppy, même si ça te fait souffrir.

Poppy hocha brièvement la tête, mais je la vis se replier sur elle-même et sur les souvenirs qui lui plombaient l'âme. C'était désespérant, quand on pensait à tout le chemin qu'elle avait fait ces derniers mois… Du passé de Poppy, je ne connaissais que son parcours de femme battue, son enlèvement et l'issue du calvaire que lui avait fait vivre son ex-mari. A en juger par sa réaction, il devait y avoir d'autres chapitres tragiques à son histoire.

Le reste du trajet s'effectua dans un semi-silence tendu. Dans son coin, Poppy tentait de vaincre ses idées noires, tandis qu'à l'avant Salem et Rowdy conversaient à voix basse. A l'intérieur de l'habitacle, l'air était devenu irrespirable, c'était franchement oppressant. Je rallumai mon portable et sentis immédiatement l'étau se desserrer autour de ma poitrine, l'air se remettre à circuler plus librement dans mes poumons.

A lundi.

Plutôt bref comme message…

Que devais-je répondre ? Tout ce qui me venait à l'esprit me semblait trop personnel, trop intime. Finalement, je décidai de faire simple.

Oui, à lundi.

Dans un effort pour penser à autre chose, je me forçai à me concentrer sur mon week-end. Quelle joie de penser que la famille allait s'agrandir ! On allait avoir de plus en plus de personnes à aimer et à protéger. Mais, pour l'instant, la personne qui avait besoin d'être aimée et protégée, c'était Poppy. Il lui fallut tout le reste du trajet pour retrouver un semblant de calme. Et ce n'est qu'une fois dans la magnifique chambre que nous avaient réservée Salem et Rowdy dans un luxueux hôtel-spa, qu'elle émergea vraiment de la sorte de torpeur dans laquelle elle s'était enfermée.

Elle se laissa tomber sur le bord du lit, me regarda droit dans les yeux et se mit à me parler de l'enfant qu'elle avait perdu alors qu'elle était à la fac. Je savais qu'elle et mon frère avaient été proches dans leur jeunesse, mais j'ignorais que Rowdy s'était longtemps cru amoureux de la cadette des sœurs Cruz, au point de l'avoir suivie jusqu'à la fac. Durant cette période, Poppy était tombée enceinte d'un mec qui la cognait tellement qu'il lui avait fait faire une fausse couche, et c'est en voulant la venger que Rowdy avait perdu sa bourse d'études. Par la suite, il avait tout lâché, Poppy et la fac. Seule et apeurée, Poppy était revenue vivre chez ses parents et avait fini par tomber sous la coupe d'un mari violent. La pauvre n'avait jamais eu de chance avec les mecs qui prétendaient l'aimer. Au fur et à mesure de ses confidences, je comprenais mieux sa méfiance vis-à-vis des hommes.

Bien que visiblement à fleur de peau, Poppy me laissa lui passer un bras autour des épaules. Refoulant mes propres larmes, je parvins à apaiser ses sanglots. Rassurer mes clients, les réconforter, c'était mon quotidien au cabinet. Cependant, c'était la première fois que j'avais envie de donner de moi-même en dehors d'un cadre strictement professionnel. Poppy devait savoir que j'étais là pour elle, et que mon aide ne se limitait pas à lui offrir un toit et un refuge. Je voulais qu'elle sache que je tenais à elle. Ebranlée par cette prise de conscience, je l'étreignis encore plus fort et laissai moi aussi libre cours à mes émotions. Au bout d'un long moment, Poppy se calma, inspira profondément et déclara qu'elle devait faire un brin de toilette avant d'aller féliciter Rowdy et Salem. J'étais fière d'elle et encore plus émue.

Sous ses dehors de fleur fragile, Poppy était une battante. Elle ressentait tout de façon très intense, souvent dans la douleur, mais elle ne baissait jamais les bras, même quand ses malheurs passés essayaient de l'attirer vers le fond.

Comment aurais-je pu ne pas l'admirer, moi qui préférais me blinder contre tout sentiment plutôt que d'affronter les traumatismes de mon enfance ? Toute ma vie je m'étais barricadée, fermée à double tour, pour ne pas connaître les chagrins contre lesquels elle se battait au quotidien. Poppy était mille fois plus forte que moi.

Avec Rowdy, on décida de laisser les deux sœurs en tête à tête, histoire qu'elles puissent avoir une conversation à cœur ouvert. On se retrouva tous les deux dans un bar, devant deux bières artisanales bien fraîches accompagnées de chips de maïs et de chili vert. Au bout de cinq minutes de banalités, Rowdy attaqua bille en tête à propos de Zeb.

— Bon, tu vas me dire ce qui se passe entre toi et Paul Bunyan ? Tu l'aides à récupérer son gosse, OK, mais il y a autre chose, non ?

Je grignotai une chips et fixai mon frère d'un regard noir. A cause du surnom ridicule dont il avait affublé Zeb, mais pas seulement. Bien sûr, baraqué comme il était, Zeb évoquait le légendaire géant bûcheron, mais il était beaucoup trop beau et surtout il s'exprimait beaucoup trop bien pour mériter ce surnom à la con !

— Qu'est-ce qui te fait dire ça ?

— A part le fait que tu as passé tout le trajet à vérifier tes messages, tu veux dire ? Si je te disais que j'ai appelé Zeb, hier soir, pour l'inviter à boire une bière… Il m'a répondu qu'il ne pouvait pas, que tu devais venir l'aider sur son dernier chantier. Je te connais, Sayer, le bricolage, ce n'est vraiment pas ton truc… Tu as dû m'appeler pour que je t'accroche tous tes cadres et tes rideaux !

Je pris ma bière en soupirant.

— Franchement, je ne sais plus trop où j'en suis… Je m'investis à fond pour Zeb, je fais tout pour qu'il obtienne la garde de son fils, et ça devrait s'arrêter là. Aller plus loin avec lui, ça serait le pire des plans. J'avoue, je ne sais pas quel comportement avoir avec lui en dehors de la salle d'audience. Du coup, je fais comme si tout ce qui se passe entre le moment où je me jette sur lui et celui où je m'enfuis n'existait pas.

Rowdy poussa une exclamation amusée.

— Et tu le vis comment ?

Je fronçai les sourcils, un peu vexée par son ironie non dissimulée.

— Pas très bien.

— Parce que, franchement, c'était couru. Zeb s'intéresse à toi depuis le premier jour ; il t'a juste fallu un petit moment pour t'en rendre compte. A partir de là, tu aurais eu du mal à l'ignorer. Et puis connaissant l'animal, il ne t'aurait pas laissée l'oublier.

Oh ! mais ni Zeb ni Rowdy n'imaginaient à quel point j'étais douée pour fermer les yeux sur ce qui me dérangeait ! J'étais passée maître dans l'art du déni. C'était mon second talent, après celui de juriste. Et, si je préférais croire qu'il n'y avait rien entre nous, Zeb n'aurait pas voix au chapitre.

Je ramenai mes cheveux derrière mes oreilles et regardai Rowdy sans ciller.

— Tu sais, je suis mal à l'aise avec les impulsifs. Je ne sais pas comment gérer un mec qui agit selon son cœur, spontanément, sans penser aux conséquences. Le fait qu'il se soit investi à fond pour Hyde, avant même de savoir si le petit était de lui, ça me bloque. Cet engagement, cet amour inconditionnel pour un autre être… (Je secouai la tête avec tristesse.) Je n'ai pas le mode d'emploi pour partager ces sentiments-là. On irait droit dans le mur, lui et moi. On finirait par se faire souffrir et ça, je ne veux pas. Tu comprends, j'ai eu ma dose dans mon enfance…

Alors, j'ai décidé une bonne fois pour toutes que j'étais glacée à l'intérieur. Je suis immunisée contre tout ce que Zeb réveille en moi et ça, ce n'est pas juste pour lui. Ce mec mérite une fille aussi loyale que lui, une fille qui n'ait pas peur de s'engager.

Rowdy me regardait d'un air médusé. Il posa sa bière sur la table. Puis il se pencha vers moi, le regard sombre.

— C'est de la connerie, Sayer. De la connerie en barre et tu le sais très bien.

Sa véhémence me surprit. Surtout à mon égard. Ça ne ressemblait pas à mon Rowdy, toujours cool quoi qu'il arrive.

— Pourquoi tu me dis ça ?

— Parce que dès que tu as retrouvé ma trace, tu as tout plaqué pour venir vivre ici. Sans savoir comment j'allais réagir, sans savoir si j'étais un mec bien ou un connard fini, tu as sauté le pas sans réfléchir. Tu ignorais tout de moi, mais tu avais décidé qu'on allait former une famille. Et pourtant, souviens-toi, je me suis conduit comme un sale con le jour où on s'est rencontrés.

Je me laissai aller contre le dossier de mon siège, le temps de digérer ses paroles. Mais Rowdy n'avait pas fini sa petite mise au point.

— Ensuite, quand je t'ai demandé d'aider Asa, tu as accepté, et sans moufter. Sans toi, ce grand avocat de mes deux, ton copain… il n'aurait même pas regardé son dossier. Moins d'un mois après, tu as recueilli une inconnue. Tu as ouvert ta maison à une fille terrorisée, brisée, tout ça parce qu'elle compte pour moi. Ecoute-moi, Sayer : ces derniers mois, tu as fait plus pour Poppy que Salem et moi réunis, alors ne viens pas me dire que tu ne sais pas t'investir pour les autres avec autant de force et de sincérité que Zeb, parce que tout ça, c'est des conneries !

A mon grand agacement, aucune repartie valable ne

me vint à l'esprit. Renversée contre le dossier de mon siège, je braquai sur Rowdy un regard mauvais.

— Tu es sûr que tu n'as pas fait du droit, toi ?

Il joua des sourcils à sa façon tête à claques, et je me retins in extremis de lui balancer une chips.

J'avais commencé à ruer dans les brancards le jour où j'étais partie retrouver mon frère. C'était un acte aux antipodes de mon caractère, un acte compulsif, motivé par la volonté farouche d'avoir enfin une famille et un foyer. Et c'était la même pulsion qui me poussait irrésistiblement dans les bras de Zeb. Si j'avais pris Poppy sous mon toit, ça n'était pas seulement par amour pour mon frère… Non, c'était parce que je me retrouvais en partie dans cette jeune femme à qui on avait ôté toute joie de vivre. Je ne connaissais que trop bien les effets d'une telle entreprise de démolition. Quand la personne qui est censée t'aimer d'un amour inconditionnel te fait comprendre que tu n'es pas à la hauteur de ses espérances, tu dégringoles dans ta propre estime. Mon père n'avait jamais été grossier ni violent, jamais il n'avait été jusqu'à lever la main sur ma mère ou sur moi, mais ses mots, son mépris et sa cruauté… ces saloperies-là t'atteignent plus sûrement qu'un coup de poing. Poppy avait la vie devant elle. Je ne voulais pas qu'elle reste, comme moi, embourbée dans son passé. Je ne voulais pas qu'elle se ferme aux autres. Son cœur était trop pur, il fallait qu'elle l'offre à quelqu'un qui saurait le chérir à sa juste valeur. Elle le méritait plus que n'importe qui.

— Si tu refuses d'aimer, tu n'auras pas de chagrin, mais pas de bonheur non plus. Le bien va toujours de pair avec le mal, Sayer. Tu n'as qu'à voir dans quelles conditions je suis venu au monde.

Le silence retomba entre nous. Rowdy inspira un grand coup.

— Ma mère m'a eu trop jeune, beaucoup trop jeune. Notre père, lui, était plus âgé qu'elle, moins naïf, et surtout il était marié. Tu étais déjà née quand il a mis ma mère en cloque. Bien sûr, les deux seules personnes qui auraient pu nous dire ce qui s'est vraiment passé ne sont plus là, mais toi et moi, on sait de toute façon qu'il a profité de ma mère et qu'il l'a laissée tomber. Elle a dû tout assumer seule.

J'avalai péniblement ma salive. Rowdy avait raison, notre père était un manipulateur narcissique. L'idée que l'homme qui m'avait élevée ait pu profiter de l'innocence d'une adolescente me révoltait. Mais le résultat de toute cette douleur était en train de siffler une bière en face de moi.

— Indépendamment de ses problèmes, ma mère m'a aimé, poursuivit-il. Elle s'est merveilleusement occupée de moi. Elle s'est toujours arrangée pour me faire sentir que j'étais désiré, et de mon côté j'ai toujours su que j'étais le centre de son univers. Elle s'est focalisée sur la joie que je lui apportais, pas sur la tristesse d'avoir été abandonnée avec son fils. Tu vois, Sayer, tu dois d'abord accepter d'être blessée pour pouvoir espérer guérir.

Sa mère avait été tuée lors d'une attaque à main armée. Comment Rowdy faisait-il pour garder d'elle autant de souvenirs heureux ? Il était si jeune, à l'époque de sa mort… Quand ma propre mère s'était suicidée, j'étais plus âgée que lui, et pourtant la plupart des souvenirs que j'avais d'elle étaient flous et teintés par la grisaille du chagrin. Lorsque je pensais à elle, je n'éprouvais ni joie ni plaisir, seulement de la tristesse et du ressentiment. J'aurais voulu que ma mère soit plus forte — pour elle, mais surtout pour moi.

— Certains traumatismes sont trop profonds pour

pouvoir guérir, Rowdy. Ces blessures-là ne font que saigner, s'envenimer et te pourrir la vie.

Il secoua la tête sans déranger d'un seul cheveu sa coiffure stylée. Impressionnant ! Il devait lui falloir beaucoup de talent et encore plus de gel pour faire tenir sa banane de James Dean des temps modernes.

— Non, Sayer, tu te trompes. Tu veux savoir comment je le sais ? Parce que avant je pensais comme toi. Mon cœur, je le croyais fracassé au-delà du réparable. Je restais braqué sur le but que je m'étais fixé au lieu de viser un bonheur auquel je ne pensais pas avoir droit. Quand tu souffres jusque dans tes os, la douleur te devient si familière que tu t'y habitues, au point de te confondre avec elle. Et puis un beau jour quelqu'un arrive, qui ne supporte pas de te voir enfermé dans cette douleur. Cette personne souffre parce que tu souffres. C'est là que tu te rends compte que, comme tu n'as pas été capable de guérir tout seul, tu as plus ou moins appris à vivre avec ta douleur. Sauf qu'à partir de cette rencontre tu vas retrouver la volonté de guérir, pour cette personne et grâce à elle. Elle te fait comprendre que tu ne peux plus te complaire dans ton malheur, même si tu crois qu'il fait partie de toi. Il faut juste rencontrer la bonne personne. Il n'y a que Salem qui a réussi à réparer mon cœur, et elle a dû batailler pour remettre chaque pièce du mécanisme à sa place. Elle m'a guéri, autant pour moi que pour elle.

Il aimait tellement sa copine, il était si mignon, si cash dans ses sentiments qu'une boule d'émotion se forma dans ma gorge. Pour me donner une contenance, je lui demandai en plaisantant :

— Moi qui m'attendais à ce que tu te la joues frangin protecteur ! Que tu me mettes en garde contre ce mec avec son casier et sa réputation de tombeur ! Tu crois vraiment que c'est ce mec-là qui saura réparer ce qui est cassé à l'intérieur de moi ?

C'était une question idiote, vu que le métier de Zeb, c'était justement de réparer ce qui était cassé. Mais une maison, ce n'est pas un être humain, et il faudrait plus qu'un coup de marteau pour venir à bout de la couche de glace qui protégeait mon cœur.

— Si Zeb est le mec qu'il te faut, tout le reste c'est des conneries. Au départ, quand j'ai vu comment il te matait, ça m'a foutu les boules. Et ça n'a rien à voir avec ce que je pense de lui. C'est juste que je venais de te retrouver et que je n'étais sûrement pas prêt à te partager avec quelqu'un d'autre. Mais, comme tu as l'air de vouloir rester, je ne suis plus jaloux, je sais que je vais te garder pour toujours. Et maintenant tout ce que je veux, c'est que toi aussi tu sois heureuse, Sayer.

Il me disait ça à moi, qui ne savais ni à quoi ressemblait le bonheur ni comment l'obtenir, avec ou sans Zeb…

Tout ça me dépassait, j'avais besoin de temps pour y penser, faire le point, et le meilleur moyen de pousser mon frère à changer de sujet de conversation, c'était de lui parler de son bébé. Quand devait-il naître ? Connaissaient-ils déjà son sexe ? Très vite, je me sentis mieux. Sa joie de futur papa était contagieuse. Salem et lui feraient de merveilleux parents, j'en étais sûre.

Lorsque Poppy et Salem nous rejoignirent, quelques minutes plus tard, elles semblaient épuisées par les émotions, mais enfin en paix. Notre week-end de fête pouvait commencer.

Dans nos familles respectives, on ne nous avait pas appris à aimer ou à veiller les uns sur les autres. On trimballait tous un passé chaotique et douloureux. C'était un véritable miracle qu'on se soit trouvés, tous les quatre, et qu'à force de volonté on ait réussi à recomposer une famille sur un socle solide, cimenté par l'amour. Ma nièce ou mon neveu aurait au moins la chance d'avoir été désiré et aimé. Personne ne lui fixerait d'objectifs irréalistes et personne ne l'abandonnerait si jamais il trébuchait sur les obstacles que la vie s'amuse à semer sur notre route. Cet enfant aurait une vraie famille, un vrai foyer.

Brusquement, je sentis un léger tiraillement au plus profond de mon être, tandis que la blessure que je prétendais inguérissable commençait à se refermer, exactement comme l'avait prédit Rowdy.

10

Zeb

Je n'avais jamais autant flippé de ma vie.

Même le jour où les flics m'avaient embarqué, menottes aux poignets.

Même le jour où j'avais pris le verdict du juge dans la gueule : deux ans et demi de taule. Ferme.

Ni même le jour où ma copine de lycée — celle qui devait devenir ma fiancée, puis mon ex-fiancée — m'avait annoncé qu'elle craignait d'être en cloque, alors qu'on n'avait que seize ans. Fausse alerte, heureusement ! Cet épisode aurait dû me servir de leçon, en particulier en matière de contraception, mais visiblement j'étais incorrigible dans ce domaine. Et c'était cette irresponsabilité chronique qui me valait aujourd'hui de me retrouver devant l'imposant palais de justice de Denver accompagné de Sayer, la mine grave et l'air prête à se battre comme une tigresse pour moi.

En fait, il y avait peut-être bien un jour où je m'étais senti aussi nerveux : celui où j'avais fait connaissance avec mon fils. C'était démentiel, l'importance que ce petit garçon avait prise dans ma vie ! En quelques semaines, Hyde était devenu mon avenir, mais aussi la condition essentielle de mon bonheur. Je ne ratais aucune occasion de le voir, même si entre sa situation en famille d'accueil et le planning de mon chantier ça n'était pas évident. Je me débrouillais toujours pour trouver un créneau et jusque-là j'avais réussi à grappiller quelques heures par semaine avec mon petit gars. J'avais chaque fois de plus en plus de mal à le quitter, et Hyde ne me facilitait pas la tâche : lui aussi semblait s'être attaché à moi. D'ailleurs, lors de la dernière visite, il s'était accroché à mes jambes et avait refusé de me lâcher. Il avait fallu l'intervention de Maria et la promesse d'une visite supplémentaire pour le persuader de me laisser rentrer chez moi.

Avant qu'on parte, Sayer m'avait briefé dans son bureau, durant toute une heure, mais ses paroles d'encouragement n'avaient pas réussi à calmer mes nerfs tendus à mort. Moulée dans un tailleur-pantalon noir, elle incarnait le mélange idéal entre combativité et féminité. D'autant que sa veste laissait apparaître un haut plutôt sexy — un truc rose pâle avec de la dentelle. Mais rien n'y faisait. Plus elle m'affirmait que tout allait bien se passer, plus j'avais de doutes. Elle faisait tout pour se montrer rassurante et confiante, mais l'enjeu de cette audience était crucial, on le savait tous les deux. Elle me répétait en boucle les mêmes consignes : je devais répondre avec franchise aux questions du juge, garder à tout prix mon sang-froid si jamais il m'interrogeait sur mon casier, et montrer simplement à la cour la sincérité de mes motivations. En résumé, je devais convaincre le juge que j'avais toutes les qualités requises pour être un bon père. Sayer m'avait martelé que rien ne me serait épargné et que si j'avais de vilains secrets il fallait que je lui en parle avant l'audience, parce qu'on allait me juger moi, et en particulier la période de ma vie dont j'étais le moins fier. Pourtant, elle soutenait obstinément que je m'en sortirais avec les honneurs. Ça me faisait du bien d'entendre ça, surtout venant de cette femme qui me retournait complètement de l'intérieur, mais, encore une fois, ça ne m'empêchait pas de flipper comme un malade.

Sayer avait déjà plaidé devant ce juge. D'après elle, il était sévère mais juste. Je devais m'attendre à ce qu'il me cuisine sur tout et n'importe quoi. De mon côté, je devais me contenter de lui apporter des réponses factuelles et succinctes. De toute façon, j'étais un livre ouvert, elle était bien placée pour le savoir. Dire la vérité sur moi et sur la prison, ça ne me posait pas de problème, je n'avais jamais rien fait pour cacher mon passé. En même temps, déballer toutes mes fautes et mes erreurs de parcours, c'était comme me mettre à poil devant la personne qui allait juger de ma capacité à être père. Je me sentais vulnérable. Sayer m'assurait que tout allait bien se passer. Je ne demandais qu'à la croire, mais je voyais bien qu'elle était aussi nerveuse que moi. Elle n'arrêtait pas de tripoter tout ce qui traînait sur son bureau chicos et de croiser et décroiser les jambes.

Lors de cette première audience, il n'y aurait que moi, Sayer et Maria, la représentante du CASA. Par la suite, si jamais la cour exigeait plus de garanties sur ma moralité, Sayer était prête à faire témoigner ma mère ainsi que ma sœur. Elle espérait pouvoir l'éviter, mais de mon côté je ne partageais pas son optimisme. Bien sûr, j'avais fait quelques efforts au niveau de mon look, mais il ne fallait pas rêver... Pour faire bonne impression, c'était mort. Mes tatouages étaient là pour rappeler que j'étais un mec qui avait payé sa dette à la société, mais dont le passé continuait à faire tache. J'aurais pu me raser la barbe, mettre un costard-cravate, des chaussures vernies bien bourges et la jouer repenti vertueux… Ça n'aurait servi à rien. Je devais jouer franc jeu avec le juge, mais surtout avec moi-même. Mon passé, je ne pouvais pas le gommer, c'était lui qui avait façonné l'homme que j'étais aujourd'hui, et cet homme-là j'en étais fier. Cet homme élèverait son fils du mieux possible, il l'aimerait, il s'occuperait de lui et veillerait à ce qu'il ne manque de rien. Ça, c'était dans mes cordes — que je sois rasé de près et bien fringué n'y changerait rien. Et puis, ce qui me confortait dans mon choix, c'était la lueur de désir qui s'allumait dans les yeux de Sayer quand elle me regardait. Cet homme-là lui plaisait à elle aussi. Alors, si j'étais assez bien pour elle, je serais assez bien pour le juge.

Sayer se foutait que je sois propre sur moi, et ça renforçait ma détermination à exploser les remparts qu'elle reconstruisait entre chacune de nos rencontres. Elle ne m'avait pas reparlé de notre séance de peinture de l'autre soir, sur le chantier, mais ce n'était ni le moment ni l'endroit pour la relancer. Je me contentai donc de suivre sa voiture de sport jusqu'au palais de justice, dans le quartier de Capitol Hill. Sayer gara son luxueux véhicule et fonça vers l'imposant édifice sans m'attendre. Elle trottait sacrément vite pour quelqu'un qui portait des talons si hauts ! Mais ça ne me dérangeait pas de la suivre — la vue que j'avais était à couper le souffle, carrément. Le look sage et convenable, ça ne marchait peut-être pas pour moi, mais ça faisait un effet canon sur elle. Les idées coquines se bousculaient dans ma tête. Je m'imaginais déjà en train de lui retirer ses vêtements un par un, dévoilant son corps parfait…

Je la percutai violemment. Putain ! J'étais tellement occupé à mater son cul que je n'avais pas remarqué qu'elle avait pilé net. Je la rattrapai par la taille pour l'empêcher de tomber en avant. J'allais lui demander ce qui lui avait pris de s'arrêter comme ça, quand j'aperçus un grand blond en costard et une jeune femme aux cheveux rose fluo en train de s'engueuler au beau milieu du trottoir. L'opposition des genres me fit marrer intérieurement, le temps de me rendre compte que Sayer et moi on donnait exactement le même spectacle, mais à l'envers.

Ils parlaient fort. La fille déversait sur le mec une flopée d'insultes, toutes plus inventives les unes que les autres — il y en avait même que je ne connaissais pas ! Le mec, lui, secouait la tête. Puis la jeune femme s'avança, toute menue, et enfonça son doigt dans le torse du blond qui leva les yeux au ciel, visiblement exaspéré, avant de se tourner dans notre direction. Et de nous sourire. OK, il connaissait Sayer. Pas étonnant… Ce mec portait le prestige des prétoires en bandoulière. Il vint vers nous, et je jetai un dernier regard à sa compagne : cette silhouette menue, ces cheveux colorés… Avett ? Avant que j'aie le temps de me demander ce qu'elle faisait là, le regard du blond tomba sur mon bras qui enlaçait toujours Sayer. Elle se dégagea d'un air gêné, et je sentis mes poings se serrer, instinctivement, tandis que le blond me jaugeait d'un coup d'œil indifférent. Visiblement, je ne lui faisais pas forte impression… Et, comme si je n'existais pas, il concentra toute son attention sur Sayer.

Repoussant une mèche qui lui tombait sur le front, il lui décocha un sourire étincelant, aux dents parfaitement alignées. Ses manières onctueuses me donnèrent tout de suite envie de lui faire avaler son dentier.

— Je croyais que tu plaisais aux femmes, Quaid, dit Sayer. Celle-là n'avait pourtant pas l'air de te porter dans son cœur…

Elle se moquait gentiment de lui, avec une espèce de familiarité qui m'excluait.

Le mec a rigolé.

— Oui, c'est certainement l'une de mes clientes les plus difficiles. Si elle n'apprend pas à écouter son avocat, elle risque d'avoir de gros ennuis avec la justice…

Son regard revint vers moi. J'affichais une expression impassible, mais je bouillais intérieurement. Il fallait que je me calme ! Ça la foutrait mal si je massacrais ce blond devant le tribunal, juste avant ma première audience. Je jouais mon avenir et celui de Hyde.

Le mec poursuivit :

— Bah, c'est une emmerdeuse, une petite fille gâtée, mais ça ne relève pas encore du code pénal… Là, tu vois, elle me reprochait juste de m'être arrangé pour qu'aucune charge ne soit retenue contre elle.

Je passai mon pouce sur mes lèvres et pris un air faussement surpris.

— Avett est une fille bien ; elle a eu une période où elle fréquentait des mecs un peu chelous, c'est tout. Elle ne mérite sûrement pas d'aller en taule pour ce qui s'est passé au bar. Elle a une famille très bien, qui saura s'occuper d'elle. D'ailleurs, son père le fait déjà, puisqu'il raque pour que vous la défendiez.

Le mec recula d'un pas, tandis que Sayer me fixait avec étonnement. Je haussai les épaules.

— Avett est la fille de Brite Walker, l'ancien proprio du bar où travaille mon pote Asa Cross. Avett y a bossé quelques mois en cuisine. Le problème, c'est qu'elle s'est mise avec un toxico. Le gars a voulu piquer la caisse, et elle a été assez bête pour le conduire au bar la nuit du vol. Résultat des courses, elle est accusée de complicité. Je sais que son père flippe à mort et qu'il fait son maximum pour lui éviter la taule.

Sayer fit les présentations d'une voix gênée.

— Quaid Jackson, mon client Zeb Fuller.

Son client ? C'était comme ça qu'elle me présentait à ce petit faux cul dans son costard et ses pompes à mille dollars ? Je lui tendis la main à contrecœur. Le mec avait une poignée de main ferme, très boulot-boulot, et ça me foutait les boules. J'aurais voulu que ce mec-là soit une hyène, d'autant plus qu'il matait Sayer comme je le faisais moi-même… l'air fasciné, genre loup affamé. Je savais que lui aussi voulait passer les mains sous son tailleur-pantalon BCBG.

— Figurez-vous que j'ai également représenté Asa, il y a deux mois. Décidément, vous avez des fréquentations très intéressantes, monsieur Fuller…

Vu que ça n'était pas une question, je ne me fatiguai pas à lui répondre. Des gens bien, il y en a des deux côtés de la barrière, tout le monde sait ça.

Visiblement embarrassée, Sayer transféra son poids d'une jambe sur l'autre, avant de demander :

— Toute cette affaire avec Asa, c'était un coup monté en fin de compte, n'est-ce pas ? Quant à Brite, je l'ai rencontré à plusieurs reprises. C'est un homme charmant qui ne demande qu'à aider sa fille, j'en suis sûre, c'est pour ça qu'il t'a choisi, toi. D'ailleurs, je suis persuadée que tu as la situation bien en main. Bon, il faut vraiment qu'on y aille, maintenant. J'ai été ravie de te revoir, Quaid.

Et, me jetant un coup d'œil, elle désigna de la tête l'architecture impressionnante du palais de justice. Tandis que je passais devant Jackson, il retint Sayer par le bras et lui fit à nouveau son petit sourire de séducteur. Je dus vraiment prendre sur moi pour ne pas lui foutre mon poing dans la gueule. Je ne supportais pas qu'il la touche !

— Je vais à une soirée avec quelques associés ce soir…, dit-il. J'allais t'appeler pour savoir si tu voulais m'accompagner, mais puisqu'on est là, autant t'inviter de vive voix. J'aimerais énormément être ton cavalier, Sayer.

OK, ce mec me cherchait… Il parlait à Sayer, mais il me regardait du coin de l'œil. Incapable de cacher ma colère, je croisai les bras et le fixai d'un air menaçant. Je n'aimais pas les combats de coqs, mais Sayer m'avait traité de « client » et la blessure était encore à vif.

Prise entre le marteau et l'enclume, elle me jeta un regard par-dessus son épaule et secoua à peine la tête.

— Non. Merci pour l'invitation, Quaid, mais je t'ai déjà dit de ne pas insister. Désolée.

Le mec continuait de sourire, mais il cessa de me regarder pour se focaliser sur elle.

— Je suis avocat, c'est mon job d'amener les gens à voir les choses de mon point de vue… A très bientôt, Sayer.

Il lui lâcha enfin le bras et reporta son attention sur moi.

— Bonne chance pour aujourd'hui.

Je crachai un « merci » et entrai à la suite de Sayer dans le palais de justice. On franchit tous les contrôles de sécurité sans se dire trois mots. Finalement, ce n'était pas plus mal. Putain ! Qu'est-ce qui lui avait pris de me présenter comme son « client » et rien de plus ? C'était vraiment comme ça qu'elle me voyait après tout ce qu'on avait vécu ensemble ? Une bonne séance de baise, voilà ce qu'il lui fallait ! Ça lui remettrait les idées en place ! Je n'étais pas qu'un client quand j'étais en elle et qu'elle jouissait en murmurant mon nom encore et encore !

A l'intérieur du tribunal, je fus rattrapé par une désagréable impression de déjà-vu. Il ne fallait surtout pas que je me mette à flipper à cause de ce qui m'était arrivé la dernière fois qu'un juge avait décidé de mon sort — la situation n'avait rien à voir. Et pourtant… est-ce que finalement je n'avais pas encore plus à perdre, aujourd'hui ? OK, la liberté, c'est énorme et elle ne te manque jamais autant que quand tu en es privé. A l'époque, j'en avais bavé, mais ce n'était rien comparé à l'abîme qui m'engloutissait lorsque je m'imaginais forcé d'abandonner mon fils aux services sociaux. La place de Hyde était auprès de moi. On ne pouvait pas nous séparer, il fallait à tout prix que le juge le comprenne… De toute façon, Sayer était une pro, je devais lui faire confiance. Elle veillerait à ce que tout se passe comme il faut.

On s'installa sur la gauche de la salle d'audience. D'un signe de tête, je saluai Maria qui me répondit par un petit sourire. J'étais soulagé : visiblement, l'avocate du CASA était de mon côté. Il ne me restait plus qu'à convaincre le juge. Tout le monde se leva, et il fit son entrée, très digne dans sa toge noire. Je me rassis à côté de Sayer et le juge déclara la séance ouverte. Puis, il prit une profonde inspiration et me toisa par-dessus ses lunettes cerclées de fer.

— Nous sommes ici pour débattre de la garde de Hyde Bishop, mineur âgé de moins de quinze ans, c'est exact ?

Sayer se leva et s'adressa à l'homme qui tenait mon avenir entre ses mains.

— C'est exact. Les tests ADN ont démontré que mon client, M. Fuller, est bien le père de ce petit garçon qu'il fréquente depuis un mois dans le cadre de visites médiatisées. L'enfant n'ayant aucun autre parent proche, nous ne voyons aucune raison valable de le maintenir en famille d'accueil alors que son père biologique ne demande qu'à lui procurer un foyer stable.

Le juge regarda Sayer sans émotion, puis se mit à feuilleter un tas de papiers étalés devant lui.

— La mère est décédée ?

— C'est exact.

— Et j'imagine que vous avez diligenté les procédures

habituelles dans le but de rechercher du côté de la mère d'autres parents qui pourraient souhaiter s'occuper de l'enfant ?

Je serrai les dents. Même si Hyde avait de la famille du côté maternel, personne ne s'était manifesté ! On l'avait laissé aux bons soins du système, seul et effrayé, durant des mois. Ces gens-là ne méritaient pas d'élever mon fils.

— En effet. La mère de l'enfant avait coupé les ponts avec sa propre famille et menait une vie plus ou moins marginale. C'est du reste ce qui a engendré la rupture avec ses parents. Du côté maternel, personne n'a souhaité recueillir l'enfant. J'ai d'ailleurs versé au dossier la transcription de mes entretiens avec la famille de Mlle Bishop.

Sayer me regarda du coin de l'œil et me rassura d'un petit signe de tête. L'étau se desserra un peu autour de ma poitrine.

— Monsieur Fuller, comment se fait-il que vous n'ayez pas eu plus tôt connaissance de l'existence de cet enfant ?

Je sentis une légère chaleur envahir mon cou. Heureusement que ma barbe était là pour la dissimuler. Je me remémorai mes résolutions : faire preuve de franchise, quelle que soit l'image que ça renvoie de moi. J'avais commis des fautes et je devais les assumer.

— Je n'étais pas en couple avec sa mère. C'est une femme que j'avais rencontrée à un moment particulièrement compliqué de ma vie. On ne se connaissait pas, elle et moi, on s'est juste réconfortés mutuellement le temps d'une nuit. Par la suite, on ne s'est plus jamais revus ni reparlé, elle et moi. Je ne savais pas qu'elle était morte et encore moins qu'elle avait eu un enfant de moi. C'est une de ses amies qui m'a retrouvé… elle s'inquiétait de ce qu'allait devenir Hyde.

Le juge se remit à me toiser par-dessus ses lunettes. J'en

avais des sueurs froides. Je ne devais surtout pas flancher sous son regard insistant. Je voulais autant que possible renvoyer l'image d'un homme fiable et sûr de lui.

— Etes-vous coutumier du fait, monsieur Fuller ? Rencontrez-vous souvent des femmes avec lesquelles vous n'avez plus aucun contact par la suite ?

Je sentis Sayer se raidir à côté de moi. Je redressai les épaules et regardai le gars droit dans les yeux.

— Je suis célibataire depuis que ma fiancée m'a quitté. Je sors avec des filles, et c'est vrai que j'ai pu avoir des aventures d'une nuit. Cependant, je sais me conduire correctement avec les femmes, quelle que soit la durée de nos rapports. Vous savez, j'ai été élevé avec ma sœur aînée par une mère célibataire et j'ai aujourd'hui une nièce de dix ans que j'adore. Ce que je veux dire par là, c'est que j'ai beaucoup de respect pour les femmes.

Le visage toujours de marbre, le juge reporta son attention sur les documents étalés devant lui. J'interrogeai Sayer du regard. Elle articula : « Tout va bien » et me serra gentiment la cuisse. Et ça, alors ? C'était plus qu'un simple geste de réconfort de la part d'une avocate envers son client, non ?

— Oui… Votre sœur est d'ailleurs la raison de vos ennuis avec la justice il y a quelques années, c'est exact ?

J'opinai avec raideur.

— Oui. A l'époque, ma sœur vivait avec un homme qui se servait d'elle comme d'un punching-ball. Un soir, il y est allé trop fort et elle a fini à l'hôpital. Sur le coup, j'ai vu rouge et j'ai agressé le type dans leur appartement, c'est ce qui m'a valu une peine de prison.

— Je vois que vous avez été incarcéré un peu plus de deux ans pour violences.

— Oui. Mais depuis ma sortie de prison je n'ai même pas eu une contravention pour excès de vitesse.

— Je vois également que votre nièce a été témoin de ces violences.

Ça n'était pas une question. Le juge esquissa une moue de contrariété, et je sentis Sayer se crisper à côté de moi.

— C'est vrai, oui. J'ignorais que la petite était là quand je suis allé régler mes comptes avec son père, je croyais qu'elle était chez sa grand-mère. Mais l'une des premières choses que j'aie faites en prison, ça a été de m'inscrire à tous les stages de gestion de la colère que proposait l'administration pénitentiaire. Je ne voulais pas que ma nièce me revoie perdre mon sang-froid. Ce jour-là, je lui ai fait peur et ça m'a fait un choc. J'ai mal agi, je le sais, et il ne se passe pas un jour sans que je regrette que Joss doive vivre avec le souvenir de ce que j'ai fait à son père.

Sayer se leva.

— La libération de mon client est intervenue il y a plus de cinq ans. Depuis, il a créé une entreprise extrêmement prospère et n'a plus jamais dévié du droit chemin. Il n'a aucun autre délit inscrit à son casier et de plus il bénéficie d'un solide environnement familial — l'idéal pour un parent qui travaille.

— Votre client n'a pas d'autre enfant, maître, et de son propre aveu il s'apprête à être père célibataire, vu qu'il n'est pas actuellement en couple. Monsieur Fuller, vous rendez-vous compte de l'ampleur des responsabilités qui vous attendent si la justice vous confie la garde et l'autorité parentale exclusives sur cet enfant ? Je me demande si vous avez une vision bien claire de la situation…

Putain ! Bien sûr que j'avais une vision claire de la situation ! Très claire, même ! Sinon, pourquoi je laisserais un inconnu critiquer ma vie sexuelle et me renvoyer à la gueule toutes les conneries que j'avais faites dans ma jeunesse ?

— M. Fuller est tout à fait conscient de la gravité de la situation, Votre Honneur. Dans toutes ses démarches, il a suivi à la lettre toutes les consignes de la justice. Il s'est plié de bonne grâce à tous les règlements afin de nouer des liens d'affection avec son fils et, à terme, de se charger de son éducation.

Le juge se tourna du côté de Maria. L'avocate se leva, monta sur la petite estrade, à côté de notre banc, et se présenta. Puis, elle me regarda avant de s'adresser à nouveau au juge :

— Hyde est un petit garçon adorable, Votre Honneur, c'est un enfant très intelligent. Il s'est attaché à M. Fuller avec qui il a créé des liens très rapidement. Dans l'intérêt supérieur de l'enfant, je serais également d'avis qu'il soit confié à son père et non maintenu en foyer d'accueil provisoire. Au cours des visites, M. Fuller a toujours fait preuve de compassion et de bonté envers son fils pour lequel il éprouve manifestement une immense affection. M. Fuller est le genre de père que je souhaite à tous les enfants que je vois défiler dans mon bureau, Votre Honneur. Malheureusement, la plupart n'ont pas cette chance…

Le juge posa encore quelques questions, puis Sayer passa en revue avec lui la nature et le montant de mes revenus pour ces deux dernières années. Dans la salle, l'ambiance était tendue. Je n'arrivais pas à savoir de quel côté penchait le juge. Quelle serait sa décision ? Soudain, il se leva, suspendit l'audience pendant trente minutes et se retira dans son bureau afin d'examiner le dossier au calme.

Maria vint me serrer l'épaule et me souhaita bonne chance avant de s'éloigner. Je restai seul avec Sayer. Elle se tourna vers moi. Un doux sourire flottait sur ses lèvres, et je lus dans ses yeux qu'elle était fière de moi. Je n'avais pas craqué face aux questions inquisitrices du juge et j'avais su défendre ma demande avec conviction.

— Tu t'en sors comme un chef, Zeb.

Je soupirai et me passai les mains dans les cheveux, ébouriffant les mèches que j'avais si bien domptées pour l'occasion.

— Ce n'est pas l'impression que j'ai. On dirait qu'il cherche n'importe quel prétexte pour m'empêcher d'avoir mon fils.

Elle secoua la tête et de nouveau posa sa main sur ma cuisse. Cette fois, je posai la mienne dessus et lui serrai les doigts.

— C'est son rôle, Zeb. Il doit tout décortiquer, appuyer là où ça fait mal. Il traque le moindre signe qui pourrait lui indiquer que tu vas jeter l'éponge ou craquer sous la pression. Il fait ça exprès, pour te faire réagir. Il ne songe qu'à l'intérêt de Hyde, du coup il se fout pas mal de te mettre en colère ou mal à l'aise. Il essaie de te provoquer par tous les moyens, mais tu ne lui donnes aucune prise.

— J'ai surtout envie de l'envoyer chier ! Tu en connais, toi, des mecs de vingt-cinq ans qui n'ont jamais eu d'aventure sans lendemain ? Je ne m'attendais pas à ce qu'il critique ma vie sexuelle !

Sayer retira vivement sa main et se laissa aller contre le dossier de son siège. Elle se mit à déplacer ses notes, comme pour se donner une contenance.

— Moi, je n'ai jamais eu d'aventure d'une nuit.

Ah non ? Eh bien, ça me rendait d'autant plus foireux ! En même temps, j'étais secrètement ravi : si elle employait le mot « jamais », ça voulait dire que j'allais encore pouvoir me délecter d'elle et de son corps parfait. Et puis, j'étais content qu'elle n'ait pas traîné avec n'importe qui, comme moi quand j'étais jeune. J'allais le lui dire lorsque l'huissier annonça le retour du juge. Aussitôt, on se leva tous.

Mes mains devinrent moites, tandis que l'homme qui allait sceller mon destin regagnait sa place. Il me dévisagea longuement, et je dus faire appel à tout mon sang-froid pour ne pas trahir ma nervosité sous son regard perçant.

— Monsieur Fuller, je pense que vous avez beaucoup progressé sur vous-même au cours de ces dernières années, ce qui vous a permis de retrouver le droit chemin. Je vous crois sincère dans votre désir d'obtenir la garde de votre fils. J'émets cependant quelques réserves. Cet enfant a déjà été traumatisé par le décès de sa mère, voilà pourquoi j'hésite encore à le confier à un père qui a montré par le passé qu'il pouvait avoir du mal à gérer sa colère. Si vous n'apprenez pas à maîtriser vos pulsions, monsieur Fuller, votre fils risque de vivre une seconde séparation tout aussi traumatisante que la première.

J'émis un murmure de protestation involontaire, mais avant que j'aie pu me défendre le juge m'arrêta d'un geste de la main.

— Je pense donc qu'il ne faut pas brûler les étapes. Hyde doit d'abord se faire à l'idée que vous êtes son père et que vous allez l'élever seul. Cette période de transition sera également pour vous l'occasion de mesurer les bouleversements que va provoquer l'arrivée de cet enfant dans votre vie. Je veux que vous vous inscriviez à un stage d'aide à la parentalité de niveau deux et que vous acceptiez de reprendre une thérapie de gestion de la colère. Ensuite, nous pourrons progresser vers une garde plénière et exclusive de l'enfant. Pour le moment, je vais ordonner que vous ayez quatre visites non surveillées par semaine, en dehors des locaux du CASA. Après les quatre premières semaines, nous pourrons aller jusqu'à quatre visites de vingt-quatre heures à votre domicile, et ce pendant encore quatre semaines. Au terme de ces huit semaines, nous fixerons une autre audience afin de faire le point sur la situation. D'autre part, je vous encourage vivement à suivre en parallèle une thérapie familiale avec votre fils. La transition va être éprouvante pour vous deux ; toutefois, monsieur Fuller, je pense que vous êtes la personne la mieux indiquée pour élever cet enfant.

Son marteau retomba d'un coup sec, et on se leva tous, le temps qu'il quitte la salle. Je me rassis lourdement et tentai de décrypter l'expression de Sayer. Que pensait-elle de cette décision ? Mais elle semblait distante et stoïque — indéchiffrable. Je me penchai vers elle et demandai dans un souffle :

— On a gagné ?

Elle se tourna vers moi et, comme le soleil perçant les nuages après la pluie, un grand sourire illumina son visage. Comment une femme capable d'une telle chaleur pouvait-elle apparaître aussi souvent glaciale ? Sayer irradiait la bonté lorsqu'elle s'autorisait à lâcher prise. Dans ces moments-là, j'avais envie de me réchauffer à sa lumière.

— Ça va te demander beaucoup de boulot et d'engagement, mais oui, le fait qu'il t'ait d'emblée autorisé à garder Hyde vingt-quatre heures, c'est une victoire pour nous, incontestablement. Je pensais qu'il faudrait au moins six mois avant d'en arriver là ! Mais tu as été authentique et sincère. Il a vu à quel point tu aimais Hyde, et c'est tout ce qui compte. Je suis très fière de toi, Zeb.

Je serrai une de ses mains entre les miennes. Elle chercha à se libérer, mais je la retins.

— Merci, Sayer. Je sais bien que je te dis chaque fois la même chose, mais sans toi je n'aurais jamais pu y arriver.

Son sourire vacilla. A nouveau, elle voulut dégager sa

main, et là je dus la lâcher. Je me levai et on sortit tous les deux de la salle d'audience. Plus on avançait dans la rue, toujours très encombrée aux abords du palais de justice, plus j'étais énervé. Pourquoi est-ce qu'elle ne me disait rien, bordel ?

Arrivée devant sa Lexus, elle ouvrit la portière et jeta son sac à l'intérieur tout en marmonnant :

— Tu t'en sortirais très bien sans moi, Zeb. Tu fais tout ce qu'il faut pour obtenir la garde de ton fils ; de toute façon, tout le monde voit bien que tu es prêt à te plier à tout ce que te demandera la justice. En plus, personne ne te dispute l'autorité parentale, ça rend l'affaire un peu plus facile à plaider. On a un dossier en béton, je t'assure. Et ça, c'est grâce à toi.

Son ton détaché me fit grincer des dents. Elle s'adressait à un *client* là, pas à *moi*.

— C'est grâce à *nous deux*, Sayer.

Cette fois, j'en avais marre. Je contournai la portière qu'elle venait de mettre entre nous et bloquai Sayer contre sa voiture, mes deux mains en appui sur le toit, de part et d'autre de sa tête. Prise au piège entre mes bras, elle voulut me repousser, mais je l'obligeai à me regarder.

— Tu es la seule à savoir me canaliser, à me faire suffisamment confiance pour me dire d'être juste moi-même au tribunal. Tu es la seule à affirmer au juge que je serai le meilleur des pères pour Hyde et à le penser vraiment. Tu es la seule à te soucier que le petit me soit confié, Sayer. Je n'aurais jamais pu faire tout ça avec quelqu'un d'autre. C'est ton combat autant que le mien, et si tu ne t'en es pas encore rendu compte, c'est que tu te mens à toi-même !

Personne ne croyait en moi autant qu'elle. Elle ne comprenait pas que c'était sa confiance qui me faisait tenir debout ?

— Zeb…

Rien qu'au ton, on aurait dit qu'elle s'apprêtait à me sortir une de ses objections, comme au tribunal… C'était quoi cette obsession à toujours vouloir dresser des murs entre elle et moi ? D'un baiser, je la fis taire. C'était ça, ma force de persuasion à moi.

Au premier effleurement de ma langue, elle se raidit, lèvres scellées, mais sa résistance fut de courte durée et elle m'offrit sa bouche. Elle agrippa ma chemise tandis que j'enroulais ma langue autour de la sienne. Putain, ça m'avait manqué. Mais aujourd'hui ce n'était pas qu'un baiser, c'était aussi un combat. Je voulais anéantir toutes ses réticences à s'engager envers moi et mon fils sur un plan autre que professionnel. Perdant toute retenue, elle me rendit mon baiser avec passion et inclina la tête sur le côté pour que je puisse la goûter plus profondément. Elle n'embrassait pas un client, là ! Elle m'embrassait moi, et elle en savourait chaque putain de seconde !

Le petit bruit d'abandon qui s'échappa de sa gorge me rendit dingue. La seule chose qui m'empêcha de la culbuter là, maintenant, tout de suite, dans sa voiture fut la sonnerie retentissante de son téléphone quelque part dans l'habitacle. Elle s'arracha à mes lèvres et à mes mains avides, le souffle court. Ses yeux étaient immenses, d'un bleu aussi pur et clair qu'un lac de montagne. Sa bouche était rouge framboise, humide et gonflée comme une invite. Elle me repoussa légèrement.

— Je dois y aller, Zeb. J'ai encore une audience et plusieurs réunions avant ce soir.

Elle voulut se détourner mais, d'un doigt sous son menton, je l'obligeai à me regarder droit dans les yeux. J'effleurai sa joue de mes lèvres et fus récompensé par le frisson qui la parcourut tout entière.

— Si tu n'as jamais eu d'histoire d'un soir et si tu n'es pas le genre de fille qui se tire tout de suite après avoir baisé, tu me dois une autre nuit, Sayer. Laisse-moi te donner un vrai rencard…

Je savais qu'elle ne s'attendait pas à ce genre de sortie, mais elle accusa le coup d'un air très digne, genre reine d'Angleterre, et fit non de la tête — à contrecœur.

— Franchement, Zeb, je ne pense pas que ce soit une très bonne idée.

— Pourquoi ?

Si elle recommençait à se planquer derrière la barrière de la déontologie, j'allais en faire du petit bois ! Je savais très bien que coucher avec son client, c'était contraire à l'usage, mais son regard brillant de désir prouvait bien que tous ses scrupules ne résisteraient pas longtemps à ma détermination. Elle me repoussa un peu plus fort et esquissa le geste de monter dans l'habitacle. J'hallucinais ! Elle allait me laisser planté là, sur le trottoir ! Exaspéré, je lui immobilisai les mains et, penché sur elle, je la regardai droit dans les yeux.

— Pourquoi, Sayer ?

Elle soupira et baissa le regard sur son téléphone qui s'était remis à sonner.

— Parce que avec toi, Zeb, je ne suis plus moi-même. J'ai l'impression d'être possédée par quelqu'un d'autre, comme si une inconnue prenait le contrôle de ma tête et de mon corps. Le problème, c'est que la véritable Sayer va finir par réapparaître et, cette fille-là, ça m'étonnerait qu'elle te plaise autant. Le rencard que tu m'avais promis, on l'a déjà eu — j'en avais rêvé et je n'ai pas été déçue. C'était parfait et je veux en garder un souvenir intact. Si je te disais oui maintenant, je te donnerais l'occasion de me voir telle que je suis vraiment et ça risquerait de tout gâcher. Je t'assure, il vaut mieux qu'on en reste là. A long terme, c'est mieux pour nous deux.

J'étais K-O. Sayer en profita pour se glisser derrière le volant et refermer la portière de sa Lexus. Elle me regarda par la vitre, mais je restai muet de stupeur. Pour finir, elle me fit au revoir de la main et s'éloigna comme si de rien n'était.

La véritable Sayer ? C'était quoi ces conneries ? Je connaissais tout d'elle : cette fille, c'était une Reine des neiges enfermée dans un royaume de soie et d'acier, mais un volcan dès qu'elle oubliait sa foutue morale ! Alors comme ça j'étais son « client » et rien de plus ? Mon cul, oui ! Certains souvenirs et la raideur dans mon pantalon me prouvaient le contraire !

Entre le shoot d'adrénaline de ma comparution réussie et le choc de m'être fait rembarrer par Sayer, j'avais la tête en vrac. En tout cas, une chose était claire : j'allais en baver et pas seulement pour obtenir la garde définitive de mon fils. Si je voulais cette femme, version volcan ou iceberg, j'allais devoir batailler ferme. Sayer, ce n'était pas que de la soie et de l'acier. Ce n'était pas que du feu et de la glace. C'était une personnalité complexe, construite sur des traumatismes si anciens, si profondément enfouis, qu'elle ne les voyait même plus. Maintenant qu'ils commençaient à l'entraver, saurait-elle s'en libérer ? Je les voyais, moi, ses fêlures, sous le masque de perfection qu'elle arborait devant les autres, et ça ne me faisait pas peur. Ce n'étaient pas quelques éraflures au cœur et quelques bleus à l'âme qui allaient me détourner du projet de restauration le plus important de ma vie.

11

Sayer

Pendant les jours qui suivirent cette première comparution devant le juge, ou plutôt après la petite scène devant le tribunal — je me plongeai dans mes dossiers, m'abrutissant de travail pour ne plus penser à Zeb. Mais, même si ma curiosité dépassait largement le cadre professionnel, je ne pouvais m'empêcher de me demander si Hyde s'adaptait bien aux nouvelles modalités de visites. Malgré moi, le petit bonhomme s'était joué de mes défenses pour se construire une place particulière dans mon cœur, à côté de son père.

La mère d'accueil de Hyde était une femme charmante qui accepta que je passe chez elle en fin de journée. Sa maison était propre et bien rangée malgré la présence des sept enfants placés sous son toit, et de toute évidence Hyde éprouvait une réelle affection pour elle. Je ne pus m'empêcher de sourire lorsque, spontanément, il me prit par la main pour m'entraîner dans la cuisine, comme si on se connaissait depuis toujours. Il voulait me montrer les « trucs super cool » qu'il avait appris à construire avec les Lego que lui avait offerts son père. Au premier coup d'œil, je me rendis compte que Zeb avait ajouté quelques boîtes à la collection. Il y avait des Lego à perte de vue.

Mon cœur se mit à cogner sourdement dans ma poitrine.

— Tu veux faire un château ?

— Bonne idée, oui. Faisons un château.

Assise à la table de la cuisine, je passai les vingt minutes suivantes à manipuler joyeusement des Lego, oubliant presque la raison de ma venue. Contaminée par l'enthousiasme de Hyde, je contemplai l'impressionnante construction qui se dressait devant lui. Elle était haute, colorée et étonnamment massive pour quelque chose d'assemblé par de si petites mains.

— Tu as fait un sacré boulot, mon lapin !

Hyde leva vers moi un visage rayonnant. J'eus envie de le serrer contre mon cœur à tout jamais.

— C'est Zeb qui m'a montré comment faire. Il dit qu'on peut construire une tour jusqu'au ciel si les fondations sont solides.

Je tressaillis, il était temps de passer au sujet qui m'amenait.

— Oui, Zeb est très intelligent. Il s'y connaît en bâtiment et il sait construire solide et pour longtemps. On dirait que tu t'amuses bien avec lui.

Le petit garçon me regarda avec ses yeux verts que je connaissais si bien, et son sourire édenté s'élargit.

— Je le vois souvent, Zeb, maintenant. C'est cool. Il joue toujours avec moi et il me prend dans son pick-up.

Un coude sur la table, je posai mon menton dans ma main.

— C'est vrai qu'il est super, son pick-up…

Hyde éclata d'un rire qui fit comme par magie fuir tous les fantômes de mon passé. A lui seul, ce rire me prouvait que j'étais à ma place, que j'avais fait les bons choix. Je n'avais jamais vraiment pensé à avoir des enfants, mais à présent je ne pouvais plus imaginer mon avenir sans cet adorable petit garçon à la tignasse brune et aux yeux couleur forêt. Malgré des débuts difficiles, Hyde partait bien dans la vie. Il allait être aimé de façon inconditionnelle tout au long de son existence et ça, c'était l'essentiel. Dire que si je n'étais pas allée contre ma nature, si je n'avais pas forcé le destin en venant au Colorado, je n'aurais jamais pris part à cette belle histoire !

Hyde m'interrogea :

— Il te prend dans son pick-up, toi aussi ?

Les yeux écarquillés, il admirait mon œuvre, une espèce de construction mastoc qui pouvait éventuellement passer pour un château.

— Non, mais je l'ai vu, c'est pour ça que je sais qu'il est trop bien. Tu as vraiment de la chance de monter dedans. Je suis jalouse, dis-je en faisant une grimace rigolote.

Il rit à gorge déployée en se tortillant sur sa chaise.

— Si tu lui demandes, je suis sûr que Zeb te prendra, toi aussi. Il est très sympa. C'est un géant.

Si je demandais à Zeb de me prendre, ça ne serait certainement pas dans son pick-up. Enfin si, peut-être, mais pas de la façon dont l'entendait Hyde…

— C'est un genre de géant, oui, mais c'est plutôt bien. Les géants, tu sais, personne n'ose les embêter.

Hyde opina et repoussa vers moi mon château fait de bric et de broc.

— Et toi, tu es une princesse.

Je ne pus retenir un rire étouffé.

— Désolée, mon bonhomme, mais tu es loin du compte. Je n'ai rien d'une princesse !

Hyde me décocha son adorable sourire. Un futur bourreau des cœurs, ce gosse… Zeb allait avoir du boulot quand son fiston grandirait.

— Si ! Tu es belle comme une princesse, tu as des chaussures de princesse, tu es gentille comme une princesse, tu exauces les souhaits comme une princesse.

Je lui lançai un regard surpris.

— Ça exauce les souhaits, les princesses ?

Il se mélangeait un peu les pinceaux dans ses références Walt Disney, mais ça n'était pas bien grave, il n'avait que cinq ans. Il aurait tout le temps de revoir ses classiques.

Il hocha la tête avec tant de vigueur que je crus qu'il allait dégringoler de sa chaise.

— Bien sûr ! Quand ma maman est partie, j'ai souhaité que quelqu'un vienne me chercher et tu es arrivée avec Zeb.

Il baissa les yeux sur les Lego avant de me regarder. J'avais du mal à refouler les larmes qui me brûlaient les paupières.

— Tu vois, tu as exaucé mon souhait, conclut-il avec simplicité.

Je déglutis avec peine et lui caressai la joue. Sa peau était si douce, si fine… J'admirais ce petit garçon d'avoir conservé un cœur d'or en dépit de toutes les épreuves qu'il avait subies. Quelle leçon de courage ! Parce que c'est dur de garder espoir quand tu as été malmené par la vie et les gens. C'est bien plus facile de se blinder contre tout.

— Je suis bien contente d'avoir exaucé ton souhait, Hyde. Tu mérites d'avoir plein de monde qui t'aime.

Ce moment d'émotion fut brusquement interrompu par l'arrivée d'un gamin nu comme un ver et braillant à pleins poumons. Il voulait qu'on s'occupe de lui — comme tous les enfants. Je proposai donc à toute la maisonnée de jouer aux Lego avec nous. Lorsque je partis, une ville entière était en train de prendre forme sur la table de la cuisine.

Hyde était heureux, bien dans sa peau et à l'évidence il adorait Zeb. Plus rien ne faisait obstacle à leur relation naissante, l'affaire allait suivre son cours. Par contre, mon rôle à moi s'arrêtait là.

Mais ça n'était pas aussi simple. Ça ne l'était jamais.

Durant tout le trajet, je refoulai mes larmes. Bien sûr, mon job, c'était toute ma vie. En plus, maintenant, j'avais un frère, une belle-sœur, bientôt un neveu ou une nièce, des obligations qui exigeaient de moi présence et disponibilité... Pourtant, tout ça ne me semblait soudain plus suffisant. Avoir des enfants, j'avais toujours cru que ça n'était pas pour moi. Du vivant de mon père, il n'était même pas concevable que j'en aie un. Jamais je n'aurais fait subir à un pauvre gamin sans défense le calvaire que j'avais moi-même enduré, et franchement aucun des hommes que j'avais connus ne m'avait inspiré l'envie de fonder un foyer. Pas même celui que j'aurais dû épouser. Mais aujourd'hui tout était différent : mon père n'était plus là, j'avais une vie à moi et, pour finir, j'avais rencontré Zébulon Fuller... Un homme qui incarnait la virilité et bien plus encore... Un homme qui m'inspirait *tous les sentiments possibles.*

Du désir. De l'amour. De l'angoisse aussi et une peur terrible.

Quand j'arrivai enfin chez moi, j'étais complètement vidée. C'est sans doute la raison pour laquelle je ne me rendis pas immédiatement compte que quelque chose clochait dans la maison. Je balançai la sacoche de mon portable sur le sofa et défis mon chignon en me massant le crâne. Trop crevée pour aller me mettre en chaussons, je me débarrassai de mes escarpins à talons et de ma veste qui fila rejoindre ma sacoche. Un legging et un maxi-verre de vin s'imposaient, même si rien n'avait vraiment réussi à me détendre depuis que j'avais planté Zeb sur le parking du palais de justice, deux jours plus tôt. Son expression de stupeur, puis de colère, hantait mon esprit. Pourtant, comme je ne cessais de me le répéter, c'était la meilleure solution. Il méritait mieux qu'une femme irrémédiablement handicapée du cœur.

J'étais déjà au milieu de l'escalier qui menait à ma chambre, en train d'ôter mon chemisier vert menthe, quand un délicieux fumet vint me chatouiller les narines. Ça venait de la cuisine. Aussitôt, je me figeai. Ni Poppy ni moi ne savions cuisiner — notre grande spécialité, c'était les œufs brouillés au bacon.

— Poppy ?

Intriguée, je finis de retirer mon chemisier et le posai distraitement sur la rampe. D'ordinaire, je ne me baladais pas à moitié nue dans la maison, mais j'étais fatiguée et ça sentait divinement bon. En fait, mon ventre se mit à gargouiller bruyamment, ce qui m'aurait mortifiée si je n'avais pas été trop fatiguée pour ça.

Comme Poppy ne répondait pas, je redescendis, pieds nus, voir ce qui se passait dans la cuisine.

— Poppy ?

Toujours pas de réponse. Un léger frisson d'inquiétude me parcourut la nuque. Avant d'ôter ma jupe et de l'abandonner au milieu du salon, je jetai un coup d'œil dans ma cuisine. Qu'est-ce que… ? Je me redressai vivement et croisai les bras sur ma poitrine. Réflexe stupide… Le grand baraqué qui s'affairait aux fourneaux n'ignorait rien de ce que dissimulait mon soutien-gorge en dentelle.

Vêtu d'une chemise à carreaux rouge et bleu et d'un jean râpé, si délavé qu'il paraissait presque blanc, Zeb arborait un sourire narquois qui me liquéfia les jambes.

— Jolie tenue. Je parie que tu as fait un malheur au tribunal…

Son regard émeraude glissa sur ma poitrine qui virait

à l'écarlate et son sourire se fit plus carnassier. Je devais avoir l'air complètement paumée.

— Où est Poppy ? Qu'est-ce que tu fais ici ?

Il se retourna vers ses casseroles. Je fixai son large dos, stupéfaite. Il s'intégrait bien dans ma maison, dans ma cuisine. Il était à sa place, comme s'il avait créé cet espace à son usage. Mon cœur s'emballa, et mon corps se contracta de désir.

— Poppy passe la nuit chez Salem et Rowdy, répondit-il. Elle me fait une fleur. Je l'ai appelée pour lui demander si je pouvais te préparer un petit dîner ici. Je l'avais invitée, mais quand je suis arrivé elle avait déjà fait son sac et Rowdy était là pour l'emmener. Elle est futée, cette fille, et très gentille. Quant à Rowdy, pas la peine de lui faire un dessin… En tout cas, il ne m'a pas mis son poing dans la gueule. J'en déduis que j'ai sa bénédiction.

Les bras m'en tombaient. Je me dandinai sur mes pieds nus, mal à l'aise.

— Pourquoi tu me fais à manger, Zeb ? Je pensais qu'on était d'accord pour s'en tenir à des relations strictement professionnelles. Ta présence dans ma cuisine n'a rien à voir avec ton dossier.

Il se retourna enfin vers moi, une cuillère en bois à la main. Et comme d'habitude je me mis à saliver — presque littéralement. Et ça n'avait évidemment rien à voir avec l'épaisse sauce tomate qui bouillonnait dans la casserole.

— On n'était d'accord sur que dalle. Je t'ai demandé si tu voulais sortir avec moi, tu as répondu non alors que tes yeux me disaient oui, et là-dessus tu t'es tirée. Du coup, plutôt que de t'inviter au resto, j'ai décidé de t'inviter chez toi.

Il haussa ses épais sourcils bruns et esquissa un sourire coquin.

— C'est gentil de t'être habillée pour l'occasion…

Je levai les yeux au ciel, mais je ne cherchais plus à me cacher la poitrine. J'aimais voir le désir assombrir son regard ; je ne me lassais pas de cette sensation qui me réchauffait tout entière. Il me fit un clin d'œil tout en léchant la cuillère. Je pointai un doigt sur lui.

— Non, Zeb. On ne va pas faire ça.

Je voulais prendre un ton sévère et inflexible. Peine perdue, le résultat était plutôt teinté de tristesse et de regret.

— C'est déjà fait, Sayer.

Il remit la cuillère dans la casserole et coupa le gaz. Puis, il s'avança de sa démarche féline jusqu'à l'îlot central et braqua sur moi un regard menaçant.

— Tu m'as donné quelques miettes, mais je suis un grand garçon, Say. J'ai de l'appétit et je sais me resservir. Alors maintenant tu as le choix : soit on mange ces spaghettis d'enfer… avec ou sans fringues. Soit on va au lit… mais ça sera à poil.

Il me fixa de son regard hypnotique, et une veine se mit à battre à son cou.

— De toute façon, je suis bon dans les deux domaines. Mais sache quand même que tu ne couperas pas à la deuxième option.

Rien n'aurait pu me préparer au séisme que ces quelques mots déclenchèrent en moi. J'avais l'impression que le sol allait s'ouvrir sous mes pieds. Comme si tous mes repères s'étaient évanouis, vidés de leur sens. Personne ne m'avait jamais couru après. Personne ne s'était jamais accroché à moi. Personne n'était jamais revenu à la charge après avoir subi mes rebuffades : j'étais carrément douée pour faire fuir les mecs. Ma vie sentimentale avait toujours été commandée par le pragmatisme : les hommes qui s'étaient relayés dans ma vie étant choisis par commodité ou placés sur mon chemin par mon père. Je sortais avec eux parce que c'était ce qu'on attendait de moi, parce que c'était facile.

Mais Zébulon Fuller, c'était autre chose. Il était là, dans ma cuisine, à me regarder avec défi, prêt à m'affronter moi, mais aussi tous les obstacles que je pourrais mettre sur sa route. Je portai une main à ma poitrine pour tenter de reprendre mon souffle. Mon cœur et ma raison continuaient de se livrer bataille, mais mon corps, lui, était d'accord avec Zeb… entre nous, c'était déjà fait.

— Ecoute, Zeb… Je t'ai déjà expliqué pourquoi ça ne pouvait pas marcher entre nous. Alors, s'il te plaît… La journée a été longue, et je n'ai plus la force de me disputer avec toi. Tu crois que ça m'a plu de te dire ça ? Tu crois que ça me plaît de savoir que je vais faire du mal à un mec bien ? Je culpabilise à mort, mais c'est la vérité, je suis ce genre de fille. C'est pour ça que je préfère prendre les devants, plutôt que nous laisser exploser en plein vol. C'est plus facile. Pourquoi se prendre un mur alors qu'il suffit qu'on continue chacun de son côté sans dommage ?

Les mots avaient du mal à franchir mes lèvres.

— C'est ta vérité, Say. Pas la mienne. Personne ne peut dire ce qui va se passer après, ni toi ni moi.

Il s'appuya des deux mains sur l'îlot central, l'air menaçant. Sa chemise était tendue à craquer sur ses énormes biceps. Il était si puissant qu'il occupait tout mon espace. Il s'était forcé un passage jusqu'à mon cœur, et je ne parvenais plus à l'en faire sortir. Même si j'arrivais un jour à me libérer de son emprise, je savais que son souvenir resterait à jamais une blessure à vif.

— Ma vérité à moi, Sayer, c'est que j'aime la femme que tu es avec moi, mais aussi celle qui plaide au tribunal. J'aime la femme qui a su se battre pour retrouver son frère et se recomposer une famille. J'aime la femme que j'ai rencontrée dans ce bar et qui ne m'a pas jugé. sur mon passé de taulard. J'aime la femme qui recueille une gamine traumatisée et lui laisse repeindre sa cuisine en rouge vif, pour lui faire plaisir. J'aime la femme qui comprend que mon fils est tout pour moi et qui accepte de m'aider dans mon combat, juste parce que je le lui ai demandé. Ma vérité à moi, c'est que tu es une femme fascinante et extraordinaire, Sayer, et je ne *supporte* pas que tu puisses penser autre chose, bordel ! Alors je te le répète, tu as deux options : les spaghettis ou le lit. Qu'est-ce que tu préfères ?

Avais-je vraiment le choix après une déclaration aussi poignante ? Je ne pouvais plus respirer. Je ne voyais plus que la lueur dansante dans ses yeux de jade et le tatouage qui palpitait au rythme de la veine battant à son cou. Troublée, je bredouillai :

— Le lit… En même temps, ça sent vraiment très bon, ce que tu as préparé. J'aimerais bien goûter aussi à tes spaghettis, mais… plus tard.

Ma voix était faible, mais sans la moindre trace d'hésitation. Je désirais Zeb. Je voulais être la femme qu'il venait de me décrire. Je voulais dépasser mes limites.

Il contourna lentement l'îlot central. L'excitation me foudroya sur place. Zeb s'arrêta lorsque le bout de ses chaussures toucha mes orteils nus. Enfin, il plongea ses doigts rugueux dans mes cheveux.

— Je te dirais bien où est la chambre, mais tu le sais déjà.

J'avais le souffle court, la voix rauque. Etait-ce bien moi qui venais de prononcer ces mots ? Je ne me reconnaissais pas. Ou plutôt je ne reconnaissais pas la Sayer de d'habitude. Je m'exprimais comme la femme que je devenais dans les bras de cet homme fort et obstiné. C'était cette femme-là qui, peu à peu, prenait le contrôle de ma vie.

— Ça m'étonnerait qu'on arrive jusqu'au lit, Say.

Sa voix n'était plus qu'un feulement, et je sentis ses mains se crisper dans mes cheveux. Mes tétons se durcirent douloureusement contre la dentelle de mon soutien-gorge. Je plaçai mes mains sur ses hanches et laissai mon corps à moitié dénudé absorber la chaleur qui semblait émaner naturellement de sa carrure imposante.

— Oh…, murmurai-je.

Ses yeux étincelèrent, et son visage s'éclaira de ce sourire qui transformait l'ours mal léché en mec sexy.

— J'aime quand tu dis ça. Mais je préfère t'entendre gémir de plaisir quand je suis tout au fond de toi et que ta chatte m'enserre la queue.

Je sentis mes yeux s'agrandir et mon ventre se contracter.

— Zeb…

Je me mordis la lèvre et levai les yeux vers lui.

— Je ne sais pas quoi répondre à ça.

Car ses mots me faisaient de l'effet… Ils éveillaient en moi des sentiments trop puissants pour être réprimés. J'étais excitée, mais ça allait plus loin que ça. Je me sentais désirée. Voulue. Convoitée. Valorisée. Digne de…

Je me sentais aimée.

Zeb eut un petit rire et se pencha pour effleurer doucement mes lèvres. Je ne voulais plus jamais embrasser un autre homme que lui. Cette infime caresse suffit à me faire chavirer.

Il fit glisser imperceptiblement sa bouche le long de ma mâchoire, remonta vers ma joue, et sa voix grave, chargée de volupté et de promesses, me murmura à l'oreille :

— Tu n'as rien à répondre à ça. Je ne dis que la vérité, Sayer. Et c'est en étant toi-même que tu m'inspires ces choses.

Ses lèvres étaient sur mes lèvres, sa langue se mêlait

à la mienne, ses mains rugueuses remontaient le long de mes cuisses, sous ma jupe. Tout mon corps exultait dans ce tourbillon de sensations. Zeb me submergeait. Je goûtais la saveur épicée de la sauce tomate sur sa langue. Je devinais les battements effrénés de son cœur contre le mien et je sentais sous mes doigts la fermeté de ses muscles lisses. Cet homme était un régal pour les mains. J'avais envie de le caresser, de me cramponner à lui, de me fondre en lui pour qu'il ne puisse plus jamais se débarrasser de moi. M'agrippant les fesses, il me fit sortir de la cuisine à reculons. Un gémissement m'échappa lorsqu'il retroussa ma jupe. Je sentais cette odeur de bois et de terre qui lui collait à la peau. Je me laissai faire, noyée dans ses yeux où le vert se perdait dans le noir infini du désir. Enfin, on atteignit l'escalier qui menait à ma chambre.

Si j'avais été moins tarte ou du moins plus habituée à ce genre de situation, je n'aurais pas trébuché. Si j'avais eu plus d'expérience du désir frénétique, je me serais écartée et je lui aurais pris la main pour le conduire, telle une séductrice chevronnée, jusqu'à mon repaire. Si j'avais eu confiance en ma sexualité, je n'aurais ni chancelé ni vacillé, et je n'aurais pas succombé au trouble qui s'emparait de moi chaque fois que j'étais avec cet homme.

Mais je n'étais que moi, une fille vaincue par l'effet qu'il me faisait, et mes genoux me lâchèrent. Alors qu'il se plaquait contre moi, je basculai en arrière et atterris en grognant sur mes fesses dénudées. Soudain, me retrouver à moitié à poil dans mon salon, la jupe retroussée à la taille, me parut plus stupide qu'excitant. Morte de honte, je voulus me prendre la tête à deux mains pour me cacher. Il n'y avait que moi pour gâcher ce moment torride d'une façon aussi ridicule ! Mais je n'eus pas le temps de m'apitoyer sur mon sort. Zeb m'attrapa par la taille, me déposa une marche plus haut et se mit à genoux devant moi. Jamais de la vie je n'aurais imaginé qu'être malmenée par un homme puisse être aussi excitant, mais sa façon de me déplacer comme un objet me donnait des bouffées de chaleur. Je m'agrippai à ses larges épaules tandis qu'il me débarrassait de ma petite culotte.

— Qu'est-ce que tu fais ?

J'avais l'impression que tout contrôle m'échappait. J'étais sans volonté. Pourtant, loin de paniquer, je découvrais le doux bien-être qu'il y avait à lâcher prise. C'était divin, c'était décadent.

— Je t'avais bien dit qu'on n'arriverait pas en haut.

Sa voix grave était encore plus rauque que d'habitude. Je frissonnai. Ses yeux luisaient comme des pierres polies et, lorsqu'il se plaça entre mes jambes écartées, je compris à quel jeu érotique il comptait se livrer. Je n'étais pas le genre de fille à se laisser lécher par un mec sans l'avoir longuement fréquenté et avoir atteint avec lui une forte relation de complicité. C'était un acte trop intime, trop osé, trop cru, et en général j'étais trop tendue pour y prendre du plaisir. Et pourtant c'était bien moi qui étais là, dans mon escalier, dans ma propre maison, fenêtres ouvertes, lumières allumées. Je me foutais de tout, j'en avais envie. Oui, qu'est-ce que j'avais envie qu'il glisse sa tête entre mes cuisses et qu'il me fasse toutes les gâteries que me promettait son regard allumé.

Les coudes en appui sur une marche, je retins mon souffle lorsque, calant ma jambe sur son épaule, ses doigts rugueux me chatouillèrent l'intérieur de la cuisse. Heureusement que je faisais du yoga et une heure de gym tous les matins ! Même agenouillé quelques marches plus bas, Zeb était si grand et si costaud que je me sentais écartelée… de façon très agréable.

Je devais être cramoisie, y compris dans les parties les plus secrètes de mon anatomie qu'il pouvait contempler à sa guise. Je déglutis et fermai les yeux de toutes mes forces.

— Tu es parfaite. Tu le sais, ça ?

Ses mots m'atteignirent juste avant que je sente la pression humide de ses lèvres au creux de mon genou. Il fit remonter sa bouche à l'intérieur de ma cuisse, laissant une traînée de chair de poule sur ma peau, dans le sillage de sa barbe. Je ne m'étais jamais trouvée parfaite. C'était mon apparence que j'avais peaufinée à l'extrême, persuadée que c'était l'image que je devais donner de moi. Mais, entre les baisers passionnés de Zeb et ses mains qui me manipulaient comme un objet rare et précieux, ce vernis commençait à se craqueler, à se fendiller, laissant apparaître toute la noirceur tapie en moi.

Mais Zeb ne me laissa pas m'appesantir sur ce sujet. Déjà, sa main sur ma hanche se faisait plus impérieuse, comme pour m'ancrer solidement dans le réel, tandis qu'il commençait à caresser mon sexe. Je murmurai son nom dans un soupir et enfouis mes mains dans sa tignasse brune. J'avais envie de le serrer contre moi pour toujours. Moi qui étais déjà accro au chatouillis de sa barbe sur mes lèvres, je savais que jamais je ne me remettrais de ce frottement rude à l'intérieur de mes cuisses.

Mais c'est quand il posa sa langue sur mon clito que je perdis vraiment les pédales. Je dus pousser un cri. Oui, je dus crier, car il se mit à glousser, les lèvres toujours pressées contre mon sexe. Je lui tirai les cheveux, l'encourageant à aller plus loin, toujours plus loin, même si pour ça il devait envahir mon intimité de la façon la plus ravageuse qui soit. Comme s'il savait exactement ce dont j'avais besoin, il glissa un doigt en moi et me mordilla doucement du bout des dents. Irradiée de plaisir, je m'arc-boutai. Mes jambes tremblaient de part et d'autre de la tête de Zeb. J'étais totalement ouverte, exposée, incapable de dissimuler les sentiments et les émotions qui fusaient en moi. Ça faisait beaucoup d'un coup. Pourtant, à ma grande surprise, j'avais envie d'aller encore plus loin. Entre deux halètements, les mots jaillissaient malgré moi. Je voulais qu'il me détruise, qu'il me possède, qu'il me pousse plus loin que je n'étais jamais allée. Bon, je n'employai pas exactement ces termes mais, quand je lui dis « encore », « plus profond » et « plus fort », Zeb comprit le message.

Me soulevant les fesses, il me porta à sa bouche. Quelle force il lui fallait pour faire ça... Quand il m'ordonna de me caresser juste avant que sa langue, délaissant mon clitoris, ne prenne le relais de ses doigts, je crus me dissoudre de plaisir. Il me baisait avec sa bouche. Ses mains m'enserraient comme un étau, et je savais que le lendemain matin je regarderais les traces qu'elles auraient laissées sur mes hanches avec un mélange de crainte respectueuse et de fierté. Je laissai mes mains glisser vers mon sexe et commençai à me caresser. Le seul souvenir de toutes les fois où je m'étais caressée en pensant à lui suffit à me faire jouir. L'orgasme me submergea, dévastateur. Du plus profond de la poitrine de Zeb jaillit un grondement de satisfaction — torride. On était tous les deux bouillants de désir. Toutes mes inhibitions avaient été balayées par un immense sentiment de plénitude. Je n'éprouvais plus que l'envie de lui rendre tout le plaisir qu'il me donnait.

Il reposa délicatement mes jambes sur les marches et se pencha pour déposer un baiser encore mouillé au-dessus de mon nombril. Je frissonnai. C'était érotique à mort, et j'avais envie de toucher ses lèvres qui s'étirèrent en un sourire satisfait.

— Parfaite.

Qu'aurais-je pu répondre à ça ?

Ma jupe était tout entortillée autour de ma taille. Je me redressai sur une marche et l'enlevai en me déhanchant. Une fois totalement nue, un calme soudain m'envahit. Je tendis la main vers Zeb qui s'en saisit aussitôt.

— Tu es bien placé pour savoir que j'ai une chambre magnifique, puisque c'est toi qui l'as réalisée. Autant qu'elle serve à quelque chose.

Il haussa un sourcil et se leva à son tour. Manifestement, il était d'accord, il n'y avait qu'à voir son regard affamé et la bosse que faisait son jean à l'entrejambe… Marcher complètement nue devant un homme — en particulier devant un homme aussi sûr de lui que Zeb — aurait dû se classer en tête de mes pires cauchemars. Pourtant, portée par l'ivresse du moment et par la voluptueuse langueur dans laquelle il m'avait plongée, je n'éprouvais qu'un sentiment de pouvoir très différent du contrôle que je recherchais d'habitude.

Coup de bol, ce matin je n'avais pas laissé trop de vêtements et de chaussures éparpillés aux quatre coins de la chambre. J'allumai la lampe de chevet et me retournai vers mon séduisant colosse. Il avait déjà déboutonné sa chemise et était en train d'ôter le débardeur blanc qu'il portait en dessous. Les doigts me démangeaient de parcourir les innombrables entrelacs qui lui ornaient le torse. Je matais avec convoitise les muscles qui jouaient sous sa peau lorsqu'il tira son portefeuille de sa poche arrière pour le jeter derrière moi, sur le lit défait. Je le regardai sans comprendre. Zeb eut un haussement d'épaules.

— On va en avoir besoin tout à l'heure, et si tout se passe bien je ne devrais plus avoir mon jean.

Il me faisait rire… Il me faisait faire beaucoup de choses qui n'étaient pas dans ma nature, et pour la deuxième fois de ma vie je pris l'initiative avec un garçon. J'écrasai mes seins contre son torse pour avoir la sensation de sa peau nue contre la mienne et, agrippée à ses épaules, je me mis à l'embrasser. Il posa ses mains sur mes hanches et, sans insister, sans me brusquer, il me laissa le goûter et l'explorer à ma guise. La sensation était grisante, j'avais envie de le savourer, de l'avoir contre moi pour toujours. Essoufflée par ce baiser passionné, je dus néanmoins finir par m'écarter. Mais hors de question d'en rester là. Galvanisée par la confiance qu'il avait réussi à me communiquer, je m'attaquai à sa ceinture. Je le voulais à poil.

— Le lit est là, Zeb. Et tu as bien dit que si je choisissais l'option n° 2, ça serait sans les fringues… Tu es en retard sur moi, je te signale.

Il se mit à rire et échappa à mes mains impatientes le temps d'ôter ses grosses chaussures. Puis il fit glisser son jean et son boxer en tas par terre, et avança vers moi, nu, sa queue dressée vers ses abdos bien dessinés. Mes yeux devaient briller de désir devant une telle perfection masculine car, lorsque Zeb croisa mon regard, il gémit d'excitation et referma sa main autour de son érection impressionnante.

— Je n'ai jamais autant souffert de désirer une femme, Say. Tu es la seule à me faire cet effet-là.

Le repoussant, j'échappai à ses caresses et le forçai à s'asseoir au bord du lit.

— Je ne veux pas te faire souffrir, Zeb. Au contraire, c'est ce que j'essaie d'éviter depuis le début.

A mon tour, je m'agenouillai devant lui. En temps normal, j'évitais cette position qui me mettait mal à l'aise et m'ôtait toute confiance, mais avec cet homme je me sentais belle et forte.

— Je ne vais pas tenir très longtemps si je te vois me

sucer toute nue, murmura-t-il d'une voix rauque tout en enroulant des mèches de mes cheveux autour de ses doigts.

Je soupirai sur sa queue qui se dressa aussitôt. Puis, je pris appui sur ses cuisses d'acier et plantai mon regard dans le sien.

— Je veux juste te goûter, Zeb.

Il rougit. Zébulon Fuller rougit !

— Tout ce que tu veux, Sayer.

Tout ce que je voulais, c'était lui, dans toutes les positions coquines dont je rêvais depuis le jour où je l'avais rencontré. Je pris une profonde inspiration. Encore une fois, ce genre d'intimité me faisait flipper et en général je m'en débarrassais comme d'une corvée. Mais devant le sexe de Zeb, sa façon de réagir à ma bouche de plus en plus proche, je n'étais plus qu'excitation et gourmandise. Rien de ce que je faisais pour lui ou avec lui n'était un *devoir*. J'avais envie de le faire, et surtout de recommencer.

Je parcourus du bout de la langue la veine palpitante qui passait sous sa queue et fus récompensée par un profond gémissement. Il était salé et, comme tout le reste de son corps, il avait un goût de forêt. Lorsque j'atteignis son gland, une goutte de plaisir y perlait déjà. J'enroulai ma langue délicatement autour. Ses mains se crispèrent dans mes cheveux et me pressèrent encore plus fort contre sa queue. Obéissant à son ordre muet, j'empoignai la base de son sexe. Il se mit à haleter tandis que je le suçais en l'aspirant de plus en plus profondément dans ma bouche.

Il marmonna mon nom. Je ne me souvenais pas d'avoir jamais entendu quelque chose d'aussi doux. L'impression de contrôler ce géant, d'agir sur lui, savoir que c'était moi qui lui procurais du plaisir, tout ça m'excitait comme une folle. J'avais envie de lui. Voir son désir égal au mien, sentir et goûter son sexe, ça déchaînait en moi des pulsions endormies depuis très longtemps.

Je me servais de ma main et de ma bouche en même temps pour le rendre fou. Je n'entendais que sa respiration haletante dans le silence de la chambre ; chaque partie de son corps était dure comme l'acier et tendue à craquer. Il m'agrippait la tête, me guidant de plus en plus vite et de plus en plus loin le long de sa queue. Quand il jura et me repoussa brutalement, j'émis un petit cri tout sauf sexy. D'un seul élan, il me releva, me jeta sur le lit et se coucha sur moi. Puis, se redressant sur un coude, il tâtonna à la recherche de son portefeuille.

— Je veux être en toi, Sayer. C'est là, ma place.

Ce n'était pas moi qui allais dire le contraire… je commençais même à penser qu'il avait raison. En plus, je me sentais douloureusement vide, j'avais besoin de lui en moi. Je l'attirai à moi, me délectant de sa large musculature qui ondulait sous mes caresses.

— Tout ce que tu veux, Zeb.

Ses yeux étincelèrent. Il se positionna entre mes jambes et lentement se fraya un passage en moi. On poussa tous les deux un murmure de contentement, et sa bouche se posa sur la mienne.

— Tout, Say. Je veux tout de toi.

Tout ? Mais que pouvais-je lui donner ? Peu importe, de toute façon, j'étais d'accord. Je me cambrai contre lui tandis qu'il commençait à aller et venir en moi. J'avais l'impression qu'il faisait à mon corps ce qu'il avait fait à ma maison, il le chamboulait, lui redonnait vie, se l'appropriait et s'y créait une place que lui seul pouvait occuper.

Il était partout à la fois. Sa bouche épousait la mienne, son souffle emplissait mes poumons, son torse m'écrasait la poitrine, ses hanches se cognaient contre les miennes, ses puissants coups de reins m'ébranlaient tout entière, tandis que ses mains parcouraient chaque centimètre carré de ma peau.

Il n'était pas tendre avec moi, et j'adorais ça. Il me baisait de la même façon que tout ce qu'il faisait. Avec une énergie passionnée. Sans retenue. Uniquement concentré sur son objectif… Dans ce cas précis, il était clair que son but était de me rendre folle de plaisir. Sa barbe frottait sur ma gorge, et ses dents mordillaient ma chair.

Lorsqu'il m'empoigna une cuisse, je lui enserrai les reins de mes jambes. Je voulais qu'il s'enfonce encore plus profondément en moi. A chacun de ses puissants va-et-vient, je sentais sa queue frotter contre mon clito de façon divine. Je ne voulais plus être passive. Pas question de prendre le plaisir qu'il me donnait sans participer aux sensations qui nous submergeaient. Je me pinçai un téton jusqu'à me faire délicieusement mal.

Zeb me regardait, et je sentis tous ses muscles se contracter.

— Tu es trop belle. Un de ces jours, je vais juste te mater.

C'en était trop pour moi.

Je murmurai son nom dans un souffle plaintif et lui empoignai violemment les cheveux. Ses doigts me broyèrent la cuisse, et il accéléra le rythme. Dans un dernier spasme, il marmonna quelques mots inintelligibles d'une voix rauque tandis qu'il trouvait sa propre jouissance dans mon corps abandonné et repu de plaisir. Il s'écroula sur moi dans un soupir.

Il fit courir ses doigts sur mes flancs et murmura paresseusement à mon oreille :

— Putain, je suis content que tu aies choisi l'option n° 2.

Je me mis à rire, ce qui n'était pas évident sous la masse de mon colosse préféré… Je caressai le tatouage qui lui couvrait tout un côté de la cage thoracique. Un dieu nordique, sans doute le puissant Thor, en raison du marteau qu'il maniait. Le dessin était impressionnant, comme l'homme qui l'arborait.

J'allais lui dire que c'était fantastique, que j'étais follement heureuse qu'il m'ait invitée chez moi sans me demander mon avis, quand mon estomac se souvint du repas laissé en plan dans la cuisine. Il se mit à gargouiller si fort que Zeb se dressa sur ses coudes pour me dévisager avec étonnement.

Il gloussa. Normalement, j'aurais été morte de honte, mais là, je le sentais vibrer tout au fond de moi.

— Laisse-moi atterrir, le temps de me laver et je vais te donner à manger. Sinon pour notre prochain rencard tu vas m'envoyer bouler.

Lorsqu'il se retira, on poussa tous les deux un gémissement de regret. Je me tournai sur le côté tandis que Zeb se dirigeait vers la salle de bains. J'allais lui dire qu'il n'y aurait pas d'autre rencard. Que ce soir, c'était juste un merveilleux cadeau du ciel. Loin de lui, je retrouvais ma lucidité : Zeb et moi, c'était du rêve. La réalité, elle, était forcément morne et vide. Je voulais lui faire comprendre que ce qui nous arrivait, c'était une sorte d'harmonie magique qui finirait par se dissiper un jour. Mais cette conversation attendrait… Pour le moment, je préférais profiter de la vue de ses fesses musclées avant qu'elles disparaissent dans la salle de bains. Plus tard, je me pencherais sur ma véritable personnalité, sur cette femme qui n'avait pas les clés pour assurer à côté d'un homme tel que Zeb.

12

Zeb

Je tenais à pleines mains les seins fermes et généreux de Sayer. Son beau visage encadré par ses longs cheveux qui balayaient mon torse, elle me chevauchait. Ma queue était au septième ciel. Je pinçai le bout de ses seins. Elle émit un bruit de gorge étranglé, ses paupières frémirent, et je compris qu'elle était proche de la jouissance.

Ses joues pâles avaient pris une jolie teinte rosée, sa bouche humide était rouge d'avoir été embrassée, et ses cheveux naturellement lisses étaient tout emmêlés d'avoir été sauvagement empoignés toute la nuit dans son lit *king size*. Je la trouvais superbe quand elle partait bosser dans sa tenue stricte et impeccable de *working girl*. Mais elle était bien plus belle comme ça : chiffonnée, déchaînée, complètement absorbée par le plaisir qu'on prenait ensemble. C'était la Sayer dont j'étais en train de tomber amoureux, et je me réjouissais qu'elle ose me la révéler chaque jour un peu plus.

Je gémis quand ses ongles s'enfoncèrent dans ma peau et, la saisissant par la nuque, je l'embrassai avec fougue. Elle était chaude et douce, complètement offerte. Je la fis basculer sous moi pour pouvoir profiter du bleu infini de son regard éperdu quand, d'un dernier coup de reins, je la ferais chavirer dans l'orgasme. Je voulais qu'elle sache que c'était moi et moi seul qui pouvais la faire exploser comme ça. J'étais le seul qui la faisait mouiller. J'étais le seul qui pouvait la pénétrer. Elle me rendit mon baiser en soupirant de plaisir, et je la sentis se contracter autour de ma queue.

Elle ne voulait toujours pas dire qu'on était ensemble mais, chaque fois que je me pointais chez elle, elle me laissait entrer et ne me virait jamais de son lit. Quelques jours auparavant, je l'avais invitée chez moi, et à ma grande surprise elle avait tout de suite accepté. Mon appart n'avait rien d'extraordinaire, il était basique, dans tous les sens du terme — c'était un appart en copropriété. Lorsqu'on en avait discuté, j'avais eu du mal à lui cacher que la maison de mes rêves, je l'avais déjà construite… le problème, c'est que c'était la sienne. Mais là, je m'engageais en terrain miné. Pour couper court, je l'avais installée sur le comptoir et je m'étais calé entre ses jambes, ce qui bien sûr s'était terminé par une vigoureuse séance de baise en cuisine.

Il m'avait fallu quelques nuits avant de piger le raisonnement de Sayer : pour elle, on ne pouvait pas « être ensemble » du moment que nos rapports se limitaient au sexe.

J'avais alors essayé de lui en parler, de lui faire comprendre que je ne m'intéressais pas qu'à son corps de rêve et à nos démentielles séances de baise, mais à son tour elle avait esquivé le sujet. Elle s'était saisie de ma bite, l'avait engloutie tout au fond de sa gorge et m'avait sucé goulûment. Inutile de dire qu'après ça, je n'avais plus été en état de réfléchir à quoi que ce soit.

N'empêche. Il faudrait qu'on finisse par l'avoir, cette conversation. Mais pour l'instant ça pouvait attendre, contrairement à la jouissance que je sentais monter à la base de ma colonne vertébrale. Nos pubis se heurtaient. Soudain, tout son corps se tendit.

Elle passa ses doigts dans ma barbe — c'était nouveau qu'elle aime faire ça. Mais ce geste, au lieu de m'attendrir, me donna envie de m'enfoncer encore plus profond en elle, aussi loin que possible, afin que son corps garde toujours le souvenir du mien, quoi qu'elle fasse, où qu'elle aille. Je grognai et lui mordis l'épaule, juste assez fort pour que ça lui fasse mal. Elle bredouilla des mots incompréhensibles et m'attira plus fort contre elle. Arrivés au summum de l'extase, nos deux corps fusionnèrent en une explosion de plaisir. Je ne me souvenais pas d'avoir jamais joui en même temps que ma partenaire. Je n'avais jamais été aussi en phase avec personne. Je n'avais jamais été pris dans l'action au point de ressentir la jouissance de l'autre avec la même intensité que la mienne. Pourtant, c'était arrivé plus d'une fois avec Sayer et à chaque fois ça me semblait plus important, plus symbolique.

Je roulai sur le côté pour ne pas l'écraser en m'écroulant sur elle. Comme je l'entraînais dans le mouvement, elle se mit à rigoler et à se trémousser sur ma queue. Bordel, j'en avais marre de ces capotes qui m'empêchaient de rester plus longtemps en elle ! J'aurais tellement voulu pouvoir profiter un peu de ce moment privilégié et m'émerveiller de notre parfaite entente au lit. De ça aussi, il faudrait qu'on parle, mais je me méfiais de sa réaction. Sayer semblait bien décidée à me garder près d'elle, mais en se ménageant un sas de sécurité. Je ne voulais pas la bousculer. Pouvoir coucher avec elle chaque fois que j'en avais envie, ici, dans la maison que je lui avais construite, c'était déjà une immense victoire. Je n'étais peut-être pas venu à bout de tous les obstacles, mais je m'étais gentiment immiscé dans sa vie.

Je me retirai de sa douce chaleur et réprimai un sourire en la voyant se renfrogner. J'aimais sa petite grimace de mécontentement quand elle ne m'avait plus en elle. J'embrassai sa ride du lion et lui promis de revenir tout de suite.

C'était pratique, cette salle de bains ouverte sur la chambre. Un matin, alors que j'étais hyper à la bourre à cause d'une douche particulièrement érotique — et qui valait largement le retard pris dans mon planning —, j'avais foutu une trouille bleue à la timide Poppy en déboulant dans la cuisine. La pauvre commençait à s'habituer à ma présence, mais pas au point de se mesurer de bon matin à un grand costaud à moitié à poil. Sûr qu'elle allait éclater en sanglots, je me demandais comment gérer la situation quand Sayer, qui avait entendu le cri terrorisé de Poppy, était intervenue. Elle savait si bien s'y prendre pour apaiser cette jeune femme traumatisée... Comment pouvait-elle s'imaginer une seule seconde qu'elle allait me faire souffrir ?

Depuis cet incident, je m'efforçais de me déplacer plus calmement et de ne pas me balader à poil quand je risquais de tomber sur Poppy. Cette fille me faisait de la peine, mais, d'après Sayer, le fait qu'elle n'ait pas filé se barricader dans sa chambre était déjà un énorme progrès. Difficile à croire, mais après tout elle la connaissait mieux que moi.

Je me remis au lit, Sayer étendue sur mon corps comme une couverture chaude et sexy. Je lui remontai le couvre-lit jusqu'à la taille et lui caressai le dos en m'arrêtant sur chacune de ses vertèbres. De son côté, elle s'amusait à suivre de l'index le tatouage qui recouvrait mon épaule. Elle faisait souvent ça. Comme si elle essayait de graver ces dessins dans sa mémoire. A tous les coups, elle aurait pu les reproduire au détail près, vu le temps qu'elle passait à les étudier du doigt.

— Tu as parlé à Hyde ?

Sa voix était tout ensommeillée contre mon torse. J'enroulai une mèche soyeuse autour de mes doigts et, comme toujours, ses cheveux s'accrochèrent à ma peau calleuse.

Ces deux derniers week-ends, mon petit gars avait passé les journées du samedi et du dimanche chez moi, en visite non surveillée, et il y en aurait encore deux avant qu'il puisse rester du jeudi soir au lundi matin. J'aurais bien aimé lui avouer que j'étais son père avant qu'il ne vienne dormir pour la première fois chez moi, mais dès que je me retrouvais seul à seul avec lui je me dégonflais. Pas facile de trouver les mots justes pour annoncer un truc aussi énorme à un gamin de cinq ans…

— Non, pas encore. Aujourd'hui, il a voulu faire un tour en pick-up et manger une pizza. A mon avis, il me prend pour son copain de récré, c'est tout. Je ne suis pas arrivé à lui parler. Il s'amusait tellement bien… et puis je me dis que ça va changer la vision qu'il a de moi.

J'avoue. J'avais une peur bleue d'un gamin de cinq ans. Je l'aimais déjà tellement, mon fils, il avait pris une telle place dans ma vie que j'étais mort de trouille à l'idée qu'il se sente trahi quand je lui révélerais qui j'étais vraiment pour lui.

Sayer bâilla et posa son menton sur ses mains, au niveau de mon cœur.

— Dépêche-toi si tu veux le lui dire avant le début des visites prolongées.

Et, avec un sourire, elle enchaîna :

— A ce propos, tu ferais bien de demander à ta sœur

ou à quelqu'un d'autre de t'aider à rendre cet appart un peu plus accueillant pour un enfant.

Je lui tirai gentiment les cheveux.

— Pourquoi ? Qu'est-ce qu'il a, mon appart ?

Elle leva au ciel ses yeux couleur d'océan.

— Pour un mec seul, il est parfait. Mais il ne convient pas du tout à un petit garçon de cinq ans. Hyde a besoin d'un endroit sympa et accueillant, un endroit qu'il puisse s'approprier. Il se peut que le juge t'envoie une assistante sociale pour vérifier dans quelles conditions tu vis, avant de t'accorder la garde. Ton appart est bien, mais il ne fait pas très « famille ».

Je passai une main sur ma nuque. Sayer mata mon biceps avec un vif intérêt, et son regard s'obscurcit comme un ciel d'orage. Elle poursuivit cependant :

— Et je pense que tu te prends la tête pour rien. Hyde t'adore. Il attend ces visites avec impatience et n'arrête pas de parler de toi à sa tutrice. Il lui faudra peut-être un peu de temps pour s'habituer au fait que tu es son père, mais c'est un petit garçon intelligent et il tient énormément à toi. Je suis sûre que vous allez très bien vous en sortir, tous les deux.

Je lâchai ses cheveux pour caresser les deux adorables fossettes qu'elle avait au bas du dos — et avec lesquelles j'étais devenu plus qu'intime. Quand je les explorais de ma langue, elle se mettait à gigoter.

— J'espère que tu as raison. Mais qu'est-ce que tu entends par « mec seul » ?

Je lui serrai une fesse à pleine main pour être sûr qu'elle m'écoute bien.

— On est deux dans ce lit, Sayer. Deux dans mon lit aussi. Je n'appelle pas ça être seul, moi. Et ça fait un bail, maintenant.

Elle se tortilla un peu sur moi. Je savais qu'elle ne voulait pas que j'aborde ce sujet. Elle posa sa joue sur ses mains, je ne voyais plus que le sommet de son crâne.

— Tu sais très bien ce que je veux dire par là, Zeb.

Bougon, je lui donnai une claque sur la fesse. Elle poussa un petit cri et rejeta la tête en arrière. On se défia du regard dans la pénombre de la pièce.

— Non, Sayer, je ne sais pas ce que tu veux dire. Je suis avec toi, même si tu refuses de l'admettre, donc je ne suis pas « seul ». Je ne baise avec personne d'autre, je n'ai aucune envie de baiser avec quelqu'un d'autre, donc je suis avec toi. C'est ça, être ensemble.

J'étais un peu à cran et de son côté je voyais bien qu'elle hésitait à répliquer, tiraillée entre ses sentiments et son système de défense habituel. Au fond de ses yeux, la crainte et la joie se livraient rageusement bataille.

— Je… je ne sais pas quoi dire.

Bon, au moins, elle n'essayait pas de noyer le poisson avec une réponse à la con, genre : « On peut très bien baiser comme des malades sans pour autant être ensemble. » Ça, ça m'aurait carrément foutu en rogne.

— Reconnais juste qu'on n'est pas « seuls », Say. Ni toi ni moi. C'est tout ce que je veux t'entendre dire.

Elle poussa un soupir et ferma les yeux.

— On n'est pas seuls. Ni toi ni moi.

C'était une petite victoire, mais je n'allais pas faire le difficile. Vu que je gagnais du terrain, autant y aller jusqu'au bout.

— Et puisqu'on n'est pas seuls, ni toi ni moi, et qu'on ne baise avec personne d'autre, ni toi ni moi, tu n'as pas une petite idée pour m'éviter d'acheter tout un stock de capotes ?

Elle se mit à rire, et j'eus envie de brandir un poing

victorieux. A nouveau, elle se blottit au creux de mon épaule, et ses cheveux balayèrent mon cou en une caresse érotique qui me fit instantanément bander sous elle.

— On ne risque rien, j'ai un stérilet.

Elle me balançait ça comme ça ! D'un ton blasé, alors qu'elle venait de me donner les clés du seul royaume que j'avais envie de pénétrer sans la protection d'une armure.

Putain, j'étais surexcité. Je passai mes mains sous les draps. Sayer tressaillit et me jeta un regard intrigué tandis que je glissais les doigts dans son sexe velouté. Elle ne protesta pas, mais n'écarta pas non plus les cuisses pour me permettre d'aller plus profond.

— Tu crois ?

Elle avait l'air abasourdie. OK, je l'avais baisée durant des heures, mais là elle venait de me donner le feu vert pour la pénétrer sans protection ! C'était comme jeter une allumette dans une flaque de kérosène.

Pour la seconde fois de la nuit, je la fis basculer sous moi et frottai ma queue douloureuse de désir entre ses cuisses jusqu'à ce que je les sente s'embraser et que son corps se mette à réagir à mes caresses.

— Tu viens de me dire que je pouvais te prendre sans capote, et tu as cru que j'allais laisser passer l'occasion ? Je te l'ai dit, Say… Je veux être en toi et y laisser des traces pour que tu ne puisses jamais te débarrasser de moi.

Ses yeux s'agrandirent de surprise, et je sentis ses mains se crisper sur mes bras tandis que je m'enfonçais en elle. Sa chaleur m'irradia tout entier. C'était doux comme le paradis et brûlant comme l'enfer. C'était tout et même plus. C'était ma propriété privée, et je ne laisserais jamais personne d'autre s'en approcher.

Je commençai à coulisser en elle, plus lentement que d'habitude, pour en profiter un maximum. Je voulais savourer chaque va-et-vient, chair contre chair. Je voulais graver chaque spasme, chaque frémissement sensuel dans ma mémoire. Je voulais me souvenir de chaque pulsation, de chaque palpitation. Je voulais laisser mon empreinte en elle et en ressortir moi aussi marqué, nos corps tendus de plaisir calqués l'un sur l'autre, liés par une intimité invisible au reste du monde.

Ce n'était pas moi qui la baisais ni elle qui me baisait, c'était de l'amour. C'était jouir ensemble. C'était ce genre d'expérience physique qui rendait les amants amoureux. C'était ce genre d'expérience physique dont on n'allait plus pouvoir se passer, elle et moi, une fois qu'on aurait goûté à son intensité et à sa vérité.

Je jouis avant elle, cette fois… Eh, faut pas non plus demander l'impossible ! Sans latex entre nous, je la sentais faite pour moi, et je l'avais chevauchée toute la nuit, avec énergie, avant cette séance d'amour sensuel. Elle poussa un soupir étouffé lorsque je la remplis d'un jet et, la tête tournée sur le côté, ferma les yeux en serrant très fort les paupières. Submergée par l'émotion, elle trouvait plus simple de me la cacher que d'y faire face.

Mais je ne la laisserais pas faire. Je lui saisis le menton et la forçai à me regarder tout en lui donnant un dernier coup de reins languide.

— Sayer…

Juste son nom. Il n'en fallut pas plus. Juste son nom qui contenait l'univers pour moi. Elle explosa dans une déferlante de plaisir.

Je savais qu'elle allait être K-O physiquement et émotionnellement après un tel orgasme, alors je l'enlaçai tendrement, son dos pressé contre mon ventre.

Je lui embrassai la tête et marmonnai : « Merci. »

Qu'est-ce que je pouvais dire d'autre ? Ce qu'elle m'avait donné, c'était un véritable cadeau.

Elle soupira, et mon cœur fit une embardée lorsqu'elle posa doucement sa main sur ma main qui enserrait possessivement l'un de ses seins.

— Parle à Hyde, Zeb. Tu vas être un père formidable pour lui. Il ne faut pas qu'il perde une minute de plus de votre relation.

Au bout d'un long silence, je la sentis se détendre. Elle s'était endormie. Une seule pensée m'occupait l'esprit : je n'étais pas tombé *amoureux* de cette femme, *je l'aimais.* Elle ne le savait pas, mais j'étais à elle depuis le début ; il ne me restait plus qu'à attendre qu'elle prenne possession de moi et me garde pour toujours.

— Quel trouillard ! me lança Béryl.

Je jetai sur ma sœur une poignée des granulés que j'avais achetés à Hyde pour qu'il les donne à manger aux girafes. Béryl se vengea en me filant une tape sur le bras. Je me mis à rire. Le coup avait été amorti par mon épaisse parka en toile. Il faut dire que la douceur de l'automne avait cédé la place à un temps froid qui annonçait l'hiver.

— Ce n'est pas moi qui sors avec un mec en secret, tout ça parce que je n'ose pas le présenter à ma famille !

Joss prit Hyde par la main et le traîna littéralement vers l'enclos des loups. Ma nièce avait déjà visité le grand zoo municipal, mais pour Hyde c'était une première. Il n'avait pas assez d'yeux pour tout voir ! Sa petite bouille rayonnait d'émerveillement tandis que Joss lui montrait avec enthousiasme ses animaux préférés. Les deux enfants se tenaient l'un contre l'autre ; Hyde avait beau avoir cinq ans de moins que ma nièce, il était presque aussi grand qu'elle. Décidément, c'était bien mon fils !

Béryl renifla et pianota sur le gobelet Starbucks qu'elle serrait à deux mains.

— En fait, Wes a très envie de vous rencontrer, maman et toi. L'autre jour, il m'a même posé une espèce d'ultimatum.

Je me mis à glousser en voyant Hyde écraser son petit nez sur la paroi vitrée pour mieux observer les animaux. Ses moindres gestes me bouleversaient. Comment allait-il réagir quand je lui avouerais la vérité ? Cette perspective m'angoissait à mort.

— Quel genre d'ultimatum ?

— Il m'a dit qu'il en avait marre d'être un secret honteux, qu'il voulait faire partie de ma vie et qu'il avait le droit de connaître mes proches, ces gens qui m'aimaient autant que lui. Du coup, j'ai complètement paniqué et je lui ai dit que c'était fini entre nous.

Je lui jetai un regard exaspéré.

— Tu n'as quand même pas fait ça ?

Elle hocha la tête.

— Si.

Elle se mit à renifler, et je passai un bras autour de ses épaules.

— Je suis désolé, Béryl. Je sais que tu l'aimais bien.

Elle rit.

— Je l'aimais tout court, même ! Mais, au moment où j'allais lui téléphoner pour lui demander pardon, maman m'a appelée pour me dire qu'elle avait hâte d'être au brunch de dimanche. Elle sautait au plafond à l'idée de faire enfin la connaissance de Wes. Cette tête de bourrique l'avait carrément appelée pour tout lui raconter ! Il a manœuvré dans mon dos pour arriver à ses fins.

Je ne pouvais qu'admirer la persévérance du gars.

— Eh bien, moi aussi, j'ai hâte de le rencontrer, ton Wes !

Elle me donna un coup de coude dans les côtes.

— Il viendra le dimanche où tu vas présenter Hyde à maman. J'espère qu'elle ne va pas trop gâtifier et qu'elle ne me foutra pas trop la honte.

Je jouai des sourcils d'un air entendu.

— T'en fais pas, sœurette, je suis capable de te foutre la honte pour deux.

Ça faisait un moment que ma mère rongeait son frein. Elle mourait d'envie de voir mon petit bonhomme, mais mon problème, c'était de savoir comment présenter à Hyde ces grandes personnes qu'il ne connaissait pas et qui pourtant faisaient déjà partie de sa vie. J'aurais préféré qu'il sache que j'étais son père avant de l'amener chez une grand-mère qui rêvait de le manger de baisers. Cela dit, avoir réussi à tenir ma mère à distance le temps de préparer Hyde relevait déjà de l'exploit.

Cette fois-ci, la bourrade de ma sœur faillit me faire perdre l'équilibre. Elle désigna Joss et Hyde de son gobelet.

— Il t'aime déjà, tu sais. Il va sauter au plafond en apprenant que tu es son père. Ce n'était pas la peine de nous appeler en renfort, aujourd'hui. En même temps, je suis folle de joie qu'on ait enfin pu le rencontrer. Joss ne parle plus que de son cousin ! Tu connais ta nièce, elle est incapable de garder un secret. Si tu ne dis pas la vérité à Hyde, c'est elle qui s'en chargera.

— Je sais… C'est juste que…

Je ramais lamentablement ! Mais comment mettre des mots sur mes peurs sans passer pour le trouillard que ma sœur m'accusait d'être ?

— Oui, c'est juste que tu veux qu'il t'aime et qu'il continue à être ton copain de bac à sable, mais Zeb…

Sa voix se fit grave, genre sœur aînée — j'avais intérêt à ouvrir grand mes oreilles.

— Il y a une chose que tu dois savoir en tant que

père : à certains moments, il t'aimera carrément moins. Alors, autant t'y faire tout de suite parce que ton boulot de parent, c'est de l'éduquer au mieux, pas de lui passer tous ses caprices.

J'enfonçai mes mains dans mes poches.

— Je sais... Sayer n'arrête pas de me répéter la même chose.

Au nom de Sayer, Béryl se tourna vers moi, alors que les enfants partaient en sautillant vers l'enclos des chèvres des montagnes Rocheuses.

— A propos... Où tu en es avec ton avocate ? Je n'avais pas compris que vous vous voyiez pour autre chose que ton dossier — que vous sortiez officiellement ensemble, quoi.

Je haussai les épaules.

— Dès qu'on aborde le sujet, elle se défile.

Je lui lançai un regard entendu.

— Tu vois ce que je veux dire ?

Elle eut le bon goût de rougir légèrement et repoussa une mèche de cheveux. Un vent frisquet se leva soudain et se mit à me picoter les oreilles. Je regardai en direction de Hyde, inquiet. Il faudrait lui mettre un bonnet si on devait rester dans le froid.

Ma sœur insista :

— Tu lui en as parlé ? Tu lui as demandé pourquoi elle se défilait comme ça ? Moi, j'ai parlé à Wes du père de Joss. Je lui ai raconté votre bagarre et l'impact que ça avait eu sur moi et sur mon rapport aux hommes. D'après moi, c'est aussi pour ça que Wes n'a pas jeté l'éponge. Et je lui ai dit que notre père s'était barré. Je ne pensais pas que ça pourrait jouer, mais avec le recul je me demande si ce n'est pas aussi à cause de ça que j'ai craqué pour le premier mec qui m'a dit qu'il m'aimait, alors que cinq minutes après il me collait déjà une baffe.

Je jurai dans ma barbe. Pourquoi Béryl me posait-elle toutes ces questions ? Pourquoi remuait-elle tous ces souvenirs ?

— Sayer n'est pas du genre à se confier. Tout ce que je sais, c'est que son père était un sale con. Je ne crois pas qu'il ait jamais levé la main sur elle, mais dès que j'essaie d'aborder son passé elle se ferme comme une huître. En plus, sa mère s'est suicidée quand elle était ado. A mon avis, tout ça l'a rendue méfiante. Mais quand on est ensemble, quand elle se laisse un peu aller, c'est la fille la plus douce, la plus généreuse, la plus tendre et la plus attentionnée que j'aie jamais rencontrée. Le seul truc, c'est qu'à chaque fois il faut que j'y aille au pied-de-biche…

Béryl émit un petit sifflement et me tapota le bras.

— Tu sais, les mots peuvent être des armes redoutables. Si elle s'est bâti une forteresse, ce n'est pas pour rien.

Ma sœur me fit sourire triste.

— Et perdre sa mère comme ça… On peut dire que cette fille se trimballe pas mal de valises.

S'il n'y avait eu que ça ! Moi, j'avais un passé. Mais, dans le cas de Sayer, c'était carrément une *chambre forte* remplie de secrets et de sentiments ! Ce qu'elle ne comprenait pas, c'est que j'étais prêt à m'y attaquer, à sa forteresse. J'avais tous les outils pour ça, même s'il fallait y aller à la dynamite !

— Elle ne parle jamais de son passé et elle part en courant quand je lui pose trop de questions.

Béryl poussa un profond soupir.

— C'est sûr que tomber amoureuse quand tu en as autant bavé, ça fout la trouille. Je te conseille d'enfiler des tennis, frérot, parce que, si ton plan c'est de la garder, tu vas devoir lui courir après.

Je lâchai un petit rire et reportai mon attention sur les enfants.

— Maman, j'ai froid, cria Joss.

Et, prenant Hyde par la main, elle revint vers nous.

Béryl jeta son gobelet dans une poubelle et enfouit les mains dans ses poches tandis que je soulevais mon fils. Il pressa son petit visage contre le mien pour se frotter à ma barbe. Sa joue était glacée.

— Moi aussi j'ai froid, me dit-il d'une voix ensommeillée.

Ça me faisait mal de devoir le ramener dans sa famille d'accueil.

— Je sais, mon bonhomme. Il faut qu'on t'achète un bonnet.

Je caressai ses cheveux bruns. J'étais devenu complètement accro à ce petit garçon.

Il releva vivement la tête et me regarda d'un air renfrogné, qui ressemblait tellement à ma mine des mauvais jours que je réprimai un gloussement.

— Tu mets pas de bonnet, toi. Si tu en mets pas, j'en mets pas. Moi, j'aime pas les bonnets !

Ma sœur éclata d'un rire aigu. Je lui lançai un regard noir. Le gamin n'avait pas hérité que de mes cheveux et de mon gabarit… De toute évidence, il avait aussi pris ma tête de mule et mon esprit rebelle.

— J'en mets quand il fait froid. C'est juste qu'aujourd'hui je l'ai oublié. Si je te dis ça, c'est pour ton bien, Hyde. Si un bonnet t'empêche d'avoir froid à la tête, je t'obligerai à en porter un, même si ça ne te plaît pas.

Il sembla réfléchir une seconde, me défiant de ses yeux du même vert que les miens. Au moment où j'allais lui expliquer que je ne voulais pas qu'il s'enrhume et que tout le monde portait un bonnet au Colorado — et pas qu'en hiver —, il capitula aussi vite qu'il s'était braqué et hocha gravement la tête.

— D'accord. Si tu veux que je mette un bonnet pour pas avoir froid, j'en mettrai un.

Il me fit un petit sourire auquel il manquait une dent.

— Je pourrais avoir un bonnet Batman ?

Je me mis à rire.

— Tout ce que tu voudras tant que tu acceptes de le porter.

Joss, qui commençait à avoir faim, poussa un soupir exagéré et demanda si on pouvait aller acheter une pizza. J'allais dire non, vu que c'était déjà ce qu'avait mangé Hyde la dernière fois, mais les yeux de mon fils s'étaient mis à briller. Apparemment, les gamins de cinq ans étaient capables de se nourrir uniquement de pizza…

On se serra comme des sardines dans un box de la pizzéria la plus proche du zoo, les enfants d'un côté et les adultes de l'autre. Ça me faisait super plaisir que ma nièce ait décidé de prendre Hyde sous son aile. Le petit avait l'air à l'aise avec sa cousine. Fréquenter Joss et Béryl l'aiderait peut-être à mieux s'adapter au fait que j'étais son père et qu'il avait désormais une famille. J'en étais encore à chercher la meilleure façon de lui expliquer la situation avec des mots simples quand j'entendis Joss lui dire :

— Mon père, je ne le vois jamais, mais ça ne fait rien parce que je vois tout le temps ma Grandma et mon oncle Zeb. Et puis ma mère a un copain. Il s'appelle Wes et il est trop sympa. Il regarde des dessins animés avec moi et il m'aide à faire mes devoirs.

Hyde hocha la tête d'un air plein de sagesse, comme s'il comprenait tout, et s'empara de son gobelet à couvercle.

— Moi, j'ai jamais eu de père, mais j'ai eu des tas d'oncles.

Consciente que la conversation s'engageait sur un

terrain glissant, Béryl allait changer de sujet quand Joss se tourna vers Hyde et prononça avant qu'on ait pu l'arrêter les mots que je n'arrivais pas à trouver depuis des semaines.

— Mais mon oncle Zeb, c'est ton père ! Ça fait que tu as un papa, maintenant. Le meilleur du monde.

— Joss ! s'écria ma sœur, horrifiée.

De mon côté, j'étais bouche bée. Je dévisageais stupidement mon fils qui me regardait avec de grands yeux.

— Ben quoi ? C'est vrai. Pourquoi tu me cries dessus ? râla Joss, vexée.

Hyde continuait de me fixer comme s'il craignait de me voir disparaître en fumée.

Enfin, il inclina la tête sur le côté et porta son gobelet de soda à ses lèvres. Puis, il se pencha un peu vers moi et me demanda :

— Pour de vrai ?

Ne sachant pas s'il comprenait vraiment tout ce que ça impliquait, j'acquiesçai.

— Oui, pour de vrai. Je suis ton papa et je fais le maximum pour que tu puisses très vite habiter avec moi.

Je m'attendais à ce qu'il pleure, à ce qu'il me pose des milliers de questions. A ce qu'il soit heureux ou bouleversé. A ce qu'il fasse quelque chose, en tout cas. Mais il continuait de me fixer en jouant avec son gobelet.

Béryl lui demanda s'il allait bien, et il fit oui de la tête. Je pensais que j'allais devoir le ramener quand on nous servit la pizza. Hyde en engloutit une énorme part, toujours en silence. De son côté, Joss faisait la tête, vexée de s'être fait gronder, et Béryl s'inquiétait pour moi. Moi je n'étais plus qu'une boule de nerfs.

La fin du repas arriva et on paya l'addition. Ma nièce était au bord des larmes. Avant de partir, je lui dis que je n'étais pas fâché contre elle et j'avertis ma sœur que je l'appellerais dès que j'aurais déposé Hyde. En fait, je voulais d'abord me remettre les idées en place, mais ça n'était pas le problème.

Mon fils sanglé dans son siège, je m'installai au volant du pick-up et traversai la ville pour le ramener dans sa famille d'accueil. Je lui jetai un coup d'œil dans le rétro. Il regardait par la vitre.

— Ça va, derrière ? lançai-je.

— Oui.

Il laissa passer une seconde avant de demander doucement :

— Zeb ?

Je plaquai un sourire sur mes lèvres et hochai la tête d'un air encourageant lorsqu'il se pencha en avant, se dévissant le cou pour me voir.

— Tu es mon père ?

— C'est exact.

— Et je peux venir habiter avec toi ?

— Dans quelque temps, oui. J'ai encore deux ou trois détails à régler, mais je fais mon maximum pour que ça aille vite.

Hyde avança la lèvre inférieure, d'un air de réflexion intense, puis, d'un ton froidement terre à terre, il me dit :

— Ma maman est morte. Je veux pas que tu sois mon père si ça veut dire que toi aussi tu vas mourir.

— Oh ! Hyde…

Il me fallut quelques secondes pour me ressaisir.

— Tu sais, ta maman faisait des choses très, très, très dangereuses. Mais moi, je ne les ferai pas, ces choses, du coup il y a très peu de risques que je meure, tu comprends ? Je dois m'occuper de toi, alors je te promets de tout faire pour être là aussi longtemps que possible, d'accord ?

Au bout d'un long silence, il retrouva sa bonne humeur et me fit son sourire édenté.

— D'accord.

Il se renfonça dans son siège et regarda droit devant lui.

— Tu continueras à jouer avec moi et à me prendre dans le pick-up ?

Le rire qui me chatouillait les lèvres se mua en soupir de soulagement.

— Bien sûr ! On pourra jouer ensemble tous les jours et on prendra le pick-up pour aller où tu voudras.

Rassuré, Hyde tapa dans ses mains et son sourire s'élargit.

— Si tu es mon père, ça veut dire que quand je serai grand je vais être un géant comme toi ?

Là, j'éclatai franchement de rire.

— C'est possible, mais, si jamais tu deviens aussi balèze que moi, il faudra que tu sois un gentil géant.

— Pas de problème.

Et la question fut réglée, aussi simplement que ça. J'étais son père, c'était mon fils, et à partir de maintenant on formait une équipe tous les deux. C'était une belle journée. Il avait fallu ma nièce, sa tchatche incontrôlable et sa totale absence de filtre pour réussir ce que je n'avais pas eu les couilles de faire, moi, un mec majeur et vacciné — un géant d'après mon gosse.

La vérité sort de la bouche des enfants.

13

Sayer

Je fusillai la vendeuse du regard. Jolie, vêtue d'une tenue assez similaire à celle que je mettais après le boulot, elle ne cessait de passer et de repasser devant l'endroit où Zeb, perplexe, secouait la tête devant le prix des parures de lit pour enfants. Elle était déjà venue deux fois nous demander si elle pouvait nous aider à trouver notre bonheur. Je lui avais répondu que je savais très bien me repérer dans ce magasin labyrinthique, situé au cœur de la très chic galerie de Cherry Creek. Bien plus qu'une quelconque sollicitude commerciale, c'était donc le cul de Zeb, moulé dans son jean délavé, et ses impressionnants biceps sous la chemise à carreaux qui motivaient le retour de la fille.

Croisant mon regard mauvais, elle s'éclipsa juste au moment où Zeb reposait des draps qui auraient fait fuir n'importe quel petit garçon. Il fourragea dans sa tignasse et se tourna vers moi en soufflant d'agacement. Une dame d'un certain âge, occupée à examiner des carpettes de bain non loin de là, sursauta et fila vers un autre rayon, comme si Zeb était le grand méchant loup et le magasin la maison en paille des trois petits cochons. Personnellement, j'aimais bien le look de Zeb — plus que ça même. On aurait dit un colosse capable de défier le monde à mains nues, mais je reconnais que pour la grande bourgeoise lambda il pouvait être assez déstabilisant. Je levai les yeux au ciel, vaguement amusée, et le laissai m'entraîner vers un autre rayon.

— Ils n'ont pas de draps avec des trains ou des super-héros dans ce magasin ? Non, mais sérieux ! Qui va aller claquer cinq cents billets pour une paire de draps qui de toute façon seront trop petits quand on lui changera son lit ?

La frustration le rendait plutôt mignon.

— Moi, dis-je. D'ailleurs, je n'ose même pas te dire combien j'ai payé les draps dans lesquels je dors.

Zeb passa son bras musclé autour de mes épaules. On recroisa la dame d'un certain âge qui renifla de mépris sur notre passage, et ce fut au tour de la vendeuse de me fusiller du regard tandis qu'on sortait du magasin sans rien acheter.

— Je n'ai rien contre tes draps, moi…, marmonna Zeb d'un ton faussement contrarié. Mais tu dormirais dans de la toile de verre que ça me ferait le même effet. Du moment que t'es à poil dessus.

— De la toile de verre, ouille…, murmurai-je.

Mais son compliment me remplissait de joie.

Il gloussa et balaya du regard les autres boutiques de luxe du centre commercial.

— Ce n'est pas ici que je vais dégoter des trucs pour une chambre de gosse, hein ?

Dans son texto, il m'avait demandé de l'aider à trouver de quoi préparer la chambre de Hyde. Au départ, j'avais pensé refuser — ça faisait trop intime, trop couple installé. Avec Zeb, je flirtais avec l'abîme. Je risquais à tout instant de lâcher prise et de dégringoler dans son monde à lui. Suspendue au-dessus d'un précipice, j'étais terrifiée. Dans mon univers vide et stérile, il n'y avait rien, mais au moins je ne courais aucun risque, même si j'y étais seule avec ma souffrance. Si je lâchais le bout de rocher auquel je me cramponnais de toutes mes forces, la chute pourrait bien m'être fatale. C'est pour ça que je refusais de céder au vertige de l'inconnu. Mais j'avais beau m'agripper à la falaise, me blinder contre les émotions que Zeb suscitait en moi, je savais qu'il m'attendait en bas, m'encourageant par tous les moyens à me jeter dans le vide avec la promesse que son amour amortirait ma chute.

Devant mon hésitation, Zeb m'avait expliqué qu'il avait demandé à Béryl de l'accompagner, mais que Joss était malade. Quant à leur mère, elle ne pouvait pas se libérer ce jour-là. Il avait donc insisté, prétextant avoir besoin d'un regard féminin et, bien évidemment, j'avais fini par craquer. Cependant, le seul endroit shopping que je connaissais bien à Denver, c'était Cherry Creek. Mais dès qu'on s'était engagés sur le parking du centre commercial, j'avais compris mon erreur : la jeep sale et poussiéreuse de Zeb détonnait carrément au milieu des Mercedes et des Audi rutilantes. Notre incursion chez Nordstrom n'avait fait que confirmer ma première impression : les enseignes où j'avais mes habitudes n'étaient pas tout à fait le genre de Zeb. Même si les vendeuses n'étaient pas insensibles à son charme rugueux…

— Il y a un Bed Bath & Beyond, en face du centre commercial, dis-je. Je parie que là-bas ils auront des draps avec des trains.

Rétrospectivement, on aurait sans doute dû commencer par là. Ce grand magasin correspondait bien plus au style de Zeb et proposait pas mal d'articles adaptés aux enfants.

— Je t'ai pourtant dit que je n'étais pas douée en déco. Je me cantonne toujours au beige et aux pastels.

Le beige et les teintes claires n'étaient pas des couleurs agressives. Si tant est qu'une couleur puisse être agressive. D'après mon père, c'était possible. De toute façon, pour lui, tout était matière à jugement et à critique, du moment qu'il pouvait s'en servir pour te rabaisser dans tes goûts ou tes plaisirs.

Zeb m'attira à lui et déposa un baiser au sommet de ma tête, tandis que plusieurs personnes s'écartaient de notre chemin. Zeb occupait l'espace, et les gens semblaient le lui céder automatiquement. C'était impressionnant à voir. Un petit frisson d'excitation me parcourut la colonne vertébrale : dire que c'était pour moi seule qu'il le créait, cet espace…

— C'est toi qui te vois beige et pastel, Sayer. En fait, tu aimes la couleur, et tu aimes aussi les choses drôles et originales. C'est juste que tu les caches là où personne n'ira les voir.

Je me rembrunis un peu et m'écartai de lui. Mais il ne me laissa pas prendre beaucoup de champ. Tout de suite, il me saisit la main d'autorité. Je ne me souvenais pas qu'on m'ait jamais tenu la main. Ni mon père, ni ma mère ou Nathan… Personne à part Zeb, et ça m'émouvait profondément. J'étais partagée entre deux envies : d'un côté, je voulais me libérer de son emprise, et de l'autre, m'agripper à lui pour qu'il ne puisse jamais partir. Je ne me cramponnais plus comme avant à l'univers que je connaissais. J'étais sur le point de lâcher prise.

— Qu'est-ce que tu racontes ? Toute ma maison est décorée dans des tons neutres. Tous mes meubles et mes objets sont unis, dans la même gamme de couleurs passe-partout. Même ma voiture est grise !

Il poussa une exclamation incrédule et me serra les doigts plus fort.

— Peut-être, mais je te parie un million de dollars que ta lingerie est bleu pétard ou violet vif aujourd'hui et que tu t'es mis un vernis délirant sur les ongles des pieds avec un motif par-dessus ! Tu bosses dans des tenues grises ou noires, OK, mais chacune de tes fringues a une rayure fluo ou une touche de couleur. Quant au mur rouge de ta cuisine, tu aurais pu le faire repeindre dix fois. Tu aurais pu acheter une maison neuve ou déjà restaurée au lieu de claquer une fortune dans la modernisation de ta vieille dame victorienne. Tu as ton propre style, Sayer. Il est subtil, mais il est là, et tu as très bon goût. C'est juste qu'il faut être assez futé pour le repérer dans les petits détails.

J'avais besoin d'un peu de temps pour assimiler ce qu'il venait de me dire. Je n'avais jamais envisagé que toutes ces petites choses que je faisais rien que pour moi, juste pour la petite joie qu'elles me procuraient, puissent être assimilées à un « style ». Je voyais ça comme des petits plaisirs coupables que je m'accordais encore avec la peur au ventre, m'attendant presque à ce que le fantôme de mon père vienne me reprocher ma frivolité et mon extravagance. Comment aurais-je pu imaginer que ces infimes détails avaient attiré l'attention de Zeb ?

Il me tira en avant pour m'obliger à accélérer le pas et, me lançant un regard par-dessus son épaule, il poursuivit :

— Et j'ai très bien vu que tu ne pouvais pas t'empêcher de toucher mes tatouages. Je ne m'en plains pas, remarque. La plupart des meufs les aiment bien au début, sauf que très vite elles ne les voient même plus, ils font partie du mec. Mais pas toi. Tu peux les regarder ou les embrasser pendant des heures, tu continues de vouloir les explorer, t'en nourrir. Tu fais plus qu'aimer la couleur, Sayer. Tu la savoures, tu la vénères.

Bon sang, chaque fois qu'il me mettait en face de moi-même, il me… déstabilisait.

J'avais grandi dans une maison où tout était balisé par des principes : tout devait être comme ça et pas autrement. Mon père était maniaque à propos du moindre détail de ma vie. Pour commencer, il avait toujours voulu avoir un fils. Dès ma naissance, je lui ai causé une déception. Et ce n'était que la première d'une longue liste. Ma façon de m'habiller, de me coiffer, de me maquiller, mes amis, la déco de ma chambre, tout devait être soumis à son approbation et rien n'était jamais à la hauteur de ses attentes. Il détestait tout ce que j'étais et tout ce que je faisais. Du coup, vers dix ou onze ans, j'avais décidé de décliner ma vie en teintes neutres et passe-partout, c'était moins risqué au quotidien. Mon père avait du mal à distinguer le crème du beige. L'ivoire, le noir et le blanc étaient devenus ma palette de base. Ces teintes me permettaient de passer le plus souvent sous le radar.

Je secouai vaguement la tête devant le magasin abondamment éclairé de néons.

— Au fil du temps, mes petites astuces se sont transformées en habitudes. J'imagine qu'à force les petits plaisirs que je m'accordais en secret ont fini par me trahir…

Je lui fis un léger sourire en coin.

— Quant à mon mur coquelicot, il me plaît beaucoup. Je compte bien le garder, même après le départ de Poppy.

Zeb me lâcha la main et, d'une pression au creux des reins, me fit entrer dans le magasin. Puis, à voix basse, presque inaudible, il me demanda :

— Qu'est-ce qui est arrivé à ta mère, Sayer ? Si ton père était un tel tyran domestique, pourquoi est-ce qu'elle n'a pas essayé de le neutraliser ? Pourquoi est-ce qu'elle est restée avec lui ? Pourquoi est-ce qu'elle ne t'a pas protégée ?

C'étaient justement ces questions qui, à force de me ronger, m'avaient incitée à enfermer mon cœur dans une armure de glace jusqu'à aujourd'hui. Je sentis mes ongles s'enfoncer dans mes paumes jusqu'au sang.

— Elle l'aimait. Elle l'aimait de toutes ses forces, de tout son cœur, et ça l'a tuée. Il avait beau être odieux et cruel avec elle, elle essayait toujours de lui plaire, d'être une épouse modèle et de faire de moi une fille parfaite. Elle recherchait son approbation à tout prix, une certaine forme d'affection et de tendresse, et il le savait. Du coup, il prenait un malin plaisir à la tourmenter, à la faire marcher.

Plus je passais de temps avec Zeb, plus ces pénibles souvenirs s'échappaient de la boîte de Pandore où je les conservais pourtant à double tour. Ils s'immisçaient parmi toutes les émotions que Zeb avait libérées en moi, me tordant le ventre et le cœur.

— Mon père avait des liaisons. Il reprochait à ma mère de ne pas être aussi belle que ses maîtresses, alors elle s'affamait, squattait les salles de sport, changeait de coiffure, faisait de la chirurgie esthétique… Et lui, il se moquait d'elle, il lui disait qu'elle ne serait jamais parfaite. Il continuait à vouloir un fils, puisqu'elle n'avait réussi qu'à lui faire une fille. Mais elle était malade et elle n'arrivait pas à mener une grossesse à terme. Pour mon père, elle n'était rien, et pourtant elle passait son temps à essayer d'exister à ses yeux. Sa vie se résumait à une impossible course à la perfection, dans l'espoir que mon père finisse par l'aimer autant qu'elle l'aimait. En fait, ma mère est morte le jour où elle a compris qu'elle ne le rendrait jamais heureux, et ça, elle n'a pas pu le supporter. En choisissant d'échapper à mon père, elle a choisi de me livrer à lui, alors qu'elle savait très bien qui il était et ce dont il était capable. Je ne pense pas que je pourrai lui pardonner un jour.

J'étais impitoyable. J'étais cruelle. J'étais une fille indigne, mais c'était la vérité. Pardonner à ma mère, ce serait ouvrir toutes les vannes aux sentiments abjects et insoutenables qui formaient la lie de mon âme. Je serais alors obligée de les regarder en face et ça, je ne m'en sentais pas la force.

Zeb ne répondit pas. Il me guida vers un rayon rempli de parures de lit pour enfants, toutes de couleurs vives. J'en apercevais déjà certaines à l'effigie de Superman et de Batman, ainsi qu'une autre avec un motif de train. Zeb fonça droit sur une parure décorée de tout un tas de voitures et de camions d'époque et, sans même se poser de question, choisit également le tapis et les rideaux assortis. Son enthousiasme faisait plaisir à voir, c'était à la fois drôle et attendrissant. Quel bonheur de savoir que Hyde avait un père aimant qui ne lui ferait jamais subir le genre d'horreurs que j'avais vécues.

Zeb me demanda de choisir une seconde parure pour la chambre de Hyde et j'optai pour un imprimé géométrique de toutes les couleurs avec des formes partant dans toutes les directions. D'accord, il n'y avait ni voiture ni camion dessus, mais ça ne détonnerait pas trop avec le reste de la déco qu'avait choisie Zeb ; et puis c'était rigolo et tonique. Bref, ça collerait aux goûts d'un petit garçon de cinq ans. Comme ça, si le juge ordonnait une inspection du domicile, l'assistante sociale verrait que Zeb avait réorganisé son existence afin d'accueillir son fils dans les meilleures conditions.

Le prix de l'ensemble était tout à fait raisonnable. A la caisse, l'employée — dreadlocks et anneau dans le nez — ne broncha pas devant la barbe et les tatouages de Zeb. Je me maudis intérieurement tandis qu'on retraversait le parking. Qu'est-ce qui m'avait pris de l'emmener en premier dans un magasin haut de gamme ? Je me sentais ridicule et décalée de m'être plantée à ce point. Et le silence qui s'éternisait entre nous ne faisait rien pour arranger les choses.

Zeb jeta les sacs à l'arrière et alla m'ouvrir la portière. La jeep était sale et pleine de boue à force de stationner devant des chantiers. Du coup, il me prenait toujours dans ses bras pour m'installer sur le siège. En rigolant, il me disait qu'il n'avait pas les moyens de m'acheter un autre tailleur-pantalon si jamais je me salissais. Mais n'était-ce pas un prétexte bidon ?

Une main sur la poignée de la portière et l'autre au creux de ma taille, il me regarda droit dans les yeux et me dit d'une voix très douce :

— Ton père était un enfoiré, et s'il était encore en vie je lui aurais certainement cassé la gueule. Mais ta mère…

Il secoua lentement la tête.

— J'ai vu ma sœur se détruire comme ça pendant des années. Son mec la cognait, et pourtant elle continuait de l'aimer. Tu ne peux pas faire le bonheur des gens malgré eux, Sayer. Mais toi, si tu laisses ta rancune et tes anciens réflexes de survie envahir ton existence, il n'y aura plus assez de place dans ton cœur pour les sentiments que tu aimerais éprouver. Tout le terrain est occupé par ton passé. Il faut le déblayer pour pouvoir construire l'avenir.

Je détournai mon regard tandis qu'il me déposait sur le siège passager. Lorsqu'il fut assis au volant, je poussai un petit soupir.

— Je ne suis pas sûre que le sol soit assez stable pour construire quoi que ce soit, Zeb, même une fois nettoyé du passé.

Il tourna la tête pour faire marche arrière et posa une main sur ma cuisse.

— Pour ça, il te faut juste quelqu'un qui ait les compétences requises. Coup de bol pour toi et pour moi, je suis expert en construction sur sol instable.

Je ris faiblement et entremêlai mes doigts aux siens. A la sortie du parking, il bifurqua à l'opposé de chez moi alors qu'il était censé me ramener.

— On va où ?

— Je crève la dalle et j'ai envie d'un verre. Le Bar n'est qu'à quelques pâtés de maisons, je me suis dit qu'on pourrait s'arrêter pour s'envoyer un morceau vite fait.

Ses yeux verts étincelèrent, et sa bouche esquissa un sourire narquois.

— Ne t'en fais pas, je ne considérerai pas ça comme un rencard, puisque tu as l'air allergique à cette idée.

Je tressaillis. Ce n'était pas que je ne voulais pas sortir avec lui ; c'était juste que ça aurait donné trop de réalité à notre situation. Pour le moment, j'essayais de toutes mes forces de continuer à croire que notre relation se limitait au sexe et aux affaires. Dès que Zeb aurait obtenu la garde de Hyde, le volet professionnel se refermerait et on aurait beaucoup moins d'occasions de coucher ensemble. Non ? Zeb se donnerait-il la peine de chercher à me revoir ? Entre nous, les sentiments ne comptaient pas vraiment, on était seulement des relations professionnelles et des partenaires sexuels…

— Allez, Say… Rien qu'un hamburger et un verre. Je ne te demande pas de m'épouser.

Qu'est-ce qui lui prenait de me dire ça ? A cet instant, je m'aperçus que je m'étais transformée en statue de sel. Je déglutis péniblement et changeai de position.

— D'accord. Désolée, Zeb. Je ne voulais pas me mettre à flipper.

— Mais tu l'as fait. Finalement, il faudrait peut-être qu'on se voie en dehors de ta chambre et des salles d'audience, Sayer. D'autant plus que j'ai un gamin de cinq ans qui va venir vivre avec moi très bientôt. A partir de là, nos rencontres vont prendre un tout nouveau sens, dit-il en me serrant la cuisse.

C'était quoi ce délire ? J'essayais de ne pas paniquer : Zeb allait faire l'effort de me revoir…

Je me raclai la gorge.

— Hum, je pense qu'on verra ça au moment voulu.

— C'est marrant, pourquoi j'ai l'impression que tu te sers d'un de tes trucs d'avocat pour te défiler ?

Il avait l'air contrarié, mais comme on arrivait devant Le Bar, je ne pris pas la peine de lui expliquer qu'en effet j'essayais désespérément de changer de sujet. Zeb et moi, on s'entendait très bien au lit. Mais qu'est-ce qui me disait qu'on arriverait à transposer cette harmonie dans la vie quotidienne ? Brusquement, je me retrouvai en proie au vertige du désir et de l'amour et, me raccrochant à mon bout de rocher, je tentai in extremis d'éviter la chute dans le vide.

— Entrons manger un morceau. Moi aussi, j'ai faim et j'adore le burger bacon/salade/tomate de Darcy. On reparlera de ça plus tard, si tu veux bien ?

Il poussa un grommellement, mais vint quand même m'ouvrir la portière pour m'aider à descendre. Là, il m'enserra la taille et se pencha pour m'embrasser — fort. Normal… Il faisait toujours ça quand j'éludais la mise au point qu'il réclamait sur notre relation actuelle. C'était une manière de me rappeler physiquement qu'il laissait filer, mais provisoirement.

— Un de ces quatre, tu ne pourras plus dire « plus tard », Say. Ce sera maintenant ou rien, et tu devras décider de ce que tu veux faire.

Le Bar était bondé. A peine entrés, on fut assaillis par

le bruit et l'ambiance festive. Dash Churchill, le videur, tapa dans la main de Zeb et m'adressa un hochement de tête. Il était immense, baraqué et avec sa peau d'une teinte à peine au-delà du cuivré, il était aussi séduisant et patibulaire que Zeb. Je lui rendis son salut, m'en tenant à un simple « bonjour », de peur de bafouiller. Ses prunelles, d'un bleu clair très inhabituel, étaient cerclées de doré. Je n'avais jamais rien vu de pareil et j'avais du mal à m'empêcher de le fixer. Je le croisais à chaque fois que je venais boire un verre au Bar avec les filles mais, bien qu'il ait toujours été poli avec moi, il ne s'était jamais montré très chaleureux, même la fois où il m'avait demandé de l'appeler Church avec son fort accent traînant du Mississippi. On ne pouvait pas en dire autant de Dixie Carmichael, la serveuse préposée aux cocktails, véritable concentré de drôlerie et de culot. La petite rouquine était l'amie de tout le monde et elle n'hésita pas à se jeter à notre cou. Zeb fut d'ailleurs obligé de se plier en deux pour que ce modèle réduit puisse l'embrasser.

— La vache ! Ça faisait une éternité que je ne vous avais pas vus, tous les deux ! C'est de la folie, ce soir, vous aurez peut-être du mal à trouver une place…

Zeb balaya du regard la salle survoltée.

— Pourquoi, qu'est-ce qui se passe, ce soir ?

Dixie haussa les épaules, faisant danser ses boucles rousses.

— Ce groupe, c'est une des trouvailles de Jet. Chaque fois qu'il organise un concert, ça remplit la baraque. Le problème, c'est qu'Asa n'est pas là, aujourd'hui — il est en plein déménagement. Du coup, je suis seule pour servir avec Danny, qui est encore en rodage, et le nouveau, Zack. Ils sont tous les deux bien, mais pas aussi rapides qu'Asa. Je pourrais appeler Rome mais, vu que Cora est sur le point d'accoucher, je ne le ferai qu'en cas d'urgence.

Tous ces noms, je les connaissais bien : c'était la tribu que mon frère s'était choisie pour famille. J'écoutai en hochant la tête, comme si j'arrivais à suivre, et donnai une petite tape sur l'épaule de Zeb.

— Essaie de nous dégoter une table. Je vais me laver les mains avant de manger.

Il me fallait également une minute pour me ressaisir. Mon masque était en train de glisser, et la femme qui se cachait derrière commençait à prendre le contrôle de ma vie.

Zeb acquiesça et s'éloigna tandis que je me frayais un passage dans la foule qui bloquait l'accès aux toilettes. Une légère pression sur mon épaule me fit me retourner. Les yeux chocolat de Dixie brillaient du romantisme et de la générosité qui me faisaient défaut.

— Alors comme ça, l'homme des bois et toi… ?

C'était une question innocente et en même temps, pas tout à fait.

— Disons que je l'aide à régler certains trucs, du coup on s'est pas mal vus ces derniers temps.

Avec cette réponse qui n'en était pas une, j'avais atteint le summum de l'esquive juridique.

Dixie se mit à pouffer. Ce petit concentré de bonne humeur était la seule personne capable de pouffer comme une gamine tout en restant mignonne et sexy.

— Ça faisait un petit moment que Zeb avait envie de sortir avec toi, et j'ai toujours pensé que c'était réciproque. Enfin, quoi qu'il en soit, tant mieux pour vous deux ! J'adore quand deux personnes réussissent à se trouver alors qu'au départ tout les sépare. Pour moi, c'est même encore mieux.

Son regard se posa sur le videur à la peau lisse et cuivrée avant de revenir vers moi.

— Soyez heureux ensemble. C'est tout ce qui compte. Bon, il faut que j'aille chercher une commande et dire au nouveau de se bouger le cul. Si Zeb réussit à trouver une place, je vous apporte une Coors Light.

Là-dessus, elle partit comme une flèche, et je repris mon parcours du combattant vers les toilettes pour dames. Je n'avais jamais vu Le Bar aussi noir de monde ! Je scrutais la faune qui le peuplait. Il y avait une flopée de jeunes, peut-être des étudiants, venus écouter le groupe qui devait se produire plus tard dans la soirée. Il y avait également toute une bande d'hommes et de femmes habillés comme moi et qui de toute évidence étaient là pour boire un pot après le travail. Enfin, il y avait une foule hétéroclite d'individus qui semblaient avoir atterri là par hasard.

Zigzaguant entre les clients bruyants, je poussai les portes des toilettes. A l'intérieur, je dus faire la queue et, pour une fois, je ne me sentis pas en décalage. Je connaissais la femme qui poireautait devant moi dans un tailleur-pantalon Mauro Grifoni dont le prix excédait largement celui de toutes mes tenues de bureau. Il était d'un très joli bleu ardoise… Juste avant d'entrer dans un box, je mis dans les favoris de mon téléphone la page où je pourrais m'acheter un tailleur similaire. Le bleu ardoise, c'était beau et coloré. Le bleu ardoise, ça n'était pas une couleur neutre du tout, et si finalement je me l'offrais, ce tailleur-pantalon, je n'aurais pas à le considérer comme un plaisir coupable.

J'étais en train de remettre mon téléphone dans mon sac, lorsque je me heurtai à quelqu'un dans l'étroit couloir. Levant instinctivement les mains, je croisai le regard embrumé du mec visiblement soûl dans lequel je venais de me cogner. Il était complètement débraillé. Sa chemise était à moitié déboutonnée, mais il avait toujours sa cravate. Comme il s'accrochait à mes bras, il m'entraîna en titubant.

Je lui adressai ce que j'espérais être un sourire aimable et non un rictus dégoûté, et répétai : « Excusez-moi » tout en essayant de me débarrasser de lui.

— Qu'est-ce que t'es mignonne, toi… Et qu'est-ce que t'es grande… Je parie que t'as des putains de jambes.

Son rentre-dedans d'alcoolo me fit reculer d'un pas, et je tentai de me dégager. Les autres clients, hommes et femmes confondus, qui allaient et venaient dans le couloir, n'intervenaient pas. J'étais furieuse.

— Excusez-moi, mais on m'attend. Lâchez-moi maintenant ! Lâchez-moi !

Je le repoussai violemment. Le mec poussa un grognement, et ses mains se resserrèrent sur mes bras, m'arrachant un petit cri de surprise et de douleur.

— Je veux pas te laisser t'en aller… Je veux t'embrasser…, bafouilla-t-il d'une voix pâteuse.

Il était tellement bourré que, lorsqu'il voulut approcher son visage du mien, on faillit à nouveau partir à la renverse tous les deux.

Là, j'en avais marre ! D'une main plaquée sur sa bouche, je repoussai de toutes mes forces ses lèvres qui avançaient vers moi comme pour un baiser.

— C'est dégueulasse ! Lâchez-moi !

Je gagnai un peu de terrain, mais, quand le mec comprit qu'il n'allait pas pouvoir coller sa bouche sur la mienne, il se mit à me secouer comme un malade. Je poussai un gémissement en sentant ma tête partir violemment en arrière. Le mec s'était mis à hurler que je n'étais qu'une salope mal baisée ! Que je devrais être contente que quelqu'un veuille s'occuper de mon cul serré !

J'allais répliquer qu'il y avait quelqu'un ici qui était plus que ravi de s'occuper de mon cul, quand le quelqu'un en question se matérialisa brusquement à mes côtés. L'ivrogne se retrouva brutalement plaqué contre le mur par cent vingt-cinq kilos de Zeb Fuller écumant de rage.

Zeb ne hurla pas. Il ne cogna pas. Il se contenta de soulever le mec par le colback tout en le menaçant de choses très désagréables d'une voix calme et terrifiante. Sauf que ce n'étaient pas exactement des menaces. C'étaient des promesses. Et l'homme d'affaires bourré le comprit très bien. Par-dessus l'épaule de Zeb, ses yeux m'appelaient au secours. Je soupirai et avançai d'un pas pour poser une main sur le biceps contracté de mon sauveur. On aurait dit un fauve prêt à déchiqueter sa proie.

— Zeb, laisse-le partir.

— Il t'a touchée. Il t'a fait peur. Il va me le payer, gronda-t-il entre ses dents tout en secouant le mec comme un prunier.

Je ne lui avais jamais vu ce regard-là… Enfin, si. Il ressemblait terriblement à la photo de l'identité judiciaire qui figurait dans son dossier. La panique se mit à monter en moi et m'enserra la gorge comme un étau. Zeb ne pouvait pas se permettre de retomber dans ses anciens travers.

Zeb avait trop à perdre, je refusais d'être le catalyseur de sa chute. Je ne pouvais pas lui coûter son avenir ni celui de Hyde. Si je le laissais faire ça, je mériterais chaque reproche, chaque insulte que m'avait adressé mon père. Le mépris et la condescendance qui avaient été mon lot quotidien durant toute mon enfance se trouveraient enfin justifiés par mon attitude, et ça, je ne pouvais pas le supporter. Pas même une seconde. Les jugements de valeur implacables de mon père se mirent à résonner dans ma tête et des doigts glacés me parcoururent l'échine. Je savais ce que c'était de grandir sans une once d'amour, et il était hors de question que, par ma faute, Hyde se retrouve dans cette situation. Jamais je n'exigerais que Zeb se sacrifie pour moi.

Les doigts crispés sur son épaule musclée, au bord du malaise, je murmurai à son oreille d'une voix chevrotante :

— Arrête, Zeb. Le jeu n'en vaut pas la chandelle. Si tu dérouilles ce mec, ils vont appeler les flics. Ce serait une catastrophe alors qu'on est à deux doigts d'obtenir la garde de ton fils.

L'homme émit un gargouillis — l'avant-bras de Zeb lui écrasait la trachée.

— Cet enfoiré t'a touchée.

— Je sais, mais je contrôlais la situation.

Ce n'était pas tout à fait la vérité, et à présent je ne contrôlais plus rien du tout. Mais le sort de Hyde primait sur la grossièreté d'un ivrogne et sur l'instinct protecteur de Zeb. Mes bleus finiraient par s'estomper, en revanche s'il perdait son fils à cause d'une telle connerie... Je ne m'en remettrais pas.

— Lâche-le, Zeb. Je t'en prie.

Je le suppliais. Au bord des larmes. Désespérée. Il fallait à tout prix que je le sorte de là !

Je sentis alors la tension diminuer imperceptiblement dans ses épaules. Soudain, il recula et laissa le mec s'affaler par terre telle une loque, épouvanté.

— Garde les mains dans tes poches, connard !

Le mec nous regarda d'un air ahuri et fit lentement oui de la tête. Je posai la main dans le dos de Zeb et faillis fondre en larmes lorsqu'il se dégagea d'un geste brusque. C'est pour ça que les émotions étaient dangereuses. Elles faisaient trop mal et elles étaient trop nombreuses à gérer — je sentais les miennes déferler en moi.

Comme un automate, je suivis Zeb qui fendit la foule pour aller trouver Church.

— Un connard d'ivrogne l'a chopée dans le couloir. Il la secouait et la tripotait. Il ne voulait pas la lâcher.

Church se raidit et hocha la tête gravement, ses yeux étranges braqués dans la direction que lui indiquait Zeb.

— Il a la chemise à moitié ouverte et une cravate rouge. Cet enfoiré a du bol que je ne l'aie pas étranglé avec !

— Je m'en occupe. On va l'éjecter vite fait. Tu veux que j'appelle les flics ?

Je secouai frénétiquement la tête.

— Non ! Je vais très bien. N'appelle pas la police.

— Tu es sûre ?

Church croisa les bras sur sa poitrine. Dans d'autres circonstances, j'aurais pris cinq minutes pour mater ses muscles moulés par son T-shirt noir. Ce mec avait vraiment la beauté du diable.

— Certaine. Allez, viens, Zeb…

S'ensuivit un échange de grognements et de regards sombres — une communication typiquement masculine qui me passait au-dessus de la tête. Puis Zeb m'embarqua rapidement, me colla sur le siège avant de la jeep et se mit au volant, le tout dans un silence de mort. Il bouillait littéralement de rage. Au bout de quelques minutes, je craquai.

— Je suis désolée.

Il tourna la tête si brusquement que la jeep faillit faire une embardée.

— A cause de quoi ?

Je haussai les épaules.

— A cause de tout.

Parce que je n'avais pas réussi à gérer l'incident toute seule. Parce que je me sentais coupable de ne pas être aussi amoureuse et passionnée que lui. Parce que je n'avais pas cru qu'il pourrait réparer mon cœur abîmé comme il avait réparé ma maison.

— Je ne supporte pas les mecs qui s'en prennent aux femmes. Ça me rend dingue !

Pas étonnant, après ce qui était arrivé à sa sœur…

— Ce n'était rien, tu sais. Je n'ai jamais été en danger, et puis j'avais la situation bien en main… Ecoute, tu as trop à perdre en ce moment pour voler à mon secours comme ça.

Il émit une espèce de feulement mauvais, et ses articulations blanchirent sur le volant.

— Quand tu me sors ce genre de conneries, j'ai l'impression d'entendre mon avocate, pas ma femme. Chaque fois que quelqu'un te fera du mal, te menacera ou te fera peur, j'interviendrai, Sayer. Je tiens à toi… Je t'…

Je le coupai avant qu'il ait pu aller jusqu'au bout. Cette phrase, je ne pouvais pas l'entendre. Si je la lui laissais dire, mon tsunami intérieur m'engloutirait. Je pris une profonde inspiration, renfilai tant bien que mal mon armure disloquée et me préparai à faire ce que j'aurais dû faire depuis le début, dans notre intérêt à tous les deux. Je posai une main sur sa cuisse et attendis qu'il tourne la tête vers moi.

— Mais je *suis* ton avocate. Et c'est pour ça que je fais ce qu'il y a de mieux pour toi et ton fils.

C'était comme si « plus tard » nous avait finalement rattrapés avant l'heure. Je savais où était mon devoir d'avocate et j'étais enfin prête à m'y consacrer entièrement, comme j'aurais dû le faire dès le début. Il était hors de question que je laisse Zeb risquer quoi que ce soit pour moi. Pas son cœur en tout cas. Ni son fils. Ni son avenir… rien. D'autant plus que je n'avais rien à lui offrir en retour.

Il continua de rouler dans un silence oppressant. Arrivé devant chez moi, il s'engagea dans l'allée et coupa le moteur. Je savais que cet au revoir allait être le plus pénible de toute ma vie.

Il me dévisagea d'un regard sombre, tourmenté, et c'était comme si ses yeux verts brûlaient ma peau devenue soudain hypersensible.

Enfin, il poussa un énorme soupir, comme lesté de tous les espoirs et les rêves que je venais de lui ôter.

— Alors c'est ça ? Tu veux être mon avocate ? Tu veux régler tous tes problèmes et affronter tous les gens qui te font du mal toute seule, alors que je suis là ? Je sais que j'ai beaucoup à perdre si je déconne, Sayer. J'ai conscience de l'énormité de l'enjeu. Mais ce que je ne pige pas, c'est que tu ne voies pas que c'est aussi pour toi que j'ai envie de m'améliorer. (Il écarta les bras.) Depuis le début, tu as su me voir, Sayer, tel que je suis. Alors pourquoi tu n'arrives pas à comprendre que moi aussi je t'ai vue, toi, telle que tu es ?

Je me mordis la lèvre pour ne pas pleurer, descendis de la jeep et me dirigeai vers la porte. Mais avant que j'aie pu l'ouvrir, Zeb était là. Il était toujours là, juste devant moi, à la place qui semblait lui être destinée.

Il me prit le visage entre ses mains et, de ses pouces, se mit à caresser mes joues. Je m'aperçus avec surprise que je pleurais.

— Je ne sais plus quoi faire, Say. Je t'ai bâti une maison. Je t'ai fait l'amour. J'ai mis des couleurs dans ta vie et je t'ai aidée à les apprécier. J'ai vaincu tes défenses. Je veux te dire à quel point tu comptes pour moi, mais tu ne me laisses pas parler… Dis-moi, franchement, qu'est-ce que je peux faire de plus ?

La lune.

Ce colosse m'offrait la lune, et je ne savais pas quoi en faire. Pour une fois, c'étaient mes mains qui étaient glacées, alors que mon cœur, lui, semblait brûler de fièvre dans ma poitrine. Tous ces sentiments… Toutes ces peurs… C'était trop pour moi. Dans ce déluge d'émotions, je me débattais pour garder la tête hors de l'eau. Désespérée, je me raccrochai alors au seul repère qui me semblait encore debout dans la tempête, solide comme un roc. Lui.

J'empoignai sa chemise, amenai sa bouche sur la mienne et lui murmurai que je voulais qu'il entre une dernière fois. Tout ça, je le fis en sachant que Zébulon Fuller serait le premier et le dernier garçon que je prendrais l'initiative d'embrasser. J'étais en train de changer, de me métamorphoser en une femme qui ne vivait plus dans le passé, mais qui n'était pas non plus capable de se projeter dans l'avenir. Une femme bloquée dans les limbes du temps. J'étais coupée en deux. Et Zeb méritait mieux que ça. Zeb méritait une femme en accord avec elle-même. Et Hyde aussi.

Zeb me détruisait par sa bonne foi et sa franchise. Moi, je nous détruisais par mon trop-plein d'émotions refoulées. Car j'avais beau travailler à les dissimuler, les oublier, les évacuer, je n'arrivais toujours pas à faire de la place dans mon cœur pour accueillir le bonheur que Zeb tentait de m'offrir.

14

Zeb

Après son baiser d'adieu, je la suivis à l'intérieur. Pourtant, ç'aurait dû être pour moi l'occasion ou jamais d'y réfléchir à deux fois. Raté. J'allais une fois de plus me jeter tête la première dans le grand bain, et ce plongeon ne ferait qu'aggraver mon amour pour elle.

C'était une connerie. Sans doute encore pire que celle que j'avais faite des années plus tôt avec la mère de Hyde. Et encore, ce soir-là j'avais des excuses. Après avoir passé deux ans et demi en taule, j'étais à côté de mes pompes, carrément désaxé. Mais là, je savais que Sayer allait me faire souffrir et j'étais d'accord pour la laisser faire. Elle avait retrouvé sa froideur du début, sa peau était comme de la glace sous mes doigts. Mais à l'intérieur c'était un brasier, une overdose d'émotions qui donnait à ses yeux clairs un éclat sauvage. Oui, j'allais me faire dévaster par une tempête, par un ouragan. En toute connaissance de cause.

Tous les sentiments que j'avais éprouvés pour elle, bons, mauvais, hésitants, convenables et coquins, tous étaient attisés par mon désir forcené de l'atteindre. Je voulais faire fondre dans mes bras le mur de glace qui m'interdisait l'accès à son cœur. J'avais fait le plus dur : j'avais organisé dans sa vie une place pour moi et pour mon fils, je m'étais aménagé un coin intime dans son univers. A présent, c'était à elle de faire le ménage, de virer tout le bazar qui l'encombrait afin que je puisse m'approprier ce qui me revenait de droit.

Dès que la porte de sa chambre se referma sur nous, je déboutonnai ma chemise à carreaux. J'allais laisser Sayer seule dans cette maison que j'avais construite rien que pour elle, mais avant je voulais y imprimer une marque indélébile. Je voulais être sûr que, quoi qu'elle fasse, Sayer ne pourrait jamais m'oublier, ne pourrait plus ignorer ce qu'on était l'un pour l'autre.

Les yeux mi-clos, je la regardai enlever sa veste. Elle se retourna vers moi tout en continuant de se déshabiller. Elle était belle, et tout ça était tragique. Décidément, il fallait que je me tire avant que la situation devienne carrément pourrie entre nous. Sa tête émergea de son chemisier, son soutien-gorge tomba par terre, et elle glissa ses mains sous mon T-shirt. Sa caresse était ferme et bien plus directe que d'habitude.

Elle avait toujours aimé faire courir ses doigts sur ma peau, m'explorer tout en douceur. Mais là, on aurait dit qu'elle cherchait à me prendre quelque chose. Comme si elle voulait s'accrocher à moi, alors même que c'était elle qui me repoussait de toutes ses forces. En un clin d'œil, elle ouvrit ma braguette. Même si au fond de moi je savais que c'était un adieu, ma queue, elle, avait l'air de se foutre royalement de mon chagrin à venir. Sayer s'en empara et leva vers moi un regard tumultueux. Ce n'était pas l'agitation d'une femme amoureuse. C'était un tsunami dévastateur, de noires déferlantes qui s'abattaient impitoyablement, et j'en crevais de ne pas pouvoir la sauver. Face à une telle force destructrice, mes compétences et mon savoir-faire ne me servaient à rien. Tu ne pouvais pas réparer Sayer Cole. Elle devait tout casser pour tout reconstruire.

De toute façon, je lui avais déjà tout donné, je ne pouvais rien lui offrir de plus. J'écartai ses mains de moi et, la saisissant par les épaules, je la retournai pour ne plus devoir affronter son regard tourmenté qui me suppliait de tout arranger. J'avais fait tout ce que je pouvais. A présent, la balle était dans son camp.

Je déboutonnai son pantalon et fis glisser le tissu anthracite le long de ses jambes interminables. Comme je l'avais parié avec elle quand on était au centre commercial, ses dessous étaient bleu turquoise et beaucoup trop présents à mon goût. Je les lui enlevai aussi, puis lui caressai le cou. Ses cheveux tordus en chignon dévoilaient sa nuque fine, lui donnant l'air encore plus vulnérable qu'elle ne l'était en réalité.

J'embrassai son épaule nue. Je léchai la veine qui scandait mon nom à la base de son cou. Je suivis du bout du nez la douce courbe de sa mâchoire et me rapprochai de son oreille pour lui murmurer :

— Quand tout ça sera fini et que je m'en irai, je te dirai que je t'aime.

Son dos se raidit contre mon torse, et elle tenta de se retourner. Pas question ! Passant une main sous son bras, je l'enlaçai pour m'emparer de son sein. La délicate pointe rose se dressa immédiatement contre ma paume. Je la fis avancer jusqu'au bord du lit. Je n'avais pas l'intention de me déshabiller davantage. Je l'aimais, mais je ne pouvais pas lui faire l'amour dans ces conditions. J'avais trop la haine. Contre elle. Contre moi, pour l'avoir suivie chez elle, alors que je savais très bien que tout ça allait finir dans la souffrance. Et contre toute cette situation en général. On avait droit au bonheur, elle et moi. Encore fallait-il le vouloir. J'enrageais de ne pas pouvoir forcer le destin, moi qui avais l'habitude d'arriver à mes fins à force d'acharnement et de persévérance.

Obéissant à une dernière pression de ma main au bas de son dos, Sayer grimpa sur le lit. Dans cette position, elle présentait son adorable cul à ma queue dressée. Elle posa son front sur ses bras croisés, sûrement incapable de me regarder après ce que je venais de lui dire. Ce n'était pas juste destiné à la faire réagir. Je l'aimais vraiment. Je me foutais qu'elle n'arrive pas à vivre en accord avec elle-même, je l'aimais. Par contre, je ne pourrais vivre cet amour *avec* elle tant qu'elle ne m'aurait pas fait la place qui me revenait dans sa vie.

Je dessinai du bout des doigts le tracé de sa colonne vertébrale et m'arrêtai sur sa hanche. J'avais envie de m'encastrer en elle. D'empoigner ses cheveux et de mordre sa chair délicate. D'irriter de ma barbe chaque centimètre carré de sa peau crémeuse. Et, tourmentant délicieusement son corps avec ma langue, de l'amener au bord de l'orgasme pour mieux la laisser en plan, comme elle l'avait fait avec moi alors que je lui offrais tout mon amour. Je voulais me servir de tout ce qui lui donnait du plaisir pour lui faire du mal. Je souffrais et elle aussi. La différence, c'était qu'elle seule avait le pouvoir d'arrêter ce gâchis. Notre bonheur était entre ses mains. Il lui suffisait de refuser le chagrin et d'accepter ce que j'essayais de lui donner, toutes ces choses qui rimaient avec « amour » et « toujours ».

J'enfonçai mes ongles dans sa hanche et de l'autre main je me mis à caresser les irrésistibles petites fossettes qui creusaient ses reins. Je descendis le long de la courbe voluptueuse de ses fesses et atteignis son intimité déjà chaude et mouillée. Sans hésiter, j'y plongeai les doigts.

Elle sursauta. Je ne l'avais pas habituée à cette brusquerie. Je lui ordonnai de se tenir tranquille et me mis à la caresser vigoureusement.

Ça n'était pas très gentil. Ça n'était pas du tout tendre ni romantique, mais ma déception me rendait mauvais. Un adieu de ce genre n'était pas censé être facile, ni pour elle ni pour moi.

Elle était tellement chaude et veloutée sous mes doigts… Tout le contraire du noir tumulte que j'avais vu dans ses yeux. Son corps souple se mouvait en rythme. Elle releva la tête, et je compris qu'elle allait chercher mon regard par-dessus son épaule. Je me savais incapable de lui résister. Si jamais je croisais son regard, la tentation de nous sauver de la noyade, au moment où sa tempête intérieure nous rejetait sur des rives opposées, serait trop forte. Je lâchai donc sa hanche et enfouis sans ménagement ma main dans son chignon. Les torsades blondes s'écroulèrent en vagues sensuelles sur ses épaules. Je les empoignai pour détourner son regard le plus loin possible de moi. Je voulais la tenir à distance, même si mes doigts étaient en elle et si ma queue se frottait avec plaisir le long de son cul parfait. Elle geignit : la boucle de ma ceinture lui fouettait l'arrière des cuisses, mais je continuai quand même. On pouvait bien souffrir tous les deux, je m'en foutais !

Son corps se crispa et, avec un petit bruit de gorge rauque et sexy, elle accéléra le mouvement. Elle était tout près de jouir, tout près de prendre la dernière chose que je pouvais encore lui donner, du plaisir.

Sauf que je voulais partager ça avec elle, en elle.

Je retirai mes doigts de son sexe et la ramenai vers moi. Ses fesses remontèrent encore plus haut, comme pour m'inviter à m'enfoncer encore plus facilement dans sa chaleur brûlante. C'était presque trop bon. Je ne nous aimais pas beaucoup en ce moment, mais ce qui est sûr, c'est que j'aimerais toujours le sexe avec elle. Vénérer son corps avec le mien, ça ne serait jamais un acte moche ou brutal. Unir nos deux corps, ça ne pouvait pas être une punition, c'était juste une communion parfaite avec l'autre. J'avais été stupide de penser le contraire.

C'était torride comme l'enfer… Le mariage du feu et de la glace.

Je ne pouvais plus supporter d'être loin d'elle. Je ne pouvais pas la baiser sans être en phase avec elle. Je lui empoignai les cheveux pour la redresser. A présent, elle était plaquée contre moi et lorsqu'elle tourna le visage pour me regarder, nos bouches se frôlèrent.

Elle pleurait.

De grosses larmes s'échappaient de ses yeux. Je lui malaxai un sein. Mon autre main se posa sur son cœur pour sentir épeler mon nom en morse. Je ralentis le rythme de mon va-et-vient. Ma fureur retomba lorsque j'effleurai ses lèvres des miennes : ces larmes, c'était son armure de glace qui était en train de fondre.

Mon ressentiment s'envola.

Il y avait encore de l'espoir. Il était mince. Fragile. Dissimulé derrière ces blocages qui semblaient occuper tout l'espace. Mais il était là et bien là.

J'embrassai Sayer pour de bon. De toute mon âme. Avec la même fougue mêlée de crainte que lors de notre premier baiser. Avec rage. Pour qu'elle comprenne qu'elle devait me faire une place dans sa vie. Elle me rendit mon baiser avec la même ardeur. Lèvres écrasées, dents entrechoquées. Un duel de langues rythmé par le tambour de nos deux cœurs battant à l'unisson. C'était merveilleusement féroce et sauvage. Ma langue allait et venait dans sa bouche, tandis que je la prenais de plus en plus fort. Elle poussa un gémissement contre mes lèvres et m'agrippa les cheveux comme si j'étais sa seule planche de salut.

Mais je ne pouvais rien pour elle. Sayer devait se sauver elle-même. Et quand sa tempête intérieure se serait enfin calmée, quand elle y verrait clair dans ses sentiments, elle s'apercevrait que j'avais toujours été là à l'attendre.

Je pinçai son téton. Elle haleta dans ma bouche. Puis, je guidai une de ses mains vers son ventre plat jusqu'à l'endroit où se rejoignaient ses cuisses. Je savais ce qu'elle aimait maintenant, je savais comment d'une infime pression la faire jouir et se tordre de plaisir. Je connaissais tous ses points sensibles, même les plus secrets, et les caresses qui les embrasaient.

— Aujourd'hui, je ne veux pas te regarder, Sayer, je veux juste te sentir. Et toi aussi, tu vas nous sentir, ensemble. Je veux que tu te rendes compte de ce que tu perds.

Elle hoqueta. Sans cesser de caresser son clito gonflé, je lui ordonnai de glisser ses doigts de part et d'autre de ma queue qui continuait son va-et-vient impitoyable. Cette nouvelle caresse me rendait fou. Vu l'état d'excitation dans lequel on était, ça n'était pas franchement nécessaire, mais putain, qu'est-ce que c'était bon !

Je sentis mon rythme cardiaque s'accélérer, le plaisir était à la limite du supportable. Je pressai encore plus fort, encore plus fermement que d'habitude son clitoris tout en continuant de lui dévorer la bouche comme si ma vie en dépendait.

Ses ongles me labouraient le crâne. Sa tête partit violemment en arrière, et elle hurla mon nom. Elle n'était pas du genre bruyant quand on faisait l'amour. En général, elle se contentait de m'encourager par de petits miaulements qui me donnaient l'impression d'être le roi du monde. Mais ce cri… Putain ! Ce cri perçant, sauvage, déchirant, c'était le son le plus magnifique qu'il m'ait été donné d'entendre. Mon nom n'avait jamais été aussi beau. Elle se l'était approprié et ne pourrait plus jamais le renier.

Elle s'affaissa sur elle-même, détendue, et, reprenant possession de ses hanches, je me remis à plonger en elle comme un fou. Pas longtemps — son sexe était encore avide de moi, et son cri continuait de résonner à mes oreilles.

Je jouis si fort que tout devint noir.

Je jouis si fort que mes genoux faillirent me lâcher.

Je jouis si fort que tout mon corps en fut ébranlé.

Je jouis si fort que je sus qu'elle porterait ma marque pendant des jours parce que moi, je porterais la sienne.

Quand mon cerveau se remit à fonctionner, je fis courir mes mains le long de son dos, les enfouis dans ses cheveux tout emmêlés et me retirai doucement. Puis, je l'embrassai sur la nuque.

Voilà, j'avais séparé nos deux corps épuisés. Le désespoir était revenu, mais cette fois il me sembla moins dévastateur. Je reboutonnai mon pantalon tandis que Sayer s'allongeait sur le dos, les yeux rivés au plafond. Elle était belle, complètement échevelée et chiffonnée par mes baisers et mes caresses. Sa poitrine était toute rouge, ses seins portaient les marques de mes doigts et, entre ses cuisses légèrement écartées, son sexe était encore gonflé.

Les yeux toujours tournés vers le plafond, elle se prit la gorge à deux mains, comme si elle cherchait à retenir son cri. Mais c'était trop tard, son cri on l'avait entendu tous les deux.

— Zeb, tu as vu ce qui a failli se passer, aujourd'hui… Je refuse que Hyde soit privé de son père à cause de moi.

Je ne serai pas la fille égoïste et inconséquente que mon père m'a toujours reproché d'être.

J'encaissai le coup, un peu sonné par sa tranquille détermination, et ramassai ma chemise.

— Tu es incapable d'égoïsme ou d'inconséquence, Sayer. Tu n'en as pas un gramme dans le sang. Tu veux continuer à être un robot sans émotion, comme à l'époque où tu devais faire face à ton père et au suicide de ta mère ? Très bien, c'est un choix que tu fais en toute connaissance de cause, alors qu'il y a d'autres solutions. C'est ce que tu choisis d'être au lieu de miser sur moi, de miser sur nous. Je sais bien qu'il y a toujours un risque, mais ce risque, on l'aurait pris ensemble.

J'enfilai ma chemise avec brusquerie, sans même chercher à récupérer mon T-shirt.

— Je t'aime, Sayer, et tu le sais. Ce que tu choisis d'en faire, c'est ton problème à toi.

Je la vis crisper ses mains involontairement sur sa gorge, comme suffoquée par tout ce qu'elle refoulait.

Je me rapprochai du lit, jusqu'à ce que mes genoux touchent les siens, et me penchai au-dessus d'elle, les mains de part et d'autre de sa tête. Elle me regarda sans cesser de pleurer : l'armure de glace continuait de fondre. Des morceaux s'en détachaient, lui tailladant le cœur de leurs arêtes irrégulières.

J'effleurai son front de mes lèvres.

— Je t'ai choisie toi, Sayer. La femme, l'avocate et toutes les autres facettes de toi, je les ai choisies. Je nous ai choisis, toi et moi. Quand tu seras prête à l'accepter, tu n'auras qu'à venir me trouver, je serai là.

Je me redressai et lui fis un petit sourire sans joie.

— On se reverra à l'audience.

Le défi était lancé, j'avais joué ma dernière carte. A

présent, tout ce qu'il me restait à faire, c'était l'aimer et la quitter.

J'aimais bien Wes, le copain de ma sœur. C'était un mec cool et très sympa. En tout cas, il ne semblait pas perturbé par mon humeur de chien ni par l'attitude de mon fils qui restait scotché à moi. Pour ce premier brunch en famille, Hyde se montrait d'une timidité inhabituelle. Il faut dire aussi que, dès qu'elle l'avait vu, ma mère avait fondu en larmes et que depuis elle n'arrêtait pas de lui caresser les cheveux et de le serrer dans ses bras. Sans compter qu'après le repas elle et ma sœur lui avaient donné toute une flopée de jouets, de quoi compenser largement les Noëls et les anniversaires qu'on n'avait pas pu fêter avec lui. Quand j'aurais ramené tout ce bazar chez moi, plus personne ne pourrait dire que mon appart n'était pas fait pour accueillir des enfants !

Je n'arrêtais pas de demander à Hyde s'il allait bien. Il faisait oui de la tête, sans rien dire. Enfin, quand tout le monde fut rassasié de dessert, Joss l'emmena regarder un film de Disney dans le séjour pendant que Wes et moi, on s'attaquait à la vaisselle. Béryl était tiraillée entre l'envie de veiller sur les enfants et celle de me surveiller moi, au cas où je lui mettrais la honte devant son homme. Aussi, quand elle passa pour la cinquième fois la tête par la porte de la cuisine pour savoir si on avait besoin d'aide, je m'arrangeai pour qu'elle me surprenne en train de relayer une mésaventure bien gênante datant de ses années de lycée. Ce soir-là, elle avait fait le mur en plein hiver pour aller rejoindre le fils des voisins. Résultat : elle s'était retrouvée enfermée dehors et avait failli geler sur place plutôt que de sonner à la maison, de peur que notre mère découvre son escapade. Tout ça pour dire que Béryl avait toujours pris des risques avec les hommes et que ça lui avait rarement réussi. Ma sœur me flingua du regard, tandis que Wes éclatait de rire. Mais, derrière le côté marrant de l'anecdote, j'avais un message à faire passer. Restait à espérer que Wes le recevrait cinq sur cinq. Au cas où, j'en remis une couche :

— Je ne voudrais pas que tu sois le risque de trop pour ma frangine, Wes.

Il me tendit une pile d'assiettes à essuyer et s'appuya au comptoir, face à moi.

— Je n'ai jamais autant ramé avec une fille. Ta sœur est très belle, Zeb, mais ce n'est pas ça qui me plaît chez elle. Dès le début, je l'ai trouvée unique et, avec elle, moi aussi je me sens unique. Quand ce genre de truc t'arrive, tu ne le laisses pas passer.

Il avait raison. Il n'y avait que quelques jours que je n'avais pas vu Sayer, et pourtant son absence me pesait à chaque seconde de la journée, où que je sois, quoi que je fasse. Elle était gravée dans mes os, elle coulait dans mes veines, à tel point que sans elle j'avais l'impression d'être une enveloppe vide. Grâce à ma blonde glaciale, j'avais retrouvé mon humeur de chien !

— Et Joss…

Wes secoua la tête en riant, et ses yeux se mirent à pétiller.

— Quel numéro, cette petite ! Elle est pleine de vie ! Et dès qu'elle ouvre la bouche, on peut s'attendre à tout !

Je vins moi aussi m'appuyer au comptoir.

— Elle ferait mieux de tourner sept fois sa langue dans sa bouche avant de parler ! C'est la reine de l'embrouille, cette gamine, et ça ne va pas s'arranger en grandissant. Béryl va devoir la surveiller comme le lait sur le feu.

— Eh bien, avec un peu de chance elle ne sera pas seule à le faire. Je compte bien m'incruster, Zeb — sur le long terme. Je veux qu'on forme une famille, les deux filles et moi.

Je considérai Wes pensivement. Nerveux, il se mit à passer d'un pied sur l'autre. Je faisais bien quinze centimètres et quarante kilos de plus que lui et je savais qu'il était au courant de mon passé. Pourtant, il soutenait mon regard sans broncher. Au bout d'un moment, il déclara simplement :

— Je ne te demande pas de renoncer à elles, Zeb, seulement de les partager avec moi.

Je hochai sèchement la tête.

— Tant que tu les traites correctement et qu'elles veulent que tu restes, je suis d'accord pour partager. Moi, tout ce qui m'intéresse, c'est que tu rendes ma sœur heureuse et que tu empêches ma nièce de faire des bêtises.

Il eut un petit rire.

— Ce n'est pas de la tarte, mais je te promets de faire de mon mieux, même si je dois y passer ma vie.

Ce mec aimait vraiment ma sœur et ma nièce, et j'avoue, ça me tordait un peu le ventre de voir à quel point ça semblait évident pour eux trois. Bien sûr, tout n'était pas rose : Béryl en avait bavé, sauf que ma sœur, elle, avait la volonté d'aller de l'avant. Du coup, elle était capable de se détacher du passé, alors que Sayer s'y cramponnait comme une malade. Si seulement j'arrivais à lui faire lâcher prise, je pourrais tout avoir : la fille, mon gosse, la maison de mes rêves et la vie qui va avec.

La vaisselle terminée, on revint voir la fin du film au salon. Hyde s'était blotti contre ma mère, émue aux larmes par cette innocente marque de confiance. C'était si naturel et en même temps si extraordinaire de l'avoir parmi nous ! Hyde avait sa place dans notre famille.

Au moment de partir, je l'emmitouflai dans son manteau,

le coiffai de son bonnet Batman tout neuf, et l'installai dans le pick-up. Bientôt, la neige recouvrirait les routes, et il faudrait que je remise mon bijou mécanique pour l'hiver — ma beauté détestait se salir les roues. N'empêche que c'était la seule fille du quartier capable d'en jeter à tous les étages, même équipée d'un siège-auto.

En parlant de siège-auto… Hyde était toujours aussi calme et réservé. Je tendis le bras pour lui caresser la tête et lui serrer affectueusement la nuque. Il n'avait peut-être pas envie de parler devant tout le monde. Mais je savais que dès qu'on serait seuls, il allait cracher le morceau, me dire enfin ce qui le rendait si sombre et lointain.

— Pourquoi tu ne dis rien, bonhomme ? Grandma était trop contente de faire ta connaissance, et Joss a dit qu'elle voulait que tu viennes jouer tous les jours.

Hyde haussa ses minuscules épaules et se mit à balancer les jambes comme à chaque fois que quelque chose le tracassait. Il aspira sa lèvre inférieure et se tourna vers la vitre.

— Tu peux me parler, tu sais, Hyde. Tu peux tout me raconter, et si tu ne veux pas me dire ce qui t'embête, ce n'est pas un souci non plus. L'important, c'est que tu saches que je ne demande qu'à t'aider.

Au bout de quelques minutes de silence, il se tourna vers moi.

— Je vais bientôt habiter chez toi, hein ?

Je lui caressai à nouveau la tête.

— Y a intérêt ! C'est le dernier week-end où je suis obligé de te ramener le soir. Après, tu pourras dormir à l'appartement. Au début, pas tous les jours, mais ça va se faire très, très vite.

— Bon, d'accord, fit-il d'une toute petite voix.

Je lui lançai un coup d'œil ; il avait l'air de retenir ses larmes.

— Hé, Hyde… Si tu ne te sens pas encore prêt, tu n'es pas obligé de venir habiter avec moi. Moi, j'ai très envie, mais il faut que tu sois d'accord.

Ça faisait beaucoup pour un enfant de cinq ans, néanmoins je ne voyais toujours pas ce qui le gênait exactement.

— J'attendrai que tu sois prêt, d'accord ?

Apparemment, j'étais condamné à attendre le bon vouloir des personnes que j'aimais…

Hyde se frotta les yeux. Je posai ma main sur sa tête. J'avais bien envie de me garer sur le bas-côté le temps de lui faire un câlin.

— Quand je viendrai dormir chez toi, tu vas me laisser tout seul dans ton appartement ? Ma maman, elle me laissait tout le temps tout seul, et j'avais peur. Moi, j'ai peur du noir et puis j'avais faim aussi. Des fois, tatie Echo, elle me prenait chez elle quand j'avais trop peur. Toi, tu m'emmènes dans plein d'endroits et il y a toujours des gens avec nous, maintenant, alors tu peux pas me laisser seul. J'aime pas être seul.

Ce gosse me poignardait le cœur. Je dus finalement me garer sur le bas-côté, mais parce que je tremblais de rage. Les remords me nouaient la gorge, et je dus respirer à fond pour ne pas hurler de colère. J'avais de la chance que Hyde ait survécu à la négligence de sa mère ! C'était même un miracle qu'il me soit donné de pouvoir l'aimer !

— Je ne te laisserai jamais seul, Hyde. Jamais. Ni à l'appartement ni ailleurs. Et puis, de toute façon, je vais te montrer comment te servir de mon téléphone. Comme ça, tu pourras appeler ta tante Echo, ta tante Béryl et ta cousine Joss. Tu pourras aussi appeler Grandma, d'accord ? Parce que, même si je suis là, tu peux des fois te sentir seul. D'accord ?

Il hocha la tête et renifla bruyamment. A nouveau, il se frotta les yeux et me regarda, les cils tout collés de larmes.

— Et Sayer ? Je peux l'appeler si je me sens seul ?

Ce gosse allait me tuer.

— Tu veux appeler Sayer ?

Il haussa encore les épaules, mais sa joue se creusa d'une fossette identique à la mienne. Il avait retrouvé le sourire.

— Elle est trop belle et trop gentille. En plus, elle sent bon et elle joue avec moi. Je l'aime, c'est une princesse.

Je réprimai un grognement.

Il avait raison, Sayer était tout ça à la fois… Enfin, peut-être pas une princesse mais, à part ça, moi aussi j'aimais bien quand elle jouait avec moi.

— Oui, moi aussi, je l'aime beaucoup, et je suis sûr qu'elle serait très contente de parler avec toi si jamais tu te sentais seul. Elle veut que tu sois heureux, tu sais.

Il hocha la tête comme un adulte miniature et me fit un grand sourire.

— Elle veut que tu sois heureux toi aussi, c'est elle qui me l'a dit.

Je repris la route. Je ne voulais pas le ramener en retard.

— Ah bon ? Qu'est-ce qu'elle t'a dit exactement ?

— Euh…

Il recommença à balancer les jambes et se tapota le menton, comme s'il réfléchissait très sérieusement à ce qu'il allait me répondre. Il se fichait de moi, le petit coquin ! Je fis semblant de lui faire les gros yeux dans le rétroviseur. Il gloussa et partit d'un fou rire lorsque je me mis à lui chatouiller les jambes. Enfin, il capitula.

— Arrête, arrête ! Elle a juste dit qu'elle faisait son maximum pour que je vienne habiter chez toi parce que c'est la meilleure solution pour nous deux. Elle a dit que je te rendais heureux. Ça m'a rendu heureux, alors ça l'a rendue heureuse.

La logique selon un gamin de cinq ans.

— C'est vrai que tu me rends heureux, mon gars.

— Moi aussi, tu me rends heureux, Zeb.

Il fallait juste faire monter à bord le dernier membre du trio pour que l'équipage soit au complet.

— Quand est-ce qu'elle t'a dit ça ?

Hyde haussa les épaules.

— Quand elle est venue jouer à la maison. Elle est toujours bien habillée.

Donc, elle avait dû passer après son boulot. Je ne voulais pas être jaloux de mon fils, mais… je l'étais quand même un peu.

Sayer l'ignorait peut-être, ou alors elle refusait de se l'avouer, mais elle allait nous choisir… mon fils et moi. Sinon, pourquoi aurait-elle fait tout ça ?

L'infime lueur d'espoir à laquelle je me raccrochais depuis des semaines se remit à briller.

15

Sayer

Ça faisait presque un mois que Zeb était sorti de ma chambre et de ma vie, me laissant seule avec mes larmes et ma culpabilité. Anéantie par les choix que j'avais faits, ébranlée par ses paroles qui me mettaient face à mes contradictions.

Je devais pourtant discuter avec lui de son affaire. Le juge avait ordonné une inspection de son domicile avant de l'autoriser à accueillir Hyde pour la nuit. Au téléphone, Zeb me confirma la venue d'une assistante sociale, mais déclina ma proposition d'aide, affirmant qu'il s'en sortirait très bien tout seul.

Quand je lui demandais par texto comment Hyde s'adaptait à la situation, il répondait par un seul mot, genre : « Bien » ou « OK ». Quand je lui demandais par mail s'il avait déjà contacté les écoles de son quartier et vérifié que Hyde était à jour dans ses vaccins, il répondait par des messages purement factuels, avec en pièces jointes les copies des documents que je devrais présenter au juge comme preuves de sa motivation.

Qu'il ait mis de la distance entre nous, je le comprenais — je ne lui avais pas laissé d'autre choix. Pas plus que je ne l'avais incité à se battre pour moi. Et pourtant son absence me faisait souffrir. La place que je lui avais accordée dans ma vie et dans mon cœur ne serait jamais comblée, et je prenais douloureusement conscience qu'être « seule » et « esseulée », c'étaient deux fléaux bien différents.

Etre seule, c'était dur, mais ça n'était rien à côté d'être esseulée.

La solitude était vide et caverneuse. C'était un gouffre béant, infini, une souffrance sourde et monotone.

Etre esseulée, c'était l'inverse. L'esseulement me remplissait jusqu'à la nausée. J'en étais tellement saturée que ça aurait dû se voir. L'esseulement poussait des cris stridents dans ma tête. Ce hurlement continu et perçant était le fruit d'un horrible mélange de culpabilité, de désir, de crainte et de fureur. Il n'y avait rien de monotone dans l'esseulement. Il me poignardait sans pitié par toutes les failles de mon armure, charcutait les plaies anciennes, m'obligeait à réagir avant de me retrouver exsangue.

Une chose était maintenant claire pour moi : je voulais être la femme que j'étais avec Zeb, même sans lui. C'était elle que j'avais choisie. Mais comment faire pour rester cette femme-là ? Ma décision avait beau être prise, je continuais d'avancer dans le noir.

Pour la dernière audience devant le juge, j'allais devoir fourbir mes armes. Ce serait la première fois que je reverrais Zeb depuis des semaines, et il ne serait pas seul : sa mère et sa sœur l'accompagneraient pour entendre le verdict final. Ferais-je le poids face à toute la famille Fuller ? D'un autre côté, on se battait tous dans le même camp, celui de Hyde… Mais si je voulais être professionnellement au top pour cette audience, je savais aussi que je devais commencer à laisser un peu de place à cette femme que je tentais désespérément de devenir. Pour commencer, je m'achetai une nouvelle tenue. Ce fut la vendeuse qui tournait autour de Zeb le jour où on cherchait des draps pour Hyde qui s'occupa de moi. A contrecœur, elle reconnut que si le violet vif n'allait pas à tout le monde, moi, il me mettait en valeur. Pour une fois, je réussis à apprécier le compliment. Je vis bien qu'elle hallucinait lorsque je choisis de l'assortir à un haut jaune pétard. C'était peut-être un peu *too much*, un peu trop voyant, mais je m'en fichais… et c'était très libérateur.

Dans la foulée, je décidai d'en finir avec les cheveux longs et la couleur naturelle. Les seules coiffures que je m'autorisais, c'étaient des chignons et des queues-de-cheval. Histoire de ne pas faire de chichis. Mais j'avais bien le droit de faire des chichis ! Je voulais faire des chichis ! Je pris rendez-vous chez le coiffeur pour raccourcir mon épaisse chevelure d'une bonne dizaine de centimètres et, tant que j'y étais, je demandai qu'on me fasse des mèches dans toutes les nuances de blond possibles. Le résultat final était accrocheur et hyper tendance. Bien plus flashy que tout ce que j'avais pu tenter auparavant.

J'avais tombé le masque et, même si la femme qui affrontait le monde à visage découvert n'avait pas encore réglé tous ses problèmes, elle s'y employait. Avec des vêtements aux couleurs pétantes et une coiffure à la fois stylée et moderne. D'accord, c'étaient de tout petits pas, mais ils allaient dans la bonne direction.

Quand arriva le jour de l'ultime audience pour la garde de Hyde, je suggérai de tous nous réunir au préalable dans mon bureau, comme on l'avait fait à chaque fois. Mais Zeb déclina mon offre, il préférait me retrouver directement au tribunal avec sa famille. J'avais l'impression d'avoir affaire à un étranger. Dans sa voix grave, il n'y avait plus le moindre soupçon de son humour bon enfant, plus le moindre sous-entendu coquin. Il s'adressait à moi comme n'importe lequel de mes clients, et ça me faisait mal. Pas la moindre allusion à notre intimité passée ni à quoi que ce soit de personnel.

Il se servait de ma propre tactique contre moi… C'était comme si on m'avait plongée dans un lac d'eau glacée. OK, je l'avais bien cherché, mais un froid terrible continuait de m'ébranler. C'était tellement plus facile de ne rien ressentir, de feindre l'indifférence ! Le tsunami déferlait à nouveau, m'engloutissant sous les émotions qui enflaient et refluaient en moi, et c'était Zeb qui en était le grand ordinateur.

En arrivant, je vis tout de suite sa jeep garée dans la rue, à l'arrière du palais. Mon cœur fit un bond. Jamais je n'avais autant souhaité voir quelqu'un ! Pas même Rowdy, quand je m'étais installée à Denver. Zeb, je voulais juste le regarder, le voir, le respirer. Je voulais être enveloppée par son aura protectrice. Je voulais entendre sa voix gronder, voir ses mains caresser sa barbe pendant qu'il réfléchissait. Son absence me faisait souffrir bien sûr, mais, le pire, c'étaient tous ces petits détails qui faisaient que Zeb était Zeb… Telle une toxico en manque, je crevais d'envie de m'en reprendre un shoot.

Je contournais l'édifice quand mon portable se mit à sonner. Je m'arrêtai pour le sortir de mon sac. Mon assistante souhaitait peut-être me communiquer un élément nouveau avant l'audience. Mais, lorsqu'un numéro de Seattle que je connaissais bien s'afficha sur l'écran, je faillis lâcher mon téléphone. Calant mon sac au creux de mon coude, je portai l'appareil à mon oreille.

— Nathan ?

— Euh…, salut, Sayer. Ça fait un bail.

Ça, c'était l'euphémisme de l'année ! Quand je lui avais

annoncé que je partais à la recherche de mon frère, au Colorado, je lui avais rendu sa bague de fiançailles, et depuis on n'avait plus eu aucun contact. Ça faisait un an que je n'avais pas entendu le son de sa voix.

— Ça va, toi ? Ecoute, euh… J'ai une audience très importante, là… Je n'ai pas beaucoup de temps pour parler.

Il eut un petit rire sans joie qui me rappela pourquoi ça n'aurait jamais pu marcher entre nous.

— Tu as toujours une audience très importante, de toute façon… Tu ne changeras jamais.

Cette tentative de me rabaisser, moi et le métier que je faisais, me fit me hérisser, c'était un coup bas. En même temps, je lui avais brisé le cœur… Il avait bien le droit d'être un peu vache avec moi, c'était de bonne guerre.

— Qu'est-ce que tu veux, Nathan ?

— Ecoute, je sais que ça fait longtemps… Mais je suis de passage à Denver pour rencontrer un client potentiel. Comme je reste quelques jours, je me suis dit qu'on pourrait peut-être aller boire un verre et bavarder un peu…

La surprise faillit me faire trébucher. Par réflexe, ma main se crispa sur le téléphone, et je tournai la tête en direction de l'entrée du palais de justice. J'avais l'impression d'être au carrefour de mon passé et de mon avenir : si jamais je me trompais de direction, je sacrifierais l'un pour replonger tête baissée dans l'autre.

Je laissai passer quelques secondes de silence, au lieu d'accepter machinalement, par politesse, comme je l'aurais fait à Seattle. En fait, je n'aimais déjà pas spécialement sortir avec Nathan quand on était encore ensemble… Je n'avais rien de particulier à lui reprocher, c'est juste qu'il n'était pas aussi intéressant que mon job et qu'il ne m'avait pas vraiment manqué depuis notre rupture. Ce n'était pas comme si je mourais d'envie de renouer avec lui. Je voyais ça d'ici… Il allait me demander ce que je devenais, et j'allais passer une heure éprouvante à lui expliquer que j'en étais au même point que lorsque j'avais quitté Seattle, sauf que désormais j'avais un frère adoré, une pensionnaire pour qui j'aurais donné ma vie et un mec fait pour moi, mais que j'avais peur d'aimer. Je lâchai un soupir et optai pour la franchise.

— Non, Nathan. Je n'ai pas vraiment envie de bavarder avec toi.

Il n'y avait aucune mauvaise conscience, aucune inquiétude, aucune récrimination dans ma réponse. La femme que j'étais devenue, la femme que j'étais avec Zeb, savait refuser sans se mettre à culpabiliser. Je n'avais pas envie de le voir, point barre. Qu'est-ce que c'était libérateur de pouvoir dire non sans avoir à se justifier !

Je l'entendis soupirer et regardai l'écran de mon portable. Quelle heure était-il ? J'avais encore quelques minutes avant le début de l'audience, mais ce qui m'attendait était bien plus important que l'agacement de Nathan.

— Bon sang, Sayer, tu es froide comme un glaçon !

Je ne pus retenir une petite exclamation ironique. La femme que j'étais à présent savait souffler le chaud comme le froid, elle ressentait toute la gamme des émotions, y compris de l'énervement envers cet égoïste qui estimait son temps plus précieux que le mien.

— Non, Nathan. Je ne suis pas froide, j'ai du travail, c'est tout.

— Ton travail, tu l'as toujours fait passer avant tout… C'est ça qui nous a empêchés d'avoir une vraie relation.

Je poussai un gros soupir et m'arrêtai devant les portes du palais. Mon job n'avait rien à voir là-dedans ! Ce qui nous avait empêchés d'avoir une vraie relation, c'était que je ne l'aimais pas et que lui ne m'aimait pas non plus… en tout cas, il n'aimait pas mon véritable moi.

Mon regard fut attiré par un reflet rose, et je vis sortir en trombe la jeune femme qui était en train de pourrir Quaid la dernière fois que j'étais venue au tribunal. De près, elle était très jolie, d'une beauté délicate qui n'allait pas avec sa surprenante teinte de cheveux et le pli rageur de sa bouche. Je ne distinguai pas la couleur de ses yeux, mais son mascara avait coulé. De toute évidence, elle pleurait. Quaid la talonnait de près, toujours aussi impeccable et professionnel dans son austère costume gris, sauf qu'il avait les cheveux tout ébouriffés, comme s'il avait voulu se les arracher à pleines mains. Il passa devant moi sans me voir. J'allais lui lancer un « bonjour » quand il attrapa la jeune femme par le bras. Il lui fit faire volte-face et se mit à crier. Je ne comprenais pas ce qu'il disait, mais j'avais envie de m'interposer entre eux : manifestement, Quaid était sur le point de perdre son calme. Mais, au moment où j'allais intervenir, il souleva la fille sans effort, amenant sa bouche à la hauteur de la sienne.

J'ouvris de grands yeux.

Quaid attira à lui la fille qui continuait à gigoter. Pour finir, elle capitula à contrecœur et enlaça ses larges épaules.

La couleur. Le risque. Cette pulsion plus forte que l'amour qui te pousse dans les bras de ton contraire. Cette chose en plus qui t'incite à progresser pour celui ou celle qui t'aime vraiment. Le bel avocat et la minitornade à cheveux roses semblaient pourtant si mal assortis… Son divorce avait rendu Quaid dur et sans illusions. Cette fille était trop jeune pour lui et puis elle paraissait déjà revenue de tout. Sans parler du fait que c'était sa cliente… une délinquante. Néanmoins, il la tenait d'une façon qui en disait long. Soudain, elle se dégagea brutalement et lui colla une gifle avant de s'éloigner à grands pas. Oui, il y avait quelque chose entre eux. Une sensualité électrique qui me faisait regretter ce à quoi j'avais délibérément renoncé.

Zeb me manquait à tous les niveaux.

— Sayer ?

Merde, Nathan ! Je l'avais complètement oublié, celui-là... J'entrai tête baissée dans le palais de justice pour que Quaid ne s'aperçoive pas que j'avais été témoin de cette scène torride entre lui et sa cliente. Sans que je sache pourquoi, ça m'avait un peu ébranlée.

— J'arrive aux contrôles de sécurité, là. Il faut que je te laisse. Ecoute, Nathan, j'espère qu'un jour tu rencontreras quelqu'un qui te donnera envie de vivre à fond. Je te le souhaite vraiment.

Je ne m'étendis pas davantage. Il marmonna un « au revoir » plutôt acide, et je raccrochai pour passer mes affaires au scanner et franchir le portique à détecteur de métaux. Nerveuse, j'entrai dans la salle où m'attendait la famille Fuller au grand complet avant l'arbitrage final du juge.

Quand je croisai le regard vert foncé de Zeb, je tentai de donner le change, mais l'anxiété devait se lire sur mon visage. De toute façon, avant que j'aie pu articuler un « bonjour » mal assuré, une belle femme brune qui ne pouvait être que sa mère s'interposa entre nous, main tendue, m'obligeant à m'arracher à la contemplation de son fils.

— Bonjour. Je suis Melissa Fuller. Je tiens à vous remercier au nom de nous tous pour tout ce que vous avez fait pour réunir Zeb et son fils. Il nous tarde tellement de pouvoir accueillir Hyde pour de bon !

A l'autre bout de la pièce, Zeb grommela d'un ton bourru :

— Je te présente mon *avocate*, Sayer Cole.

Il avait fait exprès de mettre l'accent sur « avocate ». Je frémis intérieurement. C'était pourtant bien le rôle que j'avais choisi de jouer dans sa vie. N'empêche, ça m'irritait qu'il m'accorde ce que je voulais… ou du moins ce que je croyais vouloir.

Je serrai la main de sa mère et m'éclaircis la gorge, gênée. Adossé au mur d'en face, Zeb continuait de me fixer. Je l'ignorai et serrai la main de l'autre femme qui s'était avancée. Elle ressemblait tellement à Zeb que ça ne pouvait être que sa sœur. Elle se présenta et me détailla d'un regard aigu. Je ne pus m'empêcher de me sentir jugée, pas méchamment, mais cette femme était visiblement en train de m'évaluer. J'aurais voulu me justifier, lui dire que *bien sûr* son petit frère méritait mieux que le traitement que je lui avais fait subir, mais je préférai m'adresser à Mme Fuller.

— Oh ! vous savez, c'est Zeb qui a pratiquement tout fait. Moi, j'ai simplement enclenché la procédure. De toute façon, la place de Hyde est chez lui, dans sa famille. Ça m'a fait très plaisir de réunir un père et son fils.

Je regardai Zeb du coin de l'œil. Il restait de marbre, mais une veine s'était mise à battre à sa tempe et il fronçait les sourcils comme si quelque chose l'ennuyait. Je brûlais d'effacer du doigt sa ride du lion. Je posai mon sac sur la table et invitai sa mère et sa sœur à s'asseoir pour leur expliquer en quelques mots comment allait se dérouler l'audience. Je me tournai vers Zeb et lui demandai gentiment s'il voulait se joindre à nous.

Il fit non de la tête et resta immobile comme une statue, écrasant le petit local de sa présence menaçante et hostile. Il était fâché contre moi. Très bien, de toute façon, je n'étais pas très contente de moi non plus. Mais ça viendrait.

Les deux femmes assises en face de moi, je les briefai sur le rôle qu'elles auraient peut-être à jouer. En effet, il se pouvait que le juge demande à les entendre afin d'estimer l'aptitude de Zeb à être père. Je prévins Béryl. Si jamais elle devait témoigner, il y avait de fortes chances pour que l'agression du père de Joss soit abordée. Après tout, c'était ce qui avait poussé Zeb en prison. Il lui faudrait garder son sang-froid, s'en tenir uniquement aux faits et s'attacher à décrire l'attitude de Zeb envers Joss. Par exemple, dire au juge qu'elle la confiait les yeux fermés à son frère et lui détailler tout le chemin qu'il avait parcouru depuis sa sortie de prison. Je lui souris gentiment. En résumé, tout ce qu'elle avait à faire, c'était de démontrer au juge que Zeb était un oncle et un grand frère formidable, ce à quoi elle répondit :

— C'est de la balle.

Elle me fut immédiatement sympathique, ce qui me fit d'autant plus culpabiliser : car c'était moi qui catalysais l'énorme masse négative repliée dans un coin de la pièce.

Béryl me regardait d'un air concentré, comme si elle essayait de déceler l'origine de mon blocage. Si jamais elle trouvait la réponse, qu'elle me la dise, surtout ! Parce que, quel qu'ait été le mécanisme qui m'avait fait tenir jusque-là, j'avais l'impression qu'il était irrémédiablement déglingué.

Je me tournai vers la mère de Zeb. Ses yeux verts allaient de son fils à moi, remplis d'un intérêt spéculatif. Je pianotai sur la table, comme toujours quand j'étais nerveuse, et pour la première fois je continuai même lorsque son regard s'arrêta sur moi.

— Si le juge vous appelle à la barre, madame Fuller, ce sera surtout pour savoir si vous serez en mesure de vous occuper de Hyde après l'école. Il va vous demander combien d'heures vous comptez lui consacrer, et si votre mode de vie est compatible avec l'arrivée d'un petit garçon de cinq ans. Il peut aussi s'enquérir du regard que vous portez sur l'aptitude de Zeb à élever seul un enfant. Finalement, l'important, c'est que votre fille et vous présentiez un front uni afin de montrer au juge que Hyde fait déjà partie de votre famille. De toute manière, il souhaite déjà le confier à votre fils, il ne s'agit donc que de le conforter dans sa décision.

Elle me sourit, et je compris d'où Zeb tenait sa fossette.

— Jusqu'ici, Zeb a été merveilleux avec Hyde. Il est peut-être un tantinet plus coulant que je ne l'étais avec lui au même âge, mais il apprend tous les jours.

Elle tapota mes mains que je continuais à tordre nerveusement et soupira :

— Pour autant, élever un enfant seul, ce n'est jamais l'idéal. Gérer les épreuves et les tribulations d'une famille au quotidien, c'est plus facile à deux.

Par-dessus l'épaule de Melissa, je jetai un regard à Zeb. Il continuait de me fixer, mais le discours de sa mère avait accentué la dureté de ses traits. Il finit par se décoller du mur et esquissa le geste de se passer les mains dans les cheveux. A la dernière seconde, il se retint, se souvenant sans doute qu'il les avait disciplinés pour paraître plus présentable devant le juge. Il souffla d'un air exaspéré.

— On s'en est très bien sortis, Béryl et moi, m'man. Je te promets de ne pas bousiller mon fils si on m'accorde le droit de l'élever seul.

Sa mère se mit à rire. Je leur signalai qu'il était temps d'entrer dans la salle d'audience, et on se leva toutes les trois.

— Je sais bien que tu ne vas pas le bousiller, Zeb, et je ne vois pas comment vous pourriez rester longtemps seuls, toi et ce petit amour.

Elle s'adressait à son fils, cependant c'était moi qu'elle

regardait. Elle me lança un coup d'œil appuyé en passant devant moi. Je me pris sa remarque de plein fouet.

Je savais très bien ce qu'elle sous-entendait par là. « Secoue-toi, ma fille, si tu ne veux pas qu'une autre, moins farouche et moins coincée, ne te pique la place. Sinon, tu ne pourras t'en prendre qu'à toi-même. »

Zeb n'avait pas hérité que la fossette de sa mère : il lui avait visiblement pris sa franchise et son côté cash.

Il s'arrêta devant moi en sortant de la pièce. Je le regardai de toute la force de mon âme.

— Bonne chance.

Il semblait au bord de l'implosion. Il ébaucha un geste, comme s'il allait prendre ma joue dans sa paume, mais laissa retomber sa main avant de m'avoir seulement effleurée. J'eus envie de pleurer.

— Je n'ai pas besoin de chance puisque je t'ai, toi. Ta nouvelle coupe me plaît beaucoup et je te trouve très belle, aujourd'hui.

A ces mots, mon cœur s'emplit de joie. Bouleversée, j'avais envie de me laisser porter par ce sentiment et d'oublier la douleur de l'absence qui avait été ma seule compagne ces dernières semaines. Je le laissai me précéder, tandis que je m'accordais une minute, le temps de retrouver mes esprits. Toujours cette foutue émotivité ! Elle avait le don de te mettre K-O si tu la laissais s'exprimer.

On pénétra dans la salle d'audience, animés tous les quatre d'un étrange optimisme. L'horrible incertitude qui avait plombé l'ambiance de la première audience s'était dissipée depuis longtemps. Comme si tout ça n'était plus qu'une formalité. A l'entrée du juge, on se plia tous au protocole, puis je répondis à toutes les questions des magistrats concernant le déroulé des visites à domicile, le stage d'aide à la parentalité et les détails soulignés par le juge la dernière fois. Celui-ci parut satisfait des progrès de Zeb et lui demanda de venir à la barre. Je l'encourageai d'un signe de tête et lui rappelai d'être simplement honnête. Après tout, c'est ce qu'il faisait le mieux.

— Comment se sont déroulés les week-ends à domicile, monsieur Fuller ?

Zeb se redressa et répondit d'une voix claire et ferme :

— On est passés par une phase de transition. Hyde a très peur de rester seul, et je crois qu'il vit très mal le fait d'être ballotté entre son foyer d'accueil et mon appartement. Il me demande tout le temps si je vais revenir le chercher. Et il se nourrirait exclusivement de pizza si je le laissais faire. Alors, il y a eu quelques pleurs quand j'ai exigé qu'il mange de façon plus équilibrée.

Le juge se mit à rire, ce qui me fit sourire.

— Mais on s'en est bien tirés, poursuivit Zeb. Ma mère et ma sœur ont été formidables. Et puis la mère du petit avait une très bonne amie qui s'est souvent occupée de lui et qu'il aime beaucoup. Elle est venue le voir. A mon avis, Hyde sait qu'on cherche tous à le rendre heureux. D'ailleurs, je le gâte peut-être un peu trop, mais c'est parce que j'essaie de rattraper le temps perdu.

— Et qu'en est-il des questions pratiques ? Comment comptez-vous gérer la transition vers une garde exclusive : école, crèche, mutuelle de santé ? Où en êtes-vous de ce côté-là ?

— Hyde n'ira pas en maternelle avant la rentrée prochaine, vu que son anniversaire tombe à la fin de l'année. Du coup, je vais l'inscrire dans une crèche proche de l'école de ma nièce. Comme ça, ma mère pourra aller le chercher et s'en occuper, le temps que je rentre du travail. Ma nièce Joss s'entend très bien avec lui, et puis je préfère qu'il soit en famille plutôt qu'en garderie.

Il jeta un coup d'œil en direction de sa mère, qui acquiesça de la tête. Le juge suivit cet échange par-dessus ses lunettes cerclées de fer et nota quelque chose dans le dossier ouvert sur son bureau.

— Et pour la mutuelle, monsieur Fuller ?

Les épaules de Zeb se raidirent, mais il répondit sans détour.

— Comme je suis artisan, ça n'a pas été tout seul. Je dois attendre la prochaine période d'inscription pour souscrire un contrat à son nom. Entre-temps, je vais lui prendre la couverture médicale minimum.

— Et les séances de thérapie familiale que je vous avais recommandé de suivre ? Vous nous avez dit que l'enfant avait des angoisses de séparation…

— Ma sœur m'a donné le nom du médecin qui avait suivi ma nièce, il y a quelques années. Quand je m'étais bagarré avec son père. Il ne pouvait pas nous recevoir ce mois-ci, mais j'ai pris un premier rendez-vous pour mon fils et moi dans quelques semaines. Je veux d'abord m'assurer que Hyde s'entend bien avec ce psy avant de m'engager dans une thérapie à long terme.

Le juge griffonna encore quelque chose, mais la satisfaction se lisait sur son visage. Tout se passait au mieux, et je n'avais pas grand-chose à faire. A mon avis, le juge n'allait même pas appeler la mère et la sœur de Zeb à la barre.

Il hocha la tête et enchaîna :

— Et quelles dispositions avez-vous prises en ce qui concerne votre vie sentimentale, monsieur Fuller ?

Le regard de Zeb vola vers moi avant de revenir sur le juge. Je tâchai de dissimuler mon trouble.

— Depuis quelque temps, ma vie sentimentale est quasiment réduite à zéro, Votre Honneur. Je travaille beaucoup et je prépare l'arrivée de mon fils. Maintenant, j'attends de rencontrer une femme exceptionnelle. Ce qui est sûr, c'est que je ne laisserai personne s'approcher de mon enfant si ce n'est pas sérieux avec elle. Hyde a déjà suffisamment été trahi par les adultes.

Le juge releva la tête, ôta ses lunettes et lui adressa un léger sourire.

— C'est une excellente réponse, monsieur Fuller. En fait, je suis tout à fait satisfait par ce que vous me dites et j'approuve toutes les démarches que vous avez entreprises pour faciliter le quotidien de l'enfant. Vous pouvez vous rasseoir. Maître, veuillez approcher, s'il vous plaît.

Je m'attendais à tout sauf à ça ! Zeb me lança un regard intrigué, mais, comme j'ignorais ce qui se passait, je me contentai de hausser les épaules et d'avancer vers le juge, le visage impassible.

Il écarta son micro, joignit les mains devant lui et se pencha pour me regarder droit dans les yeux.

— Je vous ai vue plaider à plusieurs reprises, maître, et dans différents dossiers. Vous êtes une avocate passionnée, dévouée à votre cause et animée par le désir de bien faire. C'est un vrai plaisir de travailler avec vous.

Je clignai des yeux, stupéfaite.

— Euh… merci, Votre Honneur.

— Vous vous battez pour vos clients avec la conviction d'agir dans leur intérêt supérieur, c'est évident. Dans l'affaire qui nous préoccupe, je sais que vous représentez le père, mais je voudrais savoir une chose. Si vous défendiez l'enfant, soutiendriez-vous avec la même conviction que sa place est auprès de M. Fuller ?

J'étais sidérée. C'était la première fois que je voyais un juge solliciter l'avis personnel d'un avocat dans une telle affaire.

— Votre Honneur, je…

— Dites-moi seulement la vérité, maître. Cet enfant doit-il être confié à la garde plénière de votre client ?

Dire la vérité. Ma vérité, finalement… C'était pour moi la chose la plus simple à énoncer devant cet homme qui tenait le sort de Zeb entre ses mains.

— Mon client adore son fils, et Hyde le lui rend bien. Ils forment une vraie équipe, tous les deux, et même s'ils sont encore en phase d'apprentissage, je n'imagine pas de meilleur coach que Zeb Fuller. Mon client ne laissera jamais tomber son fils, jamais, et ce quels que soient les problèmes que puisse rencontrer Hyde en raison de ses premières années chaotiques. Il fera toujours son maximum pour que son fils ne manque de rien. Du reste, je n'ai jamais vu quelqu'un d'aussi désireux d'ouvrir son cœur et sa maison à un enfant. Franchement, Votre Honneur, si toutes mes affaires de garde d'enfant étaient aussi évidentes, ma tâche serait grandement facilitée. Car, s'il y a une chose dont je suis sûre, c'est que Hyde doit être confié à la garde de son père.

Le juge haussa les sourcils.

— M. Fuller et son fils ont l'air eux aussi de beaucoup vous apprécier, maître. Les comptes rendus de l'avocate du CASA ainsi que ceux de l'assistante sociale qui a inspecté le domicile de M. Fuller soulignent que le père comme le fils vous mentionnent très fréquemment dans la conversation.

Je me sentis rougir.

— Il faut dire qu'au départ, je voulais rendre service à M. Fuller. Et puis je me suis impliquée sur un plan plus personnel au fur et à mesure que j'ai appris à connaître les protagonistes de l'affaire de façon plus intime.

« Intime », le terme était peut-être mal choisi… Le juge allait comprendre que Zeb et moi, on couchait ensemble, mais je m'en fichais. Il n'y avait rien de honteux à ça. La femme qui avait tombé le masque le savait bien et c'est pour ça qu'elle pouvait regarder le magistrat dans les yeux, sans craindre son jugement.

Il me regarda.

— Il est rare qu'un enfant dans la situation de Hyde soit entouré d'autant de personnes bienveillantes. Ce petit garçon a décidément beaucoup de chance.

J'opinai un peu bêtement.

— C'est vrai, il a de la chance. Mais nous aussi, Votre Honneur. C'est un enfant adorable.

Le juge hocha de nouveau la tête et reprit ses lunettes.

— Vous êtes quelqu'un de tout à fait exceptionnel, maître. Dans un prétoire, mais, si je puis hasarder une supposition, en dehors aussi. Gardez ça à l'esprit quand j'aurai rendu ma décision.

Je fermai les yeux brièvement. Les mots du juge faisaient écho à la déclaration de Zeb. Il avait dit qu'il attendait de rencontrer une femme « exceptionnelle » pour faire sa vie avec elle. Je pris une profonde inspiration et retournai à ma place pour que le juge puisse faire part de sa décision définitive.

— En ce qui concerne la cour, M. Fuller a rempli toutes les conditions mandatées par le tribunal et a fourni suffisamment de preuves de sa volonté et de ses aptitudes à assumer l'entretien et l'éducation de l'enfant Hyde Bishop, mineur âgé de moins de quinze ans. La cour se réserve le droit de procéder ponctuellement à des contrôles relatifs au bien-être physique et moral de l'enfant pendant les cinq premières années, mais en dehors de cela vous êtes libre d'élever votre fils de la manière qui vous semble la plus adaptée, monsieur Fuller.

Le juge empoigna son marteau, mais, avant de le laisser retomber, il ajouta :

— Entre parenthèses, il est bien agréable pour un magistrat qui a souvent été déçu par la nature humaine de voir un homme refaire sa vie, accepter des responsabilités et prendre des décisions purement altruistes. Je ne vous connais pas, monsieur Fuller, mais l'homme qui se tient devant moi est le genre de père que je souhaite à tous les enfants.

Le marteau retomba d'un coup sec, et le juge sortit dans un froissement de toge noire. Je me retournai vers Zeb tandis que sa mère et sa sœur se levaient pour le rejoindre lentement.

Je crevais d'envie de le toucher, de le serrer dans mes bras et de fêter cette victoire avec lui. Il avait les yeux brillants, et sa joie était si contagieuse que je ne pus m'empêcher de lui sourire.

— On a gagné, murmurai-je, la voix nouée par l'émotion.

Son sourire retomba légèrement. Il se leva et vint déposer un baiser au sommet de mon crâne. J'étais transformée en statue de sel.

— Pas tout à fait, dit-il, mais la partie n'est pas encore finie.

Il se redressa de toute sa hauteur et me regarda gravement.

— Merci, Sayer. Tu as fait de moi l'homme le plus heureux de la Terre.

Là-dessus, il alla rejoindre sa famille. Tous s'embrassèrent avec effusion, et j'entendis que sa mère pleurait.

La victoire avait un goût de miel et, pourtant, me savoir incapable de la partager avec Zeb me donnait un sentiment d'immense défaite.

16

Zeb

Hyde était chez moi depuis quinze jours quand je reçus un appel de Rowdy : j'étais invité à la pendaison de crémaillère d'Asa et de sa copine Royal. Après tout ce que leur avait raconté Sayer, ils étaient tous très impatients de faire la connaissance de mon fils. C'est vrai que depuis le lancement de la procédure je n'avais pas beaucoup vu mes amis et j'avais bien envie d'accepter l'invitation. En plus, ce serait peut-être l'occasion de croiser Sayer… Je répondis que je ferais un saut à la fête, mais je me retins de demander à mon pote si sa sœur comptait venir à la soirée. Rowdy devait être au courant de ce qui se passait — ou plutôt de ce qui ne se passait plus — entre Sayer et moi, mais, puisqu'il ne m'en parlait pas, ce n'était pas moi qui allais aborder le sujet.

Gommer Sayer de ma vie, ç'avait été l'enfer. La voir à l'audience, l'écouter décrire au juge toute l'affection dont j'allais entourer Hyde, alors qu'elle-même repoussait l'amour que je ne demandais qu'à lui donner, ça me foutait en l'air ! J'étais à la limite du point de rupture.

Lorsqu'elle m'avait annoncé qu'on avait gagné, j'avais eu envie de la secouer par les épaules. Comment pouvait-elle dire ça, alors que ça faisait un mois qu'on ne s'était pas parlé, sauf au téléphone ? Où était la victoire, si Sayer n'était pas à la place qui était la sienne ? Parce que sa place, c'était avec moi, et avec mon fils ! On était censés former une famille, tous les trois. C'était elle qui s'était battue pour que ça arrive, et maintenant elle refusait sa part du trésor de guerre !

Hyde jouait dans le séjour quand je vins le chercher. Il s'était coulé assez facilement dans sa nouvelle vie, même si le soir amenait encore quelques tensions. Il avait toujours peur du noir. Il n'aimait pas qu'on le laisse seul. Il n'aimait pas dormir toute la nuit dans sa chambre, et très souvent je me réveillais le matin avec un tout petit corps blotti contre le mien. Il n'aimait pas non plus que je le laisse chez ma mère pour aller sur les chantiers. Quand je le récupérais, il se jetait sur moi comme si la séparation avait duré des mois et pas quelques heures. Comme s'il était surpris que je revienne le chercher. Son sentiment d'insécurité me flinguait le cœur, mais je ne pouvais rien y faire, à part lui montrer que je revenais toujours. Que j'étais là. Que je serais toujours là pour lui. A force, il finirait bien par comprendre qu'il n'avait pas d'inquiétude à avoir.

— On y va, fiston ?

Il se détourna des camions qu'il faisait rouler par terre et plissa son petit front.

— Y aura Joss ?

Heureusement qu'il y avait ma nièce ! Elle n'était pas toujours facile, elle ne savait pas toujours se taire, mais elle avait pris son cousin sous son aile et tous les deux s'entendaient comme larrons en foire.

— Non, pas ce soir. Aujourd'hui, on va voir des amis à moi qui ont tous très envie de te connaître. Il y aura peut-être une petite fille qui s'appelle Remy. Le souci, c'est qu'elle est peut-être un peu bébé pour toi, je ne sais pas si vous pourrez jouer ensemble.

La fille de Rome et de Cora était le portrait craché de son petit lutin de mère : une tornade miniature.

— Bon, je vais quand même prendre mes camions, je pourrai peut-être m'amuser avec.

Il se releva et me tendit ses jouets en plastique.

— Bonne idée, fiston. Et n'oublie pas de prendre ton bonnet et tes gants, surtout.

Un hiver précoce s'était abattu sur Denver et, même si la neige n'était pas encore là, les températures chutaient régulièrement en dessous de zéro. Hyde partit en râlant dans sa chambre. J'étais pareil à son âge, je faisais une vie d'enfer à ma mère chaque fois qu'il fallait sortir. Avec le recul, je n'en étais pas fier… Mais bon. Apparemment, les petits garçons détestaient être habillés chaudement l'hiver, et c'était tous les jours la guerre pour que mon petit bonhomme reste bien emmitouflé.

Je mis mon manteau et fourrai les camions dans mes poches. Puis, je pris les clés de la jeep et attendis que Hyde sorte de sa chambre. Il avait son bonnet de laine, un seul gant et l'air perplexe.

— J'en trouve qu'un…

Il me montra sa main sans gant pour que je voie bien.

— Et l'autre, lui demandai-je, où il est passé ?

Il haussa ses minuscules épaules et se dandina dans ses Converse noires assorties aux miennes.

— Chais pas. Je l'ai perdu.

Je lui ôtai son gant en soupirant. J'allais finir par acheter ces trucs-là par caisses entières !

— Tu ne l'aurais pas laissé chez Grandma, par hasard ?

Nouveau haussement d'épaules.

— Peut-être. T'es fâché ?

Sa lèvre inférieure tremblait.

Je pris sa petite main dans la mienne, et on sortit de l'appart.

— Non, Hyde, je ne suis pas fâché. Moi aussi, tu sais, j'ai perdu des tonnes de gants quand j'avais ton âge. Je te l'ai déjà dit, je veux juste que tu ne prennes pas froid. C'est mon travail de papa de m'occuper de toi.

Je m'appliquai à ne pas marcher trop vite pour qu'il puisse me suivre sur ses petites jambes.

— Je vais faire des efforts.

Je lui souris.

— Merci, mon bonhomme.

— Zeb…

Je le soulevai pour l'installer dans la jeep. Il en profita pour me demander, les yeux dans les yeux :

— Si y a tous tes amis, y aura aussi Sayer ? Elle me manque.

Ça, c'était un coup bas.

Maintenant que j'avais obtenu la garde définitive de Hyde, Sayer ne passait plus le voir en fin de journée. J'aurais voulu l'appeler, lui expliquer qu'elle se plantait sur toute la ligne, mais je savais qu'elle devait décider seule du chemin qu'elle voulait prendre. Je gardais espoir. Tout ce que je pouvais faire, c'était attendre, le temps qu'elle parvienne à faire son choix.

Je caressai la petite tête de Hyde tout en l'attachant dans son siège-auto.

— Je ne sais pas. Peut-être. Moi aussi, elle me manque.

— T'as qu'à l'appeler. T'as dit que moi je pouvais l'appeler, alors pourquoi tu l'appelles pas, toi ?

Encore une fois, la logique selon un gamin de cinq ans.

— Parce que, mon bonhomme… Je crois qu'elle préférerait te parler à toi. Alors qu'à moi… plus tellement.

Tout ça, tu vois, c'est des histoires compliquées de grandes personnes. En tout cas, toi tu n'y es pour rien, d'accord ?

Hyde n'évoquait pas souvent Sayer, mais à chaque fois ça me détruisait. Il était trop petit pour avoir déjà perdu tant de gens qu'il aimait ! Il hocha la tête et me coula un regard par-dessous ses longs cils.

— D'accord, Zeb.

On roula en silence jusqu'à la banlieue où Asa avait acheté sa maison. Je savais que Hyde réfléchissait : il n'arrêtait pas de balancer les pieds et de se mordiller la lèvre inférieure. Je le connaissais par cœur, ce gosse... Il allait encore me poser des questions auxquelles je ne saurais pas répondre. J'essayais d'être honnête avec lui. J'essayais d'être aussi franc et compatissant que possible, mais parfois la vie est injuste et certaines histoires ne finissent pas bien.

— Zeb...

Je lui jetai un coup d'œil.

— Oui, mon gars ?

— Comment ça se fait que tu t'occupes mieux de moi que ma maman ?

Sa question était moins innocente qu'elle n'en avait l'air... En gros, il me mettait face à ma conscience : Hyde était ma deuxième chance, mais aussi la dernière. L'ultime occasion de prouver que j'avais changé, que je n'étais plus un jeune chien fou qui agissait d'abord et réfléchissait après. J'avais énormément à perdre si je ne l'élevais pas du mieux que je pouvais. Mais ça, il ne pourrait pas le comprendre. Il fallait que je le formule autrement.

— Eh bien, c'est parce que ta grand-mère et ta tante Béryl m'ont montré comment faire. Et puis, tu sais, j'ai fait de grosses bêtises, il y a longtemps... J'ai pris de très mauvaises décisions. Du coup, j'ai vu ce qui m'attendait si je n'arrivais pas à faire ce qu'il faut pour moi et ma famille. J'ai appris de mes erreurs, mais aussi des gens que j'aime. Ça, tu vois, je ne pense pas que ta maman ait eu la possibilité de le faire. Et puis, il y aura des fois où je ne saurai pas bien m'y prendre avec toi, bonhomme. On va peut-être cafouiller un peu au début, tous les deux, mais l'important, c'est qu'on tirera des leçons de nos erreurs et c'est ça qui nous permettra de progresser.

Hyde leva sa main sans gant et remua les doigts d'un air entendu. Je lui fis oui de la tête. Ce gosse avait tout pigé. Il était trop futé, trop mûr pour son âge… Trop petit pour avoir déjà traversé autant d'épreuves. D'ailleurs, c'était un de mes objectifs : faire en sorte qu'à partir de maintenant il mène la vie normale d'un gosse de son âge.

— Si Sayer voulait t'aider à t'occuper de toi et de moi, dit-il, ça serait trop bien.

Je le regardai du coin de l'œil. Il me gratifia d'un immense sourire édenté. J'aurais juré que ce petit bonhomme jouait les entremetteuses !

— Ecoute, j'y penserai.

La maison d'Asa était facile à repérer avec toutes les voitures qui étaient garées devant. Je saisis la main de Hyde, un véritable glaçon — merci, gant égaré —, et le guidai jusqu'à la porte d'entrée. Aussitôt le seuil franchi, on fut enveloppés dans une ambiance de fête familiale. Les rires résonnaient dans toutes les pièces. Il y avait du foot à la télé. Des voix graves discutaient. C'était une maison pleine d'amour et de gaieté, un vrai foyer. Ça m'avait manqué et j'étais content qu'on soit de la partie, mon fils et moi.

J'accrochai nos deux manteaux dans le couloir et sortis ses petits camions de mes poches. Je lui en donnai un, gardai l'autre, puisqu'il avait toujours sa main dans la mienne, et on se dirigea vers ce qui avait l'air d'être la cuisine, l'endroit où on se retrouvait tous, d'habitude. On n'avait pas fait trois pas qu'on fut interceptés par une petite blondinette.

Remy Archer était vraiment hyper craquante avec ses yeux bleus brillants d'excitation, sa robe noire et rose et son espèce de minicouette au sommet du crâne. Elle avait encore des rondeurs de bébé, mais elle vint vers Hyde d'une démarche étonnamment assurée, portée par ses petites jambes robustes.

Elle désigna l'un des camions qu'il tenait serré dans sa main et déclara avec le plus grand sérieux :

— A moi.

Hyde leva sur moi un regard interrogateur, et je lui montrai le camion que je tenais.

— Tu peux lui prêter celui-là. Toi, tu n'as qu'à prendre l'autre et jouer avec elle.

Hyde allait protester quand Remy posa une main sur le camion et l'autre sur sa joue. Il me fallut une seconde pour comprendre qu'elle touchait sa fossette. Il rejeta la tête en arrière et fit les gros yeux à la petite fille. Je me mis à rire tandis qu'il lui tendait son camion.

— Tiens.

La petite prit le jouet avec un sourire plein de dents au moment où sa mère arrivait, très stressée et très enceinte. Les yeux de Cora s'illuminèrent en nous voyant, et un immense sourire se dessina sur ses lèvres lorsqu'elle découvrit Hyde.

— On se demandait quand vous alliez venir !

Elle posa la main sur son gros ventre et s'approcha.

— Oh ! là là... qu'est-ce que tu ressembles à ton papa ! Tu es drôlement mignon, mon poussin !

— Moi, c'est Hyde. (Il leva les yeux vers moi et sourit.)

Mon père, c'est un géant. Et moi aussi je serai un géant quand je serai grand.

Cora partit d'un grand éclat de rire.

— Sur ce point, tu as sûrement raison. Mais, je te préviens, des géants, tu vas en croiser quelques-uns, aujourd'hui. Je suis très contente de faire ta connaissance, Hyde. Moi, je m'appelle Cora, et la petite coquine qui t'a piqué ton camion, c'est Remy. Tu peux l'appeler RJ si tu veux. Elle n'est pas méchante, tu sais.

La fillette regardait sa mère avec un grand sourire, comme si elle comprenait très bien ce qu'on racontait sur elle. Pauvre Rome : cette petite allait lui donner du fil à retordre à l'adolescence…

Hyde me prit le camion en râlant, mais il ne protesta pas quand Remy l'entraîna d'un pas vacillant dans la maison. Cora porta une main à son cœur et soupira :

— Oh ! là là… Je crois que ma fille vient d'avoir son premier coup de foudre. Je la comprends, il est adorable, Zeb.

Je souris et me passai la main sur la nuque.

— Oui, c'est un bon gamin. Après tout ce qu'il a vécu…

Je secouai la tête.

— Il mérite tout le bonheur du monde.

Cora se dandina vers moi et m'étreignit autant que le lui permettait son gros ventre.

— Et toi, papa ? Qu'est-ce que tu mérites pour lui donner tout le bonheur du monde ?

Ça, c'était du Cora tout craché ! Ce n'était pas le genre de fille à tourner autour du pot.

— Ça, j'y travaille encore. C'est un peu plus sportif que ce que j'avais prévu.

Elle s'écarta de moi, et je la suivis dans la maison. Le

bruit des voix augmenta. J'entendais Hyde parler de géants à quelqu'un.

— Elle est déjà partie. Elle était venue avec Poppy, mais avec tous ces gens et tout ce bruit… (Cora haussa une épaule.) Poppy s'est bloquée, et Sayer l'a ramenée chez elle. Franchement, je pense qu'elle aurait préféré rester, mais, tu la connais, c'est une vraie mère poule avec cette fille. D'ailleurs, je crois que Salem souffre de voir Poppy s'appuyer sur Sayer plutôt que sur elle.

— Sayer savait qu'on devait venir ?

Cora opina.

— Rowdy le lui a dit. Zeb, cette fille est amoureuse de toi et de ton fils. Tu devrais la voir parler de Hyde. Chaque fois qu'elle prononce ton nom, elle s'illumine. Or, on sait toi et moi que Sayer, ce n'est pas le genre à rayonner…

Je soupirai.

— Ça peut lui arriver.

Cora me jeta un coup d'œil par-dessus son épaule alors qu'on rejoignait la fête.

— Avec toi, peut-être. Mais tu es bien le seul. Je ne sais pas ce qui s'est passé entre vous, mais tu ne devrais pas renoncer à elle si c'est la femme de ta vie.

— Ce n'est pas moi qui ai renoncé à elle, c'est elle qui a renoncé à moi.

Je ne sais pas si Cora m'entendit, car, à ce moment-là, on fut séparés par toute la bande des mecs.

Tout le monde se mit des claques dans le dos. Tout le monde se congratula, et Rowdy nous offrit des cigares avec l'inscription « C'est un garçon » sur la bague. J'acceptai tout ça sans broncher. Surtout, j'étais content de voir que Hyde semblait plus fasciné qu'intimidé par le groupe bruyant et haut en couleur qui l'entourait. Apparemment, il tolérait aussi très bien que Remy reste littéralement scotchée à lui. Le regard de Rome allait de mon fils à moi. C'était hautement comique. Je haussai les épaules : qu'est-ce que je pouvais y faire, moi ?

Tout le monde m'assaillait de questions et de félicitations. C'était très sympa et très joyeux. Du coup, je fus très surpris quand Rowdy me coinça à ma sortie de la salle de bains. J'aurais dû m'en douter… A sa place, j'aurais fait la même chose. Un frère, ça a l'instinct protecteur, le mien m'avait coûté assez cher.

Il m'attendait, appuyé au mur, les bras croisés sur sa poitrine. Je me frottai les mains à mon jean et le regardai avec défi.

— J'ai fait tout ce que je pouvais, mec. Maintenant, la balle est dans son camp.

Il haussa les sourcils.

— Et c'est tout ?

— C'est tout, oui.

C'était vraiment aussi simple que ça.

— Ça avait pourtant l'air de rouler, vous deux… Qu'est-ce qui s'est passé pour que ça foire ? Tu peux me le dire, Zeb… C'est ma sœur, et tu es mon ami. J'aimerais bien vous arranger le coup, si c'est possible.

— Ce qui s'est passé ? Je lui ai dit que je voulais qu'elle soit plus qu'une avocate pour moi. Je lui ai dit que je voulais qu'elle soit ma femme, et elle m'a répondu que ça n'était pas possible. Elle tourne en rond, complètement perdue dans son passé de petite fille mal aimée, et je n'arrive pas à lui faire voir la sortie.

Rowdy se rembrunit et s'écarta du mur.

— N'empêche qu'avec moi elle est géniale. Elle a tout fait pour se rapprocher de moi, même quand j'étais contre, et elle est incroyable avec Poppy. Ne me dis pas qu'elle n'est pas capable d'amour, bordel ! Même cette fille, elle l'aime comme si c'était sa propre sœur !

Je haussai les épaules.

— Tu es la seule famille qu'elle ait jamais eue, Rowdy. Que ce soit votre enfoiré de père ou sa mère, tu ne peux pas dire qu'ils l'aient beaucoup aidée, ces deux-là ! C'est pour ça qu'elle s'accroche à toi comme une malade. Parce que sans toi elle se croit seule au monde… absolument seule au monde. Poppy, c'est comme un petit moineau qui se serait cassé une aile. Sayer s'occupe d'elle, elle soigne ses blessures, mais au fond elle sait bien qu'un jour Poppy prendra son envol. Du coup, elle n'a pas peur de s'investir — parce qu'elle sait déjà que tôt ou tard elle partira, elle peut s'y préparer. Mais moi, c'est différent. Moi, je vais rester, je serai là quoi qu'il arrive, je continuerai de l'aimer même si ce n'est pas tous les jours facile. Sayer a l'impression qu'elle ne sera pas capable d'assumer. Elle doit d'abord se faire confiance, se sentir digne d'être aimée, et j'ai beau lui dire qu'elle y a droit et même qu'elle le mérite, ça ne sert à rien. Il faut que ça vienne d'elle, qu'elle l'intègre dans sa tête. Ça doit devenir sa vérité à elle.

Rowdy écarta les bras avec un petit sifflement.

— OK, j'allais te la jouer « grand frère », te faire un sermon de trois plombes pour te dire que Sayer était une fille formidable, qu'avec le cœur qu'elle a ça valait le coup de se farcir son passé de merde, mais visiblement tu n'as pas besoin de moi.

Je reniflai avec dédain.

— Moi aussi, j'ai une sœur. Je n'ai pas besoin qu'on me fasse un dessin.

Il me tapota l'épaule.

— Au fait, Church m'a parlé de ce qui s'est passé au Bar. Ça aurait pu très mal tourner pour toi, mec, si tu avais été mêlé à une bagarre après le mal que tu as eu à récupérer ton gosse. En tout cas, merci d'avoir protégé ma sœur.

Je le regardai avec étonnement.

— Church t'a raconté ce qui s'est passé ?

— Oui, mais il a aussi vu l'enregistrement de la vidéosurveillance. Ce mec tripotait Sayer, et elle était terrifiée. Tu as fait ce qu'il fallait.

Comme je restais muet, il me donna une autre bourrade.

— Et, tant que j'y suis, je pense aussi que tu as fait ce qu'il fallait... pour ta sœur.

Il baissa la voix et se rapprocha de moi — on était pratiquement nez à nez.

— Parfois, tu dois souffrir pour ceux que tu aimes, et laisser un peu de toi dans l'histoire. C'est le prix à payer pour faire les choses bien. Je connais ça.

Il s'écarta, mais ses mots continuaient de résonner en moi. Je ne connaissais pas tous les détails du parcours de Rowdy, mais je savais que dans sa jeunesse il avait fait une connerie du genre de celle qui m'avait valu la prison. Moi, j'avais perdu deux ans et demi de ma vie, Rowdy avait perdu une bourse d'études. Ce n'était pas tout à fait la même chose, mais ça me soulageait un peu qu'il comprenne ce que j'avais vécu. De même que Sayer, il ne portait aucun jugement sur mon parcours quelque peu atypique ; il me témoignait juste sa compréhension. Ça me mettait du baume à l'âme, à l'endroit où j'avais le plus morflé.

On retourna au séjour où tout le monde se détendait. Assis par terre, Hyde regardait la télé ; à côté de lui, Remy, pelotonnée comme un petit animal, dormait à poings fermés. Rome m'arrêta avant que j'aie pu prendre mon fils et dire au revoir.

— Qu'est-ce qui se passe ?

Rome Archer était un des rares mecs que je pouvais regarder dans les yeux sans avoir à baisser la tête. Et, comme si ça n'était pas assez impressionnant en soi, la cicatrice qui lui barrait le visage et son rictus sévère complétaient le tableau.

— Ma gosse a l'air de flasher sur ton fils.

Je ricanai.

— Ne commence pas à te biler, elle n'a que deux ans. Il te reste encore un peu de temps avant qu'elle se mette à courir après les mecs.

Rome se tourna vers les deux petits.

— Il a l'air plutôt mignon, ton gamin. En tout cas, s'il ressemble à son paternel, ça ne me dérange pas qu'elle lui coure après. Mais je ne la laisserai pas le pécho avant de m'être préparé psychologiquement.

Je lui donnai une bonne claque dans le dos. Rome n'était pas le genre de mec à qui tu faisais un grand sourire.

— Merci, mec. J'apprécie.

— J'ai vu ce qui est arrivé à ta femme. Church était fou, mais Le Bar marche de mieux en mieux et il ne peut pas être partout à la fois. Il va peut-être falloir que j'embauche quelqu'un de plus.

— Church est un gars bien. Il prend son job au sérieux.

— C'est sûr. Il prend la sécurité au sérieux, et en particulier celle des femmes. Ça m'étonnerait que ton ivrogne s'approche d'une meuf avant un bail.

Bêtement, je me sentis satisfait. Je n'avais pas pu casser la gueule au mec, mais j'étais content que quelqu'un d'autre, quelqu'un d'infiniment plus patibulaire que moi, se soit chargé de lui donner une petite leçon de galanterie.

— Bon, dis-je. Je vais chercher Hyde et je file. J'ai du taf demain. Il faut que je le dépose de bonne heure chez ma mère.

Rome hocha la tête et me tapa sur l'épaule.

— C'était sympa de te voir. N'attends pas trop pour revenir. Remy n'a jamais trop de copains pour s'amuser.

J'acceptai et récupérai mon gamin tout ensommeillé. Je me débrouillai tant bien que mal pour lui enfiler son manteau, puis pour le faire monter dans la jeep. J'étais presque arrivé à l'appart quand ma mère m'appela sur mon portable. Elle avait l'impression de couver quelque chose : est-ce que je pouvais m'arranger avec ma sœur pour qu'elle garde Hyde le lendemain ? Le problème, c'est que Wes avait embarqué Béryl et Jess pour le week-end. Mais je lui dis de ne pas s'en faire. J'allais trouver quelqu'un pour s'occuper de mon fils, et sinon, ce n'était pas grave, je n'irais pas bosser.

Evidemment, Hyde, qui avait toujours une oreille qui traînait, ne perdit pas une miette de la conversation.

— Alors, qu'est-ce que tu en penses, petit bonhomme ? Je demande à tante Echo de te garder demain ?

Il réfléchit une seconde et fit non de la tête.

— Tu devrais plutôt demander à Sayer. Comme ça, on fera des châteaux.

Je le sentais venir, ça… Je soufflai, mais acceptai de l'appeler.

Comme tous les soirs, Hyde mit une heure à tout préparer pour son bain, puis ce fut la galère du coucher. Ça m'était égal qu'il se glisse dans mon lit quand il se réveillait la nuit, mais je tenais au moins à ce qu'il s'endorme dans le sien. J'allumai la veilleuse, il se blottit contre moi, et je lui lus une histoire. Ses paupières se firent de plus en plus lourdes. Mais, avant de sombrer dans le sommeil, il marmonna :

— T'avais promis d'appeler Sayer.

— Je vais le faire.

Dès qu'il serait endormi. Histoire qu'il ne me voie pas arpenter la baraque comme un fauve blessé.

Je me déshabillai et me laissai tomber sur le lit avant de sélectionner son nom dans mes contacts. J'appuyai sur « appel » et retins mon souffle. Enfin, sa voix ensommeillée résonna dans mon téléphone. Je n'avais pas vérifié l'heure — il n'était que 22 heures passées de quelques minutes.

— Je te réveille ?

Elle laissa échapper un rire étranglé.

— Euh, non… C'est juste que je ne dors pas très bien. Il y a un problème ?

Est-ce qu'elle n'arrivait pas à dormir parce que je n'étais pas dans son lit ? J'espérais bien que oui. Pourquoi j'aurais dû être le seul à en baver ?

Le seul fait d'entendre sa voix me fit bander.

— Tout va bien. En fait, je t'appelle pour te demander un service. J'ai un souci pour demain : ma mère ne peut pas garder Hyde, et ma sœur n'est pas là. Comme tu sais, il s'angoisse toujours quand je pars sur un chantier, et quand je lui ai demandé avec qui il voulait passer la journée, il m'a répondu avec toi.

— Avec moi ?

Elle avait l'air de tomber des nues.

— Oui, avec toi. Il t'adore et il a envie de te voir.

Et il n'était pas le seul…

— Euh, oui, bien sûr… Tu n'as qu'à me l'amener. J'ai pris quelques dossiers pour travailler à la maison, demain, mais je peux m'y atteler avant que vous veniez.

— OK. Hyde va être fou de joie.

— Oh… Euh, oui… Eh bien, moi aussi. Il m'a manqué.

Moi, c'était son « oh » qui me manquait. Ça faisait trop longtemps que je ne l'avais pas senti sur mes lèvres, sur ma langue, sur ma queue. Ça faisait trop longtemps que je ne l'avais pas entendue le crier de surprise lorsque je la faisais jouir pour la seconde fois. Ça faisait trop longtemps que je n'avais pas vu la stupeur sur son ravissant visage quand ce « oh » accompagnait ses audaces.

— Oui, comme tu dis : « Oh. » Hyde, tu peux le voir quand tu veux, tu sais… et tu peux me voir moi aussi, Say. C'est toi qui décides. Bon, à demain matin. Passe une bonne nuit.

Elle poussa un petit soupir étouffé. Je l'imaginai portant la main à son cou comme lorsqu'elle essayait de décrypter ses sentiments.

— Bonne nuit à toi aussi, Zeb.

Je raccrochai et jetai le téléphone du côté vide de mon lit… là où elle aurait dû être.

17

Sayer

J'étais censée travailler avant l'arrivée des garçons, mais impossible de me concentrer. Plutôt que de foirer tout mon dossier, je décidai de faire des pancakes pour le petit déjeuner. Tous les enfants aiment manger des pancakes au petit déj', non ? J'enfilai un jean, un sweat XXL et courus acheter une préparation toute faite. Tant que j'y étais, j'attrapai des fruits et des goûters. Mon placard ne contenait pas grand-chose d'intéressant pour un enfant. Pour les grands non plus, d'ailleurs. Après un passage express à la caisse, je jetai mon sac de provisions dans la voiture. J'étais déjà en retard !

Complètement speedée, je me mis à m'activer en cuisine, les yeux rivés à la pendule du four au lieu de m'appliquer à la confection des pancakes. C'était une pâte toute prête. Impossible à rater… Sauf pour moi. Un panache de fumée âcre s'éleva de la plaque de cuisson. Je balançai la casserole et son contenu noirci dans l'évier et l'aspergeai d'eau en priant pour que les détecteurs de fumée ne se déclenchent pas. Evidemment, je me brûlai le bout des doigts. A tous les coups, j'avais de la pâte dans les cheveux ! Je me répandais en jurons, quand un bruit strident se mit à résonner dans toute la maison.

Je crus un instant que je n'avais pas été assez rapide et que les détecteurs s'étaient déclenchés, mais le bruit s'arrêta presque aussitôt. Avant de reprendre. On sonnait à la porte ! Dans ma précipitation, je trébuchai et atterris à quatre pattes sur le sol. Je flippais à mort, mais il fallait que je me ressaisisse très vite avant que la sonnette ne réveille Poppy. Surtout, Zeb ne devait pas me voir dans cet état, sinon il ne voudrait jamais me confier son fils.

J'ouvris la porte au moment où Hyde, dressé sur la pointe des orteils, allait sonner une troisième fois. Il retomba sur ses talons et me fit un grand sourire. Bon sang, qu'est-ce qu'il ressemblait à l'homme indéchiffrable qui se tenait derrière lui ! Est-ce que ce serait impoli de passer la journée à le contempler ? Il me fallait bien ça pour me remettre de ces jours et de ces nuits passés sans lui.

— Salut.

— Qu'est-ce que t'as sur la figure ? demanda Hyde en désignant sa propre joue.

Du revers de la main, j'enlevai un reste de pâte collé, et les invitai à entrer dans un soupir.

— J'ai décidé de faire des pancakes pour le petit déj'. Mais ça ne s'est pas passé comme j'aurais voulu…

Le sourire de Hyde s'élargit encore, et Zeb leva un sourcil.

— Des pancakes ? Pour quoi faire ?

Je haussai les épaules et détournai la tête pour m'empêcher de le dévorer des yeux. Il était tout proche de moi, et pourtant un gouffre béant nous séparait.

— Je me suis dit que ça ferait plaisir à Hyde. Je croyais que ça serait facile à préparer… J'avais tort.

Zeb secoua sa tignasse brune, et un sourire réticent étira ses lèvres. Ses yeux verts étincelaient de malice.

— Tu es capable de réussir l'examen du barreau dans deux Etats différents, et tu n'es pas fichue de faire des pancakes ?

Un peu vexée, je croisai les bras sur ma poitrine.

— Quand j'ai envie de manger des pancakes, je vais en manger quelque part où on me les sert tout prêts.

Avec un petit rire, il entreprit de déshabiller Hyde : gants, manteau, bonnet.

— Mon fils n'est pas trop difficile, mais, s'il te dit que je le nourris exclusivement de pizza, ne le crois pas, il te fait marcher.

Hyde fit la grimace tandis que Zeb lui ébouriffait les cheveux.

— En tout cas, tu nous rends un sacré service en le gardant, pas vrai, fiston ?

Hyde opina vigoureusement et s'avança pour me prendre la main. Je ne pus m'empêcher de sourire devant son adorable petite bouille.

— Si tu veux des pancakes, Sayer, je peux t'aider à les faire. Je sais bien aider, hein, Zeb ?

— Oui, bonhomme. Hé, tu es sage avec Sayer ! Et souviens-toi que si tu vas dehors tu…

Hyde le coupa :

— Je dois mettre mes gants et mon bonnet. Je les mettrai.

Ils étaient vraiment trop mignons, tous les deux ! Ils ne vivaient ensemble que depuis quelques semaines, mais ils étaient déjà si complices. J'avais la gorge nouée. Comment ne pas tomber folle amoureuse d'eux ?

— Il sait ce qu'il a à faire. Tu n'as qu'à jouer avec lui et l'amener dehors. Fais gaffe à ses gants, il a l'habitude de les jeter n'importe où…

Je hochai la tête. Déjà, Hyde me tirait par la main avec impatience.

— Viens, Sayer, on va faire des pancakes.

Je jetai un dernier regard à Zeb et me figeai. Il nous regardait avec, dans les yeux, quelque chose qui oscillait entre le désespoir et l'amour absolu. Pétrifiée, j'oubliai dans la seconde ce que je m'apprêtais à lui dire. Ce fut lui qui finit par rompre le silence.

— A ce soir.

— Au revoir, Zeb.

Hyde lâcha ma main pour se précipiter sur son père. Zeb le retint juste avant qu'il n'entre en collision avec ses genoux. Puis, il le souleva comme si c'était un fétu de paille et lui claqua un gros bisou sur chaque joue.

— Ta barbe me fait des guilis !

A moi aussi, elle m'en faisait. Je me sentis rougir à cette pensée. Hyde se blottit contre Zeb et chuchota — trop fort, comme tous les enfants, pour être sûr d'être entendu :

— Tu reviens me chercher, hein, Zeb ?

Mon cœur se serra douloureusement. Le regard de Zeb croisa le mien, puis il planta ses yeux verts dans ceux de son fils.

— Je ne t'abandonnerai jamais, Hyde.

L'enfant le fixa une bonne minute avant de lui adresser un hochement de tête trop sérieux pour son âge, puis il gigota jusqu'à ce que son père le repose.

Zeb et moi, on se regarda longuement. Tout ce que je voulais lui dire, tout ce que je savais que j'aurais dû lui donner, était là, entre nous, pesant comme une chape de plomb. J'aurais voulu pouvoir faire comme Hyde : me précipiter sur lui en étant sûre qu'il me rattraperait avant que je me fasse mal.

— Au revoir, Zeb. Passe une bonne journée.

Il émit un vague grognement.

— Merci, Say. A tout à l'heure, tous les deux.

Je posai ma main sur la frêle épaule de Hyde, et on regarda Zeb s'en aller, déjà tristes de le voir partir. Une fois la porte refermée, je donnai un petit coup de hanche à Hyde et lui désignai la cuisine de la tête.

— A mon avis, on peut y retourner sans risque, si tu te sens d'attaque pour le round n° 2.

— Oui. Je commence à avoir faim.

On entrait dans la cuisine, qui sentait encore un peu le brûlé, quand il fut pris d'un fou rire.

— Qu'est-ce qui te fait rigoler comme ça ?

Se tenant le ventre à deux mains, il rejeta la tête en arrière pour rire à gorge déployée.

Je croisai les bras sur ma poitrine avec une moue faussement fâchée.

— Allez, Hyde… Dis-moi ce qu'il y a, que je puisse me marrer aussi.

Il continuait de pouffer en désignant mes fesses.

— Tu t'en es mis partout ! T'as fait n'importe quoi !

N'importe quoi, oui. Et voir son père s'en aller sans pouvoir le toucher, sans pouvoir l'embrasser ni le serrer dans mes bras, me le rappelait sans ménagement.

Comme je n'avais pas d'yeux dans le dos, je me plantai devant la porte inox du frigo pour voir ce qui provoquait l'hilarité de Hyde. Sur chaque poche de mon jean se dessinait une empreinte de main bien nette, vestige de ma première tentative de pancakes. Je levai les yeux au ciel, consternée par ma nullité.

— Tu as raison, je fais n'importe quoi. C'est même ma spécialité, dans la vie.

Après avoir aidé Hyde à grimper sur un des tabourets de l'îlot central, je déposai devant lui un saladier propre et une cuillère en bois. Puis, je pesai une autre portion de préparation à pancakes et ressortis le lait du frigo.

— Zeb dit que faire des saletés, c'est pas grave à condition qu'après tu nettoies tout.

Apparemment, Zeb était parfaitement à l'aise dans son nouveau rôle de père.

— Ton papa est une mine de conseils.

Un petit pli se creusa entre ses minuscules sourcils bruns tandis que je versais le lait. Il commença à mélanger le tout dans le saladier. Je pensais qu'il était concentré sur sa tâche, mais il me prit de court en remarquant :

— Tout le monde dit que c'est mon papa.

Je m'accoudai sur l'îlot central, le menton dans la main.

— Mais Zeb *est* ton papa, Hyde. Je ne vois pas trop ce qu'on pourrait dire d'autre…

Il me regarda, aspira sa lèvre inférieure puis la relâcha avec un petit bruit de succion.

— Avant d'être mon père, Zeb, c'était mon ami.

— Tu as raison. C'était ton ami et il le reste, même si c'est avant tout ton père.

— Des fois, j'ai envie de l'appeler papa.

Je me crispai. Etais-je vraiment la personne la plus indiquée pour parler de ça avec lui ?

— Essaie d'éliminer le maximum de grumeaux. Comme le gros, là…

Puis, je m'approchai d'un pas.

— Tu as dit à Zeb que tu aimerais l'appeler papa ?

Il fit non de la tête et se mit à balancer les pieds — je les entendais cogner sous l'îlot.

— Non. Et si ça lui plaisait pas ?

D'un doigt sous le menton, je l'obligeai à me regarder.

— Hyde, est-ce que tu trouves que Zeb est franc avec toi ?

Il me considéra d'un air pensif. Puis il lâcha la cuillère, qui glissa dans le saladier et fut aussitôt engloutie par la pâte gluante. Je m'efforçai de ne pas craquer devant ce nouveau désastre…

— Oui, dit-il enfin. Zeb ne ment jamais.

— Alors, si tu lui poses la question, tu sais qu'il te répondra franchement. Je suis sûre qu'il sera fou de joie que tu veuilles l'appeler papa, il se pourrait même qu'il se mette à pleurer. Tu peux parier cent dollars là-dessus.

C'était gagné d'avance. Je savais que j'allais perdre ma mise. Zeb allait forcément verser une larme quand son fils lui poserait cette question. Et, avec cent dollars, Hyde pourrait s'acheter des tas de pizzas et rendre ce moment d'émotion père/fils encore plus inoubliable.

— Zeb pleurera jamais.

Il semblait très sûr de lui. Cet adorable petit garçon était loin d'imaginer le pouvoir qu'il avait sur son géant barbu de père.

Je tendis la main.

— Tope là. On parie cent dollars.

Hyde mit sa main dans la mienne, et son petit visage se plissa de concentration.

— Mais j'ai pas cent dollars, moi… J'ai que dix pièces de vingt-cinq cents.

Existait-il au monde un enfant plus craquant que celui-là ? Réponse : non !

— Tu n'es pas obligé de me donner tes sous. Si Zeb ne pleure pas quand tu lui poseras la question, tu n'auras qu'à me faire un gros câlin. Ça marche ?

Il me serra vigoureusement la main avec un grand sourire.

— Ça marche !

Je l'attirai à moi et lui murmurai à l'oreille :

— Tu veux que je te dise un secret ?

Ses yeux vert foncé s'agrandirent de curiosité, et il hocha la tête avec tant de force que je crus qu'il allait dégringoler du tabouret. Je déposai un petit bisou sur sa joue veloutée comme celle d'un bébé.

— Ton père se fiche pas mal du nom que tu lui donnes… Papa, Zeb, Zébulon, Old Man River, Monsieur Géant, Capitaine Barbichu, Paul Bunyan… Tout ce qui compte pour lui, c'est que tu sois là pour lui donner un nom. L'important pour lui, c'est toi, Hyde. Quoi qu'il arrive, il faudra toujours t'en souvenir, d'accord ?

Il hocha vigoureusement la tête. Je pris le saladier et retournai aux fourneaux. J'allais réessayer de faire des pancakes, dès que j'aurais mis la main sur une autre cuillère. Pas question que j'aille pêcher celle qui gisait au fond du saladier.

Cette fois, on y était. J'étais prête à me mesurer à ces pancakes. J'étais totalement absorbée par ma tâche lorsque la voix de Hyde me parvint de l'autre bout de la pièce.

— Comment ça se fait que t'as qu'un seul mur rouge ?

Il était descendu du tabouret et se tenait planté devant le mur coquelicot qu'il considérait attentivement, la tête inclinée sur le côté.

— Euh, c'est ton père qu'il l'a peint… Je vis avec une amie, et il lui a demandé de choisir une couleur pour lui remonter le moral. Elle a choisi celle-là.

— J'aime bien. C'est rouge.

— Oui, je l'aime bien, moi aussi. D'ailleurs, quand j'aurai fini de faire les pancakes — en espérant que je ne fasse pas tout brûler cette fois —, on pourra aller réveiller Poppy. Tu lui diras que son mur te plaît, elle sera super contente.

— Tu vas lui faire peindre encore d'autres murs, à mon père ?

Je me figeai, alors que le beurre fondait en grésillant

dans la poêle. Hyde s'était-il rendu compte qu'il venait de dire « mon père » pour désigner Zeb ?

— Non. Pas d'autres murs. Juste celui-là.

Il vint me rejoindre.

— Attention, Hyde, ne te brûle pas.

— Ta maison, elle te plaît comme ça ?

Je baissai les yeux sur lui.

— Comme quoi ?

— C'est un peu triste… Le mur rouge, c'est mieux.

Je tournai la tête vers le mur en question.

— Tu as raison. C'est vraiment mieux.

Et, non, je n'aimais pas que le reste de la déco soit fade et uni. Au départ, ce choix de palette était censé produire un effet apaisant et cosy. Au lieu de ça, j'avais l'impression que toute la maison manquait de personnalité et que chaque mur me renvoyait à ma propre insignifiance. Je soupirai et retirai la poêle du feu.

— Allons chercher Poppy et attaquons-nous à notre festin, d'accord ?

Il me suivit sans discuter.

Par chance, Poppy était déjà dans le salon. J'aurais dû me douter qu'elle ne se rendormirait jamais après la sonnette de l'entrée. Hyde se prit immédiatement d'affection pour elle, et on passa le reste de la matinée à manger tous les trois des pancakes, à faire des coloriages au dos de feuilles imprimées et à taper sur des casseroles en nous prenant pour un groupe de hard-rock. Hyde était le batteur et, à mon grand étonnement, Poppy se donna à fond dans son rôle de guitariste. Moi, je finis chanteuse, par défaut. Pas de chance pour les deux autres, je ne connaissais les paroles que de chansons heavy metal des années 1980. Après la seconde reprise de *Pour Some Sugar on Me*, Poppy déclara forfait et alla faire la sieste. Hyde avait lui aussi les paupières lourdes, aussi je l'envoyai s'installer sur le canapé devant des dessins animés. Il s'endormit avant même que je sois revenue avec un plaid.

J'aurais dû filer dans mon bureau avec mon ordinateur pour me consacrer aux dossiers qui m'attendaient, mais j'étais hypnotisée par cet adorable petit garçon. Il était tellement mignon — et, surtout, tellement résilient, compte tenu de tout ce qu'il avait traversé. Je ne savais pas comment il faisait pour être aussi confiant et ouvert à l'amour, mais une chose était sûre : il avait beaucoup à m'apprendre. Et je lui en serais éternellement reconnaissante.

La pression de la main de Poppy sur mon épaule me fit brusquement sursauter. D'un signe de tête, elle m'indiqua mon bureau. Je la suivis à pas de loup, pour ne pas réveiller Hyde et reniflai un peu — j'étais au bord des larmes. Toutes ces émotions, c'était trop. Elles commençaient à me submerger trop régulièrement.

— Je croyais que tu faisais la sieste ?

— J'y allais, mais je me suis mise à penser à un truc. Je voulais t'en parler avant de me dégonfler.

Elle se tordit les mains et commença à faire les cent pas, fragile et légère comme un petit oiseau au plumage doré. Qu'est-ce qui la tracassait ?

— Tu sais que tu peux tout me dire, Poppy.

Elle déglutit péniblement.

— Oui… Enfin, tout te dire sur moi. Mais là, il s'agit de toi, Sayer, et ce n'est pas facile après tout ce que tu as fait pour moi.

Elle avait réussi à me prendre de court.

— Euh, vas-y… Je t'écoute.

S'armant de courage, elle se lança :

— Tu ferais une mère vraiment formidable.

Quoi ? Je m'attendais à tout sauf à ça !

— Pardon ?

Elle ramena ses cheveux derrière ses oreilles d'une main tremblante. Ses joues avaient rosi.

— Je sais que tu as eu du mal à accepter la mort de ta mère, tu as l'impression qu'en se suicidant elle t'a abandonnée, mais, Sayer…

Elle posa la main sur mon bras.

— Toi, jamais tu ne ferais ça à personne, tu en es incapable. Toute la matinée, je t'ai regardée t'occuper de Hyde. Tu adores ce gosse, c'est clair.

Je lui tapotai la main.

— C'est un petit garçon, Poppy. On ne peut pas ne pas l'aimer.

Elle braqua sur moi son regard couleur d'ambre, sceptique.

— Tu en es si sûre que ça ? Alors, pourquoi c'est toi, et pas sa mère, qui lui fais des pancakes pour le petit déjeuner ?

Je voulus protester, mais me ravisai. Poppy avait marqué un point.

— Il n'y a pas que ça, poursuivit-elle. Tu m'as accueillie chez toi sans me poser de questions, alors que je ne supportais plus qu'un homme m'approche, même pas Rowdy à qui je fais pourtant une confiance aveugle. Sur le moment, j'ai pensé que tu étais mon ange gardien. Sans toi, je ne m'en serais jamais sortie, Sayer.

Je la contredis aussitôt.

— Si, tu t'en serais sortie. Tu es une battante, Poppy.

Elle soupira.

— Ah, tu crois ça ? Tu m'as lancé une bouée de sauvetage il y a des mois. Mais depuis je n'ai fait que me laisser flotter en espérant ne pas me noyer. Je n'ai pas nagé, Sayer, mais toi, pendant tout ce temps, tu m'as hébergée, protégée, aimée. C'est toi qui t'es battue pour moi à l'époque où j'avais la tête sous l'eau. Tu as fait pour moi tout ce que ta mère n'a pas pu faire pour toi.

Je tressaillis, mais Poppy n'avait visiblement pas fini de parler.

— Ton père a essayé de te faire croire que tu n'étais pas à la hauteur, que tu ne valais rien, mais tu es une mère pour Hyde et pour moi. Plus que la tienne ne l'a jamais été. Tu assumes le rôle de tous ceux qui nous ont fait défaut : tu nous aimes, tu nous protèges. C'est pour ça que toi aussi tu dois te mettre à nager, Sayer. Puisque le passé n'a pas réussi à nous entraîner vers le fond, on se doit d'être courageuses, de faire plus que se laisser dériver.

Ma gorge se noua, et les larmes que j'avais retenues trop longtemps se mirent à couler.

— Je… mais… mais qu'est-ce qui t'a mis cette idée en tête, Poppy ?

Elle aussi avait les yeux humides, mais c'étaient de bonnes larmes : la fine chrysalide protectrice qu'elle s'était bricolée depuis qu'elle vivait chez moi était en train de se déchirer, et une femme passionnée était en train d'en émerger.

— Je viens de te le dire… Je t'ai observée aujourd'hui avec Hyde, et puis ça m'a frappée en voyant tous ces couples heureux, hier, à la pendaison de crémaillère. Ma vie me manque. Ma sœur me manque. Pouvoir serrer Rowdy dans mes bras sans avoir une attaque de panique, ça me manque. Je veux être là pour vivre pleinement tous ces mariages et toutes ces naissances. Je veux retrouver ma place au sein de ma famille, et pour ça il faut que j'apprenne à vivre seule. Je dois reprendre le contrôle de ma vie pour pouvoir un jour le céder à la bonne personne.

Elle pointa un doigt sur moi.

— Et toi, tu dois apprendre à ne plus être seule. Tu dois

oser vivre avec ce petit garçon et son père. Tu sais tellement mieux aimer que ta mère ! Il faut que tu comprennes que tu as beaucoup à offrir. Tu n'es pas ce robot que ton père a essayé de faire de toi. Laisse-toi guider par l'amour : celui que te portent ces deux garçons et celui que tu éprouves pour eux. Sois cette femme, oublie la fille froide et parfaite que voulait façonner ton père !

— Euh…

Que pouvais-je répondre à ça ? Lorsque Poppy me serra dans ses bras pour la toute première fois depuis que je l'avais recueillie, je ne pus que lui rendre son étreinte. On versa toutes les deux des larmes silencieuses. Elle avait raison. On se devait d'être courageuses après avoir surmonté autant d'obstacles. Nous n'avions pas traversé les mêmes épreuves. Ses traumatismes étaient plus visibles que les miens, mais ils avaient le même effet sur nos vies : ils nous inhibaient. Et si Poppy avait réussi à surmonter son calvaire, il n'y avait aucune raison que je ne sois pas capable d'en faire autant.

Elle essuya ses joues humides de larmes.

— Je vais demander à Rowdy de m'aider à trouver une voiture et je vais chercher du travail.

La stupéfaction dut se lire sur mon visage parce qu'elle laissa échapper un petit rire.

— Peut-être pas demain, mais très bientôt. Je vais aussi déménager. Il faut que j'aie ma propre maison, ce qui veut dire que tu vas te retrouver à la tête de tout un tas de pièces vides.

Elle se dirigea vers la porte.

— Penses-y.

Poppy ne se contentait plus de barboter, elle nageait ferme vers le rivage, et moi, je devais faire pareil au lieu de continuer à progresser centimètre par centimètre. Si je ne voulais pas définitivement perdre Zeb et Hyde, il fallait que je passe à la vitesse supérieure.

— Sayer ?

La porte s'ouvrit, et Hyde entra en se frottant les yeux. Sa lèvre inférieure tremblait et ses cils étaient légèrement humides, comme si lui aussi avait pleuré.

— Ça va, mon lapin ?

Il fit non de la tête. Je m'assis dans un des fauteuils, et il grimpa sur mes genoux. Je lui caressai la tête. Il se blottit contre ma poitrine et renifla.

— Tu veux me dire ce qui ne va pas ? Tu n'as pas dormi très longtemps… Tu as fait un cauchemar ?

Il secoua la tête, et ses cheveux soyeux frôlèrent mon menton.

— Ton papa te manque ? On peut l'appeler si tu veux ?

A nouveau il secoua la tête et se serra encore plus contre moi.

— Je suis à court d'idées, mon bonhomme. Tu vas devoir m'en dire plus pour que je puisse t'aider, d'accord ?

Il se blottit encore plus fort et passa un bras autour de ma taille. Il ferma ses yeux humides et soupira.

— T'étais pas là. Je me suis réveillé et t'étais pas là. Je te languissais.

Bon sang… S'il y avait bien une personne au monde qui méritait que je sois courageuse, c'était ce petit garçon ! Je n'avais plus le temps de me complaire dans le passé ni de redouter l'incertitude ! Hyde m'apaisait, me guérissait. Il se fichait pas mal que je ne sois pas pile-poil la personne que je pensais devoir être pour lui : il « me languissait » parce qu'il m'aimait. Il avait pleuré parce qu'il tenait à moi et qu'il me faisait confiance. Cette vérité brutale faisait sauter toutes les coutures de mon déguisement. Tout s'effilochait. Hyde « me languissait », et Zeb m'aimait, moi.

La Sayer qui était maladroite.

Celle qui était réservée.

Celle qui pouvait être froide et distante.

Celle qui tentait de faire des pancakes alors qu'elle ne savait pas s'y prendre.

Celle qui se battait sans relâche au tribunal.

Celle qui essayait de faire les choses bien pour de mauvaises raisons.

Celle qui se salissait en faisant l'amour contre un mur fraîchement peint.

Toutes ces facettes de ma personnalité suffisaient à composer une personne digne de l'amour de Zeb et Hyde. J'embrassai Hyde sur la tempe.

— Je suis désolée de t'avoir laissé seul, mon lapin. Mais Poppy voulait me parler et j'avais peur de te réveiller, tu comprends. Toi aussi tu m'as manqué, tu sais.

— Bon, ça va alors…

Et c'était vrai. Ça allait. Pour la première fois depuis une éternité, j'avais l'impression que tout allait s'arranger. Je savais enfin ce que je voulais et comment l'obtenir. Bien sûr, ça n'allait pas se produire du jour au lendemain. J'avais fait beaucoup de mal à Zeb, mais je bâtirais des fondations solides, stables, pour lui. J'avais encore pas mal de décombres à déblayer, mais, quand tout serait nettoyé, je pourrais le laisser construire ce qu'il voulait avec moi.

Hyde fit une bonne sieste sur mes genoux. Quand il se réveilla, une heure plus tard, il voulut aller jouer à l'extérieur. Je mis vingt minutes pour lui faire enfiler son bonnet et ses gants et, dès qu'il fut dehors, il s'aperçut qu'il faisait très froid et demanda à rentrer. Finalement, on joua à cache-cache jusqu'au retour de Zeb, en fin d'après-midi.

Il parut étonné que son fils ne se précipite pas sur lui. Au lieu de ça, Hyde l'entraîna dans la cuisine pour lui montrer tous les dessins qu'il avait faits et que j'avais collés sur le frigo. Hyde s'était transformé en moulin à paroles, et Zeb me regardait comme si j'étais une extraterrestre. Je répondis à son froncement de sourcils par un sourire. Hyde dut sentir qu'il n'était plus le point de mire, car il tira sur la main de Zeb en geignant :

— Papa, tu regardes pas mon dessin…

Zeb releva la tête si violemment que je crus entendre craquer ses cervicales. Il contempla son fils avec stupeur.

— Tu m'as appelé papa, là ?

Hyde écarquilla les yeux, et son regard passa de Zeb à moi pour revenir sur son père. Je lui adressai un petit signe d'encouragement en articulant : « Tout va bien. »

— Euh… ça t'embête pas ? Sayer m'a dit que tu serais d'accord…

Zeb tourna la tête vers moi, et je ne pus m'empêcher de sourire. Ses yeux verts étaient mouillés comme une forêt après la pluie.

Il s'accroupit au niveau de son fils et le serra très fort dans ses bras.

— Bien sûr que je suis d'accord. Je *suis* ton papa, Hyde, et j'en suis fier. Tu peux me donner tous les noms que tu veux, tu sais.

Ecrasé par l'étreinte de son géant de père, le petit garçon poussa un cri étouffé, et un frisson courut sur ma peau. J'aurais bien aimé participer à ce câlin, moi aussi.

— Tu pleures ? fit Hyde. Sayer m'avait dit que tu allais pleurer. Même qu'elle m'a dit qu'elle me donnerait cent dollars si tu pleurais !

Il s'écarta de son père pour le regarder droit dans les yeux. Ça n'était pas évident à repérer à cause de la barbe, mais oui, une larme brillait sur la joue tannée de Zeb.

Hyde se mit à rire, la tête rejetée en arrière. Puis il pointa un doigt sur moi.

— Tu me dois cent dollars !

Zeb lâcha son fils et se redressa pour me regarder d'un air interrogateur. Je me contentai de hausser les épaules. Il devait bien se douter que j'avais misé cet argent en toute connaissance de cause et calculé l'issue du pari en faveur de Hyde…

— Je vais les donner à ton père pour qu'il te les garde, d'accord ?

— Eh bien…, constata Zeb. Vous m'avez l'air d'avoir passé une bonne journée tous les deux.

Hyde approuva vigoureusement.

— J'adore Sayer.

La pomme d'Adam de Zeb se mit à trembler.

— C'est bon à savoir, mon bonhomme.

Je me raclai la gorge et repoussai mes cheveux, pour dissimuler ma gêne.

— Franchement, je me suis éclatée à le garder, aujourd'hui. Si ta mère a besoin de faire un break quand tu bosses le week-end, tu peux me le laisser, ça me fera très plaisir de passer la journée avec lui.

Une ombre traversa le visage de Zeb qui me considérait avec attention.

— Sérieux ?

— Sérieux, répondis-je en mettant le maximum de conviction dans mon regard.

Il émit un bruit de gorge sourd et serra les poings.

— Dis donc, fiston, si tu allais chercher ton manteau le temps que je dise un petit mot à Sayer ?

— Tu vas lui demander mon argent ?

Zeb éclata de rire.

— Oui, c'est ça ! Je vais lui demander ton argent.

A peine Hyde avait-il filé que Zeb s'avança vers moi de sa démarche féline et me fit prisonnière entre l'îlot central et ses bras.

— Tu es prête à nous choisir, Sayer ?

La situation était si semblable à cette fois où il m'avait coincée dans ma voiture, après l'audience, pour m'embrasser à perdre haleine. Et, pourtant, si différente. J'avais envie de lui rendre la pareille, mais je savais que, très vite, on allait être interrompus par un petit garçon de cinq ans. Et puis, il fallait d'abord que je m'occupe de réparer les blessures que je lui avais infligées.

Je posai une main sur son torse. Je savais qu'il pouvait lire dans mes yeux tout ce qu'osait enfin éprouver mon cœur revenu à la vie.

— Je fais des efforts, Zeb. Je n'ai pas encore touché la rive, mais je nage dans la bonne direction. Tu m'as confié Hyde toute une journée. J'ai besoin que tu me fasses confiance un peu plus longtemps que ça.

— Pourquoi j'accepterais ?

J'empoignai sa chemise à carreaux et l'attirai à moi pour lui dire les yeux dans les yeux :

— Parce que avant de pouvoir te choisir, avant de pouvoir choisir ton fils, je dois me choisir moi-même, et c'est justement ce que j'essaie de faire en ce moment.

Il fallait qu'il comprenne mon raisonnement ! Pour moi, c'était un premier pas. Un pas de géant que je m'imposais.

— Ce n'est pas si simple, Zeb.

Il soupira de frustration, et son souffle effleura mes lèvres comme un baiser fantôme.

— Ça fait déjà un bon bout de temps que je poireaute sur la rive, Sayer...

— Je sais. Mais je t'en prie, fais-moi confiance.

Tandis que Hyde revenait comme une flèche, Zeb s'écarta

du comptoir. Ses yeux ne trahissaient aucun sentiment et, sans l'ombre d'un sourire, il lâcha d'un ton brusque :

— Pour moi, rien n'a changé, Sayer. Mon plan, c'est toujours toi.

A ces mots, je sentis mon cœur se gonfler d'espoir : cette fois, je ne le décevrais pas. On allait sortir tous les deux gagnants de cette épreuve, et notre victoire serait gravée dans le marbre. Pour l'éternité.

18

Zeb

J'étais carrément paumé. Que penser de l'attitude de Sayer ? En gros, elle tentait de se frayer un chemin vers moi dans les eaux troubles de son passé, OK… Mais étais-je encore capable de lui accorder ce qu'elle me demandait — ma confiance ? En partant de chez elle, je n'en savais rien. Et pourtant, dès le week-end suivant, je me surpris à l'appeler pour lui demander si elle était toujours partante pour garder Hyde. De toute façon, j'aurais eu du mal à y couper : il avait passé la semaine à me parler d'elle. Autant les laisser passer la journée ensemble… Sayer accepta sans hésitation. En revanche, ce qui me surprit fut sa question suivante : quelle était ma couleur préférée ?

Le bleu, évidemment. Un bleu océan, pétillant, tumultueux… Il y eut un silence, puis Sayer déclara qu'elle viendrait chercher Hyde, si j'étais d'accord. Elle avait quelques achats à faire et voulait prendre le petit avec elle. Je la mis en garde : avec un gamin de cet âge, même aussi adorable que Hyde, il fallait bien compter une heure de plus pour faire les courses… Elle balaya mon avertissement d'un rire et m'affirma qu'ils s'en sortiraient très bien tous les deux. En installant le siège-auto dans sa Lexus, je tentai de la prévenir une nouvelle fois. Mais, là encore, elle se contenta de sourire en me répétant que tout se passerait très bien. Elle me regardait d'un air gourmand, comme si elle voulait m'arracher mes fringues et me sauter dessus. Là, tout de suite, sur le parking de la résidence. Tout ça était assez déstabilisant. Ma tête et mon cœur ne s'accordaient pas sur le sens à donner à ce brusque revirement d'attitude.

En fin d'après-midi, je lui envoyai un texto pour lui dire que je rentrais du chantier. Je venais d'acheter une vieille bâtisse victorienne, pas loin de chez elle. La maison avait été divisée en appartements des années plus tôt, et je comptais en refaire une habitation individuelle. C'était un gros projet, mais dès que les travaux seraient terminés, le retour sur investissement serait énorme. Comme j'étais dans le coin, je proposai à Sayer de passer récupérer Hyde. Sa réponse ne se fit pas attendre : NON ! En majuscules. Elle ajouta qu'elle passerait le déposer dans l'heure à mon appart.

Lorsqu'ils arrivèrent enfin, ils semblaient tous deux un peu claqués, pas très frais en tout cas, mais les yeux verts de mon fils pétillaient de jubilation. Il avait des traînées bleues — de la peinture apparemment — sur les mains et dans les cheveux. Il se serra contre mes jambes, puis fila dans sa chambre pour se débarrasser de son manteau et de ses gants.

Sayer aussi avait la joue zébrée de bleu et des projections dans ses cheveux blonds. Elle avait perdu son look impeccable et se tenait sur le seuil en jean taché et sweat trop grand pour elle.

— Vous avez joué au paintball ?

Je tirai gentiment sur une de ses mèches bleues.

Sayer eut un petit rire.

— En quelque sorte… On est sur un projet top secret.

Elle avait réussi à piquer ma curiosité. Je m'appuyai à la porte, les bras croisés sur la poitrine. J'avoue, mon ego se sentit tout de suite mieux quand je vis son regard s'attarder sur mes muscles. Sa langue passa sur sa lèvre inférieure. La frustration m'arracha un grognement. J'avais envie de lécher à mon tour cette trace humide, puis de mordre dans la courbe renflée de sa bouche. Si j'excluais le temps que j'avais passé en taule, j'étais en train de vivre ma plus longue période d'abstinence sexuelle et ça commençait à me rendre dingue. Chacun de ses gestes m'apparaissait comme une invitation ou du moins, comme une façon de m'allumer.

— Quel genre de projet top secret ?

J'avais la voix rauque. Elle frissonna.

— Tu le sauras bien assez tôt. Je peux reprendre Hyde samedi prochain ?

J'aurais voulu répondre qu'elle n'aurait mon fils que si elle me prenait moi aussi, mais je comprenais que le travail qu'elle faisait sur elle-même était lourd et complexe. Néanmoins, elle progressait petit à petit, et tout ce que je pouvais faire c'était l'attendre sur la rive.

— Oui. Tu peux venir le chercher samedi. Je crois que ma mère apprécie d'avoir une journée à elle. Tu restes dîner ? Je vais sûrement laisser Hyde commander une pizza.

Elle inclina la tête sur le côté et opina.

— Bien sûr. Avec plaisir.

On passa la soirée à rigoler tout en mangeant des pizzas devant un film complètement débile. J'essayai bien d'obtenir quelques infos sur leur fameux projet top secret, mais Hyde se contentait de pouffer en échangeant des regards de conspirateur avec Sayer. « C'est une surprise », répétait-il d'un air ravi. Pour ajouter aussitôt que sa couleur préférée à lui, c'était le rouge, celle de Sayer le vert, et que Poppy était fan de violet. Bref, je n'étais pas plus avancé.

Lorsque je raccompagnai Sayer à sa voiture, je la plaquai contre la portière.

— Alors comme ça, ta couleur préférée, c'est le vert, hein ?

Elle esquissa un sourire et posa sa main sur ma joue. Ses ongles s'enfoncèrent dans ma barbe. Tous mes muscles se contractèrent.

— Alors comme ça, ta couleur préférée, c'est le bleu, hein ?

Je lui fis un grand sourire.

— Dans le mille. Il me tardait que tu sortes la tête de l'eau, Say. Putain, on peut dire que tu m'as manqué !

Je m'écartai d'elle. Elle avait la tête baissée, ses longs cils me cachaient ses yeux.

— Je m'y emploie, dit-elle enfin.

Je soupirai, et un petit nuage de vapeur blanc s'éleva dans l'air glacé de la nuit.

— Je sais… Une rénovation, c'est toujours long, et puis tu tombes généralement sur de mauvaises surprises quand tu abats les murs. Bon, on se voit la semaine prochaine?

Lorsqu'elle se pointa le week-end suivant, elle avait encore un look différent. On aurait dit qu'elle avait fait une descente à l'Armée du Salut et embarqué leur jean le plus pourri. Le T-shirt, je le reconnaissais. C'était celui que j'avais laissé chez elle, la dernière nuit qu'on avait passée ensemble. En tout cas, elle semblait bien moins nickel que d'habitude. Pourtant, même en tenue décontractée, voire légèrement négligée, elle restait stylée. J'avais envie de la foutre à poil.

Je me contentai de la déshabiller du regard.

— Sympas, tes fringues… Tu as prévu d'autres projets top secret pour aujourd'hui ?

Hyde battit des mains et poussa un petit cri de joie.

— Oh oui, Sayer ! C'est aujourd'hui qu'on finit la surprise ?

— Aujourd'hui, c'est sûr ! Mais d'abord je dois passer faire une course, d'accord, mon lapin ?

Hyde fit un peu la moue, mais, mon fils et moi, on était dans la même galère avec cette femme. Chaque fois qu'on avait la possibilité de passer un peu de temps avec elle, on sautait sur l'occasion. Je la raccompagnai jusqu'à sa voiture et aidai Hyde à s'installer dans un siège-auto tout neuf. Ça me fit un coup au cœur. Si elle avait acheté un siège-auto exprès pour mon fils, ça voulait forcément dire qu'elle comptait nous garder dans sa vie. Non ?

— A très bientôt, tous les deux. Soyez sages.

Je ne savais pas trop si l'avertissement s'adressait à Hyde ou à elle, mais dans les deux cas il me semblait approprié.

Lorsqu'elle revint à l'appart, en fin d'après-midi, je ne la reconnus pas tout de suite. Entendant une voiture arriver sur le parking, j'allai à la fenêtre, mais à l'emplacement où elle se garait d'habitude il n'y avait pas de Lexus, seulement une jeep Grand Cherokee rouge cerise, flambant neuve. Le tout-terrain faisait moins mec et moins sauvage que le mien, mais il en jetait. Au moment où je me disais que ça devait être un voisin, la tête blonde de Sayer émergea côté conducteur, et elle fit le tour pour aller ouvrir à Hyde. Elle dut le prendre dans ses bras pour le faire descendre. En les regardant avancer main dans la main vers l'entrée de la résidence, je sus que c'était ça que je voulais dans la vie.

Ils étaient parfaits ensemble.

Ils étaient parfaits pour moi.

Qu'est-ce que je pouvais demander de plus ? Je ferais

tout ce qui était en mon pouvoir pour les garder et les protéger tous les deux.

La voix douce de Sayer et le rire de Hyde parvinrent jusqu'à moi, et j'ouvris la porte. Ils pilèrent net en me voyant et leur sourire se fit un poil plus lumineux.

— Une nouvelle voiture ? C'est pour aller avec la nouvelle coiffure et les nouvelles fringues ?

Sayer sourit et lâcha la main de Hyde pour qu'il puisse se jeter contre moi, comme il aimait bien le faire. Je le pris dans mes bras et fis semblant de grogner comme un ours tandis qu'il m'attrapait la barbe. Je faillis mourir de rire lorsqu'il se mit à grogner lui aussi comme un petit animal.

— Sayer m'a laissé choisir la couleur. Rouge ! C'est ma couleur préférée.

— Je vois ça.

Je la regardai par-dessus l'épaule de mon fils. Elle écarta les bras et les laissa retomber d'un air faussement résigné.

— Bof, je n'ai jamais vraiment aimé ma Lexus et puis, une jeep pour l'hiver, c'est plus logique…

— Tu t'es acheté une jeep, toi ?

Elle haussa à nouveau les épaules.

— Oui. J'aime bien la tienne.

Je lui fis un sourire carnassier et marmonnai :

— Moi aussi, j'aime bien la tienne.

Je ne parlais pas de la jeep, et elle le savait.

— Tu restes dîner ?

Cette fois, elle secoua la tête.

— Non. Pas ce soir. J'ai quelques trucs à terminer chez moi. Mais merci quand même. On se voit le week-end prochain, si tu es d'accord ?

— D'accord, mais un de ces quatre j'aimerais bien récupérer mon T-shirt…

Je la fixai d'un air entendu. J'avais envie de le lui enlever tout de suite, histoire de mettre la main sur toutes les merveilles roses et blanches qu'elle cachait dessous.

— Bientôt... Bon, au week-end prochain, les gars ! Au revoir, Hyde !

— Au revoir, Sayer ! J'ai hâte que papa voie la surprise !

— Moi aussi, mon lapin.

Elle me sourit — et mon cœur réagit aussitôt. Tout comme une autre partie bien moins avouable de mon anatomie.

— A ce week-end, Zeb.

Elle disparut au bout du couloir. Je regardai mon fils.

— Je crève d'envie de la voir cette surprise, moi ! J'espère que je ne serai pas déçu !

Je ne blaguais qu'à moitié.

Sa petite bouille se fit très sérieuse, et il se blottit contre moi, enfouissant son nez dans ma barbe.

— C'est obligé qu'elle te plaise. Sayer s'est donné trop de mal. T'as qu'à faire semblant si elle te plaît pas, comme ça, elle sera contente.

— Je ferai semblant, t'inquiète. Rien que pour toi, mon petit gars.

— Tant mieux. On peut manger une pizza ?

— Encore ? Tu ne préférerais pas qu'on fasse des tacos ou autre chose ?

D'ici que ce gosse soit assez grand pour subvenir à ses besoins, j'allais bouffer de la pizza matin, midi et soir !

— C'est le week-end. On mange toujours une pizza le week-end.

Ses yeux pétillaient. Je savais que j'allais céder, même si j'étais à la limite de l'overdose.

— Très bien, on va commander une pizza...

— Parce que tu m'aimes !

Il noua ses bras autour de mon cou et serra si fort qu'il faillit m'étrangler.

— Parce que je t'aime.

Je le reposai par terre et sortis mon téléphone de ma poche.

— Sayer aussi, elle m'aime.

Je le regardai avec étonnement.

— C'est elle qui te l'a dit ?

Décidément, j'étais condamné à rôtir en enfer : une fois de plus, je me surprenais à être jaloux de mon propre fils !

Il secoua la tête.

— Non, mais elle m'a laissé choisir la couleur de sa nouvelle voiture, c'est qu'elle doit m'aimer, non ?

Si seulement c'était aussi facile de savoir ce qui se passait réellement dans sa jolie tête blonde…

Je pouffai.

— C'est ce que j'appelle un raisonnement en béton, petit gars ! Allez, on va prendre une douche et puis on commandera le repas.

Je ne vis pas passer la semaine suivante. D'abord, je découvris que la baraque victorienne que je venais d'acheter cachait un énorme défaut dans sa toiture, le genre de truc que tu ne peux pas arranger sans tout casser. Quant à l'installation électrique, elle se révéla carrément dangereuse. Résultat des courses, mes gars durent bosser la plupart du temps sans chauffage, alors qu'il faisait un froid de canard. Inutile de dire qu'ils n'étaient pas contents… Hyde aussi était grognon, il traînait un rhume depuis trois jours. Et, quand samedi arriva, ma mère était bien soulagée de pouvoir souffler un peu.

Comme les autres fois, Sayer vint chercher Hyde. Mais elle était tellement emmitouflée que je ne pus pas vérifier si elle était encore fringuée comme l'animatrice de BricoTV. On parla de tout et de rien. Elle me semblait bien moins bavarde que d'habitude, limite anxieuse. Et quand je lui expliquai que Hyde sortait d'un rhume, elle sembla folle d'inquiétude. Elle n'arrêtait pas de lui passer la main sur le front pour voir s'il avait de la fièvre — comme s'il risquait une double pneumonie. Elle était tellement occupée à lui raconter qu'ils allaient faire un bouillon de poule et regarder tous ses films favoris qu'elle en oublia de me dire au revoir. Détail qui me gâcha la journée.

Dans l'après-midi, Sayer m'envoya un texto pour me demander si je pouvais passer récupérer Hyde chez elle, après le boulot.

Comme j'avais pris l'habitude qu'elle me le ramène, je lui demandai si tout allait bien.

Elle me renvoya que oui, qu'elle voulait juste que je vérifie quelque chose dans la maison.

Je lui demandai quoi, mais elle ne répondit pas.

Inutile de préciser que son silence et ma curiosité me firent accélérer la cadence — la dépose de la salle de bains fut bouclée en un temps record. C'est mes gars qui étaient contents de finir une heure plus tôt ! J'envoyai aussitôt un message à Sayer pour lui dire que j'arrivais. Au passage, je lui demandai si elle voulait que j'apporte des outils pour arranger son problème.

Elle me renvoya :

Rien qu'un.
Moi : Tu pourrais préciser ?
Sayer : Tu verras bien.

Je me garai derrière sa jeep, carrément plus luxueuse que la mienne, et montai le perron au petit trot. Sayer devait m'attendre derrière la porte car elle l'ouvrit avant même que je fasse le geste de frapper.

M'empoignant par la chemise, elle m'attira à l'intérieur et, avant que j'aie pu dire ouf, elle me colla contre la porte qu'elle venait de refermer derrière nous.

Ça faisait tellement longtemps que je ne l'avais pas goûtée, que je n'avais pas senti ses lèvres sur les miennes, que mon cerveau court-circuita. Elle noua ses mains autour de mon cou et se dressa sur la pointe des pieds pour se plaquer contre moi. Je l'enlaçai. Ses seins s'écrasèrent contre mon torse, et elle glissa une cuisse entre mes jambes. Elle soupira contre ma bouche et enroula sa langue autour de la mienne. Je m'écartai, à bout de souffle.

— Je te rappelle que mon gamin est dans les parages, alors à moins que tu veuilles que je lui explique ce qu'on fait… Tant que tu y es, tu pourrais peut-être même nous l'expliquer à tous les deux ? Je ne comprends plus rien, là.

Je l'éloignai de moi à regret. Elle ramena derrières ses oreilles ses mèches de trente-six nuances de blond et me sourit.

Je remarquai alors son pull. Il avait l'air très doux, genre duveteux, d'un rose corail lumineux. Elle portait aussi un pantalon bleu canard tellement moulant qu'on l'aurait cru peint sur sa peau. C'était un véritable arc-en-ciel de couleurs. Toutes lui allaient très bien — surtout avec le petit sourire rêveur qui flottait sur ses lèvres encore toutes gonflées de notre baiser.

— J'ai déposé Hyde chez ta sœur, il y a une heure, et Poppy passe le week-end chez Salem et Rowdy.

Je m'adossai à la porte d'entrée.

— Pourquoi, Sayer ? C'est quoi l'idée ?

Elle tendit la main vers moi et attendit patiemment que j'y pose la mienne.

— Je veux te montrer la surprise sur laquelle je travaillais. Viens, suis-moi.

Ma curiosité se mêlait d'hésitation. Je crevais d'envie de savoir ce qu'elle trafiquait, mais ce baiser m'avait complètement pris au dépourvu. Je pilai net en entrant dans le salon.

Envolés, les murs aseptisés, sans vie ni couleur ! A la place, un joli vert mousse recouvrait la pièce. L'horrible sofa avait dégagé, lui aussi, remplacé par un immense canapé d'angle, accueillant, parfait pour se pelotonner. Ça ne ressemblait plus à un cabinet de dentiste. Ça ressemblait à une maison. Confortable. Décorée avec amour.

Je la suivis jusqu'au bureau qui était à présent lilas pâle. Je me tournai vers elle, stupéfait.

— C'est un poster de *Buffy contre les vampires* derrière ton bureau ?

Elle se mit à rire et m'entraîna vers une autre pièce.

— Team Spike, pour l'éternité !

La cuisine, elle, n'avait pas beaucoup changé : il y avait toujours le mur rouge de Poppy, mais la grande cloison nue s'ornait à présent de stickers géants — des coquelicots noirs qui donnaient à la pièce plus de mouvement et de chaleur. Elle avait fait un sacré boulot ! Chaque pièce était peinte d'une couleur différente et décorée au petit bonheur la chance. Sans ordre particulier. Sans raison particulière. Et, de toute évidence, Sayer était emballée par le résultat. Elle s'était fait plaisir, avait acheté des objets qu'elle aimait, des choses qui lui parlaient, et s'était approprié l'espace.

La plus grande des chambres d'amis était décorée d'une frise à rayures, genre uniforme de conducteur de locomotive, et la porte était couverte d'un millier d'empreintes de mains. Des mains toutes petites et partant dans toutes les directions — la contribution de mon fils au projet, visiblement. C'était adorable ! Je brûlais de lui demander si, en plus de lui avoir attribué une chambre dans sa maison, elle lui avait aussi fait une place dans son cœur.

Le dernier arrêt de la visite, ce fut la chambre. Je compris enfin d'où venait la peinture bleue dont Hyde et elle étaient recouverts quelques semaines plus tôt ! Son havre de paix s'était transformé en villa des Caraïbes. C'était l'océan, mais bien plus que ça. C'était le bleu de ses yeux mais aussi le choix de son cœur, les deux unis sur les murs.

Elle murmura :

— Le bleu, c'est ta couleur et toi, tu es mon homme. Du coup, j'ai voulu réunir les deux au même endroit.

Je me retournai vers elle, muet. Elle tira quelque chose de sa poche. Lorsqu'elle ouvrit la main, je vis qu'il s'agissait d'une clé.

— Sayer…

Elle se rapprocha de moi, me prit la main et posa délicatement la clé sur ma paume avant de replier mes doigts un par un dessus. Je la serrai jusqu'à m'en faire mal.

— C'est toi qui as fait cette maison, Zeb. Tu y as laissé ton empreinte. Je te sens dans chaque pièce. Ici, c'est chez toi autant que chez moi.

Elle posa une main sur mon torse.

— Tu es le seul homme que j'aie jamais embrassé, tu le sais, ça ?

Je grommelai :

— Je te rappelle que tu as été fiancée, Sayer…

Elle m'enlaça et nicha sa tête sous mon menton. Je crevais d'envie de la serrer dans mes bras, mais j'avais un peu le vertige.

— Je sais, mais c'était toujours lui qui prenait l'initiative. Moi, jamais. Tandis que toi, Zeb, j'ai tout de suite eu envie de t'embrasser. De coucher avec toi. De t'aimer.

D'être avec toi. Pour mon seul plaisir et pas pour *faire* plaisir. Pas parce que c'était ce qu'on attendait de moi, mais parce que je n'avais pas le choix. C'était inéluctable. Crucial. Limpide. Il fallait que je sois avec toi. Je le sentais comme une évidence… Une évidence que je continue à sentir… partout.

Je glissai la clé dans ma poche et, d'un doigt sous son menton, obligeai Sayer à croiser mon regard.

— Qu'est-ce que tu cherches à me dire, là ?

Je voyais bien ce qu'elle essayait d'exprimer sur les murs de sa chambre et dans son regard clair, mais j'avais quand même besoin de l'entendre de sa bouche. J'avais besoin de savoir qu'elle était parvenue à se sauver d'elle-même, qu'elle était arrivée à destination, ou du moins qu'elle s'en approchait. J'avais besoin de l'entendre le dire pour pouvoir y croire.

— Je te dis que je choisis la couleur, que je choisis le bonheur, que je choisis d'être pleinement moi-même. Je choisis d'être une meilleure personne que mes parents et de ne pas laisser le passé définir la femme que je suis. Je me choisis moi avec tous mes désirs. Je choisis d'être courageuse et de prendre le risque d'aimer. Je choisis l'amour, Zeb, donc je vous choisis, toi et Hyde. Je me sentirai toujours un peu vulnérable de dépendre à ce point de ton amour, mais je te veux ici, avec moi. Maintenant, tu n'auras plus jamais à frapper à la porte. Je te donne la clé de la maison. Après tout, se sentir vulnérable, c'est une bonne chose. Ça me rend plus humaine. Finalement, tu vois, mon père n'aura pas gagné.

Elle me serra très fort, et je lui rendis son étreinte, d'un bras.

Toujours très calme, elle poursuivit :

— Les murs sont tombés. Le sol a été aplani. Tu peux

construire tout ce que tu veux, maintenant. Je suis une terre vierge.

Elle avait su trouver les mots justes. C'était un baume sur les blessures qu'elle m'avait infligées. Je pouvais la faire mienne, on pouvait enfin bâtir un avenir, ensemble.

J'appuyai ma joue contre sa tête.

— Je t'aime, Sayer, et mon fils t'aime aussi. Alors si tu fais ça, si tu nous laisses entrer dans ta vie, si tu nous donnes la clé, c'est pour toujours. Parce que je ne laisserai jamais Hyde s'attacher à quelqu'un qui pourrait l'abandonner une nouvelle fois.

— Mais je ne compte pas vous abandonner. Quoi qu'on construise, ce sera ensemble et pour toujours.

— Tu as atteint le rivage ?

Je glissai ma main dans sa chevelure et lui enserrai la nuque. Elle leva le visage vers moi pour que je puisse poser mes lèvres sur les siennes.

C'était un baiser très doux, tendre. C'était un baiser de bienvenue, un baiser de réconciliation, un baiser qui jetait les bases de quelque chose de durable et d'indéfectible. C'était un baiser qui scellait notre destin, proclamait que ce qui existait entre nous était puissant, capable de résister à tout. C'était un baiser qui nous unissait, qui nous liait l'un à l'autre. C'était la promesse qu'on allait se battre l'un pour l'autre, se battre pour notre famille et pour cet amour immense qu'on avait choisi de vivre.

— Disons que le rivage est en vue et que je continue mon effort, mais je t'ai rejoint, toi, et c'était mon objectif depuis le départ.

— Tu es à moi, Say.

— Je l'ai toujours été, Zeb.

Elle passa ses doigts entre les boutons de ma chemise et pressa son ventre contre le mien.

— On peut s'embrasser, maintenant, et faire la paix ?

Je la poussai à reculons vers le lit.

— Avant que je me mette à poil, tu ne voulais pas que je te répare un truc ?

Elle leva les yeux au ciel et commença à tirer sur ma chemise.

— Si, j'ai besoin que tu m'arranges cette douleur lancinante que j'ai entre les jambes. Ça me fait mal tout le temps, et il n'y a que toi qui as l'outil qu'il faut pour l'apaiser.

J'éclatai de rire.

— Non, mais vraiment ? Tu veux baiser et faire la paix ?

Elle hocha vigoureusement la tête, ce qui me fit encore plus marrer. L'arrière de ses genoux heurta le lit et elle tomba à la renverse, m'entraînant avec elle. Elle écarta le col de ma chemise et se mit à m'embrasser dans le cou. J'avais l'impression que ses mains et sa bouche étaient partout sur moi. Dans un ultime sursaut de volonté, je m'écartai. On devait se calmer un peu. Je voulais savourer pleinement le plaisir de l'avoir à nouveau dans mes bras. Mais la moue qu'elle m'adressa était si craquante que je ne pus que mêler ma langue à la sienne. Mon jean était devenu beaucoup trop étroit.

Je voulais prendre mon temps. Sayer voulait me prendre, moi.

Elle se tortilla sous moi jusqu'à ce que je la laisse m'enfourcher. Elle tira sur ma chemise d'un coup sec. Les boutons allèrent cliqueter sur le parquet. Je me redressai juste assez pour qu'elle puisse terminer de me l'enlever, puis l'aidai à me débarrasser de mon T-shirt. Elle s'interrompit une seconde pour dessiner le contour de mes lèvres du bout du doigt.

— Tu m'as vraiment manqué, Zeb.

Puis, elle se mit à défaire ma ceinture et ma braguette.

— Tant mieux, parce que toi aussi tu m'as vraiment manqué, Say.

A peine mon jean ouvert, ma queue jaillit d'impatience, direct dans sa main.

Sayer eut un petit rire.

— Je vois ça…

Son visage redevint sérieux tandis qu'elle empoignait mon sexe et caressait du pouce son bout palpitant.

— Tu es la seule chose au monde que j'aie jamais désirée, Zeb. C'est la vérité.

Et quelle belle vérité c'était… Les yeux de Sayer étincelèrent, puis ma queue se retrouva dans sa bouche et j'oubliai tout. J'oubliai même de respirer. J'oubliai toutes mes nuits passées à la désirer. Il n'y avait plus que sa tête entre mes jambes et sa langue qui tournoyait. Cette période sans elle, cette souffrance, c'était négligeable et insignifiant comparé à ce moment.

Quand elle insinua une de ses mains entre mes cuisses et se mit à caresser doucement mes bourses, je retins un gémissement et glissai une main dans ses cheveux. Elle savait ce qu'elle faisait — et ne tint aucun compte de mon avertissement quand je lui demandai de se calmer. On aurait dit qu'elle avait pour mission de me faire jouir. J'adorais qu'elle y mette autant d'ardeur, mais ça faisait trop longtemps que je n'avais pas été en elle. Il était hors de question qu'on ne termine pas ces magnifiques retrouvailles unis dans le plaisir.

Je tirai un peu sur ses cheveux pour lui faire lâcher ma queue luisante de salive et dure comme l'acier. Puis, je lui ôtai son pull rose et lui ordonnai de se débarrasser de son pantalon moulant. Elle fit la moue, mais s'exécuta. Dessous, elle portait un soutien-gorge et une petite culotte extrêmement réduite — bleu marine. Très jolis, mais je les lui enlevai aussi. Je ne voulais rien d'autre sur son corps que mes mains et ma bouche.

— Ne fais pas la tête… Tu pourras me sucer autant que tu veux, mais là j'ai besoin d'être en toi. C'est comme ça qu'on s'est quittés, c'est comme ça qu'on doit se retrouver. En fait, c'est comme ça qu'on devrait communiquer à partir de maintenant.

Son rire se mua en gémissement, tandis que je l'embrassais en la renversant sur le lit. Cette fois, elle tomba en arrière, les bras autour de mon cou. Un genou entre ses jambes écartées, je m'introduisis en elle d'un seul mouvement. Je m'enfonçai en entier, profondément. Nos hanches s'emboîtaient à la perfection. Ses seins frottaient contre mon torse, ses tétons se dressaient contre moi, et ses yeux s'embuèrent.

J'étais fou de joie de me noyer en elle, dans son corps qui m'emprisonnait de toutes ses forces. Ça m'allait parfaitement. Je refermai une main sur sa joue et déposai un baiser tout au bout de son nez.

— Je t'aime, Sayer.

Elle m'entoura de ses bras et replia une de ses longues jambes sur ma taille.

— Moi aussi, je t'aime, Zeb.

Elle haussa un sourcil taquin avant de poursuivre :

— Maintenant qu'on a fait la paix, on peut continuer à baiser ? S'il te plaît ?

Je gloussai et entamai un lent va-et-vient. Chaque fois que je plongeais en elle, chaque fois qu'elle se soulevait pour me recevoir, ma certitude se renforçait : on avait fait le seul choix possible, elle et moi.

Epilogue

Huit mois plus tard

Je chevauchais Zeb.

Il avait une main sur ma hanche, tandis que l'autre me pétrissait un sein, triturant mon téton tendu. Je haletais comme si j'avais couru un marathon. Mes doigts se crispèrent sur son torse tatoué. J'étais au bord de l'orgasme. Je le sentais tout proche. Le plaisir montait de plus en plus. Il suffirait d'un infime effleurement de son doigt calleux sur mon clito pour me faire exploser.

— Zeb… caresse-moi.

Je l'implorai dans un souffle sans cesser de me mouvoir sur lui. S'il ne voulait pas, pas de souci, je m'en chargerais moi-même. Je le toisai d'un regard menaçant pour qu'il m'obéisse et, enfin, sa main délaissa ma hanche pour se diriger vers l'endroit où j'avais besoin de lui.

Il m'effleura à peine et, pour me taquiner, me demanda de l'embrasser. Je râlai un peu, puis gémis de satisfaction lorsque ses doigts se mirent à me caresser. C'était pile là où il fallait et c'était trop bon. Avec lui, c'était toujours trop bon.

Mon corps ne faisait plus qu'un avec le sien, au bord de l'explosion de plaisir que lui seul savait me donner. Je me penchais sur sa bouche pour avaler son gémissement, quand des petits pas résonnèrent dans le couloir. La porte grinça. On se figea, le temps d'échanger un regard perplexe et frustré, et dans un mouvement précipité on se décolla l'un de l'autre, comme si on venait de se brûler. Une seconde après, Hyde se matérialisait du côté de Zeb.

— J'ai fait un cauchemar.

Je me ramenai le couvre-lit jusqu'au menton en espérant que la lumière du couloir ne lui révélerait pas que son père et moi étions rouges et en nage.

— C'est vrai, tu as fait un cauchemar ? Ou tu veux juste dormir dans notre lit ? Il me semble qu'on en avait déjà parlé, fiston…

Ça faisait des mois que j'avais donné les clés de la maison à Zeb. On avait convenu d'attendre un peu pour vivre ensemble. On ne voulait pas imposer un énième déménagement à Hyde. Résultat, on avait passé huit mois à faire la navette entre ma maison et son appart afin que Hyde se fasse à l'idée qu'on allait bientôt former une famille. Quinze jours auparavant, Zeb et lui avaient officiellement emménagé chez moi, et depuis Hyde faisait la comédie pour dormir dans notre lit. En général, Zeb finissait toujours par céder, mais ce soir quelque chose me disait que ça n'allait pas se passer comme ça… Avoir une sexualité active sous le même toit qu'un petit enfant aussi curieux que Hyde, ça tenait carrément du défi. En même temps, ça nous obligeait à faire preuve de débrouillardise et d'imagination. Inutile de dire qu'il se passait pas mal de choses sous la douche et que j'étais devenue hyper douée pour prendre mon pied quasiment tout habillée.

— Ma chambre est trop loin.

Sa chambre était à l'étage du dessous, et il y avait dormi plusieurs nuits sans problème, du temps où Zeb et moi attendions de pouvoir cohabiter. D'après moi, ce qui lui manquait, c'était d'avoir Poppy juste au bout du couloir. Elle avait emménagé dans son propre appart une semaine avant l'installation définitive des garçons.

— Elle n'est pas si loin que ça, Hyde…

— Je peux dormir avec vous ?

Il pleurnichait, il était tard, mais Zeb bandait toujours contre moi et ses yeux étaient chauds bouillants de désir.

— Pas ce soir, mon bonhomme. Tu dois t'habituer à ta chambre. Parce que tu vas y dormir pendant très longtemps. Tu te souviens de tout le boulot que vous avez fait, Sayer et toi, pour que ce soit ta chambre à toi ?

Hyde se dévissa la tête pour essayer de m'apercevoir, mais je me planquais sous les draps et derrière mon colosse préféré.

— Oui. Je me souviens.

Il avança une lèvre boudeuse, adorable, et je faillis éclater de rire en entendant le gémissement accablé de Zeb.

— Et si je te lisais une histoire ? Je resterai avec toi jusqu'à ce que tu t'endormes.

Hyde réfléchit longuement à la proposition de son père et finit par hocher la tête.

— D'accord. Sayer, tu veux écouter l'histoire avec moi ?

Je toussai pour masquer mon rire.

— C'est gentil, lapin, mais pas ce soir. Va avec ton papa, maintenant, on se reverra demain matin.

Il se renfrogna.

— Je l'aime bien, ma chambre. Je te jure.

— Je sais, Hyde. Mais la nuit, les vieilles maisons, ça fait de drôles de bruits. Je comprends que ça puisse t'empêcher de dormir, c'est normal.

Zeb me demanda de lui passer le jean que je lui avais ôté quelques instants plus tôt. Une fois rhabillé, il se pencha pour me donner un baiser. Je ne me lassais pas du frottement de sa barbe sur mes joues… J'adorais cette sensation, c'était toujours aussi bon que la première fois. J'effleurai le nouveau tatouage sur le côté de son cou : un homme tenant un masque monstrueux qui lui dissimulait la moitié du visage. Dr Jekyll et son Mr Hyde, à jamais imprimés sur sa peau. C'était la façon de Zeb d'afficher son orgueil paternel. Ça lui ressemblait tellement que j'en étais tout attendrie. Plutôt que de se faire tatouer le nom de son fils, il avait opté pour une représentation plus symbolique.

— Je reviens, murmura-t-il.

Je pouffai en me blottissant sous les draps.

— Je serai là…

Hyde pouvait bien interrompre dix mille orgasmes cataclysmiques, aucune force au monde ne me ferait bouger de ce lit.

Je regardai mon homme torse nu, tatoué, baraqué, colossal — et momentanément frustré — faire sortir son fils de la chambre avec une délicatesse infinie, comme s'il craignait de le casser. Comment avais-je pu être assez bête pour redouter un seul instant de le laisser prendre autant d'importance dans ma vie ? Depuis qu'il régnait sur mon cœur, les démons du passé avaient battu en retraite. Jour après jour, il m'apprenait que j'étais digne de lui comme il était digne de moi, qu'on était tous les deux à la hauteur de cette vie et des cadeaux qui allaient avec. Bon, personnellement, je ne les méritais peut-être pas encore tous, mais je n'avais plus peur de faire ce qu'il fallait pour les obtenir.

Car c'était du boulot. Il m'arrivait encore d'avoir envie de retomber dans mes anciens travers, de me refermer sur moi-même et de faire fuir tout le monde, dépassée par la quantité d'amour et d'émotions de mon quotidien.

Je luttais contre moi-même, mais je mettais toutes mes forces dans la bataille : mes garçons le valaient bien !

Ce qui faisait du bien, aussi, c'était de parler. A son départ de la maison, Poppy avait entamé une thérapie. Les séances en tête à tête avec sa psy ne lui avaient pas été tellement utiles, mais elle avait intégré un groupe de parole pour femmes battues. Le fait d'entendre les histoires des autres, de voir que certaines avaient subi des sévices pires que les siens, l'aidait à reprendre sa vie en main. Son courage était communicatif. Moi aussi, je devais mettre des mots sur les manipulations perverses de mon père.

Maintenant que j'avais donné un titre à mon histoire, maintenant que mon démon avait un nom, j'avais moins de mal à me confier à Zeb, et même à en discuter avec Rowdy. A ma façon, j'étais une survivante, moi aussi. Et je refusais de continuer à dériver au gré du passé.

Je changeai de position dans le lit, et les draps frottèrent contre mes mamelons douloureux. Je soupirai. La chambre était plongée dans le noir, la porte fermée, et le désir palpitait toujours sourdement dans mon sang. Privé de son plaisir, mon corps restait sur sa faim. Quel mal y aurait-il à me donner moi-même un orgasme, puisque Zeb était occupé ailleurs ? Je lui rendrais la pareille plus tard. Non pas que ce soit vraiment une corvée…

J'écartai les jambes, et ma main glissa jusqu'à mon sexe encore gonflé et humide d'excitation. Le contact de mes doigts me fit frissonner. Il ne me faudrait pas longtemps pour jouir — mon homme était très doué de ses mains, et j'étais déjà tout près du but. Je gémis dans l'obscurité. Je décrivais des cercles lents et exquis. C'était bon, mais pas autant que les caresses rugueuses de Zeb.

Je poussai un cri aigu lorsque le couvre-lit s'envola. Zeb, planté au pied du lit, me matait avec gourmandise.

— Ne t'arrête pas pour moi. J'adore te regarder jouir.

Il ôta son jean tandis que je me redressais à moitié dans le lit.

— Et Hyde ?

— Il s'est endormi en un clin d'œil. Je ne suis même pas arrivé à la moitié du livre. Il a juste besoin d'un peu de temps pour s'adapter, je crois.

Un sourire éclaira son visage.

— Si tu ne te finis pas pour moi, je vais devoir le faire à ta place.

Il me saisit par la cheville et me tira jusqu'à lui, froissant au passage mes draps d'un luxe extravagant.

— Zeb !

Mais, sourd à mes protestations, il m'écarta largement les jambes et enfouit la tête entre mes cuisses frémissantes. Sa langue s'activait sur mon clito et sa barbe frottait délicieusement sur ma peau fine. Je ne pouvais plus respirer.

Cet orgasme dont j'avais été privée était là et bien là, il irradiait sous la bouche et les doigts de Zeb. J'explosai dans un gémissement et jouis sur sa langue. Il se redressa lentement pour m'embrasser le nombril et se coucha sur moi pour pénétrer mon corps repu de plaisir.

Je voulais lui dire qu'après un orgasme pareil j'étais à bout de forces, mais comme à chaque fois l'énergie me revint. Parce que c'était Zeb et qu'il méritait que je lui donne toujours plus.

Il s'agenouilla entre mes cuisses. Je nouai mes jambes autour de lui, et il se mit à aller et venir lentement, en douceur. Nos regards étaient rivés l'un à l'autre tandis qu'il recréait le désir en moi, qu'il apprivoisait le plaisir comme si c'était une créature vivante. Et c'est seulement lorsque je recommençai à me tordre sous lui, mon corps implorant la délivrance que lui seul pouvait m'accorder, qu'il s'allongea sur moi. On jouit ensemble, cramponnés l'un à l'autre.

Je caressai les muscles tatoués de ses épaules, tandis qu'il restait sur moi, le visage niché dans mon cou.

— Hyde m'a demandé s'il pouvait t'appeler maman.

Mon cœur manqua un battement. J'avais conscience de vivre un moment décisif. C'étaient les paroles les plus douces qu'on m'ait jamais dites. Même les critiques les plus cinglantes de mon père ne pouvaient lutter contre ce baume cicatrisant.

Je m'éclaircis la voix, émue, et enlaçai plus étroitement son corps massif.

— Qu'est-ce que tu lui as répondu ?

Il rit doucement à mon oreille et me chatouilla le cou de sa barbe.

— J'ai réussi à lui faire parier cent dollars que tu te mettrais à pleurer quand il te demanderait la permission.

Manifestement, je n'étais pas la seule à savoir parier en faveur des petits garçons. Une fois de plus, Hyde allait ramasser la mise.

J'enfouis mes doigts dans les cheveux de Zeb et le serrai de toutes mes forces.

— Tu viens de perdre cent dollars…

— C'est ce que je pense aussi. Hé, Say ?

— Hé, Zeb ?

Je frottai ma joue contre la sienne et me blottis tout contre lui. J'aurais voulu que ce moment ne finisse jamais, que nos deux corps restent unis pour toujours.

— Mon fils veut que tu sois sa mère et si je dois avoir d'autres enfants, je veux qu'on les fasse ensemble. Alors, autant t'épouser.

Je me raidis et, empoignant sa tignasse à pleine main, le forçai à me regarder.

— C'est une demande en mariage ?

— Euh… ouais. C'est-à-dire que… comme je viens de te faire prendre un pied monumental deux fois d'affilée, je me suis dit que tu aurais du mal à me dire non.

Ses yeux pétillaient. Il se pencha sur moi et posa sa bouche sur la mienne.

— Tu nous as tout de suite conquis, Hyde et moi. Je t'ai construit ta maison. Tu sais qu'on fera de très beaux bébés ensemble et que tu seras pour eux la meilleure maman du monde. Laisse-moi te passer la bague au doigt, Sayer. Je m'arrangerai pour qu'elle soit classique et colorée. Belle et solide. Avec une pierre qui irradie de l'intérieur, comme toi.

Il fit jouer ses sourcils.

— Et quand je l'aurai trouvée, je mettrai un genou à terre et je te demanderai ta main dans les règles, mais dis-moi oui, Sayer. Tu es déjà merveilleuse comme tu es, mais rien ne t'empêche d'ajouter mère et épouse à la liste de tes talents.

Je battis des paupières, bouleversée. Il n'y avait qu'une seule réponse possible à ça.

— Oui, Zeb, je veux t'épouser. Et inutile de te mettre à genoux. Ta demande en mariage est parfaite telle qu'elle est.

Car c'était ainsi que l'homme que j'avais choisi m'avait demandé d'être sa femme.

Qu'aurais-je pu souhaiter de plus ?

Note de l'auteur

On ne crée pas sans risque une héroïne qui n'est pas une mignonne petite poupée, je le sais d'expérience. Les gens ne s'attendent pas à voir une héroïne qui a peur de l'amour alors que son héros est là, SOUS SON NEZ, fantastique et prêt à tout pour elle. Cependant, mes amies, il ne faut pas hésiter à le faire ! D'abord parce que je suis convaincue que toutes les femmes ont leur place dans mes romans, mais surtout parce que dans la vraie vie ces femmes-là ont besoin de savoir qu'elles ne sont pas seules. Il n'y a aucun mal à ne pas être une mignonne petite poupée — personnellement, je suis loin d'en être une !

Sayer est un personnage important pour moi. Son passé et l'attitude qu'elle s'oblige à adopter nous rappellent sans ménagement que la cruauté peut prendre d'autres formes que la violence physique, et que toute forme de brutalité laisse une trace sur les personnes qui en sont victimes.

Créer le personnage de Sayer a été pour moi une entreprise extrêmement personnelle, car il se trouve qu'à une période de ma vie j'ai vu une fille que j'aimais beaucoup changer du tout au tout entre les mains d'un pervers narcissique particulièrement habile. A l'époque, j'ignorais comment lui venir en aide ou comment mettre un terme à sa situation, c'est pourquoi la frustration qu'éprouve Zeb résonne très profondément en moi. (La fille en question a lutté pour s'en sortir, elle a énormément progressé, mais tous ces bouleversements, tous ces efforts, ça faisait trop pour elle et nous ne sommes plus en contact, mais je sais qu'elle est sortie victorieuse de son combat, à l'image de Sayer dans ce roman.)

J'ai vu cette fille se cloîtrer, se dessécher et devenir si lointaine qu'on l'aurait crue à jamais prisonnière d'elle-même. Ça me tuait de la voir souffrir, mais le pire, c'était d'entendre les gens minimiser son calvaire parce qu'on n'en *voyait* pas la cause.

Toute forme de cruauté est horrible et barbare, mais la patience, l'amour et la compréhension peuvent se révéler de puissants médicaments pour venir en aide aux rescapés.

Je ne suis ni experte ni avocate, juste quelqu'un qui aime les gens… tous les gens.

La playlist de Zeb et Sayer

Cette playlist est un peu bluesy, un peu country, un peu rugueuse et terriblement épurée. A l'image de l'histoire d'amour de Zeb et Sayer. Elle se compose uniquement d'auteurs-compositeurs-interprètes, à savoir d'artistes qui réduisent la musique à sa quintessence pour en tirer quelque chose d'extraordinaire. Personnellement, je trouve ça magnifique, d'autant que chaque chanson raconte une histoire.

(A part *Pour Some Sugar on Me*… mais bon ! Cette chanson est géniale, hard-rock FM ou pas !)

Shovels & Rope : *Bridge on Fire / Pinned*
Dawes : *Waiting for Your Call*
Heartless Bastards : *Could Be So Happy*
Ha Ha Tonka : *The Past Has Arms / Lessons*
Whiskeytown : *Excuse Me While I Break My Own Heart Tonight*
The Damn Quails : *Through the Fire*
The Black Lilies : *Cruel*
Turnpike Troubadours : *Diamonds & Gasoline*
The Dirty River Boys : *Looking for the Heart You Took from Me*
The Head and the Heart : *Shake*

Lincoln Durham : *Beautifully Sewn, Violently Torn*
Cory Branan : *All the Rivers in Colorado*
Folk Soul Revival : *Bent*
Chris Knight : *The Hammer Going Down*
Delta Rae : *Scared / If I Loved You*
The Lone Bellow : *Green Eyes and a Heart of Gold / Cold As It Is*
Jason Isbell : *24 Frames / I Follow Rivers*
Amanda Shires : *Hearts Are Breaking*
Def Leppard : *Pour Some Sugar on Me*

Remerciements

Je tiens à adresser un merci tout particulier à Carla Dragon et à Jessica Schwartz. Elles font toutes deux partie de mon groupe privé sur Facebook, et à ce titre j'ai eu envie de les citer dans *CLASH : Passion brûlante*. Carla prête son nom à l'assistante juridique de Sayer, et c'est Jessica qui a trouvé le nom de Tatie Echo… qui finalement me plaît tellement qu'on va peut-être la retrouver dans un autre roman. Du calme, cerveau, tu fourmilles déjà de trop d'histoires ! En tout cas, merci de faire partie de l'équipe, mesdames, j'espère que vous avez kiffé de voir vos noms imprimés.

J'adore mes lectrices et pouvoir les faire participer à mon processus d'écriture, même à un tout petit niveau, je trouve ça super cool. Si vous avez envie de rejoindre ce groupe, ne vous gênez pas, allez sur :

https://www.facebook.com/groups/crownoverscrowd/

J'y donne pas mal d'indices sur mes séries et surtout je m'y éclate comme une folle. C'est vraiment un lieu où je peux me connecter seule à seule avec mes lectrices et où on ne fait que parler d'amour. Croyez-le si vous le voulez, mais il y a encore des endroits où on ne risque rien sur Internet.

Mes remerciements sont en général interminables parce que je ne veux oublier personne. Or, j'ai la chance d'avoir une foule de gens qui m'encouragent et me poussent à m'améliorer. Néanmoins, je vais essayer de vous la faire courte pour une fois — j'ai TROP de livres à écrire… Plutôt cool comme problème, pas vrai ?!

A toutes mes lectrices : merci d'être vous-mêmes. Merci pour votre franchise et pour votre audace. Merci de me laisser aller jusqu'au bout de mon délire, même quand vous souhaiteriez me voir faire autre chose. Vous êtes les filles les plus géniales du monde : je vous dois tout.

A la blogosphère : merci d'assurer comme vous le faites. Merci d'aimer les livres. Merci pour votre putain de rigueur ! Merci de bosser aussi dur, souvent pour une récompense minime. Merci de vous investir autant dans la critique des romans. Merci de vous battre en première ligne : il y a parfois du sang sur les murs et des yeux au plafond, mais vous ne baissez jamais les bras… comme moi !

Mon équipe de pros : Amanda, Jessie, Elle, Molly (toute la bande de chez Harper)… Vous êtes toutes des meufs d'enfer qui assurent comme personne à New York, merci ! Merci de me supporter et de croire en ce que je fais… même si ça fluctue pas mal. Votre soutien et votre confiance me poussent à l'humilité dans un métier où l'on a souvent l'impression d'être utilisé et jeté comme un Kleenex. Dès qu'on se met à cogiter ensemble, il se produit toujours un miracle à l'arrivée. Kelly Simmon, merci de répondre au Bat-Signal chaque fois qu'il s'allume et d'être aussi géniale à tous points de vue. Merci pour ton intelligence, ta rapidité de réaction et merci d'être mon amie. Stacey Donaghy, merci d'être toi… ce qui ressemble furieusement à être moi ! Sérieusement, merci de *tout* piger… quoi que ça puisse être.

Mon cercle d'intimes : qu'est-ce que je ferais sans vous, les filles ? Melissa Shank… Tu es tout pour moi et plus encore… Tu as toujours été géniale, et j'ai une chance folle de pouvoir tailler la route avec toi (tu as remarqué, j'ai donné ton nom à la mère de Zeb). Ali, Debbie, Denise, Heather, Megan, Vilma, Jen Mc et Stacey (vous êtes prêtes pour ma choré country ?), merci tout simplement de me comprendre et de comprendre ce que je fais. Merci pour votre franchise et pour le temps que vous me consacrez... Je sais à quel point il est précieux. Au début, c'était peut-être pour le boulot tout ça, mais de mon côté j'ai l'impression d'avoir carrément dépassé ce stade avec vous ! Je peux vous dire, mesdames, que vous avez chacune été une rencontre décisive pour mon parcours d'auteure. J'adore votre bouille et je voudrais vous étouffer d'amour. Vous me faites progresser, et ça, c'est inestimable.

Merci à toutes les personnes qui ont croisé ma route et ont illuminé ma vie en étant elles-mêmes et en aimant les livres autant que moi : Renee, Christine, Pamela, Stephanie, Damaris, Melissa (Jersey), Matt, Becky, Pam, Courtney, LJ et Carolyn... c'est de vous que je parle. Surtout, restez comme vous êtes, des personnes formidables et bourrées de talents : on a besoin de gens comme vous dans cette branche d'activité.

A toutes les auteures qui m'impressionnent par leur talent et la générosité dont elles font preuve — en temps et en cadeaux : merci d'être à la fois mon inspiration et mes amies. Vous êtes toutes des filles brillantes, de belles personnes et d'inégalables conteuses. Cette énorme accolade virtuelle est destinée à : Jen Armentrout, Jenn Foor, Jenn Cooksey, Jen McLaughlin, Tiffany King, Cora Carmack, Emma Hart, Renee Carlino, Nyrae Dawn, Kristy Bromberg, Aleatha Romig, Tammara Webber, Megan Erickson, Jamie Shaw, Katie McGary, Penelope Douglas, Nicole Chase, Kristen Proby, Amy Jackson, Rebecca Shea, Laurelin Page, Ek Blair, Adrian Leigh, SC Stephens, Molly McAdams, Crystal Perkins, Kimberly Knight, Tijan, Karina Halle, Christina Lauren, Chelsea M. Cameron, Sophie Jordan, Daisy Prescott, Michelle Valentine, Felicia Lynn,

Harper Sloan, Monica Murphy, Erin McCarthy, Liliana Hart, Laura Kaye, Heather Self et Kathleen Tucker. Sérieusement, j'admire chacune des auteures de cette liste pour tout ce qu'elles apportent à ce métier et à ma vie d'écrivain. Si vous cherchez un bon gros bouquin à lire, je vous promets que vous ne serez pas déçue en choisissant l'un des leurs.

Je ne pourrai jamais assez remercier mon père et ma mère pour tout ce qu'ils ont fait pour moi et pour l'immense soutien qu'ils me témoignent depuis mes premiers pas dans l'écriture. Ce sont des as, et je suis bénie d'avoir de tels parents. Merci, maman et papa, d'être tout… TOUJOURS.

Comme à chaque fois, j'aime bien faire un petit coucou à mon pote Mike Maley. C'est un mec extra qui passe beaucoup de temps à s'occuper de tout quand je ne suis pas là. Tu es le meilleur, Mike, et je ne sais pas ce que je ferais sans toi… non, vraiment pas !

Dernier point, et non le moindre, merci à ma tribu à quatre pattes — mes amours. Ouaf !

Si vous voulez me contacter, vous n'avez que l'embarras du choix !

https://www.facebook.com/jay.crownover

https://www.facebook.com/AuthorJayCrownover ? ref = hl@jaycrownover

www.jaycrownover.com

http://jaycrownover.blogspot.com/

https://www.goodreads.com/Crownover

http://www.donaghyliterary.com/jay-crownover.html

http://www.avonromance.com/author/jay-crownover

Merci pour tout.

Love & tattoos,

JAY

Composé et édité par HarperCollins France.

Achevé d'imprimer en mars 2018.

CPI
BLACK PRINT

Barcelone

Dépôt légal : avril 2018.

Pour limiter l'empreinte environnementale de ses livres, HarperCollins France s'engage à n'utiliser que du papier fabriqué à partir de bois provenant de forêts gérées durablement et de manière responsable.

Imprimé en Espagne.